5. 5.)

본명은 박○○○○○○○○○○○○○○○○○났다. 1955년 김동리의 추천을 받아 단편 「계산」으로 등단, 이후 『표류도』(1959), 『김약국의 딸들』(1962), 『시장과 전장』(1964), 『파시』(1964~1965) 등 사회와 현실을 꿰뚫어 보는 비판적 시각이 강한 문제작을 잇달아 발표하면서 문단의 주목을 받았다.

1969년 9월부터 대하소설 『토지』의 집필을 시작했으며 26년 만인 1994년 8월 15일에 완성했다. 『토지』는 한말로부터 식민지 시대를 꿰뚫으며 민족사의 변전을 그리는 한국 문학의 걸작으로, 이 소설을 통해 한국 문학사에 뚜렷한 족적을 남긴 거장으로 우뚝 섰다.

2003년 장편소설 『나비야 청산가자』를 《현대문학》에 연재했으나 건강상의 이유로 중단되며 미완으로 남았다.

그 밖에 산문집 『Q씨에게』 『원주통신』 『만리장성의 나라』 『꿈꾸는 자가 창조한다』 『생명의 아픔』 『일본산고』 등과 시집 『못 떠나는 배』 『도시의 고양이들』 『우리들의 시간』 『버리고 갈 것만 남아서 참 홀가분하다』 등이 있다.

1996년 토지문화재단을 설립해 작가들을 위한 창작실을 운영하며 문학과 예술의 발전을 위해 힘썼다. 현대문학신인상, 한국여류문학상, 월탄문학상, 인촌상, 호암예술상 등을 수상했고 칠레 정부로부터 가브리엘라 미스트랄 문학 기념 메달을 받았다.

2008년 5월 5일 타계했다. 대한민국 정부는 한국 문학에 기여한 공로를 기려 금관문화훈장을 추서했다.

토지

박경리 대하소설

토지

1부 3권

3

다산
책방

차례

제3편

종말과 발아(發芽)

11장 – 21장

11장 구제된 영혼

이상한 것은 김평산의 체중이 줄지 않는 일이었다. 생지옥 같은 옥중에서 수수밥 한 덩이 얻어먹고 날마다 받는 고문에 살이 찢기고 피멍이 들고 했으나 체중만은 줄지 않았다. 체중이 줄지 않았다 해서 풍골이 좋다는 얘기는 아니다. 그는 물에 건져올려 놓은 익사체같이 살이 팅팅 불어서 흡사 복어 같기도 했다. 뼈와 살가죽만 남아 곧 죽게 생긴 칠성이의 모습보다 김평산의 꼴은 오히려 더 처참했다. 살이 내리지 않는 것은 본시 체질이거나 아니면 병적인 것인 듯했다. 그 몰골도 몰골이거니와 평산이는 정녕 비천한 광대요 하나의 노리개였다. 그래서 조금은 더 연명해나가고 있는지 모를 일이다.

"이놈, 이실직고 못하겠느냐?"

"예, 사또."

평산은 하늘을 우러러보고 땅을 굽어본다. 일 푼 일 리도 틀리지 않는, 늘 하는 그 몸짓이다. 그런 다음 입맛을 한 번 쭉 다시고 소위 이실직고라는 것을 수령 앞에서 시작하는 것이었다.

"반가에 태어나서, 어엿한 의관의 집 자손으로, 비록 가세는 기울어 곤궁하오나 양반의 체통을 저버리고 비천한 계집종과 동사할 소인은 아니오며 더더군다나 저년이 직고한 바와 같이, 또 사또께서 통찰하시는 바와 같이 계집종과 정을 통한 바는 없사옵고 그와 같은 극악무도한 죄를 저지름에 있어서 그 은밀함이야 더할 나위 없이 은밀해야 하거늘 어찌하여 저놈에게 누설하여 동사할 것을 권유했겠사옵니까. 소인만의 일이라도 최참판댁 재물을 탐하여 해할 뜻을 품었다면 저 계집종하고 정을 통함이 온전할 것이요 소인의 씨를 심음이 마땅하거늘 그렇지 아니함이 명명백백하오니 어찌 소인에게 죄가 있을 수 있겠사옵니까. 삼척동자에게 물어본들 그 이치에 어긋남이 없을 것이매 소인을 방면하여 주심이 옳은 줄 아뢰옵고 거듭거듭 말씀드리는 바이오나 반가에 태어나서, 어엿한 의관의 집 자손으로 비록 가세는 기울어 곤궁하오나."

당당한 공술을 듣는 수령과 배석한 관원들은 웃음을 깨문다.

"오냐 알았다. 칠성이 놈이 공모를 하였느냐 아니하였느냐 그 말만 하라."

자기 웅변에 열중했던 평산은,

"예. 그놈은 씨만 빌려주었습죠."

하다가 아뿔사! 평산은 황급히 혀를 내둘러 돼지처럼 나온 입술을 축이는 것이었다.

"네 이놈!"

"아니옵니다, 사또. 소인은 모르는 일이옵고."

"저놈 입에서 바른 말이 나오도록 매우 쳐라!"

"예이."

집장사령(執杖使令)이 평산을 끌고 가서 형틀에 맨다.

"사또오 억울하오! 이 몸은 청백하오!"

한 대를 맞고 나면,

"사또오! 소인이 역적질을 하였단 말씀이오! 무슨 죄명이오!"

했으나 다섯을 넘기기 전에,

"소인이 했소이다! 최치수는 소인이 사, 삼끈으로 모, 목을."

그러나 다시 풀려 수령 앞에 이르면,

"반가에 태어나서, 어엿한 의관의 집 자손으로, 비록 가세는 기울어 곤궁하오나,"

시작하는 것이다. 그것은 가히 일장의 소극(笑劇)이었다.

"얼빠진 놈."

수령은 웃음을 깨물고 관속들도 복어같이 팅팅하게 살진

평산을 재미스럽게 구경한다.

한편 귀녀는 문초가 있을 때 두 사나이와 대면하게 되는데 그의 목소리는 항상 또랑또랑했으며 범행을 부인한 일이 없었다. 모든 것을 숨김없이 말하였다. 다만 칠성이를 공모자로 진술하는 것만은 사실과 달랐다.

"모의의 정을 알면서 음행만 하였느냐, 아니면 살인에 관여하였느냐."

"살인에 관여하였사옵니다."

"저, 저 쳐 죽일 년이!"

오랏줄에 묶인 채 칠성이는 몸을 솟구쳤고 달려가서 밑 빠진 짚신발로 귀녀의 엉덩이를 내질렀다. 이때마다 오랏줄을 잡고 있던 사령은 함께 달음박질을 해야만 했다. 귀녀는 싸늘한 미소를 흘리며 칠성이를 흘겨보았다.

'이놈아! 나는 니를 끌고 가야겠다. 백옥 같은 내 몸을 물욕 하나로 짓밟은 네놈을 살려두고 내가 갈 성싶으냐? 어림없다, 어림없어.'

"이년아! 이 천하에 악독한 년아! 모, 모, 몹쓸 년아! 하, 하늘이 무섭지 않나아!"

길길이 뛰다가 기가 넘은 칠성이는 이를 악물고 까무러친다. 그는 어떤 고문을 당하여도 결코 공모를 시인하는 일이 없었다. 고문과 울분과 증오 때문에 칠성이는 나무 껍질처럼 여위어서 방금 그 목숨의 불길이 꺼질 듯싶었으나 귀녀에 대한 증오, 복수심이 겨우 삶을 지탱하는가 싶었다. 그의 앞니는 모조리 부러지고 없었다.

평산과 칠성이는 얼마 후 처형되었다. 거두어주는 사람 없는 그 시체는 황량한 들판에서 썩었고 야견(野犬)과 까마귀의 밥이 되었다. 귀녀는 임신한 몸이어서 해산까지 형의 집행은 연기되었다.

한편 정월 초순에 지리산을 떠나 강원도 쪽으로 갔었던 강포수는 평소의 절도를 잊고 좀 거친 사냥질을 했다. 선불을 맞힌 자기 솜씨에 대한 불안과 귀녀에게 가는 어쩔 수 없는 정 때문에 그런 고통을 잊기 위해 마구잡이로 짐승을 사냥했던 것이다. 그러던 참에 그는 암사슴을 한 마리 쓰러뜨렸는데 잡고 보니 새끼 밴 사슴이었다. 그때 비로소 강포수는 정신이 번쩍 들었다. 정신이 들면서 그는 지리산에 돌아갈 생각을 했다. 돌아오는 길에서도 그는 내내 새끼 밴 암사슴이 마음에 걸리었다. 어릴 적에 자기를 길러준 포수가 들려준 얘기를 그는 언제나 잊지 않았다. 그것은 포수에 대한 교훈 같은 것이었고 강포수는 굳게 지켜온 그 교훈을 처음으로 저버린 것이다. 암사슴이 새끼 밴 것을 몰랐었다고 할 수는 없었다. 실상 잡고 보니 새끼를 뱄었다는 것이 아니었다. 잡고 보니 그 교훈을 생각했고 후회했다 하는 게 옳았을 것이다. 그 얘긴즉, 어떤 포수가 사냥길에 노루를 만났다. 포수를 보고도 노루는 도망을 가지 않았다. 슬프게 쳐다보는 노루에게 망설임 없이 총을 들이

대는데 노루는 두 발을 들고 흔들어 보였다. 그것은 살려달라고 애원하는 시늉인 것 같았다. 이상하게 여긴 포수가 자세히 살펴보니 노루는 새끼를 낳고 있는 중이었다. 그러나 욕심 많은 포수는 그예 총을 놓아 노루를 잡았다. 노루를 떠메고 기분이 좋아서 집으로 돌아오는데 집 앞 채마밭에 또 한 마리의 노루가 우두커니 서 있었다. 포수는 재수 좋은 날이라 생각하며 그 노루도 거꾸러뜨렸다. 신이 난 포수는 마누라를 부르며 집 안으로 들어갔다. 웬일이냐? 마당에도 노루 한 마리가 우뚝 서 있었다. 포수는 화약을 급히 재어 그 노루마저 쏘아 거꾸러뜨렸다. 그러나 채마밭에 노루로 보였던 것은 그의 마누라였고 마당에 노루로 보였던 것은 그의 자식이었다.

산청까지 온 강포수는 어느 주막에서 친면이 있는 화전민 한 사람을 만났다.

"강포수 돈 좀 벌었는가 배요."

"말도 마라."

강포수는 손을 내저었으나 장날에 내면 이내 돈이 될 물건들을 제법 묵직하게 간수해온 터이기는 했다. 그 속에는 새끼 밴 암사슴의 녹비도 들어 있었다. 화전민과 함께 술을 마시면서 이런저런 얘기 끝에 강포수는 최참판댁에서 일어난 끔찍스런 살인 얘기를 듣게 되었던 것이다. 사건은 강포수가 강원도로 떠나기 전에 일어났으나 외부 소식이 늦은 산중이었으므로 초문이었을 뿐만 아니라 강포수의 놀라움은 심했다.

"머, 머, 머라꼬!"

술판을 뒤엎을 듯하며 일어섰다. 그길로 강포수는 쌍계사 근처까지 와서 하룻밤을 묵고 이튿날 화개에서 나룻배를 타고 읍내에 당도했다. 객줏집에서 밤을 꼬박이 새운 그는 다음 날 절반가량의 물건을 처분하여 적잖은 돈을 손에 쥐고 옥사쟁이를 찾아갔다. 죽을 목숨을 살릴 도리는 없었지만 귀녀가 죽는 날까지 강포수는 뒷바라지를 할 결심이었다. 이슥한 밤에 강포수는 먹을 것을 마련하여 귀녀를 찾아갔다.

"날 보자는 사람이 뉘기요."

어두운 옥 속에서 또랑또랑한 목소리가 들려왔다.

"나, 나, 나다. 강포수다."

어둠에 익은 눈은, 옥 창살 사이로 휘어끄름한 기녀의 얼굴이 떠오른다. 중죄인이어서 족쇄를 걸고 있는 것 같았다.

"강포수가 왜 왔소."

"몹쓸 계집!"

쇠가죽 같은 손으로 창살을 잡고 흔들며 강포수는 울먹였다.

"흥!"

"하늘이 무섭어서 우찌 그 짓을 했노."

"시끄럽소. 죽을 사람보고 그런 소리 하믄 머할 기요."

"이 무상한 계집아. 재, 재물이 머라꼬 그, 그 짓을."

"이래 죽으나 저래 죽으나 죽으믄 고만이지."

강포수는 다음 날 밤에도 찾아갔다. 옥사장에게 뇌물을 쓰고 귀녀에게는 또 먹을 것을 가져왔다. 수중에 돈이 떨어질 때까지 그는 매일 밤 찾아왔다. 귀녀는 그를 반기지 않았고 고맙게 생각지도 않았다. 그러나 강포수는 지순한 마음을 바치는 것이었다.

　'이자는 푼전이 없는데 우짤꼬?'

　객줏집 구석방에서 강포수는 탄식을 했다. 낯이 익고 외상 떼어먹을 위인이 아님을 알고 객줏집에 그냥 주질러 있는 것은 어렵잖은 일이었으나 돈이 없고서야 귀녀의 뒷바라지는 할 수 없었다. 그렇다고 산에 돌아가서 사냥을 해서 돈을 장만한다는 것은 임박해오는 사정으로서는 안 될 일이었다. 아이만 낳으면 귀녀는 죽을 것이다. 해산달은 앞으로 얼마 남지 않았다. 못쓰게 된 텁석부리 그의 얼굴은 더욱더 초췌해 보였다. 누구의 자식이든 강포수는 귀녀가 낳은 아이를 자신이 기를 생각을 하고 있었다. 그러기 위해서도 적잖은 목돈이 필요했다. 그러나 그보다 당장에는 귀녀 뒷바라지가 시급한 것이다.

　어느덧 시절은 봄이었다. 무심하게 보아온 객줏집 울타리 밖의 복사꽃은 어느덧 떨어지고 있었다. 연둣빛 안개 같고 구름 같던 먼 곳의 수양버들도 이제는 뚜렷한 푸른빛이 되어 있었다. 객줏집 앞을 지나가며 떠들어대는 아이들의 목소리도 드높고 맑게 울린다.

　강포수는 간다온다 말없이 객줏집을 나섰다. 그는 나룻배에 올랐다. 사공이 강포수의 소문을 들었으므로 히죽히죽 웃다가 얼굴이 왜 그 모양이냐고 놀리려 했다. 그러나 강포수는 강가 먼 산만 바라보고 서 있었다.

평사리 마을에는 들일이 한창이었다. 사람과 소는 모조리 들판에 나와 늦봄의 따가운 햇볕 밑에 일들을 하고 있었다. 강포수는 마을 사람과 마주치기를 꺼려 길을 피하여 임자가 나와 있지 않은 밭둑길을 급히 질러간다. 밭둑에는 쇠비름, 쇠뜨기 같은 잡풀이 많이 자라서 벌레들이 그 사이를 나돌고 있었다. 최참판댁 언덕길을 올라선 강포수는 행랑문으로는 가지 않고 사랑의 담장을 끼고 김서방네 채마밭 쪽으로 돌아간다. 살찐 암탉이 채마밭의 상추를 쪼아먹고 있었다. 강포수는 가만히 멈추어 서서 안을 살핀다. 부엌문 쪽에서 김서방댁 치마꼬리가 아른거렸다. 그러더니 김서방댁은 부엌 문지방을 나갔다 들어갔다 하는데 머리에 병을 이고 있다. 목이 긴 두루미병이다. 두 손으로, 떨어지지 않게 잡은 김서방댁은 연신 문지방 안에서 밖으로, 밖에서 안으로 건너뛰며,

"초서방아 초서방아 임자 없는 나캉 살자. 초서방아 초서방아 임자 없는 나캉 살자."

중얼중얼하다가는 병을 내려서 그 병에다 소리 나게 입을 맞추곤 한다. 강포수는 우스꽝스런 광경을 웃으려 하지도 않고 슬금슬금 다가간다.

"아지마씨."

"아이고, 누고오? 강포수 아닌가 배?"

"야."

"이눔우 초가 죽을라 캐서 좀 살리노라고 양밥 하누마. 초
서방아, 초서방아, 임자 없는 나캉 살자."

다시 초병에 입을 맞추면서 장독으로 가더니 그것을 내려
놓고 온다.

"그래 왜놈이 하룻밤을 자고 가도 만리성을 쌓는다 카는
데."

김서방댁은 단단히 따져보겠다는 듯 말문을 열었다.

"지난여름부텀 우리 서방님을 따라댕기믄서 한 솥에 밥도
묵었일 긴데 세상에 그런 벱이 어디 있소? 초상 때는 세상 오
만 사램이 다 와서 눈물을 짰는데 강포수는 코빼기도 볼 수
없더마."

"몰랐소. 강원도 가 있었으이께요."

"강원도라? 내 소문 들으니께, 옥에 있는 그 몹쓸 년을 만
낼라꼬 노 읍에 산다 카더마는?"

"……."

"아무튼지 간에 짐승을 구해주믄 은혜를 갚고 사람을 구해
주믄 악문을 한다 카기는 하더라만."

강포수의 눈이 번쩍 빛났다.

"여기서는 그년을 씹어묵지 못해서 불불 떠는데, 마님께서
모르시니께 그렇지 아시믄 이 동네 발도 못 딜이놓을 기구마."

마침 김서방이 돌아왔다. 강포수 얼굴이 순간 긴장된다.

"오래긴민이오."

강포수가 먼저 인사를 한다.

"오래간만이구마."

김서방은 그리 좋은 얼굴은 하지 않았다. 그도 강포수가 귀녀 때문에 읍에 있다는 소문을 들은 모양이다.

"얘기가 좀 있어서 왔소."

"말하소."

"저, 밖에 좀 나갔이믄 좋겠구마."

김서방은 아까보다 더 싫은 얼굴을 했다. 그러나 매정하게 하지는 못하고 강포수를 따라나온다. 밖에 나온 강포수는 비로소 당산에 누각이 없어진 것을 깨닫는다. 굳어져 있던 그의 얼굴은 더욱 굳어졌다. 그리고 한동안은 말문이 막힌 듯 멍하니 서 있었다.

"할 얘기 있이믄 하소."

재촉한다.

"저어 다른 기이 아니고,"

말을 끊었다가 다시,

"나 얼굴에 쇠가죽을 씨고 왔소."

"……."

"사람우 인연이라는 것도 그렇고, 내 눈이 어둡아서 그랬겠지마는, 나리가 살아 기실 적에 그러니께 산에서 그랬구마요.

품삯이고 총이고 일없이끼 귀녀를 달라꼬 했소."

"머라꼬!"

"나리는 아무 말씸 안 하시더마요. 그러던 참에 수동이가 그 모양 돼서 돌아왔소. 그래 나도 미안하고 해서 그냥 떠나기는 떠났는데 노비만 얻어가지고 떠나믄서 야속하다 생각했구마."

평소의 강포수와는 달리 침착하고 하는 말에도 조리가 있었다.

"김서방도 알겄지마는 여름에서 게울까지 부지런히 사냥을 했이믄…… 머 그런 것 지금 따질라 카는 거는 아니고 그 계집 소이를 생각한다믄…… 내 눈이 어둡아서, 정이 더런 긴가, 이자는 살아남지 못할 긴데."

강포수 눈에 눈물이 핑 돈다. 강포수의 말은 김서방에게 모두 새로운 것이었다. 비로소 최치수가 알아서 처리하겠다고 한 말의 뜻을 알 듯도 했다.

'나리마님께서는 귀녀를 강포수한테 주실 작정이시었던가.'

소심하고 마음 약한 김서방은 초췌한 강포수의 꼴도 불쌍하거니와 뭔지 가슴을 에는 것이 있었다.

"거기다가 애는 낳으믄 누가 기를 것이며, 어린것에 무신 죄가 있겄소. 사람 새끼를 버릴 수도 없는 거 아니겠소."

'하기는 노비만 주어서 보냈지. 머슴도 일을 하믄 새경이 있일 긴데, 그래도 강포수라 카믄 명포수로 이름 날린 사람 아니가. 안 오겄다는 사람을 억지로 데리와가지고…… 듣고 보

니 강포수가 야속하게 생각할 만도 하다. 본시 심성이야 고운 사람 아니가.'

"나 이 문전에 다시 안 올라 했소. 양반하고 상놈우 사는 세상이 천 리 밖이구나 생각했구마. 그러고도 내가 여기 온 거는 그 죄 많고 몹쓸 계집을…… 마, 마지막 가는데 무, 물밥이라도…… 그 계집을 위해서 서럽어할 사람이 이 천지간에 누가 있겠소. 찢어 죽이고 싶게 밉지마는 사람우 정이…… 그, 그 정이 더런 기구마."

강포수는 울먹인다.

"알았소, 알았소. 아무 말 말고 여기 기다리고 있이소. 마님 심정을 생각하든 차마 입이 떨어지지 않지마는."

김서방은 허둥지둥 안으로 들어갔다. 강포수는 그냥 땅바닥에 퍼질러 앉는다. 눈앞에 아무것도 보이지 않고 창칼 같은 흰 이빨을 세우고 달려오는 멧돼지 모습만 있었다. 얼마나 시각이 지나갔을까. 갑자기 사방이 캄캄해지는 것 같았다. 강포수가 눈을 들었을 때 해를 가리며 구름이 지나가고 있었다. 솜뭉치같이 하얀 구름이.

"강포수!"

김서방이 불렀다. 돌아본다. 돌이 부대를 하나 갖다 놓고 인사도 없이 급히 가버린다. 김서방의 얼굴은 하얗게 바래 있었다. 입술빛까지도 하얗게 돼 있었다.

"내가 자작으로(임의로) 삼백 냥만 말씀디렸는데 허락하싰으니께, 우선 백 냥만 가지고 왔소. 어서 이거 짊어지고 가소. 나머지 이백 냥은 후일에 와서 가지가고. 선걸음에 가소."

김서방은 발밑에 내려놓은 백 냥 꾸러미가 든 자루를 가리켰다.

"고, 고맙소!"

"어서 가라니께!"

김서방의 입술은 여전히 하얗게 질려 있었다.

이날로 읍내에 돌아온 강포수는 밤에 옥사쟁이에게 돈 몇 푼을 쥐여주고 귀녀를 만났다. 여전히 안중에도 없다는 듯 귀녀는 쌀쌀했다. 그러던 귀녀가 며칠만큼씩 찾아가는 강포수에게 신경질을 부리기 시작했다. 그 신경질은 차츰 횡포와 발악으로 변해갔다.

"이기이 뭔고? 썩어서 곰팽이가 쓴 곶감을 가지고 와서 날 묵으라고? 눈까리가 삐었는갑다! 썩은 곶감 볼 줄도 모르는 그놈의 눈까리 뽑아서 개나 묵으라 카지!"

창살에 바싹 얼굴을 붙이고 있는 강포수 얼굴에 곶감을 냅다 던졌다.

"산도둑놈겉이 생기가지고 꼴에 꼴방맹이 차고 남해 노량 간다 카더마는 늙은 기이 비우도 좋고 염치도 좋다! 그 꼴 보기 싫으니께 제발 이젠 내 앞에 나타나지도 말고! 아아 정말 미치겠네! 환장하겠네!"

그리 발광을 하다가도 금세 설기떡이 먹고 싶다는 둥 파전을 좀 먹었으면 좋겠다는 둥 제 마음 내키는 대로 지껄이는 것이었다. 강포수는 그러면 또 무리나게 청하는 것을 마련해 갔다. 그러나 여전히 귀녀는 생트집을 잡고 욕설을 퍼붓는 것이다. 소리소리 지르고 우는가 하면 가다가 개천에나 빠져서 콱 고꾸라져 죽으라고 악담을 하며 제 가슴을 치곤 했다. 그러면 그럴수록 강포수는 귀녀의 고통을 자신이 반은 나누어 가진 듯 도리어 위안을 느끼며 돌아가는 것이었다.

어쩌면 귀녀의 생애가 끝나는 날 강포수의 생애도 끝나는 것인지도 모를 일이다. 함께 죽으리라는 뜻이 아니다. 귀녀의 죽음은 어떤 형태로든 지금까지의 강포수 인생과는 같을 수 없는, 다른 것으로 변할 것이라는 뜻이다.

지금 강포수는 귀녀와 더불어 있다. 옥중과 옥 밖의, 손이 닿을 수 없는 엄연한 법의 거리요 지척이면서 가장 먼 그들, 서로가 서로를 보고 느낄 뿐이지만 그러나 강포수는 일찍이 귀녀가 이같이 자신 가까이 있는 것을 느낀 적이 없다. 가랑잎 더미 위에 쓰러뜨렸을 적에도 귀녀는 강포수에게 멀고 먼 존재였었다. 강포수를 좋아하건 싫어하건 그것은 이제 아무것도 아니었다. 저주받은 악녀이건 축복받은 선녀이건 그것도 강포수하고는 관계가 없었다. 다만 거기 그 여자가 있다는 것과 그 여자를 위해 서러워해줄 단 한 사람으로서 자기가 있다는 것, 그것뿐이었다.

귀녀의 해산달은 가까워오는 모양이었다. 강포수는 가끔

귀녀 배 속의 아이는 자기 것이 아닌가고 생각해보는 일이 있다. 그러나 그 생각은 물거품같이 이내 사라지고 말았다. 아이가 태어난다는 것은 귀녀가 죽어야 한다는 것이다. 하나의 탄생은 하나의 죽음을 의미한다. 귀녀의 죽음, 그것은 강포수에게 범람하는 강물이었다. 강포수의 힘으로는 어쩔 수 없이 흘러내려가는 시뻘건 흙탕물이다. 강포수는 그간 끊었던 술을 한두 잔씩 마시게 되었다. 봄이 가버리고 여름이 닥치려는 기색이 그를 못 견디게 했다. 날이 갈수록 그의 주량은 늘었다. 귀녀의 행패가 늘어가는 것처럼 강포수의 주량도 늘어갔다. 그러나 옛날 같지는 않았다. 몸이 많이 축난 때문이기도 했으나 돈도 아껴야 했다. 지난 장날 최참판댁 돌이 나머지 이백 냥을 나귀에 실어서 갖다준 것을 객줏집에 맡겨놓고 쓰고 있는 형편이며 그것이 바닥이 나면 큰일이었다. 술을 마시며 강포수가 바라보는 세상은 그런대로 매양 마찬가지로 돌아가고 있었다. 장사꾼들은 여전히 주막을 들락거렸다. 때문은 주머니끈을 풀었다 여미는 그들 중에는 낯익은 사람도 있었고 처음 보는 얼굴도 있었다. 이십을 넘은 총각이 있는가 하면 백발머리도 있었다. 주막 앞을 평사리 마을의 농부들이 떠들어대며 지나가는 것도 보았다. 그들은 최참판댁의 그 요란스럽고 끔찍한 사건들을 잊은 듯했다. 해산 때문에 간신히 명을 잇고 있는 계집종, 그가 아직 옥중에 남아 있다는 것도 다 잊은 듯했다. 모두들 하느니 시절 얘기요 보리 농사에 대한 인사였다. 암소 암퇘지의 씨받는 얘기였다. 장사꾼은 장사꾼대로 농민들한테서 곡식이나 돈을 얼마만큼 뜯어낼 것인가 기대에 차서 기다리고 있다. 더 많은 것을 뜯어내기 위해선 그들도 역시 시절 좋을 것을 아니 바랄 수 없는 것이다. 더러 시국을 근심하는 사람도 있었다. 임금이 독약을 먹었느니 안 먹었느니 시비였고 국상이 날지 모른다는 시비였다. 국상이 나면 백립(白笠)을 쓰기 때문에 망하는 건 양태장이라는 것이다. 그래서 재모꾼은 국상 날까 근심이었고 보부상은 동학군을 빙자하는 화적 놈들 때문에 산길 가기가 어렵다는 것이었고 가난한 선비는 쓸모없이 된 글공부를 한탄한다는 것이며 벼슬을 사기 위해, 혹은 더 높은 벼슬에 오르기 위해 서울 가는 뇌물바리는 여전하다는 것이다.

"상놈도 돈 있으니께 양반 되더라. 돈 없는 족보 치키들고 있어봤자 아무짝에도 소용없네. 흥, 상놈이 양반 되어서 타곳으로 옮기가는 것은 그래도 염치 있는 놈이고 제 바닥에서 지 밑천을 환히 아는데 양반입네 하고 거들먹거리는 꼴 차마 못 봐주지."

"도처에 문서(文書)는 난맥이로고."

어떤 유식꾼의 말이었다.

강포수는 며칠간 객줏집을 떠나서 산을 돌아다니다 왔다. 젖어미를 정해놓고 온 것이다.

'며칠 안 갔으니께 기다렸일 기다.'

장에서 산 시루떡과 불에 구운 어포를 싸서 강포수는 귀녀를 찾아갔다.

　"귀녀."

　소리를 낮추어 불렀다.

　"귀녀야."

　대답이 없다.

　"나다. 강포수다."

　"흥, 또 왔구마. 어디서 뒤진 줄 알았더마는."

　목소리가 들려왔다. 강포수는 안도의 숨을 내쉰다.

　"여기 묵을 거 가지왔다. 받아라."

　몸을 질질 끌며 다가오는 기척이 났다. 창살 사이로 손을 내밀었다.

　"딜이보낼게. 손은 넣어라."

　강포수는 꾸러미를 모로 세워 창살 사이로 넣으려 했다.

　"강포수, 손."

　"머라꼬."

　강포수는 흠씬 놀라며 물러섰다.

　"손."

　귀녀는 여전히 창살 밖으로 손을 내밀어놓고 있었다. 강포수는 겁을 내어 떨면서 조그마한 귀녀의 손을 잡아본다. 조그마한 손, 손아귀 속에서 바스러질 것 같은 손이다.

　"마, 마, 많이 여빘고나."

"강포수의 손은 쇠가죽 겉소."

부드럽고 낮은 목소리였다.

"이, 이거 배고플 긴데."

다시 꾸러미를 디밀려 하는데 이번에는 귀녀 쪽에서 강포수의 손을 거머잡았다.

"강포수, 내 잘못했소."

"알았이믄 됐다."

"내 그간 행패를 부리고 한 거는 후회스럽어서 그, 그랬소. 포전 쪼고 당신하고 살 것을, 강포수 아, 아낙이 되어 자식 낳고 살 것을, 으으흐흐……."

밖에 나온 강포수는 담벼락에 머리를 처박고 짐승같이 울었다. 하늘에는 별이 깜박이고 있었다. 북두칠성이 뚜렷하게 나타나서 깜박이고 있었다.

오월 중순이 지나서 귀녀는 옥 속에서 아들을 낳았다. 그리고 여자는 세상을 원망하지 않고 죽었다.

강포수는 귀녀가 낳은 핏덩이를 안고 사라졌다.

그를 아는 사람 앞에 그는 다시 나타나지 않았다. 그를 보았다는 사람은 아무도 없었다. 그의 소식을 아는 사람도 없었다.

12장 달구지를 타고 오는 소년

두만네는 콩밭을 매다가,

"내 정신 좀 보래? 점심때도 모리고."

호미를 동댕이치고 급히 집으로 돌아왔다. 두만네는 서둘러 점심을 챙겨서 새벽부터 논에 나가 김을 매는 남편에게 가져갔다. 그러나 남편의 기분은 몹시 나빴고 기운이 없어 보였다. 두만아비는,

"목이 좀 아프구마."

하면서 막걸리 두 잔을 들이켜더니 밥은 드는 둥 마는 둥 했다. 두만네는 논둑길을 돌아오면서 혼자 중얼거린다.

"일이 너무 세도 입맛이 떨어지지. 두만이만 한몫을 해도 이녁 허리가 좀 필 긴데."

논물 가까운 곳에 여기저기 돋아난 애기여귀풀 사이에 숨어 있던 개구리들이 두만네 발길에 놀라 논물 속으로 풍덩풍덩 뛰어든다. 술 취한 것처럼 희뿌옇게 번들거리는 하늘과 부풀대로 부푼 뭉게구름이 떠 있던 논물에는 수없는 파문이 일면서 하늘과 구름이 구겨지고 부글부글 흙물이 솟는다. 아마 강가에서도 조무래기들이 개구리들처럼 물 속으로 풍덩풍덩 뛰어들며 개구리헤엄을 치고 있을 게다. 저만큼, 논 서너 동가리 너머 김을 매고 있는 사나이는 용이었다.

"점심은 잡사았십니까아!"

통을 인 고개를 약간 비틀고 두만네는 인사 삼아 소리를 질렀다.

"야아, 이자부텀 묵으러 가야제요오."

좀 습습한 공기를, 햇빛에 번들거리는 공기를 흔들어주면서 용이 대꾸 소리가 돌아왔다.

"두 식구우, 무신 살림이 바빠아서어, 점심도 못 갖다준답니까아. 간이 커서 큰일 나겄소오. 야단 좀 치시이소, 야단!"

허리를 펴며 일어선 용이는 씁쓰름하게 웃는 것 같았다. 그는 벌죽벌죽한 흙탕에서 발을 빼며 논둑 쪽으로 나와 걸터앉으며 담배를 피울 참인 모양이다. 허리춤에서 곰방대를 빼다가 정강이에 달라붙어 피를 빨고 있는 거머리를 떼어낸다.

논둑길을 가는 두만네는,

"딸자식이란 참말이제 남우 식구구나. 가부리니 고만이네. 아들자식 겉으믄 며느리가 밥통 이고 댕길 긴데."

시집보낸 선이를 문득 생각했던 것이다. 시가의 살림은 착실하고 딸자식 하나 잘 가르쳤다는 시부모의 칭찬도 바람결에 들려왔으니 그만하면 마음은 놓을 만했다. 그러나 두만네는 선이가 하던 일을 자신이 할 때마다 딸 생각이 나곤 했다.

"어서 가야지. 밭둑에 호미를 동댕이치고 왔는데 가서 하던 일 끝맺음하야제."

그러나 허전한 생각이 앞서 발길이 더디었다. 딸을 생각해서만 그랬던 것은 아니었다. 요즘 왠지 두만네는 비감한 생각이 들었고 사람 사는 일이 서글펐다. 귀녀가 아들을 낳아놓고 죽었다는 소문도 그러했고 지게 송장으로 나간 함안댁 생각이 새삼스레 떠올랐으며 암팡지고 욕심이 많아 탈이었지, 남의 일이라도 몸 사리지 않고 시원시원하게 해주던 임이네에 대해서도 마음에 걸리는 게 한두 가지가 아니었다. 남정네가 사람 죽인 죄인이라 해서 아낙도 따라 죽으라는 법은 없다. 다만 함안댁이 죽고 보니 불쌍하기도 하려니와 맺고 끊고, 그 정갈한 성미가 본보기처럼 되어서 눈이 매롱매롱하게 살아 있는 임이네가 미웠던 것이다.

"글안해도 참판댁 눈이 무섭어서 여기서는 못 살았일 긴데."

위로의 말 한마디 못해주고 백안시 속에 야간도주를 했으니 두만네는 그 처사가 야속했다고 뉘우쳐지는 것이다. 소문으로는 친정에 가서 그럴 수 없는 학대를 받고 있다고도 했고 읍내 장거리에서 죽장사를 하는 것을 보았다는 말도 있었다. 아이 셋을 데리고 백정의 움막에 빌붙어서 살고 있더라는 말도 있었다. 어느 것이 참말인지 그것은 알 수 없었다.

"홀몸도 아니고 자식새끼가 셋이나 딸렸으니 어디 가서 지가 편한 밥 한 끄니를 얻어묵겠노."

보기만 하면 발정한 암고양이같이 으르렁거리던 강청댁이, 임이네가 마을을 떠나고 나면 춤이라도 추며 좋아할 줄 알았는데 막상 떠난 뒤에는 아낙들의 예상과는 달리 강청댁은 가타부타 말이 없었다. 기뻐하는 기색도 없었다. 여일하게 씨부 룽해서 세상만사가 다 귀찮다는 얼굴이었다. 어쩌다가 우물 가에서나 그의 모습을 볼까. 여간해서 들판에 나오는 일도 없 었다. 용이는 여전히 새벽 동이 트면 들판에 나가 온종일 일 했다. 해가 서편에 넘어가고 땅거미가 질 무렵 그는 집으로 돌아온다.

"이서방이 정기 일까지 한다믄서?"

"빨래는 안 할까 봐?"

"그러다가는 제집 ××까지 빨아주겠고나."

이미 벌써부터 동네에 퍼진 소문인데 아낙들은 실삼스럽게 쌍심지를 돋우며 흉허물이었다.

"농사꾼 제집이 그래가지고는 천상 바가지밖에 더 차겠나. 호미꽁댕이를 들고 온종일을 밭에서 나부대도 밥 묵을라 카 믄 하늘 치다뵈는데 곰뱅이 성한 년이 하세월하고 나자빠져 있으니 참, 정갱이에 씨 씰을까 무섭네."

분개하여 저마다 씨부렸다. 농사꾼 여편네가 일 안 하는 것 이상의 부도덕은 없다고 그들은 생각하는 것이다. 강청댁을 따돌릴 것을 잔뜩 벼르는 아낙들이었으나 뭐 따돌릴 것도 없 이 스스로 끼어들어 오지 않기로는 전과 매일반이었다.

살구나무는 아예 뿌리째 뽑혀 없어졌고, 평산의 오두막집 가까이까지 온 두만네는,

"이 집 앞을 지나가믄 밤낮없이 베틀 소리가 들리더마는,

그기이 엊그제 걸거마는 사람은 없고 빈집만 남아서 구신 나게 생깄고나."

몇 달 되지 않았으나 그동안이 봄과 여름에 이르는 계절이었으므로 마당에는 잡풀이 우거져서 뱀과 두더지가 판을 치게 돼 있었다. 깨어진 장독 뚜껑, 자루 없는 소매 바가지, 테가 풀어진 빨래통 하며 모든 살림이 낡고 파괴된 채 아무 데나 굴러 있었다. 그 앞을 지나치려던 두만네는 움찔하며 걸음을 멈춘다. 마루 끝에 사내아이 하나가 오두머니 혼자 앉아 있었다. 빈집에 동네 아이가 와 있을 리도 없는데 싶었던 두만네는 잡풀을 으씩으씩 밟으며 마당으로 들어선다.

"니가 누고오?"

아이를 가만히 쳐다본다.

"아니! 니, 니 한복이 아니가?"

아이의 양 입술 끝이 아래로 처지면서 비죽비죽 움직였으나 그것을 얼버무리듯, 걸터앉은 두 다리를 달랑달랑 흔들어 댄다. 한복이었다. 초상이 끝난 뒤 옷가지를 싸고 얼마간의 노자와 먹을 것을 주어서 함안 외갓집으로 떠나보냈던 형제, 그 한복이었다.

"한복아, 니가 우쩐 일고."

두만네는 이고 있던 통을 내려 흙먼지가 수북이 쌓인 마루에 놓고 새삼스럽게 한복이 모습을 살핀다.

"그래 여기는 머할라꼬 왔노."

아이는 주먹을 눈으로 가져가며 이이잉! 하고 가냘픈 울음을 터뜨린다.

"어마님 생각이 나서 왔고나. 울지 마라. 울지 마라."

치맛자락을 당겨 아이의 눈물을 닦아주고 두만네는 자신의 눈물도 닦으면서 코 먹은 소리로 연신 울지 말라고 한다. 어린것이 그 먼 곳에서 어떻게 걸어왔는지, 간밤에는 풀섶에서 쓰러져 잤던가 풀모기에 뜯겼던지 독초에 얼굴을 부볐던지, 얼굴은 딸바가지 같았다. 신발도 없는 맨발에, 오다가 다 해져서 벗어 던진 모양이다. 후줄그레한 옷은 너덜너덜해질 만치 다 해어져서 땀 냄새가 물씬 코를 찔렀다.

"니 성은 어디 있노? 함께 왔나?"

"아, 아니요. 외갓집에 있소."

"시상에 거기가 어디라고, 그 먼 곳에서 우찌 왔겠노? 그래 걸어서 왔나?"

"걸어왔소."

안심이 되었던지 한복이는 울음을 그치고 대답했다.

"지나가는 소달구지도 있었일 긴데, 그래 좀 태우달라고도 안 했나?"

"……."

"안 태우주더나?"

한복이는 고개를 끄덕인다.

"시상에 신도 벗고 뙤약볕을 걸어오는데 무상한 사람들, 자식 키우는 사램이믄."

두만네는 얼굴도 못 본 어느 누구인지 모를 달구지 임자가 꽤나 괘씸한 모양이었다.

"배는 안 고프나."

처음으로 생각이 난 듯,

"배, 배, 고프요."

"우짜끼나! 그라믄 우선."

두만네는 통을 끌어당겨 남편이 먹다 남긴, 거의 그대로 있는 보리밥, 된장, 풋김치를 꺼내어놓고 숟가락은 자기 치맛자락에 닦아 한복이 손에 쥐여준다.

"우선에 묵고, 그라고 나랑 집에 가자."

아이는 숨도 쉬지 않는 듯 허둥지둥 입 속에 밥을 끌어넣는다.

"외갓집인들 할매 살았일 때 말이지 외숙모가 머 좋다고 너거들을 반기겄노. 이녁 자식들도 많다 카던데."

반 넘어 밥이 줄었을 때 한복이는 딸바가지가 된 얼굴을 긁적거리며 밥을 씹기를 시작했다. 얼마 후 두만네는 한복이를 앞세우고 집으로 갔다.

"한복이가 왔다."

영만이 소리를 지르며 달려나온다. 돼지우리 속의 밀린 거름을 쳐내고 있던 두만이도 그 소리를 듣고 쫓아 나온다.

"한복아!"

다시 영만이 소리치며 한복이 손을 잡으려 하자 두만이는 동생을 쥐어박아 놓고 그 자신은 신기한 심승을 보듯이 한복이를 가만히 살펴본다. 그의 의식 속에는 살인 죄인의 자식이라는 뜻이 너무나 강렬하게 새겨져 있었다. 살인 죄인의 자식.

"한복이가 오래간만에 왔는데 와 그라고 있노."

두만네가 주의를 시켰으나 그는 여전히 신기한 짐승, 언제 이빨을 드러내고 덤빌지 모르는 짐승 새끼를 대하는 것 같은 경계를 풀지 않는다. 영만이는 머쓱해지고 한복이는 비실비실 두만네 등 뒤로 몸을 피하며 숨어버리려 하는데 짓궂게 따라오는 눈에 오도 가도 못하고 입을 실룩거린다.

"아니 이눔우 자식이 불각처(별안간) 버부리가 됐나?"

두만네가 윽박지른다.

"씨이, 샐인 죄인 자식보고 말도 하지 마라 카던데."

불만스러워서 눈을 희뜨며 어미 눈치를 살펴본다. 순간 두만네의 손바닥이 볼에 가서 철썩 소리를 냈다. 두만이는 볼을 감싸며 기겁을 한다. 얼굴이 파아랗게 질린다. 차마 울지는 못했으나 대신 울음을 터뜨린 쪽은 한복이었다. 아까 제집에서 가냘프게 울던 울음과는 달리 공포에 쫓기는 것 같은 울부짖음이다.

"이눔 자식, 니가 머를 아노! 머리빡에 피도 안 마른 놈이!"

두만이는 일찍이 이같이 노한 어머니의 얼굴을 본 적이 없었다.

두만네는 한복이를 달래어 손발을 씻겨주고 빨아놓은 영만의 옷을 갈아입혀 준다.

"두만이 말 믿지 마라. 니는 양반집 자손이고 또 니 어마님은 얼매나 엄전코 착한 어른이라고, 한복이 니는 어마님을 닮았인께."

어미 얘기가 나오자 한복의 눈에는 다시 눈물이 그렁그렁 고였으나 참는 눈치였다. 왠지 그는 두만이한테 미안한 생각이 들었고 또 울면 두만이 혼날 것 같았기 때문이다.

아이들이란 단순하여 한복이와 영만이는 이내 어우러져 놀았다. 어미의 영이 무서워서도 그랬을 테지만 두만이도 차츰 불쌍하다는 사려가 생겼음인지 제가 차던 제기도 주고 까대기에서 신던 것이지만 밑이 멀쩡한 짚세기도 한 컬레 찾아서 한복에게 주며 마음을 사려고 은근히 노력하는 것을 볼 수 있었다.

"한복아."

"응."

"니 성은 어딨노?"

"외갓집에."

"와 함께 안 왔노."

"나, 가자고 안 했다."

"와?"

"오믄 매 맞으까 봐서."

두만이는 픽 웃는다.

"그라믄 니는?"

"나는…… 나는, 그냥 와뿄다."

"우리 오매가 그러는데 니 어매 보고 접어서 왔지?"

"……."

"외갓집에서 니 구박하더나?"

한복이는 고개를 저었다.

"밥은 많이 주나?"

"응."

"매 안 맞나?"

"응…… 형이 밤낮 매 맞는다."

해가 져서 두만아비는 돌아왔다. 피로하고 입맛을 잃어 그랬던지 짜증스런 표정이었다. 그는 마누라한테 한복의 얘기를 들었으나 아무 말이 없었고 저녁상을 물린 뒤,

"나 웃마을에 갔다 와야겠구마."

했다.

"머하실라꼬요?"

"웃마을 장샘이가 신거리에 갔다온 모양인데 사돈댁 소식이나 좀 들었으믄 싶어서."

하고 두만아비는 여전히 한복이에 대해서는 아무 말 없이 나가버렸다. 그러더니 아주 밤이 깊어서 돌아왔다.

"안 자고 머하는고?"

"아직 야심하지 않았소."

"온종일 일하고, 밤에는 자야제."

"이녘이나 일찍 안 주무시고, 그래 사돈댁 소식은 좀 들었소?"

두만네는 등잔불 밑에서 바느질을 계속하며 묻는다.

"그러세. 그기이…… 상중대에 갔다 캐서 나온 김에 거까지 갔더만 거기서도 장샘이를 못 만났구마."

"아따, 출가외인이라고 머 땜에 딸 생각을 해쌓소."

"그러매 거기 간 김에 염서방하고 이야기 좀 하다 오니께 이리 저물구마."

두만아비는 담배를 붙여 물면서,

"이눔우 세상이 우찌 될라꼬 이러는지 모르겠다."

"와요?"

"전에는 그런 일이 없었는데 동네가 더럽게 돼가거든."

"무신 일이 있었소."

"거 김진사댁 며눌아씨 말인데."

"……."

"마을 젊은 놈이 넘나보는 모양이라."

"머라꼬요."

"참말이제 양반은 가리는 것도 많아서, 두 고부가 꿀 묵은 버부리겉이 말 못하고 애간장이 탔던 모양이라."

"우떻게 됐는데 그러요?"

"아 그러매, 내가 김진사댁 문전을 지나가는데 이상한 놈이 담을 넘는 기라. 도둑도 아니겠고 가만 안의 동정을 살핀께 여인네 호통치는 소리가 나더미. 그래 대문을 뚜디렸시. 참 내기가 맥히서, 그 댁 마님이 문을 열어주서서 들어가니께 탈바가지 쓴 놈이 그냥 나를 떠밀고 나가는 기라. 그 댁 마님 말로는 전에도 한분 그런 일이 있어 며눌아씨가 병까지 났다는데. 남이 부끄럽어서 입 밖에 말도 못 냈다누마."

"우떤 놈이까?"

"탈바가지는 썼어도 내 누군지 짐작은 했지."

"누굽디까?"

"그거는 임자 알 것 없고 내 그놈의 탈바가지를 확 잡아 뜰을라 카다가 하 동네가 시끄럽어서 그만두었구마."

"세상에!"

"그런 일이 다시 없었으믄 좋겄지마는 여인네만 둘이서 사시니께…… 참 큰일이구마."

"이래가지고는 이웃 무섭어서 어디 살겄소?"

"참말 동리에 망조가 들라꼬 그러는가."

"이녁이 알거들랑 내일이라도 김훈장한테 가서 말씸디리소. 그런 눔을 그냥 두겄소?"

"거 참판님댁에서 구천이 그눔이 그 짓을 해놔서 모두 간덩이가 부었는갑다."

"그냥 둘 일이 아니오."

"그거는 임자가 모르는 소리구마. 내가 와 그눔의 탈바가지

를 잡아 뜯지 않았는가 아나? 이런 세상일수록 남에게 원수지
믄 안 되는 기라. 사람이란 앙심을 묵으믄 무슨 짓을 할지 모
르거든. 귀녀 그년을 봐도 그렇지."

"그, 그렇기는 하요만."

"누군지 내가 모르는 척해야지. 그거는 그렇고 평산이 아들
말인데,"

"……."

"임자, 설마 우리 집에 둘라꼬 데리온 거는 아니겠지?"

"식구 하나 입이 무섭은데 우찌 그러겠소?"

"묵는 것도 묵는 거지마는 보내도록 해야지."

"며칠은,"

"며칠 둘 것 없고 내일이라도 보내라니까."

"발도 부르트고 하루만 더 재웠다 보냅시다. 우리도 자식
키우는 사램인데."

"그런 생각 할라 카믄 한정이 없지. 참판님댁에서도 아시믄
좋아 안 하실 기고."

"……."

다음 날 두만네는 몰래 두만이를 불렀다.

"니 오늘은 집에 있고, 한복이는 밖에 내보내지 마라. 아이
들이 해꼬지할라."

해놓고 두만네는 밭에 나갔다.

논에 가고 밭에 가고 어른 없는 집에서, 제기차기 땅따기

따위의 놀이에는 영만이 싫증을 냈다. 한복이를 데리고 밖에 나가고 싶어했으나 두만이는 덮어놓고 못 나가게만 했다. 저녁 지을 때쯤 해서 두만이는 어미가 돌아올 것으로 알고 둑 밑 풀밭에 매놓은 소를 찾으러 나갔다. 형이 나가는 것을 본 영만이는,

"우리 미꾸라지 잡으러 가자."

신이 나서 말했다.

"그래, 가재도 잡자."

한복이도 신이 나서 말했다. 아이 둘은 쏜살같이 밖으로 뛰어나갔다. 두 아이는 가재가 많은 개울가를 알고 있었다. 미꾸라지가 많은 곳도 알고 있었다. 해는 아직 조금은 남아 있었다. 아이들은 뛰어가면서 발목에 감기는 개울물의 감촉을 미리부터 즐긴다. 그 개울에 가려면 타작마당을 지나야 하고 물방앗간도 지나서 좀 올라가야 한다. 두 꼬마는 달음박질 경주를 했다. 한복이는 목을 앞으로 내밀며 뛰었고 영만이는 가슴을 내밀며 뒤로 나자빠질 듯한 모습으로 뛴다.

"저기이? 한복이 아니가."

"한복이다."

"한복이 놈이다!"

타작마당에서 놀고 있던 영만이 또래의 조무래기들이 확 흩어진다. 그러나 다음 왁자하니 떠들면서 두 아이를 빙 둘러쌌다.

"샐인 죄인 놈의 새끼야! 니 머하러 여기 왔노!"

한 놈이 쏘아댔다. 한 놈은 돌을 주워 던졌다. 한 놈은 바싹 다가서서 한복이의 머리끄덩이를 꺼두른다. 그러자 모두 와 하고 달려들었다. 영만이 소리를 지르고 울었다. 조무래기들은 거복이한테 매 맞은 생각을 하며 더욱더 한복에게 주먹질을 한다. 소를 몰고 오다가 이 광경을 본 두만이가,

"이, 이놈들아!"

하며 소를 내버려두고 달려왔다. 두만이가 지난날 이 타작마당에서 대장 노릇을 했던 거복이보다 힘이 센 것을 아이들은 잘 알고 있었다. 아이들은 주먹질을 그만두고 물러났다. 땅바닥에 쓰러졌던 한복이는 얼른 일어나 앉았다. 그는 울지 않으려고 입을 꾹 다물고 있었다. 얼굴에는 조금 피가 비쳐나고 있었다. 딸바가지의 얼굴이 하룻밤 편한 잠에서 나았는가 싶더니 손톱 자국으로 다시 부풀어 올랐다.

"이눔 새끼들! 직이라! 직여!"

두만이는 두 주먹을 휘둘러 보였다.

"거복이한테 나도 매 맞았다."

한 놈이 항의를 했다.

"나도 맞았다!"

"나도!"

"한복이지 어디 거복이가아!"

두만이는 한복이를 보호한 데 대하여 만족을 느끼며 고함

쳤다. 그러나 아이들은 무엇을 봤는지 우우 하니 딴 곳을 향해서 몰려간다. 누만이 돌아보았을 때 말을 타고 양복 입은 서울양반이 마을 길을 들어서고 있었다.

별안간 텅 비어버린 타작마당에 두만이와 한복이만 우뚝 남아 있었다. 영만이도 눈물을 닦으면서 아이들을 따라가고 없었다.

"나쁜 놈의 새끼들! 직이비릴라 카다가 두었다."

자신이 저지른 짓이 더욱더 뉘우쳐지기도 했고 한편 자기 위세를 뽐내는 기분이 되기도 한 두만이는 한복이 손목을 잡고 한 손으로는 소를 몰며 집으로 돌아간다.

마을 초가지붕에서는 여기저기 저녁 짓는 연기가 피어올랐다. 해는 넘어 산허리에 몸을 감추고 있었다. 타는 듯 붉은 노을이 들판 가득히 퍼져서 집으로 돌아오는 농부들의 얼굴을 물들였다.

한복이는 이날 하룻밤을 더 묵고 다음 날 아침 두만네가 타이르는 소리에 고개를 끄덕이며 콩가루를 묻힌 찰밥을 싸고 엽전 다섯 닢을 얻어 허리끈에 묶고, 또 새로 삼은 짚세기를 신고 여벌로 주는 새 짚세기는 어깨에 메고 길을 떠났다.

"한복아, 니 소달구지 만내거든 태우달라 캐라이."

두만네는 저만큼 걸어가는 아이를 향해 소리쳤다.

"한복아, 또 오니라아."

영만이 소리쳤다.

그 후에도 한복이는 철새같이 평사리에 나타나곤 했다. 타작마당에서 당한 그 봉변을 잊었는가. 그 봉변을 잊지 못하고 겁내면서도 나서 자란 마을에 대한 그리움, 어머니에 대한 추억이 더 컸었는지 모른다. 한복이 나타날 때마다 마을 아이들 눈에서 적의는 줄어들었다. 철이 바뀌어도 한복이 나타나지 않으면 아이들은 들먹였고 어른들도 말을 했다. 하기는 한복이 마을에 오면 두만네 집에서만 잠을 자고 밥을 먹었던 것은 아니었다. 야무네 집에서도 하루 이틀쯤 그를 재워주고 먹여주었으며 그렇게 사이가 좋지 않았던 막딸네도 한복이를 불러다 점심쯤은 먹여주었다. 어린 방랑자. 철새같이 옛 둥우리를 잊지 못해 찾아오는 한복이를 마을 사람들은 누구나 다 가엾게 생각했다. 이제 그는 달구지 신세를 질 줄 알았고 오다가 날이 저물면 장터, 빈 좌판 위에 잠자는 궁리도 생기게 되었다.

13장 개나리를 꺾어 들고

정월 초하루, 최참판댁 서희는 부친의 삼년집상(三年執喪)에서 풀려났다. 아직 담제(禫祭)가 남아 있었으나 상복은 벗은 것이다. 조석에 올리는 상식(上食) 때 철든 사람이라면 육친의 죽음 당시의 슬픔을 되새겨가며 곡을 했을 테지만 어린 서희는 만 이태 동안 조석으로 곡을 할 때마다 슬픔을 키워나갔다 할 수 있을 것 같다. 그는 날이 지나가는 데 따라 자신이 고아나 다름이 없는 사실과 아울러 부친의 죽음의 뜻을 알기 시작했다. 우제(虞祭), 졸곡(卒哭), 소상(小祥), 대상(大祥)의 행사와 조석 상식의 일과는 어린아이에게는 과중한 것이었으나 대신 서희는 그런 것을 통하여 정신이 단련되고 생각이 제법 성숙해졌으며 이제는 의젓한 태도를 서희한테 볼 수 있게 되었다.

서울서 내려온 조준구는 그동안 두 번 서울을 다녀온 후 줄곧 이곳에 머무른 채, 윤씨부인과—결코 내색하지 않았으나—집안 하인들은 달가워하지 않았건만 그 자신은 안늙은이하고 어린 손녀만 남은 적적한 상중의 집안을 의당 보호하고 감독할 의무라도 있는 것처럼 임자 없는 사랑에 죽치고 있었다. 탈상을 한 뒤에도 그는 마을을 떠나지 않았다. 삼수를 제외한 하인들, 특히 다리 병신이 되어 연명한 수동이는 마음속에 불을 켜고 준구를 미워했다.

'흥! 소리개 까치집 뺏듯이.'

뭣 때문에 자신이 그러는지 헤아려볼 여지도 없는, 본능적이며 치열한 미움이었다. 최참판댁 하인들은 진작부터 그러했거니와 마을 사람들도 차츰 조준구를 싫어하게 되었다. 그의 말을 허풍으로 들었으며 지체 높은 신분도 시들하게 보았고 최참판댁의 일개 식객으로밖에는 더 이상 대접하질 않았다. 최치수가 살아 있을 때, 그가 마을을 떠난 뒤의 소문, 삼수 입에서 나왔건 어디서 나왔건 그 소문에 의할 것 같으면 사신을 수행해 먼 나라로 가게 될 것이라는 둥, 이번에 서울 가면 아무 대감의 주선으로 큼지막한 감투 하나는 쓰게 될 것이요, 그렇게 되면 지방 수령쯤 졸개 부리듯 할 그런 처지가 될 것이라는 둥, 그러나 최치수 장례에도 나타나지 않았고 그해 여름에야 찾아온 모습은 지난해 떠났을 때와 마찬가지로 여름 양복에 깡깡모자였으며 하인 하나 따르지 않은 세낸 말을 타고 왔다. 그 거마비마저 최참판댁에서 내준 것을 모르는 사람은 없었다. 원체 선비란 말부터 앞세우는 법이 아니라는 둥, 선비는 무슨 놈의 선비, 예를 하늘같이 숭상하는 선비가 삭발하고 홀태바질 입을까 보냐, 지난날 그를 칭찬하던 사람이 먼저 눈을 부라리며 흉을 보았다.

이따금 마을로 내려가는 준구가,

"이 논에는 벼가 몇 섬이나 나는고?"

마치 최참판댁의 당주같이 거드름을 피우고 물어보면은,

"석 섬지기 논이오. 시절 좋을 때에는 석 섬지기지요."

입맛을 쩍쩍 다시며 농부는 퉁명스럽게 대꾸했고,

"금년에는 날씨가 고른 것 같구먼."

"날씨 좋은 것만 믿으믄 농사는 절로 되는 줄 아시오."

"그러면은?"

"서울 양반님들은 모를 기구마요. 곡식이 병드는 것도 모를 기고 뜯어묵는 물기이[蟲蟲] 있는 것도 모를 기구마요."

하고 비웃었다.

정월 초하루가 가고 대보름이 지나가고 연 띄우는 아이들도 없어지면 세월은 달음박질이라도 치듯이 봄기운을 향해 마구 달려가는데 어느덧 사랑 뜰에 있는 옥매화는 싸라기보다 작은 봉오리를 물더니만 안개같이, 하얀 너울같이 활짝 피었다. 아무렇게나 제 마음대로 자라난 울타리 밖의 물앵두나무도 불그스름한 꽃이 피려 하고 있었다. 마구간과 외양간의 우마들도 발동을 하여 코를 불고 발길질하는 소리를 들을 수 있었다.

"방이 왜 이리 냉하냐? 불을 지펴라."

준구가 방에서 얼굴만 내밀며 길상에게 일렀다.

"예."

하면서 길상은 준구를 힐끗 쳐다본다. 불을 지피라 할 때마다 길상은 죽은 상전을 생각했고 왜 서울 양반은 서울로 가지 않나 싶어서 화가 나는 것이다.

"길상아!"

옳다구나 잘되었다 싶은 길상은,

"야!"

하며 준구를 피하여 뛰어간다. 변성기에 들어선 길상의 대답은 목쉰 듯하면서도 소리가 굵었다. 김서방이 앞서가면서 따라오라는 시늉으로 손을 흔들었다. 뒤꼍으로 돌아간 김서방은 고방 문을 열고 들어갔다.

"아까 니 머했노?"

고방 속에서 김서방이 물었다. 김서방 역시 누구든 사랑 쪽에 얼씬거리면 신경의 날을 세우는 것이었다.

"방이 냉하다 하시믄서 불 지피라고요."

길상의 말을 들은 김서방은 아무 말 하지 않았다. 고방 속에서 한참을 부시럭거리던 김서방은 어포를 싼 꾸러미와 매화주가 든 하얀 두루미병을 들고 나왔다.

"불은 심부름 갔다 와서 때고."

"어디 갑니까?"

"김훈장댁에 갖다 드려라. 내일이 그 양반 생신이라니게."

길상은 잠자코 두루미병을 받아 목을 잡고 한 손에는 어포 꾸러미를 들었다.

"갔다 오겄심다."

"어 갔다 오너라."

길상이 문밖에 나섰을 때 개똥이 녀석이 팽이를 치고 있다가 팽이채를 휙 제끼며 길상을 치는 시늉을 했다.

"히히히…… 노앴제?"

"안 놀랬다 와!"

길상은 일부러 위협을 주듯 눈을 까집고 소리를 질렀다.

"히히히…… 거잇말(거짓말) 마아."

개똥이는 침을 질질 흘리면서 한편 흘러내리는 코를 들이마신다.

코끝이 푸르딩딩했다. 팽이는 잘 돌고 있었다.

"어이 기노."

"어디 가믄 머할래!"

"나요 따야가얀다."

"따라오기만 해봐라. 가다가 개고랑창(개천)에 처넣어부릴 긴께."

"힝 어임(어림)없다!"

길상이를 칠 듯이 팽이채를 휘둘렀으나 정말 개천에 처넣을 줄 알았던지 개똥이는 굳이 따라오지 않고 맹하니 바라보다가 다시 팽이를 치기 시작했다. 길상이와 동갑인 올해 열여섯의 개똥이는 여전히 천치였다.

'따라오믄 성이 가실 긴데 어서 갔다 와야지.'

길상이는 며칠 전에 개똥이로 하여 싸움이 붙었던 김서방 내외의 우스꽝스런 모습을 생각하며 킥 웃는다. 본시부터 사이가 나빴던 삼수에게 못된 장난을 하여 개똥이 얻어맞은 데서 발단된 부부간의 싸움이었다.

"임자 닮아서 저 모양 아니가!"

"어어? 이녁 닮았지 머한다꼬 내 닮았이꼬."

"낳은 사람이 누고!"

"이녁 아들이지 남우 아들이오! 누가 씨도둑질했나!"

"밭이 나쁘니께."

"씨가 나빴지 밭이 나빠? 밭이 무슨 소용이던고? 천하없이도 씨는 못 속인다요."

"아무리 씨가 좋아도 비렁땅에는 도사리밖에 안 되는 법이라!"

김서방이 삿대질을 했다.

"아무리 밭이 좋아도 피보리 심은 땅에 보리 나까! 하늘 보고 침 뱉기지. 와 날 원망하요!"

김서방댁이 홀짝홀짝 뛰면서 삿대질을 했다.

"저 저 아가리! 애시당초 내가 원수를 만냈지!"

김서방이 제 가슴을 쳤다.

"내 할 말 사돈이 하네. 사람 잡아도 유분수지! 아이구 내 팔자야!"

김서방댁이 가슴을 쳤다.

길상이는 언덕막길을 내려가면서 연신 킬킬거리며 웃는다. 그 일이 생각나서 웃는 것이기는 했으나 웬일인지 길상이는 마음이 달뜨고 세상이 온통 환한 것 같아서 즐거웠다. 가물가물 젖어드는 것 같은 햇빛, 축축한 봄의 입김이 사방에서 길상의 가슴을 간질여주는 것 같았다. 아직은 끝이 누우렇고 옹그러든 채였으나 까치들이 앉아 있는 보리밭에도 봄기운은 완연했다. 아이들이 불을 놓아 꺼멓게 그을린 논둑길, 꾸불꾸불한 논둑길은 마치 뱀 같았으나 그 길을 가는 농부들, 보리를 밟고 있는 농부들의 흰옷이랑 머리를 동여맨 베수건이 정답고 화사하게 보였다. 햇볕 바른 언덕에 꾸부정하게 자라난 뽕나무 밑둥에는 흙이 녹아서 허물어지고, 겨우 뽕나무의 뿌리가 나머지 흙을 움켜잡고 있는 것 같았다.

'참말이지 봄이 왔구나.'

크게 소리를 질러보려다 그만두고 대신 길상이는 얼굴을 쳐들고 하늘을 본다. 정초에는 그렇게 많은 연이 푸른 하늘에 떠 있었는데 지금은 찾아볼 수 없고 어디로 떠내려가는지 모를 줄 끊긴 연 하나 없고. 찾지 못한 연은 높이 올라가서 수미산에 닿았을지도 모른다고 생각했었는데 그러나, 길상은 떠내려가는 구름이 못 견디게 좋았다. 하늘 빛깔도 좋았고 맴을 도는 소리개의 쭉 뻗은 날갯죽지, 그 날갯죽지에 올라앉아서 꿈을 꾸었을 때처럼 넓은 하늘을 날고 싶은 기분이 용솟음친다.

길상은 왜 좋은지 그 이유를 모른다. 길상은 목소리가 굵게 터져 나오는 이 시기가 자신에게 있어 봄이라는 것을 모른다. 눈은 더욱 크고 서늘해졌으며 긴 목이 좀 통거워졌고 양어깨가 벌어졌으며 다리에는 힘줄도 생긴 이런 변모가 인생에서의 봄이라는 것을 모른다. 봄에 눈을 떴기 때문에 이 화창한 봄 날씨가 좋았던 것이다. 이 소년에게 또 하나의 이유는 최참판 댁의 서희가 상복을 벗은 데 있었는지도 모른다. 옥색 저고리에 남치마를 입었던 서희, 제법 늘씬하게 큰 봉순이도 서희를 따라 무색옷을 입고 입이 벌어졌던 것이다. 아이들은 모두 너무 오랫동안 암담하고 비애에 가득 찬 집 속에 마음을 가두어놓고 있었다. 그것은 기나긴 겨울이었었다고 해도 좋았을 것이다.

"길상아!"

"야?"

"천상만 보고 어디 가노?"

"아."

영팔이, 봄갈이하러 가는가 소를 몰고 길상이 옆을 지나가고 있었다.

"김훈장댁에 가요."

"술 가지고 가나?"

"야."

"무신 술고?"

영팔이 침을 삼켰다.

"매화주요. 내일 김훈장님 생신이라 카믄서 가지가라 합디다."

"음."

소는 처음으로 굴레를 쓰고 밖에 나온 모양이다. 새로 엮은 굴레 빛깔은 햇보리같이 신선해 보였다. 소도 그러했다. 털빛이 희여끄름하여 앳된 모습이 가련하게 느껴진다. 어린 계집아이 같았다. 그것도 허약한 계집아이같이 세상이 신기스럽기보다 두려워하는 표정이었다.

"송아치(송아지)가 언제 이리 컸으까?"

"이잔 송아치 아니다."

영팔이 불만스럽게 말했다.

"이잔 다 컸지. 가슬이믄 씨를 안 받겄나?"

애무하듯 등을 한번 만져보는 영팔의 눈이 가늘어지면서 혼자 웃는다. 소는 수줍음을 타는 것처럼 슬그머니 밭 쪽으로 고개를 돌린다. 요령이 짤랑짤랑 흔들리면서 청아한 소리를 낸다.

"이자는 남우 소 안 빌리도 되겄소."

"그러모. 내 소가 있는데 머할라꼬 남우 소 빌리겄노."

"부자 됐소."

"농사꾼한테는 소가 보배지. 이놈을 먹이노라고 골이 빠졌다."

말이 적은 영팔이었으나 아이를 상대해서도 저절로 자랑이 나오는 모양이다. 평생 처음 가져보는 소였으니.

"그렇지마는 좀 불쌍요."

"와."

"아즉 어린 것 겉소."

"아, 아 아니다. 어리기는? 가슬이믄 씨를 받을 긴데?"

했으나 영팔이도 다소 불안한 듯 눈을 꿈벅거리며 털이 희여끄름한 소를 쳐다본다.

"너무 일 많이 시키지 마소. 아즉은 어린데, 굴레도 무겁아 봬요."

"이눔 자식이."

하다가 영팔이 껄껄 웃는다.

"그러세. 내 맴이 바빠서 안 그렇나. 한분 시험 삼아서, 심에 버겁게야 일 시키겠나."

찬 바람이 싫지도 않은지 영팔이는 벙싯벙싯 웃었다.

영팔이와 헤어진 길상은 불을 지피라던 준구의 말을 생각하고 뜀박질로 김훈장 집 앞에까지 뛰어갔다.

"샌님! 계십니까!"

숨이 차 하면서 소리를 질렀다.

김훈장의 딸 점아기가 기웃이 내다보다가 얼른 들어가버린다. 한동안이 지난 뒤 부엌 쪽에서,

"안 계시구먼."

내외를 하느라고 그곳에서 대답이 들려왔다.

"여기 술 가지고 왔소."

길상은 다시 고함을 질렀다.

"거기 마루에 놔두고 가지."

여전히 부엌 쪽에서 대답이 들려왔다. 길상은 대문을 밀고 안마당에 들어섰다. 깨끗하게 치워진 마루에 두루미병과 어포 꾸러미를 놔두고,

"여기 놓고 가요!"

했으나 이번에는 대꾸가 없었다.

대문을 나선 길상이는 곧장 돌아갈 판인데 문이 열려져 있

는 사랑 마당 쪽으로 눈이 갔다. 햇볕 바른 곳이어서 그랬던지 별당 뜰의 개나리는 움이 트고 있을 뿐인데 그곳의 개나리는 봉오리를 맺고 있었다.

"옳지. 저걸 꺾어서 애기씨한테 드려야지. 방에 두믄 곧 꽃이 필 기다."

길상은 서슴없이 들어가서 조심성 없게 꽃가지를 우직우직 꺾는다. 한두 가지 꺾는다는 것이 꺾는 재미에 한 아름이나 꺾었을 때 그 기척을 안 점아기가 성이 나서 내다보았으나 다른 사람 아닌 길상인 것을 알고 아무 말 없이 도로 들어가버린다. 길상이는 실실 웃었다. 설마 술이랑 어포를 가져온 사람보고 야단을 치지 않으리라는 생각에서, 좀 심술스런 웃음이긴 했다.

그가 꽃을 한 아름 안고 의기양양하여 별당 뜰에 들어갔을 때 서희는 봉순이와 함께 연못가에 그림자를 떨어뜨리고 앉아 있었다. 붕어를 보고 있었던 것이다.

"애기씨!"

서희는 가만히 있었고 봉순이 돌아보았다.

"어이서?"

꽃을 본 봉순이 홀딱 일어서며 물었다.

"훈장님 댁에서."

하는데,

"훈장님이 뭐야? 선생님이지."

하고 서희는 길상이를 노려보았다. 조용했을 뿐 서희의 성깔은 옛날과 다름이 없었다.

"얻었나?"

노려보는 서희 눈초리에 길상이는 감히 제 마음대로 꺾어 왔다는 말은 못하고 우물쭈물하다가,

"어서 방에 꽂아라. 따신 방에 두믄은 꽃이 필 기다."

봉순이 꽃을 받아 안았다. 그러더니 꽃가지 속에서 필 듯 말 듯한 꽃 한 가지를 꺾은 봉순이는 서희 귀밑머리에 꽂아주면서,

"애기씨 참 예뻐요."

하고 웃었다.

"너도 꽂아주련?"

서희도 웃으며 꽃 한 가지를 꺾어 봉순이 귀밑머리에 꽂아 준다. 그러고 나서 두 아이는 깔깔거리며 웃었다. 길상이도 벙실벙실 웃는다.

"길상아!"

삼월이가 불렀다. 길상이는 그곳에 더 서 있고 싶은 마음이 가득했으나 뛰어간다.

"사랑에서 부르신다. 어쨌길래 노발대발이고?"

아차 하고 생각한 길상이는,

"군불."

하다가 다시 사랑을 향해 뛰어간다. 준구는 마루에 나와 서

있었다. 얼굴이 벌겋게 상기되어 있었다.

"지, 지금 곧."

길상이 당황해서 말했다.

"이리 와!"

길상이 신돌 가까이 다가왔다.

"더 가까이!"

길상은 얼굴이 파아래졌다.

"이리 못 올까!"

고래고래 소리를 질렀다. 그리고 다가간 길상의 뺨을 준구는 연달아 갈겨대는 것이다. 길상은 두 볼을 감싸며,

"잘못했습니다, 나리."

이 소동을 알고 김서방이 달려왔다. 길상이도 심부름 갔다 왔다는 말을 안 했거니와 김서방도 심부름을 시켰노라는 변명을 해주지 못한다. 길상의 경우는 변명이 될 것이요 김서방의 경우는 역성을 드는 것이 되겠기 때문이다. 식객으로 주제넘은 짓이나 그는 엄연한 양반 나리요 두 사람은 노비인 것이다.

"다음부터는 명념하고, 어서 가서 불 지피라."

김서방은 얼굴을 일그러뜨리고 노여움을 꿀걱꿀걱 삼키면서 말했다.

"고얀 놈 같으니라구."

조준구는 방문이 날아갈 듯 닫아붙이며 방 안으로 들어갔다.

이날 해 질 무렵, 나무 한 짐을 지고 둑길을 지나오다가 담배 생각이 난 용이는 지게를 받쳐놓고 둑길에 걸터앉아 담배를 붙여 물었다. 버드나무 잔가지 사이로 황금빛 광선이 미친 듯이 번득이고 있었다. 강물 위에도 햇빛이 번득거리고 있었다. 그러던 해가 산허리에서 꼬리를 감추면서 천지에 번지는 놀을 안고 버드나무가 우뚝우뚝 선 길을 보퉁이를 인 여자가 아이 둘을 앞세우고 걸어온다. 가까이 왔을 때 여자는 보퉁이 말고도 아이까지 업고 있는 것을 볼 수 있었다.

"아니!"

용이는 입에 문 곰방대를 뽑으며 벌떡 일어선다.

"칠성이댁네 아니시오!"

여자가 걸음을 빨리했다.

"오래간만이오."

인사말을 하고 여자는 눈을 내리깐다. 거지나 다름없이 변모한 임이네였다. 아이 둘의 커다란 눈동자 네 개가 미동도 않고 용이를 쳐다본다. 등의 아이는 허리를 꾸부리고 얼굴만 어미 등에 붙인 채 잠이 들어 있었다. 아이들은 모두 사람의 자식 같지가 않았다. 소담스럽게 검던 임이네의 머리는 간물에 절였던 것같이 붉게 바래어지고 바스라져서 앙상하게 솟아오른 광대뼈 위에 흩어져 있었다.

"고생하싰구마요."

잠긴 목소리로 용이 말했다.

"그런데 어떻게 오시오?"

"여, 여기 살라꼬 왔소. 정 여기서 못 살라 카믄, 그, 그만 새끼들하고 이 강물에 빠지 죽을랍니다."

"……"

"차라리 그 편이 낫겠지요."

하는데 임이네는 울지 않았다. 눈은 내리깐 채였고 꼬챙이같이 여윈 손이 머리 위의 보퉁이를 받쳐 잡고 있었다. 아이들은 여전히 용이를 뚫어져라 보고 있었다.

"이자는 세월도 지냈으니께…… 두만이 집에 가보이소. 아이들이 춥겠소."

용이는 눈길을 돌렸다.

14장 사양(斜陽)의 만가(輓歌)

썩은 아랫부분을 도려낸 곳에 새 판자를 끼워 못질하는 윤보를 김훈장은 장죽을 물고 서서 바라보고 있었다. 못을 치는 장도리의 울림이 장단같이 정확하고 가락이 있는 것만 같다. 윤보가 손질하고 있는 것은 김진사댁 솟을대문의 문짝이었다.

"아예 새 것으로 갈아버렸으면 좋으련만."

김훈장이 중얼거렸다.

"괜찮십니다. 위는 말짱하니께요. 꼴 보고 매 보고* 하겄십니까. 사람만 금하믄 될 긴께요."

사람만 금하면 된다는 말을 할 때 윤보는 묘한 웃음을 흘리었다. 여인네들은 얼씬하지 않았고 빈집같이 괴괴했다. 처마 끝의 그늘이 제법 써늘해 보인다.

뒤 숲에서는 소쩍새가 울고 있었다.

"자네 내일 떠난다고 했나?"

"예. 해가 질어지니께 좀 벌어야 안 하겠십니까."

"음 그야 그렇지……. 사당도 빗물이 새어 기둥 하나가 썩는 모양인데."

"아즉은 견딜 만할 깁니다. 기왓장이나 손보십시오."

"기둥을 갈려면 일이 크겠지?"

"클 거는 없지마는 빗물만 안 새믄 이삼 년이사 별일 없일 깁니다."

"하기는 손을 댈려면 한두 곳이 아니지."

못질을 끝낸 윤보는 대패를 손에 들고 날을 들여다보다가 망치로 살짝살짝 두드려 맞춘다.

"생원님은 금년 가슬에도 함양 가실 깁니까?"

김훈장은 우물쩍거릴 뿐 그 말 대꾸는 하지 않았다.

맑고 높은 하늘이 쨍! 하고 깨어지는 소리라도 들릴 것 같은 둑길을 말을 몰며 지나가는 나그네 무명옷에 쌀쌀한 햇빛이 내려앉고 수수알의 모개를 다 꺾어버린 키 큰 수숫대가 선들선들 건성으로 움직이며 당산의 잡목숲이 미친 듯이 물들어서 그것도 우수수 우수수 나뭇잎들이 떨어지는 계절이면 대개 가을걷이를 끝낸 들편은 허둥해지는 것인데, 이 근래 몇 해 동안 김훈장은 추수만 끝나면은 어딘지 모르게 사라졌다가 달포가량 지난 뒤에 돌아오곤 했다. 지난가을에도 그러했다. 돌아올 때는 떠날 때와는 달리 몹시 지치고 낙심한 얼굴이었다. 그러한 그의 행적을 수상하게 여긴 사람들은 어디 여자라도 숨겨둔 모양이며 곡식을 내어 돈을 장만코 찾아가나 보다고들 했다. 씨를 받으려고 엉큼스런 속셈에서 그러는가 보다고도 했다.

"나이 있이니께. 마나님하고 아들 삼형제를 땅에 묻고부텀 저리 상투가 허옇게 됐지마는 나이를 보나 근력을 봐서라도 자식 볼라 카믄 못 볼 것도 없지."

"세는 짧아도 침은 질게 뱉고 싶은 그게 인정이기는 하지마는 그래도 성시(형편) 알아서 할 일인데."

"그거는 또 와."

"안 그런가? 상사람 딸이나 과수댁이라도 집안에 딜여놓고 자식도 볼 겸 노리의 몸도 의탁하고 하믄 좋을 긴데 곧 죽어도 그렇게는 하기 싫은 기라."

"그러세."

"소리치는 문벌도 아니겠고 가산이 넉넉한 것도 아니겠고 양반댁 새처니가 탕숫국 냄새 나는 김훈장한테 시집올 기든가?"

"그야 알 수 없는 일이제. 째보나 곱새(꼽추)라믄 못 올 것도 없다. 혼사 못할 것 없지."

"째보, 곱새? 그거 될 만한 얘기다. 사람 병신쯤이야 가문 병신보다는 나을 테니 그렇다면 앙혼인들 못하까."

"째보, 곱새등이도 괜찮다믄 판서, 참판 사위도 어렵잖지러." 하고는 깔깔 웃었다.

마을 사람들이 혹 볼일이 있어 찾아갔다가 김훈장 어디 가셨느냐고 물어볼라치면,

"일갓집에 가시는가 부지요."

딸 점아기는 노상 그렇게만 대답했다. 김훈장이 양자를 얻으려고 혈안이 되어 십촌이 넘는다는 떠돌이 노총각을 찾아서 떠나는 것을 아는 사람은 윤보 말고는 별로 없었다. 요즈음 김훈장에게 그 나들이는 가을만 되면 도지는 병과 같은 것이었다.

윤보는 대패질을 끝내고 대문짝을 달기 시작한다. 해진 곳을 올을 골라가며 감쪽같이 기워낸 솜씨 좋은 바느질장이같이 대문짝은 나무의 빛깔만 달랐지 말짱했다.

"수고했네."

김훈장의 치사를 들으며 연장망태에 연장을 챙겨 넣고 윤보가 땀을 닦고 있는데 손주 놈을 안은 서서방이 슬금슬금 다가왔다. 서서방은 김훈장에게 인사를 했다. 김훈장은 손자를 안은 서서방을 마땅찮게 쳐다본다.

"일이 다 끝났는가 배."

"야."

"손이 싸서 일찍이 끝냈고나."

"일이랄 것 있소. 한창 바쁘겠구마요."

"그러매. 아이들은 들에 나가고 할망구는 또 아프다 캄서 누워 있으니, 이놈은 울어쌓고, 할 수 없이 젖 멕이러 갔다 오누마."

"배 좀 고프면 고팠지."

김훈장은 시큰둥해서 말했으나 사내놈이 채신머리없이 아이까지 안고 나오느냐는 말까지는 하지 않았다. 서서방은 서서방대로 우리는 양반이 아니니께요, 새 물 묵듯 하는 어린것 배 곯릴 수 있겠소? 하는 투의 표정을 나타내었다.

"사당에 비가 샌다 카시더니 그곳도 고치십니까?"

김훈장을 곯려줄 심산인지 서서방은 슬슬 얘기를 몰았다. 김훈장은 묵묵부답이었고 대신 윤보가 대답했다.

"기와는 고쳐야 할 거로요."

"사당을 손보는 것도 시급한 일이기는 하겠지마는 더 시급한 일은 따로 안 있겠십니까?"

"……."

"양가에 다 자손이 끊어졌으니, 진사님댁이사 기왕지사, 천운을 한탄할밖에 없지마는 샌님께서는 선영봉사를 어느 분한테 맽기실라꼬 이러시오?"

외면한 채 여전히 말이 없었으나 풀이 팍 죽은 김훈장의 기색은 역력했다. 그는 붕어가 물 먹듯이 성급히 장죽을 빨아대는 것이었으나 담배는 이미 다 타버리고 재만 남아 연기가 나지 않았다. 윤보는 서서방의 심통을 깨닫고 씩 웃었다.

"이제 내 손으로 무덤 지을 생각은 못하겠네."

한참 지난 뒤 김훈장은 약한 목소리로 중얼거렸다. 다른 일 같았으면 상놈이 건방지게 무슨 참견이냐! 했을 것이요, 서서방은 서서방대로 같이 늙어가는 처지에 그 놈자 좀 빼어달라고 대거리를 했을 것이다.

"하지마는 문을 닫는대서야."

"문을 닫기는 왜 닫아!"

드디어 역정을 내며 어성을 높였다. 지난가을 허행에 그친 일이 새삼스레 생각나 부아가 치밀기도 했던 것이다. 찾는 사람은 서울로 갔다는 막연한 소식에 얼마나 큰 실망을 안고 돌아왔던가. 약을 올려준 서서방은 지나가는 농부를 붙잡고 딴전을 피우고 있었다.

"금년에는 귀보리가 많아서 영 성가시구마. 자네 밀밭에도 귀밀이 수울찮이 보이던데?"

"그러기 말입니다. 뽑아도 한정이 있이야지요."

역정을 내는 김훈장을 내버려두고 손자를 안은 서서방은 농부들을 따라 아랫마을을 향해 내려간다. 수군수군 귓속말을 주고받으며 가는 그들 뒷모습을 멍청히 바라보던 김훈장은 장죽을 돌팍에 치면서 담뱃재를 털어낸다.

"생원님."

윤보는 연장 망태를 어깨에 걸머지며,

"한복이라는 도령, 나무 될 거는 떡잎 적부터 알더라고, 거 장노(장래)가 있겠더마요."

뜻밖의 말을 한마디 했다.

"누군데?"

김훈장은 일부러 모르는 척하였다. 계절 따라 찾아오는 김 평산의 둘째 아들을 모를 리가 없었고 측은하여 머리를 쓰다 듬어준 일도 있었다. 그러나 서서방이 문을 닫고 어쩌고 한 뒤끝이어서 경계를 했던 것이다.

"김평산이 그 양반 둘째 아들 말입니다. 같은 종씨 아닙니 까."

김훈장은 눈을 부릅뜨며 윤보를 노려본다. 도령이니, 김평 산 그 양반이니 하는 존칭부터가 심상찮은데 같은 종씨가 아 니냐는 말에서는 윤보의 의도가 어떤 것인지 알 만했던 것이 다. 김훈장은 치미는 분노를 누르고 입을 다물었다.

윤보하고 헤어져 집으로 돌아오면서,

'백정 놈의 씨를 양자 삼았으면 삼았지!'

김훈장은 별안간 눈물이 쏟아지는 것을 느낀다. 악의가 있 어 윤보가 그랬다고는 생각지 않았다. 서서방의 경우도 심술 을 부렸지만 속으로 걱정해주는 것을 알고 있었다. 그렇다고 괘씸하지 않은 것은 아니었다. 나라가 체통을 잃으니 양반들도 상것들의 업신여김을 당한다는, 어린애와도 같이 철없는 설움이 북받치는 것이다. 그 노총각의 행방을 찾지 못하는 초조함에서도 그러했거니와 다른 또 하나의 까닭이 있었다. 옛날 같으면 꿈도 꾸지 못할 일, 외로운 두 청상이 살고 있는 김진사댁을 넘보는 놈이 있다는 그것이다. 그놈이 누구인지 동네를 샅샅이 뒤져서라도 요절을 내고 말 것을, 이제는 마을에 그 영이 통하지 않는다. 결국 담을 높이고 대문 단속을 할밖에, 궁여지책을 쓸 수밖에 없는 일이 생각할수록 김훈장을 슬프게 했다.

"아버님, 점심상 올릴까요."

딸이 하는 말에 고개를 끄덕인 김훈장은 사랑에 오른다. 도배를 하고 장판도 갈아낸 방 안은 한결 밝고 정결했다. 전에 볼 수 없었던 문갑이며 서책이 눈에 띈다. 지난 이월 최참판댁 서희에게 글을 가르치면서부터 곡식과 신탄(薪炭)은 어렵잖게 그쪽에서 내어주었고 농사도 하인들이 거들어주어 살림이 한결 넉넉해진 것이다. 최참판댁 하인들은 서희를 위해 좀 더 학식이 높은 선생을 모셔올 수도 있을 것인데 하고 의아한 마음이었으나 윤씨는 김훈장에게 서희를 일임하였고 마을 사람들은 의당 김훈장이 서희의 선생이 될 수 있는 사람임을 믿고 있었다.

"그 양반을 말할 것 같으면 지금은 돌아가시고 안 계시지마는 화심리 장암 선생하고 한자리에서 유식을 겨루는 터이고 최참판댁 사랑양반으로 말할 것 같으믄 장암 선생께 글을 배웠이니께. 누구누구니 해도 이 근동에서는 그 양반 학식을 따를 사람이 없일 기구마."

"그러기. 그 양반하고 집안인 김진사도 이십 세 안에 장원급제하신 분이고, 다 글 좋은 내림 아닌가 배."

저희들 자식이 천자문이나 배웠다고 농부들은 우쭐해서 치켜세우지만 물론 그것은 모르는 말이었다. 화심리 장암 선생하고 자리를 같이하였다는 것은 빈말이다. 젊었을 때 장암 선생을 찾아가 말석에서 선생의 강론을 근청한 일은 있었으나 어릴 적부터 사랑하던 제자인 최치수에 비하면 김훈장은 제자의 서열에도 들지 못했다. 김진사의 얘기도 이십 안에 초시에 등과한 것만은 틀림없으나 장원급제는 아니었다. 다만 김훈장에게 남다른 점이 있다면 강기(強記)의 능력인데 돌대가리 속에 들어박혀 움직일 줄 모르는 그런 기억력이라고나 할까. 하늘 천 따아 지! 상체를 흔들며 배우기 시작한 천자문이 골수에 박혀 들어간 것처럼 후일 어른이 되어 얻은 지식도 그런 식이어서 깨우침이나 비판의 여지없이 통째로 받아들였고 고스란히 그의 완고한 돌대가리 속에 사장되어왔었다. 그 완고함은 흔히들 있는 아집이나 자부하고는 다른 것이었다. 외곬에서 시작한 완고함이었다. 그런 뜻에서는 서희에게 정확히 글을 가르치는 좋은 선생인지도 모른다.

딸 점아기가 점심상을 가져왔다. 양식과 신탄이 넉넉함에도 밥상에 놓인 밥그릇에는 여전히 깡보리밥, 짠 김치, 된장찌개도 전과 변함이 없는 소찬이었다.

"문의원께서 오셨다가 아버님이 안 계셔서."

"언제?"

"한 시각 전에 오셨더랬습니다."

"그러면 최참판댁에 가셨겠군."

"아니옵니다. 그곳을 들르시고 화개로 가신다 하시면서."

"그래?"

술을 드는데 서운해하는 낯빛이다. 점아기가 나간 뒤 깡보리밥을 씹으면서 지난번 찾아왔을 때 문의원이 들려주었던 이야기를 김훈장은 생각한다.

'각처에 왜인들 은행이라는 게 생겨서 한전(韓錢) 어음까지 떼는 판국이니 장차 어찌 될지…… 노상 하는 말이오만 큰일이외다.'

'깡그리 쫓아내기 전에는 그놈들이 무슨 짓인들 아니하겠소?'

'지각없는 사람들은 서울 제물포 사이에 나는 듯한 철마가 달리고 종로 네거리에는 전등불이 휘황하며 한강에는 철교를 놓았다 하여 신기해들 하는 모양인데 그런 것을 우리네가 만들고 우리네 임의로 한다면야 반가운 일이지요. 우리들도 남들만큼 나라 사정이 달라져야 할 테니 말이오. 헌데 그 내막을 알고 보면 가슴을 칠 일이고 숫제 쓸개를 뽑아서 갖다 바친 꼴이지 뭐겠소? 위정자들은 장차 이 나라를 어느 곳으로 몰고 갈려는지 생각이나 해보고 처신을 하는지 심히 의심스럽소이다. 듣자니 서울 제물포 간의 철도만 하더라도 그 권리를 얻기 위하여 미국인이 임금 관계 대신에게 막대한 금액을 헌납했다는구려. 나라에서 그네들에게 철도를 부설하는 땅을 빌려주었으면 정당한 임대료와 권리금을 떳떳하게 받아야 하거늘 상호 간의 약정서의 내용이라는 게 실로 해괴하다 하오. 우리 땅에 우리 일꾼 부려서 역사를 해놓고 우리 백성들이 돈을 내어 기차라는 것을 탈 터인데 그 돈이 모두 외인들 품속에 들어가고 세금 한 푼 내지 않게 되어 있다 하니, 주린 창자를 졸라매며 손바닥만 한 땅뙈기 하나를 믿고 사는 농사꾼한테는 피가 나게 갈구리질하여 세금을 거둬들이면서 말씀이오. 겨우 선심 쓴다는 게, 편지 내왕과 병정들 무기 실어 나르는 데서만은 기차 운임 없이 보아주겠다니, 그놈의 편지 부피가 얼마나 될 것이며 실어 나를 병정이나 무기 같은 것도 허실한 얘기 아니겠소? 그럴 계제가 돼 있느냐 말씀이오. 한데 또 하나 해괴한 일은 그 권리마저 이문을 붙여서 미국인이 왜인들에게 팔아넘겼고 왜인들이 그것을 성사했다 하지 않소?'

'참으로 통분할 노릇이오.'

'어디 그뿐이겠소. 도처에서 우리 금광을 파헤쳐서 각 나라들이 엄청난 이득을 보고 있다 하오. 아까 철도의 경우와 마찬가지로 새발의 피 같은 돈을 헌납하고 기막힌 조건으로 약정서를 작성하는 것은 그래도 나은 편이오. 허가도 없이 마구 덤벼서 도굴하는 일이 비일비재하다 하오. 왜인들은 저희네들 군대까지 끌고 와서 엄포를 놓고 어떤 나라의 사신은 허가를 급히 해주지 않는다고 외부협판(外部協辦) 유기환(俞箕煥)의 뺨까지 쳤다 하니. 산의 나무들도 저희들 마음대로 베어 팔고 바다의 고기도 저희들 마음대로 잡아가고 삼포(蔘圃)를 강점하는가 하면 조선옷 입은 왜인이 작당하여 수 년을 정성 들여 키운 삼을 모조리 뽑아가고 백성들 재물까지 약탈함이 다반사요. 그럼에도 적반하장으로 죄책을 재물 잃은 우리 백성한테 물으니 누구를 믿고 생업에 종사하겠소? 이렇게 민생이 도탄에 빠지고 나라의 힘은 날로 쇠약해가거늘 임금께서는 외인들 손을 빌려 그네들 식의 궁궐을 짓는다 하니 참으로 한심한 노릇이외다.'

나라의 사정, 일가 문중의 사정이 모두 칠흑 같은 어둠 속으로 묻혀들어가고 있다는 생각에서 김훈장은 밥이 목구멍에 넘어가지 않았다. 숟가락을 놓고 낡은, 생채기투성이가 된 소반을 멍청히 내려다보고 앉았는데 딸은 숭늉을 떠받쳐 가지고 왔다. 점아기가 식기 속에 밥이 고스란히 남은 것을 보고 근심한다.

"망할 놈의 세상."

딸이 상을 물린 뒤 김훈장은 중얼거렸다. 이렇게 앉아 있는

데 조준구가 찾아왔다. 조석으로 대면하는 터이며 그의 사람됨을 멸시하면서도 늘 답답한 심정의 말벗 없는 김훈장은 싫지 않게 그를 맞이했다. 논쟁이 벌어져서 흥분하는 일 이외 그의 문벌에 대한 존경만은 변함이 없었으므로 평소 김훈장은 예에 벗어난 언행을 깊이 삼가고 있었다.

"출타 중이라 들었는데 언제 오시었소."

"예. 목포에 만날 사람이 있어 갔다가 돌아오기는 어제였는데 읍에서 하루를 묵었지요."

"시원한 소식이라도 들으셨소?"

"무슨 시원한 소식이 있겠소. 물정이나 살피고 왔지요."

김훈장은 딸에게 주안상을 차려오라 하여 조준구와 마주 앉으며 답답한 하루해를 보낼 참이었다. 서로 술잔을 건네면서,

"뭐니 뭐니 하지만 이렇게 기강이 땅에 떨어지고 만 것은 예학(禮學)이 쇠퇴한 때문이오. 온갖 잡인들이 모인 서울도 그러하거니와 이 산간벽촌에서조차 삼강오륜의 기틀이 흔들리고 있소. 천리(天理)의 절문(節文)을 어려워 아니하고 인사(人事)의 예칙(禮則)을 저버리니,"

하고 시작하는 김훈장은 어김없이 논쟁의 실마리를 먼저 풀어나가는 것이었다. 이퇴계의 사단칠정(四端七情)이 나오면 반대파 율곡과 그의 제자들이 나오고 다시 퇴계의 제자들로 하여 대항케 하는 기나긴 사설이 누에가 실을 뽑듯, 하긴 해가 길긴 했다.

"내 태생이 영남이라 하여 그러는 것은 아니오만 율곡이나 우암(尤庵: 宋時烈)은 그 기상이 호탕하고 도량이 넓기는 했으되, 하기야 도량이 넓다고만 할 수도 없지요. 우암이 백호(白湖: 尹鑴)를 사문난적(斯文亂賊)이라 하여 들이친 것을 보면은, 제아무리 그리하여도 그러나 정통으로는 퇴계가 아니겠소? 동방의 주자(朱子)라 일컫는 것도 결코 우연은 아닐 게요. 저네들이 그 호방한 성품 탓으로 야심이 크고 명리(名利)를 아니 좇았다고 할 수도 없는데 그런 만큼 눈에는 크게 비쳤을는지 모르나 속은 허술한 것을 면키 어려웠고 우암은 적잖이 허장성세한 구석이 있었거든. 참으로 단성스리 학문을 궁리하고 심혈을 바친 사람은 퇴계요. 그분의 제자들도 월등 출중했었지요. 백호나 미수(眉叟: 許穆), 거 모두가 기막힌 석학이요 문장 가며 미수의 글씨야말로 그 멋에 따를 사람이 없을 게요."

조준구 역시 하품을 깨물며 듣다가 자기 변설을 휘두를 기회를 놓치지는 않았다. 이(理)니 기(氣)니 호론(湖論) 낙론(洛論) 그게 다 무엇이냐, 그따위 잡귀 같은 수구파야말로 망국의 원흉이요 개화파를 물어뜯은 그 잘못으로 하여 나라가 갈기갈기 찢어지는 꼴이 되었다는 것이며, 도시 예학이라는 것이 나라 부강하고 무슨 상관이냐, 일본의 명치유신(明治維新)을 아느냐? 이리저리 하여 그네들은 대국 청나라를 쓰러뜨렸을 뿐만 아니라 다른 열강들도 일본의 눈치를 살피게끔 된 이유가 무엇인지 아는가? 옛적에는 우리 문물을 빌려 갔던 그네들이 지금은 우리 땅에 철도를 놓아주게끔 기술과 모든 국력이 앞서지 않았느냐고 떠들어대는 것이었다.

"생각해보시오. 서울 제물포 사이 팔십 리 길을 마포에서 용산 오가는 시간이면 내왕할 수 있단 말씀이오. 차비가 많으냐 하면 동문에서 남문까지의 교가(轎價) 정도면 족할 것이오. 설비를 말하면은 별방에 뒷간이 있고 훤하게 사방이 트인 경치를 유리창으로 바라보며 그럼에도 불구하고 그 휘황한 개명을 이해 못하는 우민들이 아이 하나 치어 죽었다고 수십만 원을 짜내어 만든 전차를 불 질러버렸으니 그 몽매함을 한탄할 기력도 없소이다. 이제는 우물 속에서 개구리들이 와글거리는 소리조차 듣기가 싫소!"

장장 몇 시간을 해가 기울 때까지, 입씨름은 결국 격한 어조에서 다시 상투가 어쩌구 양복이 어쩌구 고함, 삿대질에 이르면 논쟁은 끝막음에 가까워지는 것을 서로가 다 알고 있는 터이었다. 숨이 가쁘고 입에 침이 마르고 하여 김훈장이 자리끼를 끌어당겨 물을 벌컥벌컥 들이켬으로써 일단 말은 끝나지만 노여움에 찬 서로의 얼굴을 노려본 채였다. 조굴조굴하게 주름이 지고 검버섯이 피어 까칠한 얼굴의 김훈장은 아무리 노기를 띠어도 그의 눈은 허하게 보였다. 꾸부정하게 꾸부린 양어깨도. 나이보다 젊게 보이는 조준구의 맨들맨들한 얼굴에는 윤이 흘렀다. 검정빛이 많이 도는 눈을 치떴음에도 이마에는 주름이 잡히지 않았다. 김훈장이 먼저 눈길을 돌리며 장죽을 뻗쳐 담배 그릇을 끌어당긴다. 담배 한 줌을 손바닥에 올려놓고 물기의 물을 한 방울 떨어뜨리고 여러 번 문지른 뒤 골통에 채워서 불을 붙이는데 꽤 시간이 지나간다. 콧구멍으로 연기를 뿜어내며 한 손으론 버선발을 설설 문지르는 것인데 이쯤 되면 어느덧 그들은 화해가 된 것을 서로 알아차린다. 두 사람이 다 무료한 처지라는 것을 잘 알고 있었으므로 아주 틀어지는 것은 원치 않았다.

"서희는 제 아버님을 닮아서 성미가 명석하고 할머님같이 대범할 것 같소. 여식이나마 장차,"

어설프게 말을 찾아서 김훈장이 먼저 입을 떼었다.

"글쎄올시다. 허나 최씨 성을 이어나갈 처지가 못 되니."

준구는 애매하게 뇌었다.

"돌아가신 그 양반은 실로 출중한 분이었는데 어느 길에서도 성사를 못 보고 더욱이 무후했던 것은 안타까운 일이오이다."

"험하게 처신하여 몸을 버렸지요."

최치수가 죽고 난 뒤 그것을 모르는 사람은 아무도 없었다. 그러나 홀아비요 오랫동안 금욕생활을 해온 김훈장은 얼굴을 붉히며 당황하다가 당황한 나머지 허둥지둥 씨부리기 시작했다.

"그, 너무 지나치게 생각하는 게 탈이었지요. 마을에서는 그 양반을 두고 이러쿵저러쿵했었지만 그것 다 모르는 소리

고 무식한 농사꾼들이 학문의 깊이를 알아야지요. 처음에는
송학(宋學)을 하더니만 대성할 줄 알았지요. 그 양반의 사부 장
암 선생께서도 당신한테 과람한 제자라 하신 적이 한 번 있었
지요. 그러더니만 뜻밖에 명학(明學)을 연구하지 않았겠소? 저
양반이 어쩌자고 저럴까 했더니만 웬걸, 그것도 집어치웁디
다그려. 그다음부터 자꾸 이상해지더구먼요. 생각해보면 장
암 선생의 줄기를 탔던 것이 그 양반한테는 잘못이 아니었던
가 싶소."

김훈장은 다시 열중하기 시작했다.

"장암 선생께서 이런 말씀을 하신 적이 있었지요. 진실로
옳은 학문은 나라 정치를 휘두를 수 없고 휘둘러지는 것도 아
니며 또 휘두를 생각도 말아야 한다구요. 왜 그런고 하니 깨
친 바 진리를 정치의 기틀로 삼고자 할 때 그 장소에 깨친 바
의 진리가 맞먹질 않는다는 게요."

조준구는 진력이 나는지 멍청하게 앉아 있었다.

"그래 공자께서도 생시에는 그 어른의 가르침을 받아들인
제후(諸侯)는 한 사람도 없었고 난세라 그렇다고 할 수 없는 것
이 깨침의 시초는 그 쓰임[用途], 연장하고는 상관을 맺지 못하
는 때문이라는 거요. 그래 처음부터 엇먹기 마련인 정치하고
진리라는 것이 다음 세상으로 넘어가면 깨친 바 진리라는 것
이 성질과 모양을 달리하여 조금씩 정치와 맞먹어 들어간다
는 것이오. 그러고 나서 다음 세월로 또 넘어가면 그놈의 진

리가 더욱 괴상스런 허울을 쓰고 정치나 세상 풍습과 아주 썩 잘 맞먹어버린다는 게요. 그리고 나면 차츰차츰 다시 엇먹기를 시작하는데 그 괴물이 본시 깨친 바의 바탕으로 돌아가기 때문에 그런 게 아니고 괴상한 허울이 영 낡아서 못쓰게 되니 그런다는 게지요. 이때는 벌써 아래로 아래로 한정 없이 떨어지고 퍼져서 도깨비, 귀신이 되어 무당의 푸닥거리감밖에는 안 된다 그 말씀이오."

김훈장은 물을 머금고 입 속을 축였다.

"그래서 그게 낱낱이 병이 되고 썩어 문드러져서 종래는 망령만 남겨놓고 죽어 없어진다는 것이오. 일찍이 역사를 훑어보건대 진리가 방패 된 일이 없고 남의 땅을 쳐서 제 나라 부강을 꾀하는 데 도움이 된 일이 없고 오히려 창검과 시체더미 위에서 한 나라가 번창했으며 백성들 마음을 애국충성의 너울을 씌워놓고 도적으로 만들었다는 게요. 진리는 구국경세(救國經世)에 목적이 있는 것이 아니요 사실을 사실대로 밝혀내는 데 뜻이 있는 것도 아니라는 게요. 어느 시대의 어떤 사람이 진리를 깨치면 그것이 봉우리의 끝이요 한 사람에서 두 사람 세 사람 거치는 동안 메아리가 조화를 부리듯이 제 소리 아닌 것이 되고 만다는 게요."

"그러면 그따위를 깨칠 필요가 있소? 지금 얼마나 되는지 모르겠소만 수많은 중놈들이 모두 그따위가 아니었소? 그래서 다비(茶毘)를 하면 사리가 나온다는 게고."

"허허, 들어보시오. 내 소견이 아니니까. 장암께서는 아래로 아래로 떨어진다 하시면서 다시 덧붙여 말씀하시기를, 아래라는 것은 상놈들 천민을 말함은 아니라는 게요. 아래위를 뭘루 책정하는고 하니 마음의 소위에다 두는데 그 마음이 곱고 착한 데 두는 것도 아니라는 게요. 진나라 진시황이 악독하기 때문에 아랫사람이라는 것은 아니며 오로지 우자(愚者)이기 때문에 비천하다는 게요. 그런가 하면 독 짓는 옹기장이 중에서도 현자(賢者)가 있을 수 있다는 게지요. 비천한 자들은 궁궐을 돼지우리로 꾸며놓고 거룩할진저 하며 찬탄하고, 슬기로운 자는 한 줌의 흙을 빚으면서도 높은 곳에서 울려오는 절묘한 소리를 듣는다는 게요."

김훈장은 들은 바 모든 얘기를 다 할 참인 모양이었다.

"비단 위정자뿐만 아니라 불교나 유교나 서양서 건너왔다는 천주학이나 모든 신봉자가 돼지우리를 사당으로 모셔놓고 쓸데없이 절만 하고 있다는 게요. 그렇다고 해서 구국경세를 울부짖고 목이 터지게 소(疎) 계(啓)를 올리는 실학파 사람들, 치양지(致良知) 지행합(知行合)을 내세우는 명학(明學)하는 사람들 역시 좀 나은 옷, 좀 넉넉한 먹을 것을 백성에게 베풀어야 한다는 것인데 우중들은 나은 것을 베풀어도 자꾸 더 바라며 또 그 바라는 바와 같이 된다 하여 진리하고는 하등의 상관이 있는 것은 아니라는 거지요."

"하나 마나의 얘기 아니오."

참고 있던 준구는 성이 나서 내뱉었다.

"하나 마나의 얘기지요. 장암의 말씀이지만."

하다가 그 자신도 막연해졌던지 준구를 멍하니 쳐다본다.

"그렇지요……. 얘기론 그렇지요. 그러나 분명 무엇이 있긴 있을 게요. 무엇이……."

"있긴 뭐가 있겠소. 한강 물을 두 주먹으로 움켜잡는 것 같은 얘기가 아니오."

"참말이라는 것이 허황한 것 같기도 하고 참말이 쉬울 듯하면서 쉽지 않은 것 같기도 하고, 참되게 산다는 일이 반드시 옳게 산다는 것도 아닐 성싶고 아주 적은 사람들이 옳게들 살고 있는 것 같지만 참되게 산다는 것은 더욱 어려운 일 같고…… 착하고 악하다는 것과도 다른 뜻이 있는 듯싶고, 장암 선생이 하신 말씀이 그렇다 할 수도 있겠는데 알 듯 알 듯하면서 모르겠고 모를 듯하면서 알 성싶기도 하고…… 아마 장암 선생 그분 자신도 그렇지나 않았는지 모르겠구먼."

김훈장은 중얼중얼 넋이 빠진 것처럼 혼자 중얼거리는 것이었다. 문밖이 어둑어둑해오기 시작했다.

점아기가 등잔에 기름을 채워가지고 왔다. 양복 입고 머리 깎은 신식 양반이 싫었던지,

"아버님, 저녁상 올리오리까?"

문밖에서 쌀쌀하게 물었다.

"좀 후에 하겠다."

준구는 몸을 일으키려다 말고 점아기의 발소리가 멀어진 뒤,

"거 이상한 말을 들었소이다."

하며 언성을 낮추어 말했다.

"이상한 말이라니요?"

"어디서 들은 얘긴데 거 김진사댁 말씀이오."

하자 김훈장의 얼굴은 빳빳하게 굳어지고 불빛이 흔들리는 눈에 혼란이 일었다.

"그 댁 젊은 분한테 몹쓸 병이 생겼다는 말을 들었소. 예사로 넘겨 들으려다가 그 병이 하 끔찍하여, 뭐 마목이라 하던가요?"

준구는 얼굴을 잔뜩 찌푸리고 두려움을 나타내며 말하였다.

"물론 허튼 말인 줄 생각은 했었지만."

"금시초문이오."

김훈장의 목소리는 매우 엄숙했다.

"하오나 집안이라 하여 깊은 안의 사정을 소생이 어찌 알겠소이까?"

그 대답이 매우 미묘했다. 안의 사정을 모르니 그럴지도 모른다는 뜻이었을까.

"허허, 만일에 그렇다면 청춘이 아깝고 애달프오."

"지아비 없는 여인에게는 이미 청춘은 없소이다."

"허나 몸은 살아 있지 않소."

"죽은 몸이나 다름없지요. 이 땅의 여인들은 그렇게들 살아 왔소."

김훈장은 눈을 감았다. 아까 멍청했을 때와는 딴판으로 그의 얼굴에는 서릿발 같은 비장한 빛이 감돌고 있었다.

조준구를 전송하고 사랑으로 돌아온 김훈장은 무두질해놓은 모시올같이 하얗고 성근 수염을 떨며 눈물을 떨어뜨린다. 탈바가지를 쓰고 담을 넘어온다는 괴한을 막기 위해, 그 밖에도 이완된 마을 풍기를 생각하여 김진사댁 나이 어린 과부 며느리를 겁탈에서 지키기 위해 마목 병에 걸렸다는 헛소문이 나게 한 것은 김훈장 자신의 계책이었던 것이다. 그는 지금 그 과부 며느리의 청춘이 가엾어서 울고 있는 것은 아니었다. 양반의 권위가 땅에 떨어져서 잡인들이 그 절대불가침의 영역을 침범하려는 세상 추세에 통분의 눈물을 흘리고 있는 것이다. 김훈장의 울음은 이조 오백 년 저변에서 지탱해온 불길이 꺼져가는 데 대한 만가(輓歌)였는지도 모른다.

15장 돌아온 임이네

"내사 좀 쉬어야겠다. 다리가 뭉개져서 죽을 지경이구마."

수건을 풀어 땀을 닦으며 막딸네는 수풀 쪽으로 간다. 햇볕에 단 모래밭을 맨발이 저벅저벅 지나간 뒤 야무네가 홀딱홀딱 따라가고 또 한 아낙이 뒤를 쫓는다. 물가에서 삼(麻)을 가르고 있던 두만네가 돌아본다.

"손 맞을 때 해치우얄 긴데 이 사람들아! 어디 가노!"

"성님, 나 죽겠소! 땀 좀 식히가지고 할 기구마!"

돌아보지도 않고 막딸네는 악을 썼다.

"누구 몸은 무쇠로 만들었나!"

"염라대왕이 잡아간다 캐도 할 수 없구마. 내사 좀 쉬야겠소!"

아낙들은 바위 뒤켠 그늘진 곳에 가서 모두 함께 나자빠진다. 해진 삼베 적삼 사이로 맨살이 드러난 등에 시원한 잡풀이 닿았다. 말려 올라간 삼베 돔방치마*, 속곳 가랑이를 질끈질끈 동여맨 무르팍 아래 종아리가 그냥 드러난다.

노동에 단련이 된 아낙들의 종아리는 사내들처럼 힘줄이 솟고 짐만 끌고 다닌 늙은 당나귀같이 앙상하고 구릿빛이 되어 이상하게 번들거렸다. 뙤약볕 밑에서 땀을 흘린 얼굴들은 삶은 문어 빛깔이었으며 검은 손등과 반대로 삼을 가르는 손바닥은 물기에 불어서 희여끄름했다.

"망할 놈의 여편네들, 누구는 안 쉬고 접은가? 모두 슬슬 빠져나가믄 일은 누가 할 것고."

불평하는 두만네의 목소리가 지척에서처럼 들려왔으나 큰 바위에 가려진 아낙네들 눈에는 삼막에서 일하는 모습은 보이지 않았다.

"온 삭신이 쑤신다. 이 빌어묵을 놈의 팔자야, 이래가지고 는 못 살겄다. 광대가 되든지 매분구가 되든지, 이 무써리(몸서 리) 나는 일 좀 면하고 살았이믄 얼매나 좋겄노."

"매인 몸도 아닌데 소원대로 한분 해보라모. 이팔청춘 한창 시절 아니가. 아무도 말릴 사람 없일 기니."

막딸네 한탄에 야무네가 놀려준다.

"참말이제, 살아갈수록 논이 난다. 해도 해도 일은 끝이 없 고, 이리 비지땀을 흘리믄서 일을 해봤자 어디 내 일가? 남 좋 으라 하는 일이지. 철기 겉은 모시옷도 남이 입고 열석새 베 옷도 남이 입고 사시장철 들일 없는 날은 베틀에 앉아서."

"하기야 우리는 노상 등 빠진 삼베 적삼이고, 백정 제집도 오 뉴월에는 그늘에서 하품하는데 어디 농사꾼 제집이 사람가."

"소지, 소다!"

"소? 소는 그래도 게울 한 철은 쉰다. 죽으믄 다 함께 흙 될 긴데 참말로 세상 고르잖구마. 이분에는 또 두만네 성님이 재 미를 보는 모양인데."

"무신 재미고?"

막딸네는 휘딱 돌아누우며 야무네를 쳐다본다.

"그눔우 상두충 때문에 동네마다 뽕나무가 다 망했는데."

"아 그거, 그 성님은 꼬치를 많이 했는갑데."

"가실이믄 명주값이 더럭 오를 긴데."

"가실까지 갈 것도 없고 지금 벌써부터 장에서는 명주올값이 금값이라 카더마. 되는 집은 기영(경영)하는 일마다 뜻대로고, 안 되는 놈은 뒤로 자빠져도 코를 깬다 카더마는."

"별스럽게 다른 해보다 누에를 많이 쳤지."

"자기네 뽕나무도 많았고 최참판댁 뽕밭을 믿었지. 그 뽕나무들은 말짱했으니, 그거 다 재수가 아니가."

"참내, 잠 좀 잘라 캤더이 오직이(어지간히) 시부려쌓는다."

죽은 듯 늘어져 누워 있던 아낙이 일어나 앉으며 혀를 두들긴다.

"밤에는 잠 안 자고 머했더노."

"내사 어짓밤을 곱다시 뜬눈으로 새었구마."

"와?"

"서방인가 남방인가 오밤중에 토사곽란을 만내서 주하고 사하고, 꼭 과부 되는 줄 알았더니마는, 그래 할 수 없이 물밥을 해가지고 내가 객구를 물렸지."

"니가?"

"도리가 있이야제. 이가 없이믄 잇몸도 이 노릇 하더라고 오밤중에 남우 동네까지 무당 찾아갈 수도 없고 입에서 나오는 대로 시부렸지 머."

"그래 칼이 넘어가더나?"

"넘어가고말고."

"그눔우 구신, 배가 대기 고팠던갑다. 니 소리 듣고 나가는 거 보니께. 삼돌할매라도 부르지 그랬나."

"그늠우 할망구 노망이 들어서,"

"노망은 무신 노망? 소리만 카랑카랑하더라."

"내사 그늠으 할망구 꼴도 보기 싫구마. 비윗장이 상해서. 그러매 제삿밥을 보냈더마는 멀쩡한 나물을 가지고 쉬어빠짓네 어쩌네 함서 제집년이 이래가지고는 사내 등골 뺄 기라 하더라나? 우찌나 돋던지 보리 타작 때 타작마당에서 만났길래 막 딜이대주었지 머."

"그는 그렇고 두만네 성님은 우짤라꼬 임이네 그년을 싸고 도는지 모르겄네."

막딸네는 말머리를 돌렸다.

"싸고돌기는 머를 싸고돌아. 웃는 낯에 침 못 뱉고,"

못마땅한 목소리로 야무네가 말했다.

"두만아배도 좋잖게 생각는갑던데,"

"아 머 임이네가 그 집서 사나."

"그래도 붙이니께 동리서 살지."

"시끄럽다. 같은 과부끼리 그래쌀 것 없다."

"같은 과부끼리라니, 우리 막딸아배도 샐인하고 죽었나?"

"우찌 돼서 죽었든 과부는 다 같은 과부 아니가. 니가 그리 안 해도 찬 바램이 불믄 임이네는 동네 붙어 있지도 못할 기다. 지금이사 일손이 모자라니께 품이라도 들어서 입에 풀칠이라도 하지마는,"

"아따, 모두 극락세계 가겠고나. 선심들도 좋기는 할 기다마는 베룩이도 낯쩍이 있시. 농네에 기어드는 것부터가,"

"그라믄 우짤 것고. 모진 목심 못 죽고. 얼매나 고생이 됐이믄 여기로 왔일꼬?"

"소문 들으니께 최참판댁 김서방보고 애걸복걸했다믄서?"

"그랬다 카데. 부치던 땅떼기 달라 했다 카더마. 그거사 염치 없는 소리지. 김서방 노발대발한 모양이라."

"노발대발만 해? 안 쫓아내는 것만도 희한하지."

"원체 김서방이야 착한 사람이니께 보고 못 본 척했겠지."

"그라믄 최참판댁 그 어른도 모르까."

"모르시겠지."

"알믄 치를 떨 긴데."

"그러세……."

삼막 가까운 물가에 모여 앉은 아낙들 속에서 임이네도 삼을 가르고 있었다. 다른 아낙들은 제가끔 제 몫의 삼이 들어 있는 일이었으나 임이네는 품팔이였다. 겨우 밥이나 얻어먹는 품팔이였다. 그 모습도 옛날 같지 않거니와 행동거지도 옛날과는 다르게 겸허하였고 일손에서 눈을 떼는 일이 없었다. 일손도 빠르고 입도 빠른 아낙들 속에서 홀로 그만은 입을 다물고 말이 없었다. 남들이 웃을 적에도 그는 웃지 않았다. 임이네의 아이들, 임이와 아래로 벌거숭이 아들 둘은 뙤약볕이 쏟아지는 물가에 앉아서 점심을 날라올 둑길 쪽만 바라보고 있었다. 강변의 모래와 조약돌들은 하얗게 열을 뿜어내고 있었다. 아이들의 눈길은 둑길에서 조금도 움직이지 않았다. 망루에 선 파수병의 눈길도 그렇게 열심일 수는 없었고 심각할 수도 없었을 것이다.

친정 온 선이가 통을 이고 맨 먼저 둑길에 나타났다. 아이들의 여섯 개의 눈이 빛났다. 임이가 몸을 일으켰다. 세 아이가 우뚝 서서 둑길을 노려본다. 선이 뒤에는 막딸이, 푸건이가 통을 이고 따랐으며 다음은 두만이 지게를 지고 따라온다. 모두 삼막에 모여서 일하는 아낙들의 점심인 것이다. 아이들은 제 어미 쪽을 향해 달음박질쳐서 간다.

"옴마! 밥!"

임이네는 둑길에 한 번 시선을 보내고 나서 다시 눈길을 일손으로 옮긴다.

모랫바닥에 점심이 펼쳐졌다. 선이가 그릇에다 숟가락을 꺼내놓고 반찬을 이곳저곳에다 갈라놓고 두만네는 밥을 푼다. 아낙들은 물가에 가서 낯을 씻고 점심 먹을 채비를 하는 동안 아이 셋은 밥만 노려보고 서 있었다. 불룩한 배, 꼬챙이를 찔러놓은 것 같은 팔다리.

"선이가 수고하는고나."

야무네는 물이 흐르는 얼굴을 머릿수건으로 닦으며 말했다.

"무신 수고는,"

뽀오얀 얼굴에 웃음을 띤다.

"아이 젖은 잘 나나?"

"야."

얼굴을 붉힌다. 해산하기 위해 친정에 돌아왔던 선이는 아들을 낳았다.

"떡판 겉은 아들을 낳았으니 문이 좁아라 하고 시가에 돌아가겠고나. 좋을 때다."

밥을 담아서 밥그릇을 돌리던 두만네는 임이네 밥그릇에는 꾹꾹 눌러서 밥을 담았으면서도 한 주걱을 더 올려서 밥무덤이 위로 솟았다.

"나중 사람은 우짤라꼬 그라요."

쳐다보고 있던 막딸네는 혀를 두들겼다.

"낼모레 사위 볼 사람이 밥투정은?"

두만네는 애써 무마하려는 기색으로 말하며,

"선아, 이거 임이네 주어라."

"성님 밥이 모자라믄 우짤라꼬 이러시오."

임이네는 송구해하며 꾸부정하니 두 어깨를 꾸부렸다.

"모자라믄 내가 굶지. 임아, 식이 니도 이리 오나."

어미 옆에 바싹 다가서며 눈을 희번득이고 있는 아이들 팔을 잡아끌어 앉힌 두만네는 제가끔 밥을 담아주고 선이는 반찬을 챙겨준다.

"사또 지날라고 길 닦아놓은께 거지가 먼지 지나가더라고."

막딸네는 화가 나서 씨부리며 침을 콱 뱉는다. 두만네는 팔

꿈치로 막딸네 옆구리를 찔렀다.

"아이들이사 배고픈 생각밖에 더 하나? 과부끼리 좀 잘 사귀라모."

"과부도 유별이오."

"임이네 쌀 동냥해서 고사떡 맨들어서 막딸네한테 고사 지내야겠다. 무엇이 틀어졌는고 원."

애써 얼버무리는 두만네 편역을 든 야무네는,

"강청댁 대신 아니오."

임이네는 쓰다 달다 말없이 벌써 구박에는 이력이 난 듯 다만 아이들을 보고,

"어서 묵으라."

했다. 먹어라 하지 않아도 아이들은 입이 미어지게 밥을 퍼넣고 있었다.

해가 떨어지자 강변에는 서늘한 바람이 일었다. 어둠이 오기 전에 일은 막바지에 이르렀다.

저게 섰는 선붓님아

칼 옆의 첨사 빼어

젓어보고 잡수시요

처갓집 담장 안에

유자나무 탱자나무

등애잔 술이라니

비상술 내 모르까

두만네는 구성진 노래를 불러놓고 노래 내력을 이야기한다.

"계모가 우찌나 독하던지 장가온 사위한테 비상 든 술을 내
놓은께 신부가 하 답답하여 칼 옆의 첨사 빼서 젓어보고 마
시라고 노래를 했더란다. 첨사 색이 변하믄 알 기니께. 그래
도 철은 났던가 배. 그러니께 신랑이 하는 말이 자기도 비상
술인 줄 알았다는 기지. 유자나무 탱자나무의 까시가 좀 험한
가? 그러니께 계모 맘이 험한 것은 진작부터 알고 있었다는
게지."

다시 두만네가 노래를 부르면 아낙들은 그 노래에 따라 후
렴을 부르고 그러면서 고된 일의 시름을 푼다. 한낮의 뙤약볕
에서 거칠어졌던 여자들의 마음을 황혼의 산야가 어루만져주
고 잠자리를 찾아 날아가는 새들은 이네들에게 보금자리가
있음을 일깨워준다. 손톱 밑이 쓰릴 만큼 갈라가는 삼줄기도
남편의 잠방이가 될 것이요 자식들의 적삼이 될 것이며 가늘
게 희게 무두질한 삼실은 시집갈 딸의 함롱에 들어갈 것이며
또 더러는 관가에, 최참판댁에 세물(稅物)로 들어갈 것이다. 일
손은 빨라지고 별이 돋아났을 적에는 일단 일은 끝이 났다.

별빛을 밟으며 아낙들 무리에서 떨어진 임이네가 집으로
돌아온다. 아이들을 앞세우고. 초승달이 마을 감나무 위에 걸

려 있었다. 아이들은 졸음이 오는지 앞으로 넘어질 듯하다가 바로 걷곤 한다. 점심 한 끼 저녁 한 끼를 얻어먹으려고 어미를 따라서 온종일 뙤약볕에서 서성거리더니 지쳤는가. 아니, 아니었다. 배가 부른 때문에 졸음이 왔던 것이다. 두드리면 북소리가 날 만큼 배가 불렀다. 밤바람이 차고 누더기도 걸치지 못한 벌거숭이지만 배탈이 날 염려는 없다. 그런 염려는 다른 집 아이들의 차지, 이 아이들하고는 상관이 없다. 그동안 아이들의 위장은 한정 없이 줄어들게 되어 있고 한정 없이 늘어나게도 돼 있었으니 죽으라고 굶겨도 죽지 않았고 죽으라고 퍼먹여도 죽지 않았던 아이들이다.

집에 돌아온 아이들은 흙방으로 기어들어갔고 임이네는 마룻바닥에 늘어졌다. 아이들은 이내 잠이 들고 임이네는 잠들지 못한 채 공중에 떠 있는 초승달을 쳐다본다.

아이들에게는 천성(天性)이 없는 것일까. 아니, 사람에게는 본시 천성이 없는 것일까. 삼 년 동안 아이들은 울고 투정하던 버릇이 없어지고 말았다. 넘어져서 이마에 피가 흘러도 울지를 않았다. 물가에서나 혹은 길가에서 끈질기게 흙을 움켜쥐고 목을 쳐드는 잡풀같이, 비가 쏟아지면 물 속에서 허우적거리며 문적문적 썩어가다가 속잎이 트고 다시 자라는 풀, 가뭄이 계속되어 강물이 마르고 땅이 갈라지고 그래도 물기를 꼭 껴안고서 견디어내는 잡풀, 아이들은 아무것이나 잘 먹었다. 아무데서나 쓰러져서 잠을 잤다. 여름에도 몸에는 이가 끓었으며 꼬챙이 같은 팔다리에는 모기가 덤벼들었고 부스럼이 난 머리통에는 쉴 새 없이 파리가 엉겨붙었다. 이이들은 먹는 풀을 알고 있었으며 나무껍질을 벗겨 먹는 것을 알고 있었으며 메뚜기를 구워 먹고 개구리를 구워 먹는 것을 알고 있었으며 남의 밭에서 호박을 따오고 무를 뽑아오고 콩을 훑어 오는 것도 알고 있었다. 그러나 삼 년 동안의 떠도는 생활 속에서 무엇보다 철저하게 훈련이 된 것은 울지 말아야 한다는 것이었다. 아무리 야단을 맞고 배가 고프고 매질을 당하여도 울지 말아야 한다는 것. 보리 타작이 있을 때 임이는 어미와 함께 이삭을 주우러 나갔었다. 보리 임자 몰래 보릿단 옆에 붙어서서 보리 모개를 분질러 바구니 속에 넣는 것을,

"이 가시나야. 밭 임자 볼라."

임이네는 아이의 머리를 쥐어박았다. 호박을 훔쳐왔을 때도,

"이 가시나야. 들키믄 우짤 기고. 동네서 쫓기나믄 우짤 기고."

머리를 쥐어박았다. 그러나 보리든 호박이든 그것은 모두 주린 그들 배 속으로 들어갔다.

임이네는 몸을 뒤챘다. 쇳덩이같이 몸은 무거웠다. 울타리 밖 저만큼 옥수숫대가 꺼멓게 주빗주빗 보였다. 흔들리고 있었다.

"아이고이—오늘 하루는 넘깄거마는……."

한숨 대신 버릇이 되어 나오는 말이었다. 집도 없이 떠돌아다니던 일을 생각하면 흙바닥이라도 기어들어갈 방이 있다는 것은 다행이다. 언제 마을을 쫓겨날지도 모른다는 그 근심만 없다면.

'강청댁이 알믄 난리 벼락이 날 긴데, 알기만 하믄 날 쫓아낼라고 미쳐 날뛸 긴데.'

보리 타작이 끝났을 때 어느 날 밤 용이가 겉보리 한 말을 갖다준 일이 있었다. 옛날과 달리 임이네는 용이의 마음을 짚어본다거나 고마워하기보다 겁이 더럭 났다. 강청댁 말대로 옛날에는 용이에 대한 그의 감정은 화냥기였었는지도 모른다. 어쨌든 그는 용이의 관심을 끌어보려고 무던히 애를 쓴 것만은 틀림이 없었다. 그러나 지금은 가뭄에 마르고 갈라진 논바닥 같은 임이네의 마음이었으며 남자를 그리는 정이란 조금치도 없었다. 처음에는 고생이 견디기 어려웠고 세상을 원망도 했었으나 갈라진 논바닥이기보다 오히려 바위가 되었는지도 모른다. 아픈 것도 없고 슬픈 것도 없었다. 화냥기커녕 그는 자기 자신을 돌보는 일조차 없었다. 누가 보아도 그는 거지 중의 상거지 꼴이었다. 옷이 찢어지면 그런 대로, 손등에 땟자국이 얽혀도 그런 대로, 미운 사람도 고운 사람도 없었다. 그의 그러한 꼴은 미움을 덜 사는 데 도움이 되었고 강청댁의 경계를 받지 않는 이유이기도 했었다. 그것을 임이네는 또 알고 있었다. 거지의 옷이 성하면 밥을 잘 주지 않는 경험을 통하여 습득한 지혜였었는지 모른다. 그런데 용이가 갖다준 겉보리 한 말은 며칠의 양식으로 흡족하기는 했으나 근심의 씨가 되었다. 강청댁이 알면 어쩌나 근심이었을 뿐 용이의 마음씀을 기뻐하지는 않았다.

백정이하고 움막에 살았다는 풍문은 사실이 아니었다. 그러나 임이네는 아이들과의 한 끼를 위해 보리밭에서 치마를 걷은 일이 있었고 강가 바위 뒤에서 백정에게 몸을 맡긴 일이 있었고 빈집에서도 몸을 팔았다. 몸을 맡겼던 사내는 백정 말고도 소금장수, 머슴 놈, 떠도는 나그네, 얼굴조차 기억할 수 없는 사내들이 있었다. 여자에 궁한 그네들이지만 아이 셋이 딸린 임이네를 길게 데리고 살려 하지는 않았다.

모기가 몹시 덤빈다. 손바닥으로 탁탁 치다가 임이네는 일어났다. 쇠닻을 내린 듯이 무거운 몸을 질질 끌 듯하며 마당으로 내려간 그는 모깃불을 피웠다. 내일 품을 팔기 위해서 잠을 자지 않으면 안 되겠기 때문이다. 모깃불 옆에 우두커니 쭈그리고 앉아 있는데 사람 기척이 났다.

"누구요."

"나요."

용이의 목소리였다. 조심성 있게 들어선 용이는 망태를 내려놓더니 아가리를 풀고 뭣인지 마당에 줄 부었다. 감자가 대굴대굴 굴러 나왔다. 임이네는 흠칫 놀라서 일어선다.

"아아들 잡니까."

"야."

임이네는 아이들 자느냐는 말에 용이의 기색을 살핀다. 밥 한 끼에도 치마끈을 풀었는데 거절할 까닭이 없었던 것이다.

"오늘 감자를 팠는데 아아들 삶아 먹이소."

목소리에는 아무것도 요구하는 뜻이 없었다.

"그, 그, 그래도 강청댁이 아, 알믄 난리 벼락이 날 긴데."

어둠 속에서 용이는 피식 웃는 것 같았다.

"걱정 마시이소. 모르요. 아아들 굶기서 되겠소."

"그, 그라믄 와 이 캅니까."

"······."

"생판, 이, 이런 공것을."

하다가 별안간 임이네는 울음을 터뜨린다. 울음을 터뜨린 임이네 자신이 용이보다 더욱 당황한다. 일 년 넘게 눈물방울이라고는 흘려본 적도 없었고 울음을 터뜨리기 전에 고맙다거나 슬프다거나 그런 감정을 느끼지도 않았는데 어째서 울음이 터져 나왔는지 그 자신도 모를 일이었다. 그런데 울음은 걷잡을 수가 없었다.

"와, 와 이랍니까."

성정이 여자 울음에 약한 용이 어찌할 바를 모른다. 임이네한테 무슨 딴마음이 있어 찾아온 용이는 아니었다.

"머 운다고,"

하면서 쩔쩔매다가 그는 어느덧 말뚝같이 굳어지고 말았다.

약하게 비춰주는 모깃불, 흐미하게 흔들리는 여자의 모습, 오장을 후벼파는 것 같은 여자의 흐느낌 소리, 가슴에 불이 댕겨지는 것 같은 측은한 마음은 이상한 감동을 불러일으켰던 것이다.

오랫동안 한 번도 느껴본 일이 없는 남자로서의 충동이었다. 용이는 입술을 깨문다. 질겅질겅 깨물다가 뒷걸음질치듯, 그러나 빈 망태를 얼른 집어들고 도망을 쳐서 그는 문밖으로 나왔다. 문밖으로 나온 그는 그냥 달려서 강가로 나갔다. 강물에다 얼굴을 처박은 용이는 몸 속에서 끓고 있는 열이 식기를 기다린다.

용이는 그동안 자신을 병신으로 단념하고 있었다. 그 생각은 강청댁도 했었다. 용이는 강청댁에게 접근해보려고 무진 애를 썼고 강청댁 역시 애쓰는 그와 함께 노력을 했으나 남자의 기능은 영영 돌아오지 않았던 것이다. 그의 뇌리에는 이미 월선의 모습이 사라지고 없었건만, 그래서 그는 자신의 마음이 회복된 것이라 생각했으나 몸은 회복하지 않았던 것이다. 그러던 그가, 아까 그 순간은 생각만 해도 벼락을 맞은 것만 같았다. 그럴 수가 없는 일이었다. 용이는 물속에서 얼굴을 들었다. 그는 상투를 풀고 옷도 벗고 강물 속으로 들어간다. 여전히 몸은 흥분에 타고 있는 것 같았다. 체내에 잠겨 있는 힘이 마구 터져 나올 것만 같았다.

물속에서 기어나온 용이는 머리를 짜고 물기를 빼고 이력저럭 묶어 올린 뒤 옷을 입고 모래바닥에 몸을 뉘었다. 모래밭은 낮에 빨아들인 햇볕이 남아 있어 그리 차지는 않았다. 하늘에는 초승달 뒤에 별이 총총 나 있었다. 별과 초승달을 가늠해보는 동안 용이는 자신의 몸이 식어가는 것을 느꼈고 시계가 흐려지면서 잠이 들었다.

마을 쪽에서 첫닭 우는 소리에 용이는 눈을 떴다. 아니, 한기를 느끼고 잠이 깨었던 것이다. 그는 모래를 털어내고 뛰어서 둑으로 올라섰다. 임이네 집 앞을 지나갈 때도 그는 뛰었다.

집 삽짝문을 들어섰을 때 누구냐고 묻는 강청댁 목소리가 방 안에서 들려왔다. 그도 잠들지 못하고 있었던 모양이다. 용이는 헛간에 망태를 집어던지고 헛기침 한 번 하고서 방문을 열고 들어섰다.

"어디 갔습디까?"

"강가에."

"강가는 와요?"

"매욕하고 머리 감고."

강청댁은 더 이상 아무 말도 안 했다. 용이는 한참 동안을 머뭇머뭇하고 서 있었다.

"와 그리 장석걸이 서 있소!"

"새벽인데……."

"그라믄 나가든지요."

"임자 잠 안 잤는가?"

"무신 걱정!"

용이는 후딱 바지끈을 끌렀다. 강청댁에게 덤벼들었다. 그
러나 무거운 한숨을 내쉬며 물러난다. 강청댁 입에서도 한숨
이 새나왔다. 역시 불능이었다. 불능일 뿐만 아니라 강청댁을
끌어안는 순간 영영 잊은 듯 흐미하기만 했던 월선의 얼굴이
용이 눈앞에 선명하게 떠올랐던 것이다.

"나, 나 병신은 아닐 긴데 와 이러까."

"……."

"임자 미운 생각도 다 없어졌는데 와 이러까."

"무당 년 넋 때문이오."

강청댁은 중얼거리며 돌아누웠다.

16장 이부사댁 도령

이동진이 이 고장을 떠난 것은 최치수가 죽기 전의 일이었
다. 그의 본가에는 칠순이 넘은 노모, 어린 아들 형제 그리고
부인이 살고 있었다. 문중이 넓은 데다 이제 겨우 열 살을 넘
겼을 뿐인 이동진의 맏아들은 박진사댁 딸과 혼약이 되어 있
고 부인 친정 편으로 척이 닿는 염진사댁이 부유했으므로 가
장 없는 이들 식구들을 굶어 죽게 내버려두지는 않을 것이다.
그러나 넉넉한 살림이라 할 수는 없었다. 이동진의 조부와 부

친은 다 같이 현관(顯官)은 아닐지라도 관운(官運)이 길어 줄곧 벼슬을 살았으나 둥주리를 틀 사이 없이 이곳저곳 고을살이로 떠돈 탓이었던지, 청백리(淸白吏) ×구멍은 소꼿부리 같다*는 말처럼 가난하여 그랬었던지 그네들은 자손을 위해 땅을 장만하지 않았다. 고지식하며 푼수를 지키다가 간 그들에 비해 이동진은 성품이 호방했다. 깊이 심취되어 끝내는 장암 선생의 사상이 격렬한 독념(毒念)과 냉소로 화하고 바닥 모르게 떨어져 내려가는 권태 속에서 삶의 가치를 부정하며 삐뚤어지고 과민했던 자기 자신을 구체하지 못한 최치수와는 반대로 진작부터 근본과의 씨름이 허망함을, 또 자신은 그 길에 적재(適材)가 아님을 깨달은 이동진은 웬만한 깊이에서 발을 뽑아 버린 셈인데 그의 비판적인 정신은 다분히 문의원과 상통하는 바가 있었다. 상민층에 무한한 애정과 희망을 걸고 있는 중인 출신의 문의원과 같은 성질의 것은 아니었을지라도 이동진은 상민층을 동정하고 이해하려 했었고 동학란에 대해서도 최치수가 보는 각도하고는 달랐다. 그는 결코 상민들을 오합지졸로 생각지 않았다. 지도자와 민중이 뭉쳐서 태운 그 정열을 높이 평가했으며 국권 아닌 왕권의 연장을 위해 외세를 끌어들인 위정자의 우졸(愚拙)을 통렬히 비난했다. 이러한 이동진인 만큼 벼슬길을 도외시할 수밖에 없을 것이며 늘 관망하는 상태로 있으면서 가사에는 무념하였으므로 달리 가세가 펴지질 못했다. 그러던 참에 그는 훌쩍 떠나고 말았던 것이다. 이동진의 부인 염씨는 대범하다기보다 본래 언동이 느리었고 태평한 성미의 여인이었다. 맏이는 처가 될 집안이 부유했고 둘째는 자손이 끊긴 당숙에게 양자로 갈 사정이었는데 벼를 오백 섬 넘게 거둬들이는 넉넉한 살림살이라 염씨는 아들 형제의 장래에 대해서 근심하지 않았다. 집 나간 지 오래인 남편에 대해서도 언제이든 돌아오겠거니 생각했으며 종들은 면천되어 나가고—나라에서 공사노비의 제도를 폐지했을 때 이동진은 종문서를 불사르고 그들을 내어보냈다—출가할 때 친정에서 데리고 온 사팔뜨기 몸종, 그와 짝을 지어준 억쇠, 두 노비를 거느리고 살림을 꾸려가는 터이었다.

아들의 친한 친구였던 이동진의 그러한 집안 형편을 최참판댁 윤씨부인은 소상히 알고 있었다. 알고 있을 뿐만 아니라 지난 정초 탈상과 새해 인사를 겸하여 염씨를 따라온 이동진의 맏아들 상현(相鉉)을 귀엽게 보았던지 윤씨부인은 필묵을 사 써라 하며 은전 몇 닢을 손에 꼭 쥐여준 일이 있었다. 근래에 와서 눈에 띄게 달라진 윤씨부인은 하인들 앞에서조차 그의 감정을 드러내는 일이 허다했었지만 그러나 상현에게 보인 친애의 표시는 파격적인 것이라 하지 않을 수 없었다. 윤씨부인은 일 년에 한두 번씩 이부사댁—이동진의 조부 직위—에 곡식을 보내곤 했었다. 지금 돌이 몰고 가는 소달구지도 며칠 후에 제사가 있을 부사댁을 향해 가는 것이다. 백미두 섬에 찹쌀이 한 가마, 팥 녹두가 각각 두 말에 생청이 한

되, 계란 열 꾸러미, 피륙 세 필을 실은 달구지 끄트머리에 길상이 걸터앉아 흔들리고 있었다. 방물장수 할멈을 기다리다 못해 봉순네는 길상을 읍에 다녀오라 했는데 마침 돌이 읍에 가는 길이어서 길상은 나룻배를 기다리지 않고 소달구지에 올라탔던 것이다. 심부름이란 당사 실을 사오는 일이었다.

절에 있을 때 금어스님한테 화필을 익힌 길상은 언젠가 탈바가지를 만들어 봉순네를 감탄케 했거니와 심심하면 나무든 흙이든 깎고 빚고 해서 꼭두각시를 만들어보는 것은 그의 유일한 낙이었다. 그렇게 해서 만들어진 꼭두각시에 옷을 해 입히는 것은 또 봉순이의 취미였다. 옷뿐만 아니라 이불이며 베개, 대추 한 알도 들어갈 성싶지 않은 염낭이며 꽃버선 따위에 이르기까지 그의 반짇고리 속에는 어미한테 훔쳐낸 무색 헝겊이며 비단을 오려 만든 여러 가지 꽃 그리고 꼭두각시는 수월찮게 모여서 굿마당을 벌여도 넉넉할 만했다.

"이 빌어묵을 가시나, 무당집도 아니겄고 구신 나겄다!"

봉순네는 마음 놓고 봉순이를 쥐어박곤 했다. 그도 그럴 것이 서희는 그런 꼭두각시에 관심이 없었으며 바늘 실을 들고 소꿉장난 같은 옷을 만들어보는 일도 없었기 때문이다.

"나무 될 거는 떡잎 적부터 알더라고 보선볼 하나라도 대볼 생각은 않고 저고리 진동이나 하나 붙이보던지, 그런 이세*는 배울 생각 안 하고 밤낮 한다는 기이 이런 지랄 겉은 짓이니, 이기이 머꼬? 구신 떡 당새기*가!"

봉순이 반짇고리를 엎으며 봉순네는 화를 내기도 했다. 그 랬는데 뜻밖에 서희가 수를 놓아보겠다는 말을 했다. 봉순이 도 덩달아서 저도 수를 놓겠다고 했다.

"곧 방물장수 할매가 올 깁니다. 그때 당사 실 사가지고 요⋯⋯. 날씨도 덥운데."

봉순네는 대견스러워 눈을 가물가물해가며 웃었다. 솜씨 좋은 숙수가 진귀한 생선을 구해다 놓고 칼의 날을 살펴보는 그럴 때 기분이랄까, 천하장사가 실직한 적수를 만나서 자기 팔뚝을 슬슬 만져보는 그럴 때의 기분이랄까, 이제부터 자기 솜씨 닿는 데까지, 글을 가르치는 김훈장 이상으로 소위 그 이세라는 것을 가르치리라 생각하니 어느새 이렇게 컸었던가 싶기도 하여 봉순네의 마음이 기뻤던 것이다. 그러나 웬일인 지 자주 드나들던 방물장수 할멈은 나타나지 않았다. 한번 말 을 내어놓으면 발등에 불이 붙은 것처럼 성화를 하는 서희 성 미여서 우선 급한 대로 봉순네는 장롱 구석에 둘둘 말아 넣 어놓은 한지 뭉치를 꺼내었다. 때가 묻고 보풀이 일어 너덜너 덜한 한지를 펴보지만 별로 쓰인 일이 없는 당사 실의 구색이 맞을 리가 없다. 봉순네는 주황색 법단 한 동가리를 잘라 염 낭에 두는 수 무늬를 그려 넣고 사방에 무명단을 둘러싸서 수 틀에 끼웠다.

"우선에 이 분홍실 가지고 여기 매화꽃 이파리부텀 놓아보 시이소. 방물장수가 곧 올 기니께요."

며칠이 지났으나 방물장수 할멈은 여전히 나타나지 않았고 나이 깐에는 제법 솜씨가 좋다 하며 남에게 자랑 말을 준비하고 있던 봉순네는 한편 실망을 했다. 서희의 솜씨는 말이 아니었다. 엉망진창이었다. 들쭉날쭉 올이 늘어나 있는가 하면 부드러운 비단이 쭈그러들어 수를 놓는지 구멍을 내었는지 분간할 수 없을 지경이었다. 봉순이 솜씨는 좋았다. 서희보다 나이 두 살 위였고 바늘이 손에 익기도 했으나 역시 타고난 재주라고 할까, 가늘가늘하게 빠져나간 실구멍은 가지런했으며 도토롬한 매화 꽃잎은 제법 살아 있는 듯 보였다. 봉순네는 내심 만족했다. 그러나 안존한 성미에 비하여 참을성이 없는 봉순이는 이내 싫증을 내어 그것을 팽개치고 꼭두각시에만 마음을 썼다. 서희는 싫증도 나고 자신에게는 힘에 겨운 일이었을 텐데 그러나 땀을 흘리며 꾸준히 매화꽃을 끝내고 잎도 끝내고 나비에 쓰일 노랑 실이 없다고 신경질을 부렸던 것이다. 그렇게 되어 길상은 지금 읍내로 간다. 돌이 읍내로 가는 줄 알았더라면 봉순네는 길상을 보내지 않았을지도 모른다. 그러나 길상은 돌이 읍내에 간다는 말을 하지 않고 집을 나섰다.

달구지 위에서 흔들리고 있는 길상은 생각에 빠져서 자신이 달구지를 타고 있다는 것을, 읍에 심부름 가고 있는 길이라는 것을 거의 잊었다. 꾸불꾸불 밀려오는 물굽이가 바닷가의 방죽을 치고 또 치는 것처럼 잇닿아 밀려오는 공상은 그에게 다시없이 감미로운 것이었다. 꼬리에 꼬리를 물고 나타나는 수많은 생각들은 미처 만화경같이 찬란하고 다양했다. 갖가지 빛깔이 있는가 하면 갖가지 소리가 들려오고 과거에서 미래까지 추억과 꿈은 마음대로 끝도 시작도 없이 그의 생각 속 넓은 공간을 비상하는 것이다. 추억의 창문에서는 어느 길모퉁이에서 들었던 소슬한 바람 소리가 들려왔고 장님이 불고 가던 피리 소리가 들려왔고 범패(梵唄) 소리, 새벽 산사에 울리던 장엄한 인경 소리가 들려왔고 강물을 건너오는 뱃사공의 노랫소리, 추억의 창문에서 명주 수건으로 감싼 월선아지매의 얼굴이 보였다. 옥색 명주 저고리에 흰 당목 치마를 바람에 나부끼며 서 있던 모습도 지나갔다. 월선아지매의 모습은 별당아씨의 뒷모습으로 변해갔고 산을 바라보던 슬픈 그 구천이의 옆얼굴이 나타났다. 장거리를 갈지자로 걸어가는 주정꾼의 모습도 있었다. 개평을 안 준다고 주절주절 지껄이며 뒤따라가는 노름판의 졸개들도.

"에따! 이눔으 자석들아! 돈벼락을 맞이믄 죽어도 좋다 그 말이제!"

엽전 몇 닢을 던져주고 크게 소리 내어 웃고 가던 주정꾼의 새빨간 코도 지나갔다. 황황히 타는 장작불, 어둠을, 밤을 삼키듯이 타오르는 주황빛은 그러나 제 몸이 어둠에 물들어 사방에 칙칙한 빛을 던져주고 있었다. 그 빛을 받고 혹은 등지고 춤을 추던 광대들, 번들번들 빛이 튀고 흔들리곤 하던 탈

바가지의 처연한 모습, 빠른 가락의 타령조가 고조되면 청포
(靑布) 황포(黃布)의 악공들의 수족과 얼굴은 낚싯줄에 파닥이
는 잉어 모양으로 전율하는 것 같았다. 이어지고 다시 이어
지는 영상을 내버려두고 길상의 생각은 별안간 달음박질쳐
서 엉뚱한 곳으로 간다. 어느 한낮에 꾼 꿈으로 날아갔다. 다
시 뛰어서 우뚝 멈춘 곳은 숲속이며 개울가였다. 쭈그리고 앉
아서 물맴이가 도는 것을 보고 있는데 갑자기 무서워졌다. 낙
락장송들의 허리가 모조리 부러져서 길상에게 넘어져올 것만
같았다. 일어서서 팔매같이 치달리는데 산이 쩌렁쩌렁 소리
를 내며 뒤쫓아오고 겹겹이 싸인 사방 능선 위 들숭날숭한 하
늘에는 잿빛 구름이 뭉게뭉게 피면서 구름은 성난 아수라(阿
修羅)로 변하고 그들이 모는 화차(火車)가 되어 천지는 칠흑 속
에 덮이면서 벼락이 산을 무너뜨리고 계곡을 솟구치게 한 것
같았다. 길상은 치달리면서 자신의 몸뚱아리가 한 점 먼지같
이 느껴졌다. 길상은 부처님이 자기만은 돌보아주실 거고 자
비를 내려주실 거라 생각했다. 그러나 절문을 들어서면서 소
리를 지르고 울었다. 지나가던 혜관이 왜 그러느냐고 물었다.
그래도 경풍 들린 것처럼 우는 길상을 심상찮게 여겼던지 혜
관은 안아주며 달래었다. 나뭇잎 사이에 빨간 놀이 부서지고
있었다.

   길상은 자신이 달구지 위에 있음을 깨달았다.

   "그 속에 알을 까놨이까? 여왕개미가 찾아 못 들어가믄 알

은 우찌 되까? 일개미들은 다 우찌 되었이꼬?"

길상은 아침에 사랑 뜰에서 잡풀을 뽑았다. 풀을 뽑으면서 뒷걸음질을 치는데 돌담에 세워놓은 대막대기가 길상의 머리를 치고 넘어졌다. 썩어서 시꺼멓게 된 대막대기였다. 머리를 만지며 대막대기를 치우려 하는데 이상한 것이 눈에 띄었다. 대막대기의 여기저기 구멍이 난 곳에서, 갈라진 틈 사이에서 개미 떼가 마구 쏟아져나오는 것이 아닌가. 대막대기 마디 속에 개미집을 지었던 모양이다. 징그럽게 떼 지어 나오는 개미들 속에 두드러지게 큰 놈이 보였다. 여왕개미다. 길상은 조심스럽게 본시대로 돌담에다 대막대기를 기대어놓았으나 왠지 마음이 꺼림칙하였다. 마당에 나가떨어진 개미의 수도 수월찮지만 대막대기의 마디 하나하나가 다 독립된 방이라면 그 여왕개미에서부터 졸개에 이르기까지 제집을 찾아 무척 헤맬 것 같았다. 언제였던가, 한번 철쭉 옆에 놓인 돌을 들어낸 일이 있었다. 돌 밑은 개미집이었다. 하얀 쌀알 같은, 쌀알보다 훨씬 작았지만 개미알이 수북이 쌓여 있었다. 어리석은 개미들은 사람의 눈 두 개가 지켜보고 있는 것도 모르고 미친 듯이 알을 물어 나르며 감추려고 기를 쓰는 것이었다. 길상은 알을 깨어보면 그 속에 무엇이 들어 있을까 하는 생각이 들었다. 궁금증과 호기심에서 그의 손가락은 거의 알무덤 쪽으로 갈 뻔했다. 손끝에 알이 뽀도독 뭉개지는 괴상한 감각이 전신을 타고 지나간다. 그러나 순간 살생계(殺生戒)

생각이 났다. 욕망을 누르며 길상은 돌을 제자리에 놓아두고 손을 털며 일어섰다. 손끝에 알이 뽀도독 뭉개어지는 감각은 그냥 남아 있고 가슴은 떨리었다. 길상은 그 일을 생각할 때마다 기분이 좋지 않았다. 해당화 잎에 다닥다닥 붙은 진딧물이나 송충나방이 까놓은 연옥색 빛깔의 알을 보면 영락없이 그때의 좋지 않은 기분이 되살아나서 얼른 피하곤 하는데 여전히 손끝에 이상한 감각이 남는다. 문질러주고 싶은 욕망이 강할수록 겁이 나고 불쾌해지는 것을, 지금 길상이 그 생각을 하는 것은 달구지에 실려가는 계란꾸러미 때문인지도 모른다.

타작마당에 한복이 혼자 쓸쓸하게 못치기를 하며 놀고 있었다.

"니 또 왔고나."

"음."

"니 성은 와 한분도 안 오노?"

"형은 어데 갔다."

"어데?"

"몰라."

"외갓집에서 내쫓았나?"

"아니……. 매 맞고 나가서, 그라고는 안 돌아온다."

한복이는 강 쪽을 바라보다가 땅바닥에 주질러 앉으며 못으로 땅을 푹푹 찔렀다. 여기저기 솟은 머리빡의 부스럼에서 진물이 흐르고 있었다. 길상이는 불쌍하여 견딜 수 없었다.

"니도 여기 자꾸 오믄 매 안 맞을 기가?"

한복이는 매 안 맞는다고 했다. 그러더니 비시시 일어서며 바지 끈에 매달아 놓은 엽전 두 닢을 길상에게 보이며 웃었다. 영팔이네 소를 며칠 동안 먹여주었더니 엽전 두 닢을 주더라는 것이다. 그것 가지고 뭘 하겠느냐고 물었더니 한복이는 맡겨두었다가 차츰 벌어서 보태어 자기 어머니 산소에 비석을 세우겠다는 것이다.

"어느 시절에?"

옹그러들어서 강아지만큼 작아 보이는 한복이가 길상의 눈에는 딱하기만 했다. 그러나 한복이는 조금만 더 크면 남의 집 머슴도 살 수 있고 품일도 할 수 있다고 장담을 했다. 그러면 돈을 모아서 비석을 세울 수 있다는 것이다. 그러나 한복이는 별안간 풀이 죽었다. 또렷또렷했던 눈이 흐려진다.

"그런데 그만 영팔이아재 집에 소가 병이 났다······."

"영팔이아재 집의 소가!"

"음······ 배가 막 부어오르고, 아무것도 안 묵고······ 영팔이아재는 사색이 돼서, 그래서 그만 나는 도망해 왔다."

"어떻게 배가 부르더노?"

"이렇게."

한복이는 자기 배를 내밀고 그 위에다 두 팔을 벌려 원을 만들어 보이며 배가 부른 시늉을 해 보였다.

'짐승이나 사램이나 버러지라 카더라도 이 세상에 한분 태어났이믄 다 같이 살다 죽어얄 긴데 사람은 짐승을 부리묵고 또 잡아묵고, 호랭이는 어진 노루 사슴을 잡아묵고 날짐승은 또 버러지를 잡아묵고 우째 모두 목심이 목심을 직이가믄서 사는 것이까? 사램이 벵드는 것도 그렇지마는 짐승들은 와 벵이 드까. 사람은 약도 지어묵고 침도 맞고 무당이 와서 굿도 하지마는 말 못하고 쫓기만 댕기는 짐승들은 누가 그래 주꼬. 늘 혼자 사는데, 벵이 들믄 짐승들은 산속이나 굴속에서 혼자 죽겄지. 혼자 울믄서 죽겄지. 아아 불쌍한 짐승들아! 사람같이 나쁜 거는 없다. 그러니께 우리 마님도 벌 받아서 돌아가싰지. 나는 강포수가 밉더마. 나는 그런 사람이 싫구마. 사램이나 짐승이나 목심은 다 마찬가지 아니가? 죽어서 다음 세상에는 사람도 개가 될지 사슴이 될지 누가 아노. 부처님께서는 전생에 백상(白象)이었다 하싰고 또 부처님께서는 배고파서 죽게 된 호랭이한테 당신 몸을 던지서 먹잇다고 하지 않던가배? 아 참, 영팔이아재 집의 소는? 그눔으 소는 또 와 하필이믄 벵이 들었이까? 우리 소들은 말짱 성하고 팔팔한데 가난뱅이 영팔이아재 소가 하필이믄. 그 아재 소가 죽는 날이믄 미칠 긴데. 부처님도 가난뱅이는 죽어라 죽어라 가난하기만 하라 하시는 길까? 이부사 댁에는 가만히 있어도 이리 온갖 것이 저절로 가는데 그 댁의 도련님은 참 못된 성질이더마. 우리 애기씨 성질도 그렇지마는 와 그 도련님을 보믄 밉운 생각이 드까?······ 한복이 바지 끈에 끼웠든 엽전이 밤새 은전으로 둔갑을 했이믄 좋겠다. 다음 날에는 또 두 닢이 네 닢이 되고 자꾸자꾸 밤마다 불어나서 지 어무니 산소에 비석도 세우고. 불쌍한 아이다. 한복이는 착한 아인데 와 고생이꼬?'

"길상아 이눔 자석, 니는 타고 가니께 호시(기분이 좋음)제?"

별안간 돌이 목소리가 귀에 울려왔다.

"야?"

"남은 땀을 흘리믄서 걷는데 니는 타고 가니께 호시제?"

길상은 깜짝 놀라며 달구지에서 뛰어내린다. 그는 공상에 빠져서 돌이 혼자 땀을 흘리며 걷고 있는 것을 까마득히 잊고 있었다.

"내가 소 몰 긴께 이자 돌이형님이 타고 가소."

길상은 고삐를 뺏으려 했다. 돌이는 손을 뿌리치며,

"한분 그래본 기지. 나잇살이나 묵은 멀쩡한 장골이 그럴 수야 있나."

다붙은 목덜미에 땀이 배어나서 적삼 깃이 젖었으나 돌이 는 사람 좋은 웃음을 씩 웃었다.

"타라, 타라. 니나 타고 가지 머."

"안 할라요. 그라믄 함께 걸어가입시다."

"허허, 내가 그랬다고 니가 성냈나?"

"아니요."

"머 심심해서 안 그래 봤나. 하도 말이 없어서, 니나 타라."

그러나 길상은 돌이하고 나란히 걸으며 간다.

"이리 날이 가물어서 큰일이네. 타지방에는 난리가 났단다. 논의 나락이 타는 판이다."

"그러기 말이오."

"우리 동네사 머니 머니 해도 강물이 있으니께. 그래도 흉년은 못 면할 거로?"

"전번에는 웃마을하고 물싸움이 나서 웃마을 사람 하나가 허리를 뿌질렀다 안 카요."

"허리 뿌질러지는 거쯤이야 똥 묵으믄 나을 기고, 더 심해 보지? 샐인이 안 나는가. 제에기 서울 그 양반."

하다 말고 돌이는 입을 다물어버린다.

"와요?"

"아, 아니다. 아무것도 아니다."

"길상아!"

"야?"

"니 삼월이를 우찌 생각하노?"

"우찌 생각하기는요? 마음씨가 착하지요."

"그래도 여자는 모르는 기라. 귀녀, 그년만 하더라도."

"그 여자사 머 본시부텀 악독했으니께요. 와 삼월이를 들먹이오?"

"맴이사 착하지. 귀녀 그년하고는 천양지간이지…… 마음도 어질고 여자답게 생기고. 그런데 알 수 없는 기라, 여자 맴이라는 것은."

길성은 피시시 혼자 웃는다. 그 웃는 모습을 곁눈질하는 돌이 얼굴이, 얼굴은 볕에 익어서 벌겠지만 목덜미 쪽에서부터 핏기가 솟아올라 그 상기(上氣)를 감당하기 어려웠던지 땀을 닦는 척하며 얼굴을 문질러댔다.

"그런데 말입니다."

"와?"

"사람 벵을 고친다믄 소 벵도 못 고칠 것 없겠지요?"

"그기이 무신 말고?"

"사램이 묵어서 낫는 약이라믄 소가 묵어도 안 낫겠소?"

"그러세…… 나는 모르겄다."

"……"

"그거는 와 묻노? 떤금없이 와 묻노?"

"영팔이아재 집의 송아치가."

"송아치? 그기이 어디 송아치가? 가슬이믄 씨를 받을 긴데."

"그러매 그 소 말이오. 배가 불러서 다 죽게 됐고 영팔이아재는 사색이 됐다고 안 카요."

"와 그런고?"

"사람은 아프믄 아프다고 하지마는 말 못하는 짐승이니 영팔이아재도 기가 안 차겠소?"

"바램이 들어갔나? 그럴 때는 방귀만 끼믄 나을 긴데……

110

할 수 없제. 운수지 머. 그래도 살라 카믄 살 기고 죽을라 카믄 죽는 기라."

"얼마나 영팔이아재가 우두고(떠받들고) 길렀다고."

"농사꾼한테 소 한 마리가 누구네 집 아아 이름가? 저저이 가지는 것도 아닌데, 안됐고나."

읍내에 당도한 이들은 이부사댁과 장터로 갈라졌다. 구색을 맞추어서 한 귀에 말아놓은 당사 실 한 뭉치를 사든 길상은 장마당을 빠져나왔다.

"우짤꼬?"

중얼거리면서 길상은 이부사댁 반대 방향으로 걸음을 옮겨놓는다.

'철없는 짓 한다고 꾸중하시까?'

걸음을 멈추었다가 다시 떼어놓곤 한다. 그러나 문약국 앞에까지 갔을 때 심부름꾼 아이가 쫓아 나왔고 문의원은 부재중이라 했다. 약재 때문에 진주로 나갔다는 것이다.

"와 그라노? 누구 병자 생깄나?"

"아 아니, 그만 여기 온 김에. 아무것도 아니다."

길상은 당황하여 발길을 돌리었다. 발길을 돌리는 순간 길상은 만일 문의원이 계셨더라면 자기 청을 들어주었을 것 같았고 사람의 병을 고치는데 소의 병인들 못 고쳐주랴 싶은 생각에서 억울하고 안타까운 기분이 되었다.

"니 어디 갔다가 이자사 오노."

돌이는 길상을 기다리고 있었던 모양이다. 이부사댁 행랑 쪽 뜰 인에 한 그루 감나무가 있었는데 그 감나무 밑에 깔아놓은 명석에 앉아서 돌이는 콩국에 만 국수를 먹고 있었다. 길상이는 잠자코 돌이 옆에 가서 퍼질러 앉았다.

"길상이도 왔고나."

억쇠가 웃으며 나왔다. 새우같이 자그마한 눈이었다. 웃으니까 더욱 눈은 작았다. 얼굴 중간이 꺼지고 이마빡과 턱이 앞으로 나온 데다가 길어서 얼굴 전체의 느낌도 새우를 연상케 했다. 취한 것 같지는 않으나 그의 입에서는 늘 술 냄새가 났다. 그래서 노상 얼굴도 불그레했다.

"가만있거라. 니도 국시 한 그릇 갖다줄 기니."

억쇠는 휘적휘적 행랑과 안채를 질러놓은 담벽을 따라 뒤켠 부엌 쪽으로 사라졌다.

"당사 실은 샀나?"

"야."

돌이는 남은 콩국물을 다 마시고 사발을 명석 위에 놓았다.

"참 씨이원타. 억쇠 마누라 솜씨가 좋아서 언제 와도 음식은 감칠맛이 있거든. 니 배고프제?"

"괜찮소."

명석 위에는 곯아버린 감이 여기저기 떨어져 있었다. 밤톨만큼 자란 감도 있다.

"날이 가물어서 감도 자꾸 떨어지는가? 감이사 비가 많이 와야 떨어지는 긴데?"

돌이 감나무를 올려다보고 중얼거리는데 국수를 들고 나오던 억쇠가 말했다.

"거름을 잘못했는가 모르지. 작년에 감이 하도 작아서 거름을 했더마는 자꾸 떨어지네. 자아 길상이 묵어라."

길상은 사발을 받아든다. 손바닥이 서늘했다. 방금 우물을 길어서 콩국을 한 모양이다. 이부사댁 우물이 차기로는 유명했으니까. 맛보다 시원해서 좋았다. 돌이는 엉덩이를 털고 일어서며 소한테 물을 먹일 참인지 우물 쪽으로 돌아가고 억쇠도 뒤꼍으로 돌아간다. 길상이는 혼자 앉아 국수를 먹는다. 땀이 식는 것 같았다. 나무 그늘 밑은 시원하였다. 국수를 반쯤 먹어갔을 때 별안간 나무 흔들리는 소리가 나더니 우박처럼 감이 국수 사발을 치면서 떨어져 내렸다. 감뿐만 아니라 가뭄에 쌓이고 쌓였던 흙먼지도 날아 내렸다. 길상은 누가 장난을 치는지 알 수 있었다. 그는 천천히 고개를 들고 나무 위를 올려다보았다. 언제 기어올라갔던지 상현이도령이 새까만 눈을 반짝이며 내려다보는 것이었다. 길상의 얼굴이 벌게진다. 길상이는 어쩐지 상현이도령이 싫었다. 이심전심으로 그쪽에서도 길상이 싫은 모양이었다. 길상은 사발을 명석에 내려놓고 일어섰다. 먹으려면 먹을 수도 있었다. 감을 집어내고 다소의 먼지쯤은 꺼릴 것도 없었다. 상현은 나무를 타고 쪼르르 내려왔다.

"왜 안 먹는 거냐!"

짙은 눈썹을 추켜세우며 길상이 반밖에 안 될 성싶은 조그마한 상현이는 어른처럼 호령을 했다. 길상은 잠자코 그를 바라본다. 영롱해 보이는 눈빛이었다. 얼굴빛은 다소 가무스름했으나 얄삭한 입술, 오뚝하니 날이 선 코, 미소년이다. 성깔과 자부심이 몸 전체에서 배어 나온다.

"고만 먹겠습니다."

길상의 말씨는 달라졌고, 정중하나 단호했다.

"네 상전이 먹으라면 어쩌겠느냐?"

길상의 얼굴이 새파래진다.

"대답을 해!"

"먹을 것입니다."

"그럼 먹어. 내가 먹으라 했다."

"도련님은 소인 상전이 아니옵니다."

"뭐라구?"

상현은 한 발로 땅을 굴렀다. 그러나 다음 순간 킬킬 웃으며 달려가버린다. 아마 억쇠가 오는 것을 본 모양이다. 억쇠는 감이 수북이 떨어져 있는 사발을 보더니,

"또 도련님이 장난을 하싰구나."

얼굴을 찌푸렸다.

"새로 한 그릇 해다 주지."

"아, 아니요, 이자 못 묵겄소."

"한창 감풀을 나이니께 마음에 끼지 마라."

억쇠는 다시 부엌 쪽으로 가서 마누라에게 국수 한 그릇을 더 마련하라 이르는 모양이었으나 길상은 끝내 마다하고 돌이와 함께 그 문전을 나섰다. 돌아오는 길에 돌이는 아무래도 마님께서 그 댁 상현도령한테 욕심을 내시는 모양이라 했다.

"하지마는 정혼을 했으니께 할 수 없지. 욕심 내실 만도 하지. 똑똑하고 벌써 기상이 보통 아니라니."

길상은 왠지 모르게 괴로웠다. 심장을 바늘 끝이 찔러주는 듯 쓰라리고 섧은 생각이 치밀었다. 오는 동안 내내 길상은 말을 하지 않았다. 그러나 마을에 닿았을 때 어디서 길상이 오는 것을 보았는지 한복이 달려왔다. 아침때와 달리 그의 달려오는 걸음걸이는 가벼웠고 웃고 있었다.

"저 말이지! 영팔이아재 집의 소 말이다아, 방구 뀌었다."
하고 소리를 질렀다.

"으음 그러믄 안 죽겠고나."

돌이 대구를 했다. 가까이 온 한복이는 다시 한 번 길상이를 향해 되풀이 말했다.

"소가 방구를 끼믄 낫는다 카데. 그래서 부른 배도 꺼지고 풀도 뜯어 묵는다. 영팔이아재가 싱글벙글 안 하나."

길상이는 피시시 웃었다. 언덕을 올라갈 때 길상의 얼굴에서는 우울한 빛이 가셔졌다.

17장 서희의 출타

별안간 윤씨부인은 나들이를 결정하였다. 봄부터 시작된 심한 한발로 풍년은 바랄 수 없고 평작이나마 빌었던 농민들의 기대는 헛되어 흉작을 각오하지 않을 수 없게 되었는데 최참판댁 소유의 전답을 찾아서 실정을 살피러 나가겠다는 것이다. 최참판댁의 농토는 상당히 광범위한 지역에 산재해 있었으므로 그곳을 모두 돌아보려면 행정(行程)도 고될 뿐 아니라 침식도 불편하겠는데 서희를 동반해 간다는 것이다. 집안 하인들은 모두 놀래었고 김서방도 처음에는 어리둥절해하다가 당황하기 시작했다. 너무 뜻밖의 일이어서 그렇기도 했으나 흉년이 들어 인심들이 흉흉한데 무슨 일이 일어날지 불안했다. 그러나 한 번 영이 떨어지면 그것으로 그만이지 김서방으로서는 의견을 말할 여지가 없었다.

집안 노비들이 문전답(門前畓)에 모를 심는다든가 추수를 한다든가 할 때 윤씨부인은 가끔 나가서 둘러보는 일이 있었다. 그러나 멀리 흩어져 있는 농토는 물론 마을의 농사 현장에도 나가본 일이 없는 윤씨부인이지만 무자비하게 엄습해온 몇 차례 흉년 말고는 시절 따라 다소의 변동이 없을 수 없다 하더라도 농토와 농민과 최참판댁 사이의 순환은 아주 순조로웠다. 그것은 한 말로 윤씨부인의 두뇌와 담력의 결과라 할 수 있겠다. 다음은 김서방의 충직이었고 토지의 대소를 막론

하고 땅 있는 곳마다 둔 마름의 존재는 미약하며 권한이나 영향력은 별반 없었다. 엄격히 말해서 마름은 김서방이라 할 수 있겠고 그네들은 김서방의 심부름꾼에 불과했다. 윤씨부인이 자기 농토의 현장을 모르는 것은 틀림이 없다. 그러나 그의 머릿속에는 최참판댁 판도(版圖)가 지도처럼 확실하게 그려져 있었으며 농사의 과정에서 일기의 변화, 수확의 가감, 농가의 소비상태, 이런 일에 세심한 관심이 있었고 윤씨부인 나름의 기본적인 한계가 있어서 설사 어떤 마름이 김서방을 속인다 하더라도 김서방을 통해 보고를 받게 되는 윤씨부인은 속아넘어가지 않았다. 오랜 세월 최참판댁 농토에 의해 살아온 마름들은 그 점을 잘 알고 있었다. 윤씨부인은 근동 어느 지주보다 관대하여 피가 나게 착취하는 일은 없었지만 대신 부정을 감지하는 예리한 그의 느낌에 한 번 걸려들기만 하면 그때야말로 어느, 어떤 지주들보다 가혹한 결단이 내려지는 것을 알고 있었다.

김서방이 앞뒤를 쏘다니면서 나들이 준비를 했으나 막상 출발할 때 행장들은 절에 갈 때와 별다른 게 없었다. 가마 두 틀에 조군이 여섯 명, 김서방과 삼월이 그리고 개똥이가 함께 가게 되었다.

집안 하인들은 모조리 전송하기 위해 문전에 나섰다. 하인들보다 몇 발짝 앞서서 조준구는 서 있었다. 조군이 가마를 들어 올렸을 때,

"살펴 다녀오십시오."

하며 조준구는 고개를 숙였다. 그러나 가마 안에 앉은 윤씨부인은 무표정했다.

"마님, 안녕히 다녀오십시오."

봉순네가 허리를 굽히며 인사했다. 비로소 윤씨부인은,

"봉순네가 알아서 처리하게."

하고 입을 떼었다. 노비들은 각기 안녕히 다녀오라고 인사를 했다. 두 번째 가마에는 자줏빛 치마에 검정 선을 두른, 생고 사 깨끼적삼을 입은 서희가 그림처럼 앉아 있었다. 봉순네는 마음이 놓이지 않는 듯 가마 안의 서희 옷매무새를 고쳐준다.

"애기씨, 안녕히 다니오시오."

두 손을 맞잡으며 봉순이 인사했다. 두 손을 맞잡은 품은 상전을 대하는 아랫사람의 몸가짐이라기보다 성숙해진 데서 오는 자연스러운 품으로서 연연하고 보기에 아름다웠다. 서 희는 의젓하게 고개를 끄덕여주었다. 작은 독수리였을까 작 은 늑대였을까, 어여쁜 꽃, 구슬 같은 차갑고 맑은 빛, 서희 는 그런 온갖 것을 벌써부터 지니고 있는 듯싶었다.

가마는 언덕을 향해서 천천히 내려갔다. 김서방은 앞서고 삼월이는 두 번째 가마 옆에 붙어서 걸어가고 개똥이 껑충거 리며 맨 마지막, 짐 실은 말의 고삐를 잡고 따라간다.

준구는 돌아서며 봉순네를 힐끔 쳐다본다. 봉순네도 그를 힐끗 쳐다보았다.

'개같이 충직한 계집이로고.'

'개같이 비루한 양반이구마.'

자기를 제쳐놓고 일개 고공살이에 불과한 여자에게 알아서 처리하라고 한 윤씨부인의 분부는 조준구의 비윗장을 뒤틀어 놓고 말았다. 그러한 그의 속셈을 빤히 아는 봉순네는 조금도 그를 위해 민망한 생각을 갖지 않을 뿐만 아니라 귀녀와 일맥 상통할 것 같은 준구에게 늘, 봉순네로서는 분에 넘칠 만큼 불손한 태도를 취해온 터이었다. 귀녀가 그런 사건을 저지른 후 봉순네도 그렇거니와 수동이는 말할 것도 없고 대개 모두 가 다소는 병적인 경계심을 품어왔었기 때문에 사실 준구에 게 정신적 구박이 자심했다.

합죽선을 확 펴들고 준구는 크게 소리를 내어 가래를 내뱉 었다. 봉순네는 치맛자락을 걷어 치마끈 사이에 찔렀다. 문전 에서 미처 식구들이 흩어지기도 전에 김서방댁이 복이를 잡고 횡설수설하고 있는데 어느새 들어갔던지 수동이 바지게를 얹 은 지게를 지고 절룩거리며 나왔다. 봉순네는 얼른 외면을 해 버린다. 그가 지나간 뒤 봉순네의 눈은 그의 뒷모습을 쫓아갔 다.

언젠가 봉순네는 수동이에게 말했다.

"앉은일이나 하지. 심에 버겁은 일을 와 할꼬?"

"그라믄 나는 밥 묵지 말고 죽으라 말이오!"

수동이는 버럭 소리를 지르며 화를 내었다. 그 후부터 봉순네는 두 번 다시 그런 말을 하지 않았다. 봉순네뿐만 아니라 집안 식구는 모두 다 그랬다. 아마 수동이는 풀을 베러 가는 모양이다. 지게 한 귀퉁이가 몹시 올라가고 내려가고 한다. 누구나 보는 사람의 눈에는 그런 모습이 딱하기만 했다.

'일한다고 뒤지겠소? 일 안 하고 우찌 살 기요! 종놈이 일 안 하고 우찌 살 기요! 뒤지믄 뒤졌지 좀 내비리두란 말이오!'

기우뚱기우뚱하며 내려가는 수동의 뒷모습은 그런 말을 외치고 있는 것만 같았다. 김서방도 수동이는 건드리지 못했다. 봉순네와 마찬가지로 힘든 일은 남 시키는 게 어떠냐고 한번 말했다가 된통 수동이 신경질을 받았다. 어안이 벙벙해진 김서방은,

"아니 이 사람아, 내가 무신 말을 잘못했다고 이러노, 응?"

"내비리두란 말이오! 제발 내비리두란 말이오!"

악을 쓰던 수동이는 울음을 터뜨렸다.

"모두들 나리마님이 내 대신 가셨다고, 으흐흐흣…… 와 나겉은 천천무리(구박둥이)가 안 가고 으흐흣……."

제 가슴을 치며 통곡을 했다. 김서방은 할 수 없이 달랠 수밖에 없었다. 그러고부터 김서방은 금 간 그릇을 다루듯 마음은 쓰면서도 수동이 하는 대로 내버려두었던 것이다.

수동이 모습이 보이지 않게 되자 봉순네는 집 안으로 들어갔고 준구는 사랑에 길상이를 불러다 놓고 무엇이 잘못되었는지 꾸짖고 있었다.

가마와 가마를 따른 일행은 마을 길에 들어섰다. 밭에서 논에서 일하던 남자 여자, 근심스럽게 밭둑에 쭈그리고 앉아 있던 늙은이도 모두 일어서서 지나가는 윤씨부인 가마를 향해 허리를 꾸부렸다. 그러나 윤씨부인은 일부러 그런 인사를 외면하듯 눈을 감고 있었다. 눈을 감지는 않았으나 서희 역시 할머니와 꼭 같은 자세로 주변에 개의치 않고 가마에 흔들리고 있었다.

바람이 이랑을 지으며 벼를 쓸고 지나간다. 비를 몰고 올 바람이 아니다. 비를 쫓아버리는 선들선들 부는 바람은 사람들의 애만 태운다. 겨우 여물이 들기 시작한 벼는 그 여물이 제대로 영글 것 같지도 않은데 벌써부터 메뚜기들은 기승을 부리고 있었다.

마을 길을 빠져나왔다고 생각한 윤씨부인은 감고 있던 눈을 떴다. 그는 따르는 하인들의 괴로움을 생각했다. 자기 자신도 괴로운 것이다. 언제나 나들이할 때 느끼는 일이었다. 말 한마디 못하고 짓눌릴 것만 같은 분위기의 몇십 리 길을 가다 보면 하인들은 행정의 고됨보다 긴장에서 오는 정신적인 피로에 지쳐버린다. 삼 년을 넘게 두문불출 끝의 오늘 나들이를, 그것도 윤씨부인 난생처음 땅을 둘러보는 행각인 것이다. 조군들의 발이 돌 없는 곳을 조심성스럽게 더듬고 간다. 길 옆 도랑에서는 물 흐르는 소리가 들리지 않았다. 웅덩이같이 파여진 곳에 물이 조금 고여 있었고 엉덩이에 쇠똥이 묻은 어미 소가 송아지를 데리고 물이 말라서 바닥이 드러난, 그러나 다소의 습기는 남아 있는 개울 바닥에 앉아 있었다. 가마가 좀 더 내려갔을 때 잔돌을 모아서 만들어놓은 웅덩이가 또 나타났다. 아낙 한 사람과 아이들이 엎드려 낯을 씻고 있었다. 사람 기척에 낯을 씻고 있던 아낙이 돌아보았다. 김서방의 얼굴이 확 구겨졌다. 그와 동시 아낙은 화닥닥 일어섰다. 개울 저쪽을 향해 뛰어 달아난다. 아이들도 따라서 뛰어간다. 아낙과 아이들은 메밀밭에 뛰어들며 펄썩 주저앉는다. 그러나 메밀밭에 온전히 몸을 다 숨길 수는 없는 일이며 엉겁결에 한 짓이었다. 개울에 돌아서서 있었던 편이 나았을 걸로 생각한 것은 메밀밭에 몸이 숨겨지지 않았을 때 깨달음이다. 공교롭게 윤씨부인은 그 광경을 보았다. 가마를 멈추게 하고 누구냐고 물었다. 김서방은 혀가 얼어붙은 것 같은 얼굴이었다. 삼월이와 조군들도 서로의 눈치만 본다.

"메밀밭에 숨은 아낙은 누구냐?"

거듭 물었다.

"마님."

"무슨 까닭으로 숨는지 불러오너라."

"예."

"어어— 이미에구마(임이네구마)."

개똥이 소리를 질렀으나 무슨 말인지 윤씨부인은 알아듣지 못했다. 김서방은 메밀밭으로 건너갔다. 이 대천지 원수야!

하며 주먹질이라도 하고 싶은 심정인 김서방은,

"잠자코 있일 일이지 숨기는 와 숨어가지고."

목소리를 낮추었으나 잡아먹을 듯 얼굴을 일그러뜨린다.

"마님께서 오라니께. 가서 알아 할 기구마."

임이네는 파들파들 떨었다. 아이들도 떨었다.

"이리된 바에야 나도 모르겠고. 어, 가보라니께!"

가마 앞에 끌리다시피 다가간 임이네는 땅바닥에 몸을 던졌다.

"누군고?"

"마, 마님!"

"……."

"마님, 죽여주시오!"

"이 동네 사는 아낙이냐?"

김서방에게 묻는다.

"예. 그 죽일 놈의 치, 칠성이 계집이옵니다."

"칠성이……."

윤씨부인은 입속말로 중얼거렸다, 얼굴이 굳어졌다. 그러나 윤씨부인 눈에 증오의 빛은 없었다. 오히려 딱해하는, 당황해하는 빛이 지나갔다. 마을에서는 아무도 알지 못하는 사실을 윤씨부인은 알고 있었다. 두 사내가 먼저 처형되고 다음 귀녀가 죽을 때 개심(改心)을 한 그는 칠성이 무죄하다는 말을 남기고 갔다. 죄 없는 사람에게 죄를 씌운 것은 수령의 잘못이 아니요 귀녀의 악업이긴 하나 문초 중 수령 자신도 칠성에게 대해서는 석연치 않은 짐이 없시노 않았다. 김평산도 칠성이 씨만 빌려주었다는 말을 부지중에 했었다. 좀 더 현명했더라면, 좀 더 성의가 있었더라면 억울한 죽음은 없었을는지도 모를 일이다. 그러나 끝난 뒤였으며 어쩔 도리가 없다. 사후에라도 자손들을 위해 누명을 벗겨줌이 옳은 처사였겠지만 그것은 위정자의 우매함을 폭로하는 짓이었다. 결코 명예스러운 일은 못된다. 비밀에 부쳐지고 말았다. 극비에 부쳐진 그 사실을 수령은 윤씨부인에게 알려주었다. 여러 가지 면으로 경의를 표하지 않을 수 없는 최참판댁이어서 그만한 성의를 보였던지 아니면 피해자의 입장인 만큼 진상을 알려주었는지 그 의도는 알 수 없었으나.

"주, 죽여주시오. 어린 자식 데리고 모진 목심 못 끊고…… 마, 마님."

임이네는 드디어 울음을 터뜨렸다.

"울음을 그치라니께!"

김서방이 발을 굴렀다. 임이네는 흐느끼면서 울음소리를 죽인다.

"아이가 몇이냐?"

"예, 마님, 셋입니다."

아이들은 그냥 메밀밭에 숨어 있었다.

"뭘 하고 사는고?"

윤씨부인의 목소리는 낮았고 부드러웠다. 아니 머뭇거리는 듯 들렸다. 김서방은 부드러운 부인의 목소리에 움찔하여 놀란다.

"예, 품팔이, 품을 팔아서 게우 풀칠을 하고."

다시 흐느껴 운다. 찢겨진 적삼 사이로 때가 밀린 등이 떨고 있다.

"음…… 그래…… 알았느니라."

하고 나서 한참을 지난 뒤 윤씨부인은 김서방을 보고 떠나라고 일렀다.

"마님! 살려주시오!"

길에 엎디어 통곡하는 임이네를 밀어뜨려놓고 가마는 그곳을 떠난다. 가마는 좀 넓은 길에 나섰다. 이제 겨우 마을을 지나려 하는데 하인들 얼굴에는 피로한 기색이 역력하게 나타났다. 임이네의 출현 때문에 모두 얼이 빠진 것 같은 기분이었던 것이다. 마을과 멀어지면서 들판에는 일하는 사람들의 모습이 끊어진다. 길모퉁이를 돌아섰을 때 강가 모래밭 쪽에서 노랫소리가 들려왔다.

억만장자 연대 밑에

홀로 앉아서 우는

저 과수야아—

너는 살아 애 썩이고

나는 죽어 살 썩이고

썩이기는 일반이라아—

윤보였다. 낚싯대를 들고 돌아서서 노래를 부르고 있었다.
그는 윤씨부인 일행이 지나가고 있는 것을 의식하고 있는 듯
싶었다. 가마가 그의 곁을 지나가고 난 뒤 윤보는 휙 돌아보
았다. 말고삐를 잡은 개똥이 벙글벙글 웃으며 나귀는 제 마
음대로 가거나 말거나 고삐만 잡고 있으면 그만이라 여기는
지 목을 뒤로만 뽑아서 윤보를 본다. 윤보는 낚싯대를 쳐들며
때리는 시늉을 한다. 개똥이는 혀를 날름 내밀며 윤보를 놀려
주며 저 멀리 가기까지 약을 올리는 것이었다. 윤보는 히죽이
웃으며 다시 아까 부르던 노래를 되풀이하여 부르며 물이 말
라서 까마득하게 멀리 있는 강물을 향해 모래를 밟으며 간다.

가마에 앉은 윤씨부인은 윤보를 안다. 동학군을 따라다녔
던 일도 알고 있었다. 방금 부르던 노래는 자기를 향한 조롱
인 것을 느끼고 있었다. 그러나 그는 최참판댁의 소작인도 아
니요 상민이지만 어느 누구에게도 매여 살기를 싫어하는 자
유인이며 방랑자요 자기 존엄을 위해서는 한 치의 양보도 없
는 대담한 사내라는 것도 윤씨부인은 알고 있다. 쓴웃음을 띠
고 윤씨부인은 햇빛이 튀고 있는 강변을 바라본다. 머지않은
날 최참판댁의 그 기나긴 역사는 끝이 날 것이요 양반계급이
무너질 것을 예감하는 것이다. 기골이 좋았던 시할머님, 시

할머님은 생산을 많이 했으나 자식들을 다 기르지 못했다고 했다. 참판 부인이던 증조할머니, 참판의 모친이던 고조할머니. 그러니까 타성(他姓)의 여인들 오 대(五代)가 최참판댁을 이룩하였고 지켜왔으며 마지막 최씨의 피를 받은 서희로써 끝이 난다. 다른 핏줄의 여인들이 지켜 내려온 가문은 제 핏줄의 여인으로 하여금 막을 내려야 하는 것이다. 그것은 어쩌면 야릇한 운명 같기도 했다. 윤씨부인은 최씨 집안이 무너질 것이요 양반계급이 무너질 것이라는 예감과 함께 자기 자신에게도 최후가 얼마 남지 않았으리라는 것을 느낀다. 그러나 그는 초조하거나 불안하지가 않았다. 이제 겨우 서희는 아홉 살이 아닌가. 앞으로 몇 달이 지나면 열 살이 될 것이다. 그 어린 서희를 두고 불안을 느끼지 않는 자신이 스스로 이상해지기도 했다. 친애했던 사람들은 누구였었던가. 문의원이 있었고 월선네가 있었고 바우 내외가 있었다. 윤씨부인은 그들에게 애정을 느꼈으며 신분을 느끼지 않았었다. 그리고 또 우관 스님이 있다. 아들 환이가 있고 환이 아비가 있었다. 그들은 신분의 희생자들이다. 슬픔을 지녔던 그들은 신뢰로 혹은 혈육으로 그리고 또 한 사람은 육체로 맺어졌던 사람들이다. 윤씨부인은 지금 가마에 흔들리고 있는 지점까지 어떻게 왔는가 자기 자신에게 물어본다. 안개였다. 뿌옇게 서려 오르는 안개였으며 자신의 죄업마저 미망 속으로 꺼져들어가는 것을 느낀다.

'피곤하구나.'

자기에게 최후가 가까이 오고 있다는 예감은 그에게 해방을 의미하는 것이었을까. 스스로 끊을 수 없었던 자기 목숨을 운명에게 내맡겼고 그 운명이 다가오고 있다는 예감은 승리를 기다리는 것 같은 충족이 동반하는 감정이었다면 어린 서희에게는 가혹한 일이었었는지 모른다. 그러나 윤씨부인 마음속 깊은 곳에는 거대한 최참판댁 재물과 문벌에 대한 저주가 없었다 할 것인가. 의무의 무거운 짐을 저주하지 않았다 할 수 있을 것인가. 아들의 죽음은 모성의 눈물, 모성의 회한을 몰고 왔으나 그러나 의무의 짐을 얼마간 벗어넘겼다 한다면 그것도 서희를 위해서는 가혹한 일이었는지 모른다.

윤씨부인은 자기 죽음이 가까워오고 있으리라는 예감 아래 가엾은 환이에 대한 조처를 생각해보는 데 저항을 느끼지 않는다. 사십 년 가까운 세월을 최씨 가문에 머슴살이를 했다는 기분에서, 엄청나게 불러어나간 재산의 일부를 자기 마음대로 처분할 수 있는 것에 저항을 느끼지 않는다. 결국 자기는 최씨 문중의 사람이 아니었고 다만 타인, 고공살이에 지나지 않았었다는 의식은 그의 죄책감을 많이 무마해주는 결과가 되었다. 나는 당신네들 편의 사람이 아니요, 나는 저 죽은 바우나 간난할멈, 월선네와 같은 처지의 사람이었소. 윤씨부인은 그렇게 말하고 싶은 것이다. 자기의 권위와 담력과 두뇌는 오로지 최씨 문중에 시종하기 위한 가장에 지나지 않았다는 것을 말하고 싶은 것이다.

확실한 사정은 모르면서 아까 임이네가 울부짖던 광경을 보고 다소는 짐작은 했던 모양으로 눈에 띄게 날카로운 표정을 짓고 있던 서희는 별안간 높은 목청으로 말을 했다.

"저, 저기 저게 뭐야?"

산과 잇닿은 논둑에 길을 잃었는지 노루 새끼 한 마리가 우뚝하니 서 있었다.

"아, 노루 새끼구마요."

삼월이 대답했다.

"아니 저게 뛰어가네?"

노루 새끼는 몇 발짝 뛰어가다가 다시 우뚝 멈추어 섰다.

"저, 저걸 잡아 왔으면."

"잡을 수가 있어야지요."

"잡아서 우리 집에서 길렀으면."

"포수가 총으로 잡는다믄 모르까 산 채로는 좀체 못 잡습니다."

이번에는 김서방이 대답했다.

서희가 지껄이는 바람에 일행은 한결 긴장이 풀어지는 모양이었다.

늦은 점심때쯤 되어 일행은 죽림골에 당도했다. 그곳 마름의 집으로 찾아들어갔을 때 그 집 내외는 기절을 할 만큼 놀랐다. 마름의 얼굴은 종잇장같이 변했고 그의 마누라 얼굴은 푸르딩딩하게 변했다. 마치 그들이 장악하고 있는 권한과 이득을 모조리 뺏으러 나온 것같이 착각을 하는 모양이다. 윤씨부인의 행차란 상상도 못할 일이었기 때문이다. 흉년을 울어댈 여유마저 그들에게는 없었다. 불난 집같이 법석을 떨고 나서 겨우 마련된 방으로 윤씨부인과 서희는 안내되었다.

"고단하냐?"

윤씨부인은 서희에게 물었다.

"아니옵니다."

"농사꾼들은 우리가 타고 온 그 길을 노상 걸어다니지."

"예. 알고 있사옵니다."

"앞으로 며칠을 더 다닐 것이다. 너의 땅을 눈여겨보아 두어야 하느니라."

"예."

18장 습격

겨울이 오면 임이네 식구는 굶어 죽거나 마을을 떠날 줄 알았다. 지난해는 한발이 심하여 나라에서는 방곡령(防穀令)을 발포하기에 이르렀고 기민들을 구제하기 위해 혜민원(惠民院)을 설치하는 등 민심은 흉흉했다. 이곳도 흉년이기는 매일반인데 땅 한 뼘 없는 임이네가 자식들과 목숨을 부지한다는 것은 참으로 어려운 일이었고 또 마을 사람들은 제가끔 보릿고 개를 근심하는 터에 임이네가 굶어 죽을 것이라는 것을 염두에 두는 사람은 별로 없었다. 최참판댁에서 다행히 소출을 탕감해주었고 더러는 고방에서 곡식을 내는 형편이어서, 그렇지 않았더라면 그네들 자신이 굶어 죽을 판이었으니까. 그런데 굶어 죽기는커녕 임이네는 살이 토실토실 오르고 얼굴이 희뿌옇게 윤이 나면서부터 차츰 기를 펴기 시작했으니. 옛날같이 옷차림이 깨끗해졌고 그럭저럭 겨울을 나는 것은 신기한 일이었다. 그것이 마을 사람들을 불쾌하게 했다. 더욱이 아낙들의 자존심을 비틀어놓고 말았다. 동정을 보이던 사람조차 임이네에게 적의를 나타내었다. 그는 살인자의 계집이요, 끼니를 위해 백정한테 치마를 걷은 계집이요, 땅뙈기 한 뼘 없는 거지가 아닌가. 그렇다면 살인자의 계집답게, 백정한테 치마를 걷은 천한 계집답게, 한 뼘의 땅이 없이 남에게 구걸하는 거지답게 행색도 그러해야 하거니와 처신도 물론 그러해야 한다. 다른 아낙들과 마찬가지로, 아니 그 이상으로 말갛게 옷을 입고 얼굴에 윤이 흐르고, 용납할 수 없는 일이다. 최참판댁 윤씨부인이 용서를 해주었다는 소문, 김서방이 곡식 말씩 보내어주어서 굶지 않게 되었다는 소문, 봄부터 밭마지기나 얻어 부치게 될 것이라는 소문, 모두가 다 용납할 수 없는 이야기다. 자연히 마을 사람, 특히 아낙네들은 실속도 없이, 또 죽은 사람이 반가워할 리도 없는 동정을 최치수한테 보내게 되고 마을의 분위기는 묘한 색채를 띠기 시작했다. 으레 나오는 얘기지만 죽은 사람을 들먹인다는 것은 귀신을 들먹이는 것이 되고 원한에 찬 혼령이 최참판댁 지붕, 담 모퉁이를 돌면서 밤이면 밤마다 운다는 것이다.

"이자 최참판댁도 망할 기구마. 망할 징조지."

"아, 망하기야 벌써부텀 안 망했나? 씨를 말렸는데. 그거믄 결딴난 기지."

"어마님이 하 기승스럽어서 아들을 먼지 보내더마는."

"그거사 최참판댁 내림이고."

"그렇다 카더라도 자식의 원수를 치마폭에다 싸? 말도 안 되는 소리다."

보다 심하게 최치수가 윤씨부인의 아들이 아닐 것이라는, 그 밖에 윤씨 위엄에 손상을 주는 말들이 은밀하게 떠돌았다. 막딸네는 임이네를 욕하는 데는 농사짓는 것만큼 열심이었다. 막딸이는 아침부터 산으로 들로 헤매면서 찬 바람에 살갗이 트고 옹그러진 손으로 진종일 나물을 캐며 작은 키가 더욱더 줄어드는 것만 같았는데 그의 어미는 우물가에서 입 속에 찬 바람을 가득 넣으며 열을 올리고 있었다.

"그년 팔자 늘어졌지. 천년 묵은 구미호다. 꼬리가 여남은 개나 되니께로 사람들 맘을 그렇게 홀키지(홀리지). 그 새살(사설)이 얼매나 좋았이믄 그 댁 마님을 녹있일꼬? 마님도 마님 아니가. 자식 직인 핏줄을 돌보아준다는 것은 말도 안 되는 일이다. 하늘을 쳐다보고는 그 짓 못할 거로? 그런 법이 어디 있노? 참 희한하고 굿할 일 아니가. 두고 보라모. 내 눈 밖에 나른 사달이 생기기 매련이라. 아 김평산인가 그놈 때만 해도 내가 머라 카든고? 동네 밖에 쫓아내야 한다고 그리 실이 노이 되도록 시부렸거마는 들어묵어야제. 아니나 다를까? 그 일이 안 벌어졌던가배? 내 빈말 안 하거마는. 작년만 해도 그년이 동네에 들어오고부텀 날이 가물더니마는 흉년이 안 들었나? 그년이 들어서 필시 동네가 망할 기구마. 쫓아내야지. 안 되지러. 안 될 기구마."

"최참판댁에서 감싸는데 우리가 우찌 쫓아낼 것고. 아닌 게 아니라 눈이 씨어서 못 보겠더마. 인제는 날 괄시할 연놈은 없일 기다, 날 어느 연놈이 쫓아내? 하는 것겉이 낯짝 쳐들고 댕기는 꼴이 눈이 씨어서."

아낙이 맞장구를 치자 막딸네는 코를 풀고 고개를 설레설레 흔든다.

"안 될 기구마, 안 되고말고."

"사램이란 지 푼수를 알아얄 긴데, 쑥으막(다소곳)해 있어도 멋할 긴데, 제집이 땅알스럽아서* 안 그렇나. 허연 잇석(이빨)을 드러내고 희희낙락하니 웃을 처지가 되나? 참 세상에 비윗장 좋은 그런 계집도 처음 봤다."

야무네도 거들었다.

"우리가 아무리 이래도 소용없구마. 너거들이사 북을 치든

징을 치든 내사 내 할 일 할 기니께, 임이네 심보는 그거 아니가? 어디서 올음 구해왔는고 베틀 맸더마."

"베틀을 매?"

이렇게들 찧고 볶고 하는 가운데 두만네만은 아무 말이 없었다. 그러나 그의 마음도 결코 임이네한테 호의적일 수만 없었다.

'도둑놈의 제집은 도둑년일 수밖에 없다 카더마는 풀이 죽어 있을 때는 그기 다 겉가죽이었던가?'

이네들이 흥분하고 떠드는 만큼 사실은 임이네가 뻔뻔스럽게 처신한 것은 아니었다. 하얀 이빨을 드러내고 웃긴 웃었다. 웃을 만도 했을 것이다. 살던 오두막에 돌아와서 별을 보지 않고 잠드는 것만을 기뻐했던 그가, 그러나 굶주림이 닥쳐오면, 겨울이 오면 바람 부는 길을 떠나 인가 많은 고장에 가서 걸식을 할 수밖에 없었을 그에게 다른 사람도 아닌 윤씨부인으로부터 구원의 손길이 뻗쳤으니 잃었던 웃음을 찾은 것도 무리는 아니었을 것이다. 다만 기쁨보다 감사하는 감격이 조금만 더 많았더라도―진상을 안다면 감사는커녕 기쁨인들 느꼈겠는가. 원한에 가득 차서 갖은 학대에 대한 보복의 불길이 타올랐을 것이다―눈물을 흘렸을 것이며 겸허했을 것을. 고마운 마음이 전혀 없었던 것은 아니었겠지만 임이네는 본시 죄의식이 엷은 여자다. 죄의식을 가지라는 것도 실상 어거지였고 칠성이의 죄명 탓으로 모든 삶의 기반이 무너지고 만

것을 그는 날벼락으로 생각했고 재앙이라 생각했으며 부부로
서의 정신적인 유대를 갖지 못한 만큼 고난과 슬픔과 또한 기
쁨까지 그것은 어디까지나 현실에서 비춰주는 대로의 반응일
뿐이었다. 고마운 척, 눈물겨운 척할 수 있는 교활한 지혜가
없는 것은 아니었다. 그러나 넘쳐흐르는 생명력, 조금만 땅
이 걸고 짓밟지만 않으면 무섭게 자라나는 잡풀 같은 생명력
은 교활한 지혜를 위해 여유를 주지 않았다 할 수 있을는지도
모른다. 마을 사람들 눈에 그가 거들먹거리는 것같이 보였다
는 것은 윤씨부인이 도와준다거나 먹고 입는 것이 자기네들
과 같아졌다는 시샘 때문에 그렇기도 하려니와 그 무성한 생
명력에 압도당하는 것 같은 느낌에서 더욱 그렇게 보여졌는
지도 모를 일이다. 더욱이 아낙들은 옛날로 돌아간 그 미모에
약이 올랐을 것이다. 이제 임이네한테서는 찌든 궁기를 찾아
볼 수 없었다. 놀랄 만한 회복이었다.

'살인 죄인의 제집이.'

두만네 마음에도 그 생각은 자리를 잡고 있었다. 작년 봄에
임이네가 마을에 찾아들었을 때는 살인 죄인의 가족이기 때
문에 불쌍했던 그가 지금은 그 살인 죄인의 가족이기 때문에
불쾌한 존재인 것이다. 함안댁이 지아비의 죄업으로 하여 스
스로 목숨을 끊은 만큼 그렇게까지는 못하여도 죄인의 지어
미도 죄인임에는 다를 바가 없다는 생각을 왜 하지 않느냐는
두만네의 생각인 것이다. 죄인이 아니어도 남편 잃은 과부라

면 몸을 조심스레 가져야 한다는 게 두만네의 뿌리박힌 생각이고 보면 다른 아낙들의 시기심하고는 다소 다른 점이 있기는 했다.

'염치없는 제집.'

들판에는 봄이 활짝 펼쳐졌다. 이곳저곳에서 봄갈이가 시작되었다.

"이년! 뜯어 죽일 년!"

강청댁이 냇가 옆길을 뛰어가면서 외쳤다.

"집구석에 들어박혀 있인께로 나를 송장으로 봤냐! 갈기갈기 찢어……."

악을 쓰는 바람에 작은 얼굴은 온통 입뿐인 것같이 보였다. 치달리면서 작은 몸을 솟구치곤 하는데 마치 바람에 바구니가 굴러가는 것 같다.

"강청댁이 와 저 카노?"

시냇가에 앉아서 빨래를 하던 아낙들이 강청댁을 바라본다.

"어디, 내가 한분 가보고 오지."

막딸네는 방망이를 팽개치고 일어섰다. 대개 아낙들이 짐작은 했으나 역시 강청댁은 임이네 집 마당으로 돌진해 들어갔다.

"네 이년!"

목이 터져라 강청댁은 고함을 질렀다. 서까래만 하게 가는 기둥에 흙이 시적 떨어지는 벽은 구멍이 숭숭 나 있고, 문짝도 없는 부엌에서 뒷설거지를 하던 임이네가 기웃이 내다보다가 얼른 얼굴을 밀어 넣는다.

"이년! 이리 나오니라! 사생결판을 내자!"

그러나 나오는 것을 기다릴 것도 없이 부엌으로 달려들었다. 대뜸 부뚜막에 씻어놓은 밥사발을 들어 임이네 면상을 향해 던진다. 빗나간 사발은 선반에 부딪치고 요란한 소리를 내며 부엌 바닥에 흩어진다. 임이네는 이미 싸움 태세를 작정한 듯 유리한 자리를 잡을 참이었던지 밖으로 달려나간다. 강청댁이 뒤쫓았다. 마루 앞에서 임이네는 우뚝 멈추었다. 강청댁이 와락 달려든다. 와락 떠밀어낸다.

"미쳤나. 와 이 카노?"

"미쳐? 와 내가 미쳐!"

"안 미쳤으믄 말로 해라. 싸움을 하더라 캐도 영문이나 알자."

강청댁이 팔짝 뛰면서 임이네 뺨을 갈긴다.

"니 날 쳤제?"

임이네 눈이 벌겋게 물든다.

"오냐! 쳤다. 치고만 말 줄 아나? 네년 가랭이를 찢어놓을 기다!"

"가랭이를, 찢어? 누구 가랭이를?"

"네년 가랭이다!"

"어느 년 가랭이는 성할 기고?"

자신 있게 말하고 나서 임이네는 헛웃음을 웃는다.

"이, 이잉 주둥이를 찢을라!"

"허 참, 내 주둥이 찢기는 거를 구경하고 있을 내가? 중풍이 들었이믄 모르까."

강청댁은 입가에 거품을 뿜었으나 옛날 월선이를 대할 때와는 달리 아주 신중하다. 욕설 없이 손을 뻗쳐 임이네 앞가슴을 움켜잡는 동시에 한 손이 머리채를 낚아채려 한다. 임이네는 낚아채려는 손목을 꽉 잡고 비튼다. 어디선지 임이가 쫓아왔다.

"와 울 어매 때리요! 와 울 어매 때리요!"

달려들며 강청댁의 옆구리를 꼬집는다. 강청댁이 발길질을 하여 임이를 걷어찬다.

"이년, 이 직일 년! 동네 가운데 사는 것만도 감지덕지해얄 긴데 무신 정에 서방질이고! 이년 바린 말 해라! 내가 다 알고 왔다!"

드디어 한 덩어리가 된 두 아낙은 서로 잡아 뜯고 물어뜯는다. 임이는 팔짝팔짝 뛰다가 뒤로 쫓아가서 빗자루를 들고 와서 치는 것이었으나 제 어미가 맞는지 강청댁이 맞는지 분간할 수 없고 빗자루 따위 아낙들에게 아플 리도 없다.

"서방질했다! 했이믄 어떻노!"

"이년! 내 서방을 뺏고 니가 목심 부지할 줄 알았더나!"

"누가 뺏았노! 제 발로 걸어왔지. 내가 홀치왔나! 끌고 왔나!"

울타리 밖에 숨어서 재미나게 구경을 하던 막딸네는 강청댁이 밀리는 것을 보자 마을을 향해 외치면서 아낙들을 불러 대었다.

"강청댁이 죽겠다! 임이네가 강청댁을 직인다!"

시냇가에 빨래하던 아낙들이 몰려왔다. 집에 있던 아낙들도 달려왔다.

"이년을 진작 쫓아냈이야 하는 긴데 눈이 불쌍해서 두었더마는 악문을 하다니! 이년이 쇠가죽을 썼나 개가죽을 썼나!"

"이런 년은 직이야 한다!"

"밟아 직이라!"

"찢어 직이라!"

"동네 망해 묵을 년! 이년을 안 쫓아내믄 또 흉년 들 기다!"

풀려나온 강청댁은 두 다리를 뻗고 앉아서 아이고아이고 하며 통곡을 하고 대신 아낙들이 한꺼번에 덤벼들어 임이네를 사정없이 족친다.

임이는 울 어매 살려달라고 울면서 논둑길을 쫓아간다. 봄갈이를 하던 용이 왜 그러냐고 물었다.

"아저씨요! 울 어매 죽소!"

"……?"

"울 어매 죽소! 강청댁이 와서 울 어매 직이오!"

낯색이 변한 용이 논에서 뛰어나간다. 부토를 짊어지고 오던 영팔이에게도 임이는,

"아재씨요! 울 어매 살리주소! 울 어매 죽소!"

"무, 무신 소리고?"

어리둥절하다가 용이 쫓아가는 뒷모습을 보자 지게를 받쳐놓고 그도 달려간다.

집 안은 수라장이었다. 피를 본 야수같이 아낙들은 온전히 미쳐 있었다.

"이기이 무신 짓고!"

용이는 삽짝에 세워놓은 작대기를 들고 휘두른다. 영팔이도 엉겁결에 솔가지를 들고 정신 없이 날뛰는 아낙들의 엉덩이를 마구 휘갈긴다.

"오냐! 제집 영낭(역성)들러 왔고나! 이 팔난봉아!"

엉겨붙는 강청댁을 걷어차고 용이는 멱살을 잡아 아낙 하나를 끌어낸다. 비로소 아낙들은 비실비실 하나둘 물러서며 정신이 드는지 옷매무새를 고치고 풀어진 머리를 얹고 하며 무안함을 얼버무리려 하는데 임이네는 땅바닥에 엎어진 채 움직이지 않는다. 옷은 모조리 뜯겨지고 뜯겨진 옷 사이로 내비친 살에 할퀴인 자국, 핏자국이 지렁이같이 그려져 있다. 얼굴에서도 피가 흐르고 있었다. 그 처참한 모습이 섬뜩하였던지 아낙들은 눈을 내리깔았다. 강청댁만은 또 아이고 아이고 하며 통곡한다.

임이네를 안아 일으키며,

"이 금수만도 못한 계집년들아!"

하고 용이 울부짖었다. 영팔이는 아낙들에게 침을 뱉었다.

"바로 백정 년들 아니가, 응?"

영팔의 욕설이었다. 아낙들은 대꾸를 못한다. 낮게 신음하는 임이네를 방에 안아들여 뉘어놓고 나온 용이의 얼굴은 새파랬다. 입술을 떨고 있었다. 마루에서 내려선 용이는 눈에 불을 뿜으며 아낙들을 노려본다. 내심 아낙들은 부끄러웠다. 두렵기도 했다. 그러나 호기심이 두려움을 밀어내었다. 슬슬 빠져서 가버릴 기회가 없는 것도 아니면서 다음 벌어질 일에 대하여 말할 수 없는 기대가 그들 가슴을 부풀게 했다. 도대체 어찌된 진상인가, 영팔이도 논둑에 지게를 받쳐놓고 온 것을 잊고 우두커니 서 있었다. 강청댁은 통곡을 멈추었다. 안 보는 척하며 용이의 무섭게 부릅뜬 눈을 본다.

"이 썩은 꼴 보고 나는 못 산다! 못 살거마는. 어디 제집이 없어서 무당 년 아니믄 살인 죄인 제집고. 날 직이고, 직이고 나서 다 데리고 살아라!"

강청댁은 용이에게 몸을 던졌다.

"직이라! 직이……."

용이는 주먹을 쥐고 강청댁 면상을 치고 발로 걷어찬다. 당장 죽일 것 같은 기세다. 그 기세에 눌려 강청댁은 두 번 덤비질 못한다.

"칠거지악 중에 멋이 들어 있는고 니 아나?"

기세와 다르게 목소리는 나직하고 떨려 나왔다.

"그 하나로 아이를 못 놓는 일이다."

강청댁의 얼굴은 보기에도 흉하게 일그러진다.

"옳거니!"

영팔이 외쳤다.

"그 둘째는 강세(질투) 보는 일이다."

"맞다, 맞다! 사내대장부 열 계집인들 못 거느리까."

"그다음은 가장을 대수로 안 여기는 일이다. 그래도 할 말
이 있나?"

강청댁은 표독스럽게 용이를 노려본다.

"저 여자는 애를 뱄다. 자손 없는 집 자손을 놓아줄 기다.
만일에 아이를 못 놓게 되믄 조상네 뫼를 파도 말 못할 기다."

강청댁이 기절을 하고 나자빠진다. 아낙들은 공포를 느끼
고 빠져 달아난다.

"용아, 니, 니 그기이 정말이가?"

영팔이 슬금슬금 기듯이 다가와서 용의 손을 잡는다. 그러
나 용이 얼굴에서 희망도 절망도 찾아볼 수 없었다. 조금 전
의 그 노여움도 남아 있지 않았다. 허무한 눈이 영팔이를 응
시한다.

"우짜다가……."

중얼거리더니 발부리에 침을 뱉는다.

"그, 그렇다믄 큰일 났고나. 아이가 떨어졌이믄, 이 이거…… 악머구리 떼겉이 모여들어 팼이니."

영팔이는 나자빠진 강청댁을 차마 끌어 일으키지는 못하고 엉거주춤 등을 꾸부리고 내려다본다.

"일어나소! 엄살 그만 부리고!"

귀청이 떨어져나갈 만큼 고함을 질렀다. 용이는 넋 빠진 것같이 서 있었다. 자기하고는 상관이 없는 일처럼 우두커니 서 있다가 휘청거리는 걸음걸이로 나가버린다.

이 일은 최참판댁 윤씨부인 귀에까지 들어갔다. 상민층의 의지할 곳 없는 과부가 아이를 뺐다는 것은, 더욱이 자식 없는 사람에게 아이를 낳아준다는 것은 허물은 되겠지만 치명적인 것은 아니다. 수절하던 과부도 아니겠고 임이네의 이력은 이미 마을에서 모르는 사람이 없다. 새삼스럽게 망신이랄 수도 없는데 최참판댁과의 특수한 관계 때문에 김서방은 윤씨부인에게 말하지 않을 수 없었던 것이다.

"까불랑거리쌓더마는 이번에야 쫓겨 안 나겠나? 청백겉이 엎드려 있어도 뭣할 긴데 오장에 기름이 끼니께 사나아 생각까지 하고 뭐가 이쁘다고 참판님댁에서 보아주꼬?"

아낙들은 이번에야말로 틀림없이 임이네는 마을에서 쫓겨날 것을 믿었다. 요다음에는 거지가 아니라 앉은뱅이가 되어서 기어와도 냉수 한 그릇 주는가 보라고 벼르는 아낙도 있었다. 어찌 된 일인지 최참판댁에서는 아무 말이 없었다. 말이 없었을 뿐만 아니라 마을의 여론을 무시하고 칠성이 살았을 때 부치던 밭을 내어주었다는 소식이 있었다. 마을의 여론이라 했지만 남자들은 동정을 하는 편이어서,

"자식 없는데 우짤 기요? 어디서 떨어졌든지 간에 선영봉사할 자식은 있이야제. 기찹은 농사꾼이 무신 성시로 또 장가를 들 것이며, 하기사 놓아봐야 아들이 될지 딸이 될지, 그러나 놓던 바탕이믄 또 놓을 것인께."

선영봉사 어쩌구저쩌구하면 아낙들도 할 말은 없다.

"팔자에 있이믄 할 수 없는갑다. 그리 죽도록 맞았는데 아이가 안 떨어지는 거를 보니. 삼신도 눈이 멀었지. 하기는 몰라. 흔히 있는 일이니께, 다른 데서 자식을 보믄 삼신이 시샘을 해가지고 사십이 다 되도록 자식이 없던 본처한테도 태기가 있다 카니. 강청댁이 자식을 놓아보지? 그까짓 임이네 열을 놓으믄 무신 소용고. 멧상 들 자식이 제일이지."

그러나 임이네의 배가 눈에 띄게 불러감에 따라 아낙들의 입은 잠잠해져갔다. 기정사실로 어쩔 수 없이 인정하게 된 것이다.

용이는 사람이 달라졌다. 월선이 떠난 뒤 변한 것과 정반대의 상태로 달라졌다. 뻔뻔스러워졌고 어딘지 모르게 추해진 것같이 보였다. 묶어두었던 주문(呪文)의 사슬이 끊어진 듯 용이는 두 여자를 번갈아가며 가까이했다. 임이네를 한 번 범한 뒤 강청댁에도 남자의 기능이 가능해졌던 것이다. 그는 그런

행위에서 자식을 소망하지는 않았다. 임이네로부터 임신한 이야기를 들었을 때 오히려 어리둥절했고 다음은 무감동의 상태로 돌아갔다. 임이네가 마을 여자들로부터 폭행을 당하던 그때 잠시 동안 임이네가 자기 자식을 가졌다는 것을 실감했을 뿐이며 삽짝을 나서면서부터 감동을 잃었다. 그 대신 정력은 그칠 줄 모르는 듯 두 여자에게 쏟아졌고 날로 황음(荒淫)해갔으며 거의 광적으로 되어갔지만 그는 여자 둘을 증오하고 멸시했다. 너희들이 짐승이지 사람이냐고 욕설을 퍼붓는가 하면 나도 짐승이지 사람은 아니라 하면서 헛웃음을 웃곤했다. 그러면서도 여전히 아편쟁이처럼 육체에 탐닉하는 용이는 아무 쓸모 없는 놀량패가 되어갔다. 주막에서 술을 마시다가 쌈질하는 것이 일쑤요 농사꾼이 농사지을 생각은 않고 장돌뱅이를 따라다니기도 했으며 소를 꺼내어 장에 가서 팔아 노름에다 털어넣고 돌아오곤 했다. 그런데 이상하게도 두 여자는 용이 앞에 끽소리를 못하고 고분고분 순종하는 여자로 변해갔다. 용이에게는 꼼짝 못하면서 물론 두 여자는 끊임없이 싸웠다. 입씨름에 주먹질까지 하며 싸웠으나 싸우면서도 그악스럽게 일은 해내었다. 임이네는 본시부터 일꾼이었지만 게으른 강청댁도 생명수를 마신 듯 팔팔하게 일을 해치우는, 임이네 못지않은 일꾼이 되었다.

"허 참, 살다 별꼴 다 보겠네."

마을 늙은이들은 어이없어했다. 두 여자는 밭을 매다가 호미를 동댕이치고 싸웠고 논의 김을 매다가 흙 묻은 손으로 서로 할퀴며 싸웠다. 그러나 이해관계에서는 언제나 그들 공동의 이해로써 합심하게 되는 데는 놀랍고 신기스러움을 금할수 없었다. 도부꾼이 와서 곡식과 해물을 바꿀 때 약간의 셈이 잘못되었다 하여 시비가 벌어졌을 때도 두 여자가 한꺼번에 대거리를 하는 바람에 도부꾼은 달아나다시피 했고 자기 논에 물을 대기 위해 물꼬를 막은 봉기하고 싸울 때도 두 여자는 한꺼번에 덤볐으며 봉기가 물꼬를 막으면 트고 하여 밤을 꼬박이 지새다시피 두 여자는 함께 분투했다.

"허허 참, 이자 그만하는 게 좋겠구마이?"

흐린 눈을 들고 용이는 영산댁을 멍하니 바라본다. 영산댁은 용이의 마음을 이해한다.

"사램이 모도 제 살고 접은 대로 살 수 있간디? 나도 이 썩은 꼴 보아가믄서 술장사 하고 접어서 허는 게라우? 농사꾼이 몸뚱아리 하나가 보밴디 워쩌자고 그리 술만 마신다요? 다 이 세상에 나와서 죄닦음 하니라고 그런 거르 웨짤 것이오? 참말 이제, 눈 한분 감으믄 세상만사가 다 그만인디 애탕끌탕 허믄시로 살아 있는 동안은 면할 도리가 없는 기니께 이서방도 맘 고치묵으시요이. 본성을 망치믄 될 것이오? 내 알겄어라우. 이서방이 그러는 거 알지라우. 사램이 변한 게 아니고 변해보고 접어서 그런다고. 사램이 그리 허무허게 변할 것이오? 곰보 목수는 아까운 놈 버렸다고 한탄을 해쌓더마는 나는 안 그렇다고 장담을 했지라우."

주막에 술꾼들이 들어오는 것을 본 용이 영산댁의 말허리를 끊듯이 일어섰다. 그리고 어깨로 바람을 끊듯 나가버린다.

19장 욕정의 제물

마을에 불빛이 하나둘씩 나돌기 시작했다. 숲에서는 부엉이 우는 소리가 들려왔다. 김훈장댁을 나선 조준구 목덜미에 썰렁한 저녁 냉기가 지나간다.

'흐음…… 언제까지 이러고 있을 것인가.'

우러러보는 하늘에는 아직 푸른 기가 남아 있는 듯싶은데 별들이 영롱하게 반짝인다.

'남아장부 세상에 태어나서 이대로 썩을 수는 없는 일이 아닌가. 어느 때까지 이 수모를 견디어야만 하는 걸까?'

눈꼬리를 타고 눈물 한 줄기가 흘러내린다. 조준구는 눈물을 누가 보고 있기라도 한 것처럼 크게 가래를 돋우어 길섶에 뱉어낸다.

'내 기필코…… 받은 수모를 돌려주리라. 그것을 잊는다면 어찌 사내자식이라 할 수 있겠느냐? 허허헛…… 허허허, 노비들조차 날 과객 취급을 하지 않았던가? 허허허…… 때가 있을 것이다, 때가. 어떤 일이 있어도 최가 집에 뿌리를 박고 그날

을 기다리는 거야.'

그날이 무엇을 의미하는지 조준구도 명확히 알지 못하였
다. 그날이 오면, 그렇다, 그날이 오면 무수한 수모, 눈물나
는 천대에 대하여 보복을 할 것이다. 그러나 맹세는 조준구의
마음을 쓰라리게 했을 뿐이었다. 까마득한 앞날, 까마득하기
만 한가? 까마득하게 느낄수록 세월은 허송으로 끝날지도 모
른다. 김평산에게 최치수의 살해를 암시하고 부랴부랴 서울
로 떠날 때 조준구는 머지않은 장래에 행운이 굴러올 것을 믿
었다. 치수가 살해되었다는 소식을 들었을 때 행운은 바로 지
척에 있음을 느꼈다. 그랬던 그 행운의 걸음은 어찌 이다지도
더딘가. 아니 오히려 시일이 지나갈수록 뒷걸음질치며 멀어져
가고 있는 것이다. 윤씨부인은 도무지 늙지 않은 것 같았으며
대신 서희는 날로 성장해가고 있으니 말이다.

조준구는 방금 김훈장한테 들은 말이 초겨울 가랑잎을 몰
고 가는 바람 소리같이 처연하게 되새겨졌다.

"거 기왕 말이 났으니 남원 이진사댁하고 정혼이 되었으면
좋겠는데,"

바둑판을 밀어내며 무심히 뇌는 말을 조준구는 의아하게
들었다. 김훈장은 준구도 이미 알고 있는 일로 생각하는 모양
이어서 그게 무슨 말씀이오 하고 조준구는 되묻지 않았다.

"문의원의 생각이 옳을 게요. 나도 그만하면 합당하다 생각
하오. 조공께서는 어찌 생각하시오?"

영문을 모를 일이었다.

"글쎄올시다."

해놓고 김훈장의 기색을 살폈다.

"부인께서 썩 마음이 내키지는 않을 겁니다. 허나 손녀를 주는 게 아니고 그 댁 손자를 데려와야 할 형편이니, 어느 곳에 정혼을 한다 하여도 데려와야 할 형편인 것은 마찬가지겠지만."

서희 혼약문제인 것을 비로소 확실하게 알아차렸다. 김훈장이 알고 있는 일을 한 집안에서 자기는 알지 못했다는 사실에 울분이 치밀었으나 조준구는 내색할 수 없었다. 체면이 말이 아니기 때문이다.

"그야 그렇지요."

"어느 모로 보나, 개중에는 아들, 손자뿐만 아니라 신주라도 바쳐가며 혼인 맺기를 바라는 양반들도 있을 게요만 그 남원 이진사댁 가풍이 여간 옹고집이라야지요? 부인께서도 지나간 일은 물로 씻어야 할 게고."

"지나간 일이라뇨?"

"조공께서는 모르시오? 하긴 모르시겠지요. 오랜 옛날의 얘기고 그간 입 밖에 낼 수도 없었던 일인 만큼 모르실 게요. 거 왜 남원 윤씨댁이 서학으로 몰려서 결딴이 났었지 않았소?"

"예. 그것은 알지요."

"당시 이진사댁이 그 일에 다소 관련이 된 거지요. 아니, 관

149

련이 되었다기보다 난을 피하고자 윤씨댁에서 비호를 간청했던 거지요. 그 댁을 말할 것 같으면 윤씨부인 외가 편으로 척이 닿고 돌아가신 친정아버님으로서는 처가 편이었단 말씀이오. 하기는 한 다리가 천 리라는 말도 있긴 있습니다만 그러니까 부인의 친정어머님의 육촌 오라버님이니 과히 가까운 처지라고는 할 수 없지요. 척이 멀어서 그랬던 것은 아니었겠지만 하여간에 그 댁에선 거절을 했지요."

"그런 일이 있었구면요."

"다 돌아가신 양반들의 일이오만 지금 계신 그 어른 조부께선 그야말로 서학 배척의 골수였었지요. 하기야 그런 싸움에는 친동기간에도 우애를 찾기 어려운 법인데 하여간에 윤씨댁의 멸족이 그 댁 책임이었다 할 수는 없으나 도움을 청한데 대한 거절은 원한을 남긴 거지요."

"그랬었군요."

준구는 마음속으로 혼담의 진척을 가늠해보며 건성으로 고개를 끄덕이고 김훈장 말에 감동을 나타내었다.

"그러니 부인께서도 마음이 착잡하신 게지요. 이진사댁만 하더라도 그렇고, 뭐 지나간 일 생각해서라기보다 체면이 있지 않겠소? 재물을 탐하여 손자를 내어주는 것 같은 남의 이목이 있고 그러니 서희를 데려간다면 모를까 손잘 내어주긴 싫다 그러는 거지요. 양편이 다 아이들을 탐내면서 막상 타협은 어려운 모양이오."

"내가 듣기로는 읍내에 그 이동진인가 하는 사람의 아들을 마음에 두고 계시다는,"

김훈장은 손부터 내저었다.

"이미 정혼을 한 데다가 맏아들이 아니오? 그건 안 될 의논이지요."

"그렇긴 하지요."

"우리가 왈가왈부할 처지는 아니겠소만 나는 문의원이 권유하는 것을 옳다고 보아요. 굶주린 이리같이 최참판댁 재물을 노리는 사람들이 많을 것은 뻔한 일, 가사 서희가 병신이라 하더라도 혼인 맺기를 원하는 양반들이 얼마든지 있을 거란 말씀이오. 허나 이진사댁 사람들, 그 옹고집이 오히려 좋은 거고 청빈했던 선비 가풍을 보나 또 당자가 출중하고 맏이도 아니니 그만하면 서희를 위해서는,"

"하지만 아직 나이 있는데 서둘 거는 없지요."

"그렇지가 않지요. 정혼은 해두어야지요. 사람 일을 뉘 알겠소?"

"이판저판, 누굴 데려와도 최씨 가문이 단절임엔 매일반 아니겠소?"

그 말 대답은 하지 않고 김훈장은 우울하게 조준구를 쳐다보았다.

'어차피 남원 이진사댁인가 뭔가 하는 그 집하고 정혼이 안 된다 하더라도, 상대가 누구든 서희 정혼은 불원 결정될 것이다. 금년 아니면 내년, 내년 아니면 내후년. 그런데 나는 무엇을 바라고 이곳에 있는 걸까? 다만 의식을 위해 이곳에 있단 말이냐?'

부엉이 울음소리도 들리지 않았다. 마을에 하나둘씩 나돋기 시작한 불빛도 보이지 않았다. 조준구는 귀녀와 김평산의 용기를 부러워하는 자기 자신에 대하여 공포를 느끼며 술 취한 사람같이 휘청거렸다. 그러나 그는 자신에게 그럴 용기가 없음을 너무 잘 알고 있었으며 결과는 귀녀나 김평산의 운명과 같은 것이라는 것을 잘 알고 있었다. 거대한 산더미 모양으로 눈앞에 보이는 최참판댁의 재물에 손가락 하나 찔러볼 방법이 없음을 그는 깨닫는다. 막연하였던 희망, 현실로 돌아와서 차근차근 따지고 앞뒤를 돌아본다면 그 기대와 희망은 물거품이다. 창창하게 드높은 하늘을 우러러보며 비가 내려지기를 기다리는 것과 다름이 없다. 아니, 그보다 더 허망한 짓이다. 도깨비 방망이를 얻는 꿈이다.

준구는 서울에 있는 아내 생각을 했다. 짜증이 더럭더럭 눌어붙은 얼굴을 눈앞에 떠올린다. 그는 아내가 무서웠다.

'서울로 올라간다면?'

사실 준구는 서울로 올라간다 하여도 발붙일 곳이 없다. 멀어져가는 기대를 마치 물에 빠지는 사람이 지푸라기를 거머잡듯이 이곳에 남아 거머잡아보는 것이기는 했으나 서울로 돌아갈 형편이 못 되었다. 기다리는 것은 앙칼지고 허욕에 가득 찬 아내 얼굴과 채귀(債鬼)뿐인 것이다.

"빌어먹을 할망구! 오늘 밤에라도 뒤어져라!"

조준구는 주먹을 휘두르다가 넘어질 뻔했다.

"흥, 신주 위하듯이 위해야겠고나."

여자 목소리에 당황한 조준구는 어두컴컴한 앞을 바라보았다. 아낙 둘이 논둑길을 앞서거니 뒤서거니 걸어가면서 말다툼하는 소리였다.

"누가 위해달라 캤건데? 무신 상팔자를 타고났다고."

뒤의 여자가 말대꾸다.

"남 못 낳는 자식 가졌으니 그만하면 상팔자 아니가."

"누가 못 가지라 말렸나?"

"배 속에 든 것 가지고 유시를 하는데 낳으믄 천하를 이고 도리질을 안 하겠나."

"천하를 이고 도리질을 할* 년이 북상[北山] 겉은 배를 안고 끌밭 매러 다니까?"

"그러니께 누가 뭐라 카던고? 누워 있으라 안 카나. 밥도 떠먹이줄 기니께."

"비양 치지 말고 그만 콱 뒤져 죽으라꼬 신령한테 물 떠놓고 빌 것이지. 와 사람을 다글다글 볶노."

"옛날 옛적에 어떤 숭악한 년이 지 자식을 지 손으로 직이놓고 본처가 직있다고 모함을 했다 카더마는, 복장 바르게 묵우얄 기구마는. 신양에 해롭지, 해로워."

"이러믄 이런다 하고 저러믄 저런다 하고, 그래 내가 사나아 번 밥을 묵는다고 이러나, 사나아 번 옷을 입는다고 이러나. 디견이(두견새) 목에 피 내어 묵듯이 내 손발 잦아지게 일하믄서 밥 한술 얻어묵으믄 그만인데."

"서방 차지하고 그런 고생도 안 할라 캤던가?"

"아이고 무써리야. 서방이고 남방이고 내사 귀찮으니까 강청댁이 다 가지라고. 어떤 년은 편하게 누워서 서방 덕에 묵고 자고 했다 카더라마는."

"그랬지러. 나는 서방 덕에 누워서 묵고 자고 했다마는 네 년 만내고부텀은 남정네가 저 꼴이지. 다 네년 탓이다. 네년 탓이란 말이다!"

"그러니께, 긴말할 것 없고 새끼 뽑아서 줄 기니께 이녁이 키우라고, 키워. 서방 생각이 나서 그랬던 것도 아니겄고 그것 다 배부른 년들이나, 낭개도 돌에도 못 대고 그눔우 겉보리 한 말 때문에."

"흥, 또 그 소리고나. 낮짝 치다보인다. 눈이 등잔 겉은 서방 살았일 적에도 네년이 우리 남정네보고 꼬리를 쳤는데 이자는 외고 펴고 멋이 두렵어서 새끼 뽑아 날 주고 니가 나았을 것고. 서천 쇠가 웃일 소리는 안 하는 기이 좋겄구마."

싸움에도 이력이 났는지 죽이 맞다고나 할까, 육박전은 피하면서 입씨름은 잠시도 멎지 않았다. 준구는 저도 모르게 여자들 주고받는 말에 귀를 기울이며 걷고 있었다. 자기 갈 방향을 깨닫고 걸음을 돌린 것은 여자들의 입씨름이 멎었을 때였다. 여자들은 각기 제집으로 갈라져 들어가고 모습이 보이지 않았으며 확실찮은 감나무 그림자가 눈앞에서 흔들리고 있었다. 준구는 자신이 생각하여도 넋이 빠졌다 싶어 어둠 속에서 쓸쓰름하게 웃는다. 그와 동시 별안간 여자 생각이 났다. 삼월이의 가늘한 몸매가 손끝에 느껴졌던 것이다. 제비같이 민첩하게 피해 다니며 일 년 가까이 기회를 주지 않고 속을 썩이던 삼월이를 범한 것은 달포 전의 일이었다. 그것도 삼수의 은밀한 도움 없이는 불가능했을 것이다. 본시 여자에게 흥미가 많은 체질은 아니었으나 시골생활에 무던히 지쳐 있었던 만큼 어쩔 수 없는 작심이라 할 수 있겠고 상대가 노비인 만큼 크게 말썽이 있을 염려나 책임이 없으니 저지르기 쉬운 일이기도 했었다. 여자란 으레 그런 것인지, 구렁이를 보듯이 싫어서 눈이 마주치던 것조차 피하던 삼월이는 그일이 있은 후부터 눈길이 달라졌다. 두 번 세 번, 사나이 품에 안긴 후로는,

"나으리, 절 버리시면 저, 저는 죽습니다."

하는 것이었다.

'오늘 밤엔 그년을 불러와야겠군.'

겨우 준구의 마음은 후련해지기 시작했다. 부글부글 끓어오르던 울화통이 가라앉는 것 같았다.

준구가 사랑마당으로 들어섰을 때 자신이 거처하는 방에

불이 켜져 있었다. 삼월이가 와서 불을 켜놨나 보다 생각하며 무심히 방문을 열고 쑥 들어선 준구는 우뚝 멈추어 섰다. 방 한가운데 흰 수염의 노인이 단정하게 앉아, 들어서는 준구를 조용히 바라보는 것이었다. 문의원이었다.

"어인 일이시오?"

준구의 목소리는 날카로웠다. 그는 자신이 이 집에서 식객에 불과하다는 생각을 전혀 하고 있지 않았다. 방 임자도 없는 방에 일개 의생이 푼수를 모른다는 노여움만이 머릿속을 어지럽혔다. 방금 김훈장한테 들은 말도 있고 하여 준구의 신경은 한층 더 곤두섰던 것이다.

"볼일이 있어 지나던 길에 날도 저물고 해서요. 이거 안 계신데 예가 아니었던 것 같소이다."

문의원은 미소를 머금고 대답했다. 그로서는 김서방이 안내하는 대로 들어섰을 뿐이지만.

"의원께서는 상투를 그냥 남겨두었는데 개명은 나보다 먼저 했구먼."

맨들맨들한 얼굴이 파래지며 준구는 내뱉었다. 문의원은 그 말대답을 하지 않았다.

"아니면 동학이 이 고장에서도 판을 친 모양인데, 그래서 최참판 식구들도 쓸개가 빠진 모양이지요?"

옹졸하기가 한량이 없었다. 여느 때 같았으면 조준구도 윤 씨부인에게 미치는 문의원의 영향력을 생각하여 참았을지도 모른다. 그러나 서희 혼담이 큰 위협인 데다 끝내 자기만을 따돌리는 처사가 괘씸하였고 유일한 친척인 자기를 업신여기고서 모든 의논을 문의원과 하는 윤씨부인 심사에 분통이 터졌던 것이다.

"진짓상 올릴까요?"

삼월이 문밖에 와서 물었다.

"오냐."

준구는 대답해놓고 문의원에게 옆모습을 보이며 비스듬히 자리에 앉는다.

내 비록 형편이 궁하여 이곳에 와 있기는 하나 이 집에 신세 못질 처지는 아니다. 나야말로 이 집의 유일한 친척인데 사람을 이리 대접할 수 있겠느냐? 임자는 아닐지라도 내가 거처하는 방에 내 허락도 없이 어디 뼉다귄지도 모를 저 늙은것이 척 들어앉아 웃고 있어? 괘씸하고나! 어디 두고 보아라. 내 녹록한 인물이 아님을 보여주리. 그렇다! 서울로 가자! 가서 아내와 아들놈을 끌고 오는 거다. 설마 내쫓지는 못하겠지. 내쫓는 날까지 어디 한 번 겨루어보자. 시어머님 조씨부인은 분명 내 조부의 누이동생이었겠다? 늙은 암늑대 같으니라구. 제 아무리 담력이 센들 시어머님붙이를 내어쫓진 못하리. 억만금을 준대도 끄덕 않고 내 이 집에 죽치고 있을 터이니 어디 두고 보아라.'

조준구의 눈은 번쩍번쩍 빛났다. 다소 신경이 과민해 있었다. 서희가 늙어 죽기까지 혼인을 안 할 리도 없겠는데, 뻔히 아는 일이 왜 그다지 조준구 마음에 거슬리었을까.

삼월이는 준구 앞에 저녁상을 놓았다.

"문의원께서는 저녁 드시었소?"

조준구는 억지로라도 목소리를 밀어내며 묻지 않을 수 없었다.

"예. 염려 마시고 드시오."

조준구는 술을 들었다. 그러나 그는 차츰 침묵에 견디기 어려워 옴을 느낀다. 문의원은 한마디의 말도 하지 않았다. 앉은 모습도 허물려 하지 않았다. 그는 좌선하는 중같이 고요히 앉아 있었으며 준구에 대해서 신경을 쓰지 않는 것이다.

"어딜 다녀오시는 길입니까?"

물어놓고 준구는 참을성 없는 자기 자신에 대하여 마음속으로 화를 내었다.

"남원으로 해서 연곡사를 다녀오는 길이오."

"남원?"

"예."

"문의원께서는 진맥만 용한 줄 알았는데 중매에도 능이 있습니다그려."

문의원은 여전히 앉은 자세를 허물지 않고 미소만 띤다.

"그래 성사가 될 성싶소?"

"무슨 말씀인지 도통 모르겠소이다."

"예? 모르시겠다구요?"

하고 비웃는다.

"연곡사의 중 우관을 찾아서 갔다 오는 길인데 사바를 떠난 중을 데리고 무슨 일을 꾀하겠소?"

문의원은 점잖게 준구를 희롱했다.

"남원에도 중 친구가 계시오?"

자제심을 잃고 준구는 야비하게 나온다.

"예. 친구는 없어도 중은 있더군요. 소도 있고 나귀도 가고 쓰레기통을 뒤지는 개 새끼 꼴도 볼 수 있고, 거 이도령한테 수절하던 못난 계집 춘향이 놀던 광한루 구경을 하고 돌아오는 길이지요."

문의원은 이번에도 빙그레 웃었다. 준구는 얼굴을 붉힌다. 순간 그는 문의원의 비윗장을 건드린 것은 실수였다고 뉘우쳤다.

"이번 연곡사에 가서 우관, 예 중놈입니다. 그 늙은 중이 내 친구지요. 어찌나 입심이 좋던지. 어서 진지 드십시오."

'늙은 여우 같으니라구.'

준구는 애써 태연한 척하며 밥을 입 속에 밀어 넣는다.

저녁상을 물리고 숭늉으로 입가심을 한 뒤 준구는 상냥하게 표변한 태도로 슬며시 시국 이야기를 꺼내는 것이었다. 아까 폭언에 가까운 말을 내뱉은 일을 생각하면 낯간지러운 일이었으나 문의원과 아주 틀어져서도 안 되겠다는 생각을 한 때문이다. 얇삭하기로 접시바닥 같은, 속이 훤하게 들여다보이는 이야기는 서재필(徐載弼)에 관한 것이었다. 명문이 자제로서 갑신정변(甲申政變) 때는 이십의 약관으로서 일의 성패야 어찌 되었든, 또 삼일천하의 짧은 시일이든 하여간에 병조참판을 칭하던 그 사람이 만리이국 미국에 가서 공부한 것은 의학이었으며 이 미개한 나라에서나 의원을 천시하지 개명한 나라에서는 의원의 대우가 으뜸이요 기술로서가 아니라 학문으로서 연구하며, 어쩌구저쩌구 문의원의 환심 사기에 노력하는 것이었다.

"그분이 돌아와서 외무대신 자리를 마다하고 신문을 만들고 몽매한 백성을 깨우치려 노력하였지만 실상 그분의 본업은 의학박사였단 말씀이오. 외국에서는 박사라면 거 대단한 거지요. 그런 양반이 이곳에 부질 못하고 돌아갔으니."

"돌아갈 수밖에 없지 않소."

"글쎄올시다. 상감께서 지나치게 소심했기 때문이지요. 왕실을 없이하고 미국처럼 대통령을 뽑을까 두려워하신 나머지. 이래가지고는 나라가 안 망하고 어찌 견디겠소? 내 역시 가문을 말하자면 남에게 뒤지는 편은 아니오만 나라 꼴이 제대로 되려면 식자들이 먼저 깨달아야 하고 서재필이 그 양반과 같이 서양문물에 밝아서 반상(班常)의 구습부터 타파해야 할 것이오."

그때그때 형편 따라 생각을 고치는 것쯤 조준구에게는 여반장(如反掌)이지만 반상의 구습타파라는 말은 매우 어렵게 한다. 자기 의사에 반한 말이라서이기보다 동학이 이 고장에서 판을 치더니 최참판 식구들도 쓸개가 빠졌나 보다고 조금 전에 한 말을 생각했기 때문이다.

"서양문물에 밝은 것도 좋고 반상의 구습을 타파하는 것도 좋고, 허나 서재필인가 그 양반같이 되는 것은 곤란하지 않겠소?"

"그건 또 왜 그러시오?"

"그 양반이 명문의 자제로서 호의호식할 수도 있었겠는데 이십 세의 약관으로 장사들을 이끌고 국사를 바로잡을 충심에서 거사한 것도 장하고 만리타국, 말조차 통하지 않는 남의 나라에 가서 빈주먹으로 의술을 배운 것도 장한 일이었소. 허나 그 양반이 어디 우리나라 백성이오? 이름 석 자를 버리고 그곳 이름에다 그 나라 백성이 되었고 그 나라 사람을 아내로 맞이하였는데, 근본이 잘못되어버린 그 사람 본을 따는 것은, 글쎄올시다. 산간벽촌에서 침이나 꽂고 약방문이나 쓰는 늙은이 소견에는."

준구는 그만 머쓱해지고 만다.

"그, 그렇게 말씀하신다면."

입속말로 우물쩍거렸다. 김훈장 같으면 응수할 말도 있었고 얼버무리는 것도 효과 있게 했을 터인데 신분적인 멸시감을 가지면서도 항상 그러했듯이 상대가 녹록지 않음을 깨달는다. 오늘따라 그의 비위를 건드려준 것을 후회하는 기분과 아울러 조준구는 매우 난처하나. 이때 마침 삼월이가 왔다. 삼월이는 당황해하는 얼굴로,

"나리께서 불편하시다면 저, 저 저쪽 방에 자리를 마련하라 하시는데요."

"나 말이냐?"

조준구는 믿을 수 없다는 듯 손가락으로 자기 가슴을 가리키며 되물었다.

"예."

"뭐 그럴 것 없네. 여기 함께 자릴 깔게. 이야기나 하면서."

문의원은 온건하게 말했으나 자신이 저쪽으로 가겠다 하며 사양하고 나서지는 않았다.

"아니다. 저 방에 자리를 보아라! 나는 곁에 사람이 있으면 잠을 이루지 못한다."

조준구는 거의 울부짖듯 말했다. 풀이 죽은 삼월이는 조준구가 쓰던 침구를 마루에 내어놓고 새로 가져온 이부자리를 문의원을 위해 폈다.

큰 대청을 사이하여 이쪽저쪽으로 갈라진 방에 결코 등분의 차가 있었던 것은 아니다. 다만 하나는 치수가 쓰던 방이요 하나는 협실이 딸려 있어서 뒤뜰로 통하게 되어 있고 계집종들이 협실을 지나 들락거리는 일이 많았다. 윤씨부인으로서는 준구도 객(客)이요 문의원도 객으로 생각했을 것이다. 다

만 나이를 대접하여 문의원을 치수 거처방에 묵게 했는지도 모른다. 그러나 준구에게는 가혹했다. 어쩌면 너의 위치를 명심해두는 것이 좋을 것이다 하는 윤씨부인의 경고였었는지도 모른다.

자리를 보아놓고 일어서서 나간 삼월이 방문을 닫았다. 마루에 내어놓은 이부자리를 안고 가는 발소리가 들렸다. 입술을 실룩거리며 앉아 있던 준구는 자리를 차고 일어섰다. 인사도 없이 방문을 밀어젖히고, 다음은 거칠게 닫았다. 삼월이는 자리를 펴고 있었다. 방으로 들어선 준구는 삼월이를 내려다본다. 긴 머리채가 등을 타고 엉덩이 밑에까지, 자주 댕기가 방바닥에 닿아 몸이 움직이는 데 따라 흔들린다. 준구는 돌연 삼월이 등 뒤에서 덮쳐들었다. 살인이라도 하는 것 같은 기세였다. 그러나 준구는 두 팔로 여자의 몸을 조이면서 손은 유방을 더듬는다.

"나리, 어쩌려고 이러시오."

삼월이 목소리를 죽였다.

"잔말 말라!"

"문의원께서 들으시겠습니다."

"잔말 말라니까!"

준구는 이불 위에 삼월이를 쓰러뜨렸다가 무슨 생각을 했던지 한 손을 뻗어 협실 문을 밀어붙이고 삼월이를 그곳으로 끌고 들어간다.

"안 됩니다. 마님께서 부르시면 큰일 납니다."

삼월이는 치맛말기를 잡고 놓으려 하지 않는다.

"부르면 불렀지 잠깐, 잠깐이야."

숨을 허덕이며 덤벼들었다.

"이놈의 세상!"

울분인지 정욕인지 준구는 삼월이를 집어삼킬 듯이 맹렬하게 덤볐다. 욕심을 풀어버린 준구는 협실에서 기어나와 깔아놓은 이불 위에 벌렁 나자빠졌다.

"밤에 또 와."

"싫습니다."

얼굴이 시뻘게진 삼월이는 화난 목소리로 대꾸했다.

"오라면 오는 거야."

멍하니 천장을 올려다보며 중얼거린다.

20장 김서방댁

멍석에 엿기름을 펴놓고 김서방댁은 꾸부렸던 허리를 폈다.

"허리야. 날이 궂을란가?"

허리를 두드리며 마루에 굴러 있는 곰방대, 담배 그릇을 끌어당긴다. 해는 반나절쯤 된 것 같았다. 푸성귀 밭에 흰나비두 마리가 맴을 돌고 뒤쪽 대숲에서 참새 떼가 소란을 피우고 있었다. 담배를 붙여 문 김서방댁은 볼꼴 사납게 연기를 뿜어낸다. 헤벌어진 속적삼 사이로 내비쳐진 검은 살결도 보기 좋은 것은 아니다.

"요눔의 닭우 새끼!"

곰방대를 휘두른다. 엿기름을 쪼아 먹던 닭이 구구거리며 슬며시 달아난다. 김서방댁은 다시 담뱃대를 빨아댄다.

"성냥간에 식칼 없다 카더마는."

지난가을 가뭄이 들어서 깨농사가 실치 못했으나 그래도 먹을 만큼은 깨를 털었는데 살림살이에 규모가 없는 김서방댁은 이리저리 마을에 인심을 썼고 친정 온 딸에게 긴요하지도 않은 깨를 덥석 퍼주고 보니 정작 자기네한테는 양념 깨한 톨이 남지 않게 되었다.

'머니 머니 해도 임석이란 양념이 갖아야, 아무리 개기다 머다 해도 양념 없어보제? 무슨 맛이 나는고. 산채라도 양념만 갖게 해놓으믄 밥맛이 절로 나는 기다. 사람들은 의복이 날개라 카지마는 이밥이 분이라는 말이 더 맞니라. 제집은 머라 캐도 임석 솜씨가 있이야 큰소리를 치지. 질쌈이사 못하믄 장에가서 끊어오믄 될 기고 바느질이사 성시 있이믄 삯 주어 해 입을 기고 임석만은 못 그라네라. 조석으로 묵는 거를 사 묵겄나 삯 주겄나? 임석이란 솜씨 자랑 말고 양념단지 갖추라 캤는데.'

흉년 때문에 죽도 끓일 수 없게 되었다고 양식을 얻으러 온 딸에게 그따위로 철딱서니 없는 장광설을 늘어놓으며 깨를 퍼준 김서방댁은 살림살이에 규모 있는 사신을 탓할 생각은 아니하고 대장간에 식칼 없다는 말만 태평스럽게 뇌고 있는 것이다.

신돌에다 대고 두드려 재를 털어낸 곰방대를 마루에 팽개친 김서방댁은 보시기 하나를 찾아들고 나선다.

"좀 돌라 카지 별수 있나. 아, 야앗, 허리가 와 이 카노? 날이 궂을란갑다."

일손이 빠른 김서방댁은 아침나절 조밭을 매어놓고 움이 알맞게 튼 엿기름도 펴 말려놓고, 그러고 보니, 할 일이 없어 심심하기도 했다. 깨도 얻을 겸 누구든 붙잡고 이야기할 심산인 것이다. 채마밭을 질러서 뒤꼍을 돌아 별당 옆을 지나가는데 별당 뜰에 쭈그리고 앉은 봉순네 뒷모습이 눈에 띄었다.

"봉순네 거기서 머하노?"

봉순네가 돌아본다. 또 업덩어리*를 만났다고나 하는 표정이다.

"깨가 떨어져서 좀 얻으까 싶어서."

하며 김서방댁은 보시기를 쳐들어 보인다.

"깨가 떨어져요?"

"식범 겉은 얼굴 하지 마라. 머 봉순네 니 살림도 아닌데 와 그리 엉그리노?"

"아니, 작년 가슬에 깨 많이 했다고 자랑한 사램이 누군데

166

그러요?"

"어디 나 혼자 묵나?"

"다 퍼주었구만."

봉순네는 혀를 찬다.

"퍼줄라꼬 해서 퍼준 거는 아니고,"

하다가 별안간 무슨 생각이 났던지,

"세상에 그년들 얘기 좀 들어보래. 그년들이 있는 것 없는 것 다 얻어묵고,"

하며 시작할 판인데,

"시끄럽소, 들으나 마나. 주지 말고 야속다 하지 말 일이지."

봉순네는 돌아앉아버린다.

"우째서 모두 내 말이라 카믄 노내기 챗국*겉이 싫어하노. 그런데 니 석류꽃은 머할라꼬 줏노?"

"아깝아서 줏소."

"아깝다니 그기이 어디 쓰이나?"

"멍도 안 들고 시들지도 않고 우찌나 이쁜지."

"미쳤다. 할 일도 없는갑다."

"해가 들믄 시들 것 아니오."

"사십이 넘은 제집이 그래 그 꽃 가지고 사깜 살 것가?"

"애기씨 줄라꼬요. 바구니에 수북이 담아놓으니께 볼만 안 하요? 이런 빛깔 다홍치마가 있다믄 한분 입어보고 싶소."

"니도 가리늦기 맴이 싱숭생숭하는갑다. 서방 없는 과부라

할 수 없고나. 서방 생각이 나서 그러제?"

음탕하게 웃는다. 봉순네는 성이 나서 노려본다.

"나잇살이나 묵어감서 우찌 입정이 그렇소? 그러니께 밤낮 내 것 퍼주고도 남한테 좋은 소리 못 듣지."

"노래미 창자다, 노래미 창자. 금시 그리 성을 낼 거는 머 있노. 내 말이 글러서 그러나? 음양의 이치가 그런 건데 니가 뭐 숫처니도 아니것고 자식까지 낳았이믄 알 거는 다 알 긴데 그래쌀 것 없거마는. 그는 그렇고 어느 년이 내 것 묵고 욕을 하더노. 세상에 내 욕하는 년들 죄 받지 죄 받아. 묵을 때는 성님아 아지매야 함시로, 그년들 복장을 그리 묵고 복 받겄나?"

"주지 말고 싫은 소리 하지 말지."

"내가 무신 싫은 소릴 했다고 그러노."

"모르니께 탈이지. 알믄 고칠 긴데. 두만네보고는 또 무신 소릴 했길래 그 엄전한 사램이, 응?"

"허 참, 말이라고는 간난할매한테 공을 디리쌓더마는 밑천은 실하게 뽑았다 했지. 그 말이 머가 그리 비우에 거슬리던고?"

"김서방이 골병들겄소."

봉순네는 혀를 끌끌 찬다.

"그놈의 남정네 말은 내 앞에서 하지도 마라. 내가 문둥인가? 내 말만 하믄 산 너머 간 부애가 쫓아오는가? 골병이사 내가 들지 와 지가 들꼬?"

하고 시작하여 숨 쉬는 것조차 아끼듯이 내리 지껄여댄다. 봉
순네는 아예 듣지 않고 있었다. 나중에는 김서방댁도 싱거워
진 모양이다. 넋두리를 끊고,

"봉순네."

"……."

"우리 애기씨 말이다."

"……."

"남원의 이진사댁이라 카던가? 정말 그 댁하고 말이 있나?"

"모르겄소."

"니가 모른다고?"

"내가 우찌 알 기요. 모르요."

김서방댁 얼굴에 심술이 나돋았다. 알면서 자기에게는 털
어놓지 않는다고 생각했던 것이다. 그러나 기실 봉순네는 그
일에 대해서 자세히는 알지 못하고 있었으며 한마디라도 말
이 잘못 나간다면 주책인 김서방댁이 어떤 말을 퍼뜨릴지 염
려되었다. 그래 딴전을 피웠다.

"김서방댁 그 꼴이 머요!"

"와."

"이러고 있다가 마님께서 나오시믄 칭찬하시겄소."

"와, 내 꼴이 우떻노?"

"내가 해준 적삼은 우짜고 속적삼 바람이오."

"늙은기이 꼴 내믄 머할꼬? 꼴 낸다고 누가 업어가까? 친정

온 우리 큰아아 주었지."

"아무리 늙어도 그렇지, 그러니께 긴서방이 바로 안 볼라 카지."

"흥, 바로 안 보믄 우짤 기든고? 지가 내 뵈기 싫다고 제집질하까. 그 짓이사 안 하지. 자랑 말이 아니라 밉네 곱네 하믄서도 자식은 낳았고 남으 제집한테 눈 안 뜨는 그거 하나는 내 복 아니가. 그런 거 가지고는 속 썩인 일 없구마."

"사램이 용해서 그렇지. 내가 남자라믄 일시도 못 볼 긴데, 어이구 무서리야."

안 한다 안 한다 하면서도 어느덧 봉순네는 김서방댁 말상대를 해주고 있었다.

"니 아무리 그래쌓아도, 내가 부러울 거로? 손끝 야문 것 무신 소용고? 제집은 팔자가 좋아야 하네라. 구중궁궐 속에서 갖은 호사를 다 해도 외기러기 울고 가는 소리는 애달픈 기다. 제집은 자식 놓을 때, 자식 놓고 지지고 볶으믄서 살아도 가장 밑에서 살아야. 천하절색 양귀비믄 뭐하노? 임 없는 절색 아무 소용없다. 임자 있는 박색보다 머가 낫노! 손끝 야물고 범절 차리고, 그거 다 소용없다."

김서방댁은 팔을 휘저어가며 무엇을 하러 자기가 왔는가 그것도 잊고, 봉순네 마음을 얼마나 상하게 하는가 아랑곳도 없다.

"한 나이나 젊으니께 이러고저러고 함서 손끝 뜯어 먹으믄

서 세월 가는 줄 모르지마는 나이 들어보지? 적막강산이다, 적막강산. 딸자식은 키워서 남 주고 나믄 그만 아니가? 내가 왜 혼자 살았던고 함서 가슴 칠 날이 있을 긴께. 옛말에도 재주 있는 놈치고 안 빌어묵는 것 못 봤다 하는데 바느질쟁이 잘사는 거는 나도 못 봤구마. 흥, 손끝 야문 것 가지고 유시를 해, 유실 해?"

시비 끝도 아닌데 김서방댁은 시비로 착각을 했던지 봉순 네에게 바로 들이대면서 삿대질까지 한다.

"아니 김서방댁!"

"음."

조금은 아뿔싸 싶었던지 주춤한다. 봉순네 얼굴에는 핏기가 가셔지고 없었다.

"내 빌어묵도록 제발 오래 사소. 그것도 팔자소관이라믄 할수 없지요. 그거는 그렇고, 내가 언제 유실 했소? 내 손끝 야물다고 언제 유시를 했느냐 말이오."

돌연 김서방댁은 히히히 하고 웃는다.

"머, 내가 봉순네보고 그랬나. 이를테믄 말이 그렇다 그 말아니가. 어디 그기이 내 말가? 흔히 재주 있는 놈 빌어묵는다안 하던가 배."

다시 히히히 하며 웃는다. 맥이 빠질 일이었다.

"봉순네!"

서희가 봉순이와 함께 쫓아 들어왔다. 그들 뒤를 삼월이 따라 들어왔다. 안정을 잃은 모습이었다.

"어디 갔다 오십니까?"

"우리 산에 갔다 왔어. 이봐. 산딸기 많이 땄지?"

꽃바구니를 내보인다. 빨갛게 익은 산딸기가 가득 들어 있었다.

"산딸기도 좋지마는 이 손등 좀 보이소. 넝쿨에 막 할키가지고. 삼월이 니도 철없다. 산에는 머할라꼬 갔노."

"마님께서 애기씨 모시고 산이랑 강가에 가서 놀라 하시믄서 날 따라가라 하데요."

봉순네는 아무 말 못한다.

"음…… 나는 연이네한테 가서 깨나 좀 얻으까?"

김서방댁이 일어서 나간다. 봉순네는,

"애기씨, 이 석류꽃 이쁘지요?"

"응."

"방에 갖다 놓으믄 이쁠 기요. 내일 아침이믄 다 시들겠지마는."

아이들이 방으로 들어가는 것을 본 봉순네는 잠시 동안 삼월이를 지켜본다. 삼월이는 봉순네 입에서 무슨 말이 나올지 두려운 듯 우두커니 발아래를 내려다보며 떠나지도 못하고 서 있다.

"삼월아!"

"야."

봉순네의 눈빛이 몹시 엄격해진다.

"너 몸조심해야 한다."

"……."

"마님께서는 아무 말씀 안 하시지마는 무서운 어른인 줄은 니도 알고 있일 기다."

"……."

"니한테 잘못이 없는 것은 나도 안다. 니가 피하노라고 고생한 것도 안다. 그러나 이자부터는 니 맘도 니 맘대로 안 될 기니 그기이 걱정이구나."

"……."

"어디 가서 원망할 곳도 없일 기고 천하게 태이난 거나 한탄할까……."

말을 하면서도 봉순네는 막연해진다. 조준구라는 인물의 존재부터가 막연하다면 막연했다. 식객이라 하기에는 엄연한 최참판댁 친척이요, 친척이라 하기에는 또 뭔지 모르게 막고 나서는 것이 있었다. 그러나 어쨌든 상대방은 양반임에 틀림이 없다. 상사람이 항거해서는 안 되는 양반이다. 삼월이 종의 신분인 이상 울며 겨자 먹기로 용납하지 않을 수 없는 일이다. 봉순네의 기분이 막연해지는 다른 한 가지 이유는 삼월이에 대한 기분에도 있다. 일 년 남짓 동안 삼월이 조준구를 피해 다닌 것을 봉순네는 알고 있었다. 봉순네 앞에서는 서슴없이 조준구의 험담을 했던 삼월이었다. 그러한 삼월이를 과연 조준구에게 몰아붙여 놓고 적의를 가져야 하는가. 봉순네는 조준구를 늘 의심해왔고 경계해왔다. 그 기분을 삼월이에게도 가져야 하는지 망설여지는 것이다. 여자란 어리석다. 본성이 착하고 귀녀와는 천양지간이라 하더라도 한 번 허신한 남자에게는 상대가 몹쓸 인간일 경우라도 여자는 약해지며 눈이 어두워지는 법이다. 서희를 데리고 산에는 뭣하러 갔었느냐고 나무랐던 것도 봉순네의 마음은 결코 평온할 수 없었기 때문이다.

'비우도 좋고 낯가죽도 뚜껍지.'

조준구에 대한 비방도 이제는 삼월이 앞에서는 드러내놓고 할 수가 없다.

"이렇게 되라는 팔잔가 배요."

삼월이 폭폭 울기 시작한다. 그의 마음도 복잡할 수밖에 없었다. 얼마 전까지만 해도 다른 노비들의 마음과 삼월이의 마음은 다름이 없었다. 붙이 없는 외로운 집안을 들어먹으려고 노리는 늑대같이 조준구를 보았었다.

"생각해보믄 체모 잃은 짓이지마는 지나간 일 탓하믄 머하겠노. 마님께서 처분을 우찌 내리실지 그거는 모를 일이나 니를 생각하니 서울 그 양반 형편이 나아져서 소실로 데려가기만 한다믄 니를 위해서는 더 바랄 기이 없을 성싶다마는, 어디 사는 일이 뜻대로 되더나? 어떤 처지에 놓이더라 캐도 니하기 탓이니께 마음 잘못 묵는 일만 없이믄,"

삼월이는 몹시 흐느껴 울었다. 자기 신세가 한탄스럽기도 했겠지만 조준구를 믿지 못하는 것이다. 봉순네 말대로 형편이 나아져서 소실로 서울만 데리고 간다면 더 바랄 것이 없다. 양반 집안에서 종첩 두는 것은 흔히 있는 일이다.

'나으리, 저를 버리시면 저는 죽습니다.'

'설마 너를 버리겠느냐? 걱정 마라.'

품에 안고 있을 때 무슨 말을 못할까. 일시의 노리갯감으로 지내다가 훌쩍 서울로 떠나가버리고 잊는다 하더라도 별수 없는 일이다.

"울지 마라. 내가 니 맘을 상하게 했는갑다. 니 심정을 믿고, 경망스런 처신은 말아라. 눈들도 많고 하니."

눈물을 닦고 별당 밖으로 나간 삼월이는 이내 되돌아왔다. 얼굴이 새파랗게 질려 있었다.

"와 그러노."

"저, 저, 마님께서."

하다가 삼월이는 몸을 부르르 떨었다.

"말을 해봐라."

"사랑의 나리가 마님하고 함께 마루에서."

"무신 말씸을 하시던가?"

"그분, 그, 그, 그분이 서울 가실란가 배요."

삼월이는 봉순네에게 넘어지듯 하며 울음소리를 죽인다.

"가시기야 전에도 가셨지."

"혹 나 땜에 마님께서."

"그러세…… 가만있거라. 내 나가 한분 살펴보자."

봉순네는 삼월이를 밀어내고 안채로 돌아왔다. 윤씨부인
은 마루 끝에 서 있었고 조준구는 신돌 위의 신발을 신고 있
었다. 봉순네는 까닭 모르게 가슴이 뛰었다. 넌지시 내려다
보는 윤씨부인의 눈길은 뭐라 형용할 수 없었다. 노여움도 아
니었고 냉소도 아니었고 멸시도 아니었다. 조준구를 내려다
보는 그의 눈은 이 세상에서 가장 비천한 것에 대하여 갖는
연민이라고 할까. 조준구도 그 눈길을 의식하였음인지 한동
안 신발을 신은 뒤에도 앞을 떠나지 못하고 몸을 굳힌 채 서
있었다. 그들 사이에 무슨 얘기가 있었던 것일까.

"봉순네."

"예."

"서희가 돌아왔느냐?"

"예, 돌아오셨습니다."

이때 마침 김서방댁은 연이네를 잡고 한참을 지껄인 끝에
깨를 얻어서 돌아나가다가 또 무슨 생각에선지 별당으로 봉
순네를 찾아가 그곳에 없는 것을 보고 무심히 안채로 돌아왔
다. 마루 끝에 우뚝 서 있는 윤씨부인을 본 김서방댁은 기겁
을 하며 뒷걸음질을 쳤다.

"저 아낙의 꼴이 왜 저 모양이냐?"

봉순네는 돌아보았고 그때까지 엉거주춤 서 있던 조준구는

겨우 걸음을 옮겨 뻣뻣해진 자세로 걸어나갔다.

"천성이⋯⋯."

봉순네는 입속말로 중얼거렸다. 윤씨부인은 흐미한 아주 흐미한 미소를, 그것도 감추듯 하며,

"천성이면 할 수 없지."

이튿날 조준구는 서울로 떠났다. 집안 하인들 사이의 이야 기로는 아주 떠난 것이라 했다. 이미 삼월이와의 관계는 모두 가 아는 비밀이었기에 그 일 때문에 조준구는 윤씨부인에게 꾸중을 들었고 또 쫓겨나갔다는 것이다.

"그럴 리가 있나. 그거는 니가 모르는 이야기다. 우리 마님 께서는 그러실 분이 아니지. 쫓아내실라 카믄 벌써 쫓아내있 지. 밉상을 좀 떨었다고? 이번만은 그 양반도 낯가죽이 간지 럽어서 자기 스스로 떠난 기라. 이자는 다시 못 올 기구마."

그러는 중에서 삼수만은 다시 돌아올 것이라 했다. 삼월이 에 대한 책임이 있어서 위로하느라 그랬는지 모르나 그는 확 실하게 조준구는 다시 돌아올 것이라 했다. 돌아오느냐 안 돌 아오느냐 시끄럽게 말이 되는 것은 물론 삼월이 때문이다. 집 안에서 동정하는 편이 있는가 하면 돌이와 복이 그리고 수동 이는 삼월이를 좋잖게 대하는 편이었다. 복이와 돌이는 삼월 이에게 마음을 두었기 때문이다. 수동이는 조준구를 너무 미 워했기 때문이다. 마을에서도 동정하는 편과 멸시하는 편, 양 편으로 갈라져서 들일하는 사이사이 말이 오고가곤 했다. 그

말은 김훈장 귀에도 들어갔다. 김훈장은 줄곧 조준구와 사귀어오던 터이어서 그 말을 누가 귀에 넣어주었던 무양이다.

"허허, 그것 참 안되었구나. 강약이 부동인데, 몹쓸 짓을 하고 갔구먼. 아무리 종년이기로 노류장의 계집이 아닌 바에야, 그럴 수가 있나. 몸을 버렸으면 의당 데리고 가야지. 허 참, 그렇게까지 몹쓸 사람인 줄은 몰랐구먼."

성근 수염을 쓰다듬으며 무연(憮然)히 뇌었다.

삼월이는 여위어갔다. 삼수가 아무리 돌아올 것이라 했어도 삼월이는 믿지 않았다. 떠나기 전에 준구가 삼월이에게 남긴 말은 없었다. 원망이란 희망이 있을 때에 생기는 마음이다. 삼월이는 준구에 대하여 원망하지 않았다. 고통스러움도 느낄 수 없었다. 다만 밤이 되면 그는 잠을 잘 수 없었고 구미를 잃어 밥을 먹을 수 없었다. 옛날 구천이에 대해서 느낀 그리움 같은 것은 사실 삼월의 생애하고는 연(緣)이 없었던 것이었는지 모른다. 그 당시 별당아씨와 구천이 달아났을 때 삼월이는 세상이 허무하고 쓸쓸했으나 침식을 잃지는 않았다.

날로 여위어가는 삼월이를 두고 김서방과 김서방댁이 한밤중에 대판으로 한번 싸웠다. 불을 끄고 자려는데,

"그눔우 가시나 지 푼수에 그 양반 소실 될라 캤던가? 쇠는 짧아도 침은 질게 뱉는다 카더마는, 지 주제에 돌이나 복이나 끼어맞추어 주는 대로 기다리고 있을 일이지, 낯짝 반반하다고 넘친 생각을 한 기지."

"허 참 시끄럽거마는, 잘라 카는데."

김서방은 이불 속에서 혀를 두들겼다.

"아 내 말이 그르요? 오르지 못할 나무는 치다보지도 말라 캤는데, 사나아들이사 열 계집 싫다 하까? 그 생각을 못하고 지 신세 지가 조졌지."

"이 소갈머리 없는 늙은것아! 삼월이가 그러고 싶어서 그랬나. 그저 말이라믄 사죽을 못 쓰니께 어이 그만."

김서방은 돌아누웠다.

"와요? 이녁 무신 상관 있소?"

"……."

"하 참, 어느 쪽이 늙은것고? 그래도 밴밴하게 생깄다고 가시나 편역 드는 것가?"

"미친것! 백분을 말하믄 무신 소용고. 내 입을 놀린 기이 잘못이지."

김서방은 자신이 또 걸려들었구나 싶었다. 말이 나오지 않아 걱정이지 김서방댁은 얼씨구나 좋다 싶어서 물고 늘어질 것이 뻔했다. 이불을 훌쩍 걷고 일어나 앉은 김서방댁은 등잔에 불을 켰다.

"오늘 밤에는 하늘이 두 쪼가리가 나는 한이 있어도 따지야겠구마. 보소, 대관절 나를 몇 푼어치로 생각허요?"

생떼였다. 그것도 병인지 모를 일이다. 이불 속의 김서방은 자기 가슴을 치고 싶도록 후회를 했다. 공연히 말을 받아 오

늘 밤 잠자기는 다 틀린 일이라 생각하니, 내친걸음인가,

"개값도 안 된다! 와!"

하고 고함을 질렀다.

"개값도 안 된다꼬? 자식 낳고 살아온 나를 개값도 안 된다 꼬? 개값도 안 나가는 기집 와 데꼬 살았노! 애씨당초 말았이 믄 될 거 아니가. 이제 늙고 할 수 헐 수 없으니께 날 박대하 는 것가! 젊은 시절에는 안 그랬나? 문둥이보다 더 보기 싫다 고 저눔으 아가리로 말했제? 안 했다고 말 못할 기구마. 이자 는 아들 낳고 딸 낳고 손주까지 봤으니 설마한들 내 살아온 정을 모르까 했더니 이거는 살아갈수록 태산이 아니가. 말만 하믄 일일이 막고 나서믄서 사람의 입이 흙 속에 묻히서 썩으 믄 모르까 우찌 할 말도 못 하고 살라 말고."

언제까지 계속이 될지 알 수 없는 넋두리다.

"에이! 빌어묵을!"

김서방은 견디다 못해 일어나서 방문을 박차고 나가려 했 다. 그러나 김서방댁은 재빨리 남편의 다리 하나를 낚아챘다.

"내 죽으믄 고만이다! 문둥이보다 보기 싫다 카는 이 늙은 것이 죽으믄 고만 아니가."

어이어이 우는 것이다. 함께 살아오면서 몇천 번을 들었는 지 모를 꼭 같은 말이었다. 그것을 뻔히 알면서 김서방은 여 전히 죽는다는 말이 무서웠다. 죽는다는 말을 겁내고 있는 자 기 자신의 소심을 가슴 치고 한탄하면서도 무서웠다. 그는 엉

덩방아를 찧는 시늉을 하며 방에서 감히 떠나지 못하고 이불을 뒤집어쓰고 목구멍 속에서 울부짖는다.

'마음대로 해라. 죽을라 카믄 죽어라! 내가 아나!'

그렇게 승강이를 하는 날 밤은 으레 새벽까지 수난을 겪어야 한다.

아침 밥상을 들고 들어오는 김서방댁의 얼굴은 멀쩡했다.

21장 바닥 모를 늪

"어디로 가꼬? 멀리 달아났이믄 좋겠다."

빈집 안을 빙빙 돌면서 용이 중얼거린다.

"멀리 달아났이믄 좋겠다."

옛날 모친이 살아 있을 때도 달아날 수 없는 자기 자신을 깨닫고 울었던 용이가 이십 년 가까운 세월이 흐른 지금 역시 달아날 수 없는 자기 자신을 위해 목이 메는 것이다.

그는 집을 나섰다. 모두 들에 나와서 일들을 하고 있는데 무인지경을 가듯이 용이는 걸어간다. 둑길로 올라선 용이는 강물을 오랫동안 바라보고 서 있다가 모래밭으로 내려간다. 짚신 밑에서 전해져오는 모래의 열기가 조금은 쾌적했다. 강 너머 대숲에 쏟아지는 햇빛은 아마 지금이 한창인 듯, 청록색 강물을 따라 용이는 상류 쪽을 향해 걸어 올라간다.

한참을 걸어 올라갔을 때 산모롱이에 가려져 마을은 보이지 않게 되었다. 그곳에서부터 바위가 나타나기 시작했다.

"어디로 가꼬? 소리도 매도 없이, 이 산천을 잊을 수 있는 곳으로 달아날 수는 없을까? 이 산천을 잊을 수 있는? 무엇을 못 잊는다 말고?"

못 잊을 것은 아무것도 없을 성싶었다. 애착이 가는 것은 아무것도 없었다. 응달진 곳에 오두머니 앉아 있는 부모의 무덤이 눈앞에 떠올랐다. 모친의 얼굴이 떠올랐고 기억조차 흐미한 부친 생각이 났다. 마마에 죽은 누이의 얼굴도 떠올랐다.

'이놈아! 이 불효막심한 놈아!'

부친의 고함이 들려오는 것 같다. 언제였던가, 비가 억수로 쏟아지던 날 밤 마루에 나앉아서 얼굴에 돋아난 구슬(水疱)을 잡아 뜯으며 우는 누이를 위해 세수를 하고 의관을 차려입은 부친이 '손님네' 하며 빌던 그 우렁우렁하게 울리던 목소리.

'용아, 니 나이 사십을 바라보는데 우짤라고 아즉도 마음을 못 잡노. 조강지처를 박대하믄 빌어묵는다. 여자란 남자 하기 탓이지. 인연이 없는 계집 생각을 하믄 머할 것고?'

'그렇소. 어매 말이 맞소. 인연 없는 계집 생각을 왜 내가 하겠소?'

용이는 바위를 건너뛰어 간다. 깎아지른 듯 암벽과 잇닿은 강물은 그늘이 져서 한층 짙게 일렁이고 있었다.

'새북마다 생각하요. 오늘은 들판에 나가서 일을 하자고.

해가 솟으면 그 생각은 간 곳이 없고 계집들 얼굴이 매구겉이 보이는 거를 우짜겠소? 어매 잘못이오. 신발은 발에 맞아야 한다 했소. 손바닥만 한 남으 땅뙈기 부치묵고 사는 농사꾼이 망하믄 얼매나 망할 기며 흥하믄 얼매나 흥하겠소? 어매는 무당 딸하고 혼살 하믄 망한다 안 했소? 우떻게 망합니까? 다 부질없는 말이오. 소용없는 말이오.'

'원망 마라. 그기이 다 니 팔자 아니가. 니 말대로 부질없는 일이다. 쏟아진 물을 다시 담을 수는 없으니께. 그거는 그렇다마는 니 맘묵기 탓이 아니가? 니 말대로 손바닥만 한 남으 땅뙈기 부치묵고 사는 농사꾼이 망하믄 얼매나 망하고 흥하믄 얼매나 흥하겠노. 그거는 그렇다마는 우리 집안이 양반이 아니라도 조상은 종도 아니고 갓바치도 아니고 무당도 없었네라. 와 니가 그거를 생각 못하노.'

"용이 아니가아."

큰 목청이 맑은 공기를 흔들며 울려왔다. 강물을 내려다보고 있던 용이는 소리 나는 곳으로 얼굴을 돌린다. 윤보의 목소리라는 것을 알면서,

"니 일들 하는 꼴 안 볼라꼬 여기 왔제."

대꾸 없이 용이는 다시 바위를 건너뛰어 낚싯줄을 내려놓고 앉아 있는 윤보 곁으로 다가간다.

"좀 잽히요?"

"누가 개기를 낚나? 세월을 낚고 있는 기다. 강태공은 아니

다마는."

용이는 다래끼를 들여다본다. 텅 비어 있었다.

"정말 한 마리도 못 잡았구마요."

"파이다."

그러고는 두 사람 사이에 침묵이 계속된다. 용이는 강 건너쪽을 우두커니 바라만 보고 서 있었다. 이윽고 낚싯대가 푸른 하늘에 원을 그리며 치올라갔다. 잉어 한 마리가 곤두선 채 뛰고 있었다. 은빛 비늘이 예리한 칼날같이 희번덕인다. 낚싯줄을 당기는 윤보의 울퉁불퉁한 마맛자국 얼굴이 상기된다. 제법 큰 놈이었다.

잉어 아가리 속에서 낚시를 끌러내어 다래끼에 집어넣는다.

"니가 진작 올 거로 그랬나?"

하고 윤보는 싱겁게 웃었다.

"이곳 인심 참 고약하더라."

입갑을 끼우며 다시 윤보는 말했다.

"와요?"

얼굴을 쳐들고 화개 쪽 산허리에 솜뭉치처럼 피어올라오는 구름을 보며 용이 되물었다.

"니 발밑 좀 봐라."

용이 눈을 내려뜨린다. 보이는 것은 바위 밑의 짙푸른 물이다.

"머 말이오?"

"머가 보이노?"

윤보는 낚싯줄을 던져놓고 히죽히죽 웃는다.

"물밖에 더 있소?"

"그래. 물이 있지."

"……?"

"시퍼런 물이 이만큼 있이믄 됐지 머."

"……?"

"지난해 가뭄 든 것을 핑계하는 건지 인심이 고약해졌다. 미련한 것들이 강물이 푸른 것을 모르고 하늘만 치다보거든."

"천년만년 살고 접어서 그러지요."

"안 살고 접은 사램이 어디 있노. 덩신들맨치로, 아 장에 가믄 무더기무더기 쌓놓은 기이 곡식인데."

"무신 일이 있었소?"

"나 온 더럽아서, 말하기도 싫구마. 배고프믄 송장 뜯어 묵을 놈의 새끼들!"

짐작이 갔으나 용이 입을 다물었다.

"막걸리는 두어 잔 마셨다마는 밥을 굶었더니 속이 쓰린데."

"밥을 굶었소?"

"장에 갈 새도 없고, 하기사 언제 장에 가서 양식 팔아왔나? 나 참, 보리 됫박이나 살라 캐도 내놓는 놈 한 놈 없네.

그라믄 꾸어달라 했지. 그것도 마다 안 하나? 윤보가 돈이 없어 배를 곯나?"

"그라믄 와 우리 집에 안 왔소."

용이는 버럭 역정을 낸다.

"너거 집에 갈 정 없다. 계집들 손톱 밑에 든 곡식 꿀 생각이 안 나더마."

해놓고 윤보는 곁눈으로 용이 기색을 살폈으나 용이는 양미간을 모은 채 강 건너편을 바라보고 있었을 뿐이다.

마을의 인심이 나빠진 것은 사실이다. 그럭저럭 보리농사는 제대로 된 편인데 지난해 가뭄 생각을 잊지 못하는 마을 사람들은 보리 한 됫박을 내려 하지 않았다. 벼농사가 어찌 될지 마음을 놓지 못하는 때문이다. 이제 일할 근력이 없는 안늙은이들은 비석이 있는 무덤가 백일홍나무 밑에 모여 앉아 들판을 근심스레 바라보며 입 하나라도 덜게 그만 갔으면 좋겠다는 말들을 했고 밀겨 떡을 들고 나오던 어린것들의 모습도 찾아볼 수 없게 되었다. 흉년의 공포에 한 번 사로잡히기만 하면 농민들은 하늘도 땅도 믿지 않았고 다정한 이웃, 핏줄이 얽힌 동기간도 믿지 않는다. 오직 수중에 있는 곡식만 믿는다.

"이년아! 시어미 밥그릇에 주개질할 적에는 니 손목때기는 풍(風)이 들제?"

"어디 누구는 배불리 묵십니까."

"흥, 네년이사 들면 날면 안 체묵나. 긴긴 해를 밥만 바라보고 있는 이 늙은것 창자가 등에 붙는 생각을 하나?"

"들면 날면 묵을 기이 어디 있십니까."

"으뭉 떨지 마라! 내가 다 안다. 새끼들만 주렁주렁 내질러 서 부모 공양할 줄 모르는 네년은 나겉이 안 될 줄 아나?"

"삼신이 한 짓을 지가 우짤 깁니까."

"남들은 아들 낳아서 이팝에다 저승길 닦을라꼬 절에도 간 다 카더라마는 우째 나는 접시만 한 창자도 못 채우는고?"

"어무니 복이 없어서 안 그렇십니까."

"이년 쫑쫑 앙조가릴(말대꾸할) 것가! 네년은 내가 눈이라도 멀었이믄 싶을 기다마는 내 다 봤다!"

"멋을 봤십니까?"

"새끼들 눌은밥 들고 댕기는 것 봤단 말이다."

"어머니, 그런 기이 아입니다. 우리가 딴 솥 걸어놓고 어머 니한테만 죽 디렸겄십니까. 푸건네 집에서 참판댁에 일해주 고 얻어온 눌은밥 한 덩이를 주길래."

"그래, 그라믄 그렇다 하자. 낯신 것을 얻어왔이믄 새끼들 한테만 옥지질이 나도록 퍼멕이야 옳겄나?"

"그 여믄 것을 어무니가 우찌 잡숫겄십니까."

"여물믄 끓이서도 못 묵나?"

가난은 이런 것이며 굶주림엔 체모가 없는 것이다. 제사 음식을 마을에 돌리고 혼례장을 찾아온 각설이 떼에게는 술 밥이 나누어지고 생일에는 며느리 손이 커서 살림 망하겠노라 하면서도 떡시루에 칼질하는 시어머니 얼굴에 미소가 도는 그런 인정과 우애를 사람들은 순박한 농민들 기질이라 생각하시만 먹이와 직결되는 수성(獸性)이 또한 농민들의 기질인 것을. 풍요한 대지, 삼엄하고 삭막한 대지, 대지의 그 양면 생리는 농민의 생리요, 농민은 대지의 산물이다. 좀 더 날이 가물면 농민들의 눈빛은 달라질 것이다.

남의 논물을 볼 때는 야비한 도둑의 눈이 될 것이며 자기 논물을 볼 때는 도둑을 지키는 험악한 눈이 될 것이다. 그리고 으르렁거리며 시기하며 언쟁할 것이요 드디어는 괭이나 쇠스랑이 무기로 변하여 피를 흘리게도 되는 것이다.

"용아!"

"……."

"니 요새 읍내에 안 간다믄?"

"가믄 머하겄소."

윤보는 씩 웃는다.

"와 안 가노? 가서 노름도 하고 소가 또 있이믄 끌고 가서 팔아묵고."

"소가 있이믄 그러겄소. 돈이 있이믄 가서 노름도 하고 계집도 사고."

용이는 두 눈을 희번덕이며 으르렁거렸다.

"그라믄 오늘 저녁 나하고 가겄나?"

용이 얼굴이 하얗게 질려 윤보를 무섭게 노려본다.

"가서 노름도 하고 술도 마시고 계집도 사고, 어떻노?"

용이는 눈을 내리깐다.

"그만해두소. 더 말하믄 형님을 이 물속에 처넣어부릴 기요."

"개털을 삼 년 동안 굴뚝에 넣어두어도 색은 제 색이라 하더마는 니도 우찌 그리 지지리 못나게 변할 줄을 모르노. 사내자식이 털털 털어부리고 가서 못 만날 것도 없일 긴데."

"그까짓 계집 만나믄 뭐하겄소. 돌아올 것을 떠나기는 와 떠났던고?"

용이는 월선이 돌아왔다는 소문을 들은 뒤 읍에 나가지 않았다. 그래 윤보는 은근히 약을 올려주고 있는 것이다.

"노름도 하고 술도 퍼마시고 소도 팔아묵고, 그뿐이가 두 계집을 거나리고 하니께 어지간히 저눔도 간이 커졌는가 아니믄 영영 건달패가 될 긴가 싶었더마는 흥, 보고 접으믄 가 보는 기지. 와 이런 구석을 찾아댕기믄서 그래가지고는 중도 속도 안 될 기구마. 니 월선이 얘기 안 듣고 싶나?"

"……."

"돈을 벌어 왔다더마. 영감 얻어 간 기이 아니고 강원도 인삼장사라 카던 그 사람이 삼촌뻘 되는 사람이라 카던가? 그럴 법도 한 일이지. 월선 어미 인연이란 그런 거니께."

"……."

미처 말이 끝나기도 전에 용이는 바위를 건너뛰고 있었다.

그리고 그의 모습은 윤보 시야에서 사라졌다.

"빌어묵을 놈의 자식."

윤보가 월선이를 만난 것은 달포 전의 일이었다. 읍내에 일
거리가 있어 연장망태를 짊어지고 나룻배를 내리는데 방천
가에 멍하니 앉아 있는 여자가 있었다. 장날이 아니어서 나룻
배 이외 별로 들어온 배는 없었고 사람도 드문 방천 가였다.
여자는 멍한 채 손이 땅바닥을 더듬었다. 잡히는 솔가지를 주
워든 그는 솔잎을 뜯어서 한 잎 한 잎 강물에 띄워보곤 하는
것이었다. 그냥 지나치려던 윤보는 어디서 본 듯싶은 모습이
어서 발길을 멈추었다.

여자는 얼굴을 돌려 윤보를 올려다보았다.

"아니 이기이 누고?"

하자 여자는 소스라쳐 놀라며 일어섰다.

"월선이 아니가!"

"……."

"어, 언제, 언제 왔노?"

월선은 말없이 헤죽하니 웃었다. 그러나 그것은 잠시, 눈에
눈물이 가득 괴었다.

"그간 잘 있었소?"

"내야 머 노상 잘 있을 수밖에 없지만, 그, 그래."

했으나 윤보도 할 말을 몰랐다.

윤보가 월선의 소식을 좀 더 자세히 들은 것은 주막에서였

다.

"이자는 들앉을 집 한 칸 장만해가지고 조촐하게 혼자 살고 있는 모양이지만 나이가 있는데 언제꺼정 혼자 살겠소? 가진 재물도 있으니께 놀량패들 눈에 불을 킬 기요."

주막 주모의 말이었다.

"멋을 해서 재물은 장만했는고?"

"알고 보니께 영감 얻어간 기이 아니고 그 강원도 삼장사라는 남자는 월선이 애비 동생이라누마. 그러니께 그 삼촌 내외를 따라서 간도로 갔다던가? 거기 가서 멋을 했는지 그거사 모르지마는 거기 가믄 돈 번다 하더마. 하기사 우리겉이 쭈그렁박 늙은것이 간다믄 돈을 벌 긴지 그거는 모르겠소만."

주막에 건달패들이 모여서 술을 마시고 있었다. 그들의 얘기도 월선에 관한 것이었다. 월선의 재물이 얼마쯤 되겠느냐는 것이었고 누가 그 여자를 낚느냐는 얘기였다.

"돈 좋지. 월선이 시세가 날로 올라가누만. 무당이고 백정이고 소용없는 기라. 옛날 그 손에서 술잔 받아묵던 장돌뱅이들이 이자는 장에서 월선이를 만나믄 굽신굽신, 어느 대가댁 마님을 대하는 것맨치로, 그러니 우찌 사람들이 돈을 보고 환장을 안 하겠노."

주막에서 그런 얘기를 들은 며칠 뒤 윤보는 다시 월선이를 만났다. 하루 일을 끝내고 주막에 들르는 길에서였다. 초가였으나 칸수가 넓고 기둥도 탄탄해 보이는 집 앞에 월선이 서 있었다. 신경이 굵은 윤보였지만 왠지 월선을 다시 만난 것은 거북했다. 월선이는 도무지 옛날의 월선이 같지가 않았다. 그때보다 늙기는 했으나 아름다워졌으며 도방(도시) 여자같이 옷맵시가 고왔다. 그러나 그런 변화 때문에 옛날 같지 않다는 것은 아니었다. 윤보는 월선이 아닌 월선이 허깨비를 본 것 같은 느낌이 들었던 것이다.

"일 갔다 오시오?"

"일하고,"

전날같이 마구 말을 놓을 수 없어 어중간하게 대꾸하고 윤보는 큰 손바닥으로 얼굴을 쓸어내렸다.

"여기가 우리 집이오."

월선이 또 말을 했다.

"거 탄탄하구마. 집을 잘 장만했네?"

월선이를 보고 있기가 민망하여 발돋움하며 울타리 안의 집을 넘겨다본다. 그러나 월선이는 윤보더러 들어와서 쉬어가라는 말은 하지 않았다.

"저어, 모두들 잘 지내고 있소?"

"모두라니?"

"최참판댁의."

"그 집 사랑양반이 죽었고 귀녀도 죽고 평산이 칠성이도 죽었구마. 평산이 마누라는 목매달아 죽고."

"그 얘기는 들었소."

"동네에 한분 오믄 될 긴데."

"욕하겠지요."

"누가?"

"봉순이어매랑 마님께서……."

"그 사람들 일이사 나하고는 새가 뜨니께."

"칠성이댁네……."

윤보는 저도 모르게 월선의 눈빛을 살폈다. 푸른 기가 도는 월선의 눈엔 절망, 비애, 원망, 그 어느 것으로도 표현하기 어려운 것이 흔들리고 있었다. 얇삭하고 연한 입술이 파르르 떨고 있었다.

"용이 애를 가졌다 카더마."

"자손 없는 집안에 경사났소."

하는데 눈에서 눈물이 뚝뚝 떨어졌다. 윤보는 외면할 수밖에 없었다.

"용이도 그리 되고 접어서 그런 거는 아니었으니께. 그놈도 지금은 미친놈이 다 됐지."

월선이는 흐느껴 울었다.

노을이 묻어오는 길에서 소복한 여자의 우는 모습을 바라보고 서 있는 윤보는 차츰 화가 치미는 것을 느낀다.

'미친 지랄들 하고 있다. 사내나 계집이나 꼭 마찬가지다. 이것들이 우짤라꼬 이라는지 도통 나는 모르겠다. 제에기!'

"머 이것저것 생각할 것 없고 동네 한분 다니가는 기이 좋을 기구마. 최참판네 집하고는 의리도 있일 기니. 그라믄 나는 가야겠네."

  윤보는 성급하게 지껄여놓고 우는 여자를 남겨둔 채 주막을 향했다.

제4편

역병과 흉년

1장 – 15장

1장 서울서 온 손님들

나귀에서 내린 조준구는 키 작고 머리 큰 사람들이 흔히 그러듯이, 뻣뻣하게 힘을 주며 목을 돌려 돌아보았다. 긴장 때문인지 햇볕에 그을린 얼굴은 다소 굳어진 것 같았고 눈에 괴로움과 불안이 가득 차 있었다. 뒤따르던 초라한 가마 두 틀이 멎는다. 짐 실은 나귀도 멎었다. 마부는 구레나룻이 얽힌 얼굴의 땀을 닦았고 조군들이 조심스럽게 멜빵을 풀며 내려놓는 가마에 곁눈질을 한다.

"다 왔느냐?"

가마 안에서 묻는 말이었다. 보따리를 이고 따라온 계집종이,

"네, 아씨."

하고 대답한다. 가마 속에서 나온 여인은 삼십오륙 세쯤 되었는지, 사방을 휘이 둘러보고 나서 까끄름하게 눈꼬리를 모으며 조준구를 바라본다.

"자네, 행랑에 가서 서울서 행차시라고 급히 일러라."

여인의 눈초리를 얼른 피하며 조준구는 마부한테 다급히 말했다. 소란스런 바깥 기척에 누구 하나쯤 쫓아나올 듯도 싶은데 기별이 없어 아내 보기에 민망하였다. 여인은 그의 부인 홍씨였다. 안 오겠다는 것을, 그야말로 감언이설로 얼러가면서 겨우 출발하기에 이르렀고 오는 도중 갖은 불평과 짜증 부리기를 서슴지 않던 홍씨를 아무튼 이곳까지 데리고 오는 데 성공은 했으나 이를 맞이하는 최참판댁 응대는 여간 근심스러운 게 아니었다. 늙은이와 어린 손녀가 있을 뿐인 최참판댁에서의 자기 위치는 당주 못지않은 위세를 누린다고 홍씨에게 누누이 설명한 바도 있었으니.

칼로 찢어놓은 듯 가늘고 조그마한 홍씨 눈꼬리는 사납게 보였다. 눈동자는 자세히 가려낼 수 없는 흐미한 빛깔이었다. 눈과 같이 역시 조그마하고 도투름하게 솟은 입술은 주름 하나 없이 번들거렸고 살결은 연하고 희었으나 기름이 가라앉은 듯 치덕치덕한 느낌에 몸집은 작아서 암팡져 보인다. 오는 도중 주막에서 갈아입었는지 옥색 모시 치마에 흰 적삼은 구김살이 없었으나 옥색에 남빛 전을 두른 당혜(唐鞋) 속의 버선은 깨끗지 못했다.

뒤늦게 달려나온 복이와 길상이는 뜻하지 않게 요란스런 행차와 가마 앞에 서 있는 여인을 보자 영문을 몰라 멍하게 서버렸는데 다시 놀라운 광경이 벌어졌다. 홍씨가 타고 온 가마 뒤컨에 마치 짐짝같이 내버려져 아무도 관심하지 않았던 가마 속에서 뭔지 모를 이상한 것이 엉금엉금 기어나왔던 것이다. 그것은 아이였었다. 분명 사내아이임에 틀림이 없다. 얼굴을 봐서는 여남은 살쯤 된 것 같았고 평생 햇빛이라곤 받아본 일이 없었던지 종잇장처럼 창백한 얼굴에 눈은 무섭게 컸었다. 꼽추였었다. 아이는 어머니를 두려워하는 듯 계집종 곁에 가서 치마폭 속에 몸을 숨기듯 하며 눈만 내밀고 사방의 형편을 경이에 찬 표정으로 살펴보는 것이었다. 복이와 길상이는 움직일 줄 모르고 처참한 광경을 지켜보고 서 있었다.

홍씨는 입가에 비웃음을 머금었다.

조준구는 창피함을 견디는 얼굴이었다.

"길상아, 이놈! 뭘 꾸물거리고 있느냐! 급히 마님께 가서 여쭈어라! 서울서 아씨가 오셨다구."

악쓰는 소리에 놀란 길상은,

"예, 예."

하며 허겁지겁 대문 안으로 쫓아 들어간다. 조준구는 복이를 노려보며 다시 말했다.

"삼월이는 어디 갔느냐."

복이는 노려보는 눈과 맞서며 말이 없다.

"내 말이 들리지 않느냐? 나와서 아씰 모셔들이라 일러라."

반항적인 몸짓으로 등을 돌리며 가는 복이 뒷모습을 준구는 낭패한 듯 바라보다가 우물쭈물 몸을 돌린다.

"하인 놈들이 왜 저 모양이오?"

홍씨는 상을 찡그린다.

"별안간의 일이라 넋이 나갔나 보오."

"그렇다고는 하지만 저 장석 걸음 걷는 것 보시오. 바깥의 기척이 이리 역력한데 낮잠들을 자는 게요? 언제까지 서 있으란 말인가요."

삼월이 얼굴이 벌게져서 달려나왔다. 사정을 알기에 앞서 영영 그만이라 생각했던 사람이 돌아온 것이 우선 반가웠던 모양이다.

"나으리, 돌아오셨습니까."

"오냐. 어서 아씰 안으로 모셔라."

갑자기 준구의 목소리는 엄격하고 쌀쌀해졌다.

"예."

삼월은 홍씨를 향해 다소곳이 머리를 숙이며,

"아씨, 어서 드십시오."

이때 길상의 말을 들은 김서방은 쓴 약을 머금은 듯한 표정으로 나타났다.

"어인 일로 이렇게."

하자 준구는 그의 말을 가로막았다.

"짐을 날라 들이도록 하게. 그리고 이 사람들, 김서방이 알아서 처리하도록."

마부와 조군들은 웅기중기 김서방 얼굴을 쳐다본다. 김서방은 기가 막혀서 아무 말도 못하는데 조준구는 도망치듯이 발을 떼었다. 꼽추 도령은 계집종 치맛자락을 붙들고 휩싸이듯 하며 대문 쪽을 비실비실 걸어간다.

"나으리, 아씰 어디로 뫼실까요?"

눈을 내리뜨고 걸어가면서 삼월이 물었다.

"소세부터 해야겠다. 날씨는 왜 이리 덥다지? 무슨 놈의 흙먼지는 그리 기승인지 모르겠고나."

홍씨 말을 얼른 받은 준구는,

"그러면 별당으로 뫼셔라. 아씨께선 이곳 사정을 잘 모르시니 삼월이 알아서 받들어야 하느니라."

"예."

흥분하여 상기되었던 삼월의 낯빛이 조금 달라졌다. 준구 얼굴에서 삼월은 자신을 향한 혐오의 빛을 보았던 것이다.

"그러면 나는 먼저 가서 아주머님을 뵈올 테니 부인도 오래 지체하지 마시오."

준구는 안으로 들어가고 삼월이는 별당으로 향했다. 별당 문 앞에서 뒤돌아본 삼월은 비로소 계집종의 치맛자락을 잡고 오는 이상한 아이가 눈에 보였다. 소스라쳐 놀라는 삼월이

를 곁눈질한 홍씨는,

"왜 그러느냐?"

"아, 아니옵니다."

"저 아이 땜에 그러느냐?"

마치 남의 아이를 바라보듯, 그러고 나서 홍씨는 까르르 웃는다. 삼월이는 웃는 홍씨 얼굴을 바로 보질 못한다.

마루에 나앉아 바느질을 하고 있던 봉순네가 벌떡 몸을 일으켰다.

"저어, 서울아씨께서,"

다음 무슨 말을 해야 할지 망설이는데 봉순네는 날카롭게 삼월이를 바라본다.

"나으리께서 오셨는데 함께 아씨도 오시었소."

말하는 삼월이를 밀어젖히듯 마루 위로 성큼 올라선 홍씨는,

"너는 누구지? 침모냐?"

하고 물었다.

"예."

봉순네는 질린다.

"삼월이라 했던가? 너는 서둘러 소셋물을 가져오너라. 여기드니 좀 살 것 같군. 무슨 놈의 흙먼지는 그리 기승인지, 사람 살 곳이 못 된다 싶더니만, 맹추야!"

"네, 아씨."

보따리를 이고 우두커니 서 있는 계집종이 얼른 다가왔다. 장마철에 급히 자란 나무같이 맺힌 곳이 없는 계집종, 치마꼬리를 물고 늘어지는 강아지같이 아이도 따라서 앞으로 나왔다. 봉순네의 눈이 커다랗게 벌어진다.

"너는 저 방에 가서 짐을 풀어라. 그리고 옥색 항라 치마저고리를 다려야 한다. 급히 해야 하느니라. 침모, 숯불 좀 마련해주게."

위세가 당당하였으므로 봉순네는 엉겁결에 마루에서 내려섰다. 홍씨는 발을 내려놓은 서희 방의 발을 젖히며 들어섰고 마루에서 엉거주춤해 있던 꼽추아이도 어머니를 따라 서희 방으로 들어섰다. 이미 사정을 알았을 터인데 서희는 등을 돌리고 앉아서 글씨를 쓰고 있었다. 홍씨는 그 모습을 잠시 내려다보더니 일어서서 손윗사람을 맞이할 줄 모르는 서희를 괘씸하게 생각하고 노기등등하여 자리에 앉는다. 연이에게 숯불을 만들라 일러놓고 급히 되돌아온 봉순네는 방 안 형편을 알기 위해,

"덥겠습니다."

하며 발을 말아서 절반쯤 올리는데,

"봉순네!"

붓을 놓고 돌아앉으며 서희는 불렀다. 오만스러움과 위엄이 절로 몸에 밴, 나이치고는 두려우리만큼 침착한 얼굴이다.

"이 사람들은 누구냐?"

이분들이 아니라 이 사람들이라 한다.

"예, 저어."

하는데 홍씨가 말을 받았다.

"서희는 나를 잘 모르는 모양이군. 하긴 서로 만난 일이 없었으니 그럴 수도 있는 일이지."

"……"

"그러니까 어떻게 되나? 숙모뻘이 되는구면. 병수는, 아 참 서희는 올해 몇 살이지?"

하며 홍씨는 수그러져 나왔다. 대답하지 않을 것을 알고 있었으므로 봉순네가 대신,

"올해 열 살입니다."

하고 대답한다.

"음, 그러면 병수가 열두 살이니 오라버니가 되는구면."

"봉순네."

반쯤 걷어놓은 발 밖에서 예, 하는 봉순네의 마음은 평온치 못하다.

"할머님께서 손님들을 여기 뫼시라 하였느냐?"

"예, 저 쇤네는…… 삼월이가 뫼시고 왔습니다."

"아아니 내가 못 올 곳으로 왔나?"

홍씨의 찢어진 눈꼬리가 곤두선다.

"이거 어린애한테 절은 못 받을망정 이런 망신이 어디 있어?"

서희는 가만히 바라본다. 당황한 봉순네는,

"이, 이런 일이 처음이기 때문에, 저어."

"봉순네!"

"예, 애기씨."

"저 손님은 사랑으로 뫼셔야 할 것 아니냐? 여긴 내 처소란 말이야."

서희는 병수에게 손가락질해 보였다. 그 안하무인의 태도에 홍씨도 입이 벌어지는 모양이었다. 손님이 아닌 친지라 하더라도 그렇다. 사실 결례를 한 것은 홍씨 쪽이 먼저라 할 수도 있었다. 다짜고짜 낯선 사람이 발을 걷고 방 안에 들어선 것이 그렇고 그들을 손님으로 치부한다면 규수 방에 병수가 들어온 것은 잘못이다. 남녀칠세부동석(男女七歲不同席)이란 엄연한 윤리 도덕이 지켜지고 있는 이상은. 장본인인 병수는 모든 일이 다 어리둥절할 뿐이었던지, 서희를 쳐다만 보고 있었다. 해맑은 눈동자에는 어떤 의문의 빛도 없었으며 얼굴은 아름다웠다. 계집아이같이 입술은 빨그레했다. 마침 대야에 물을 떠받쳐 온 삼월이 말했다.

"여기 소셋물 가져왔습니다."

멋쩍은 순간을 용케 넘기는구나 싶었던지 홍씨는 일어섰다.

"그러면 너는 사랑에 가 있거라."

아들에게 홍씨는 말했다.

"사랑이 어디 있습니까? 어머님."

병수는 두려운 눈초리로 홍씨를 올려다본다.

"도련님, 제가 뫼시다 드리겠습니다."

삼월이 말했다. 병수는 삼월이를 따라 나가고 홍씨도 소세를 하기 위해 나간다. 요란스럽게 소세를 끝낸 홍씨는 맹추가 내민 수건으로 얼굴을 닦으며 다시 방으로 들어왔다. 그는 자기 혼자 바쁜 마음에서 서희와의 미묘한 알력 따위는 생각지 않는 모양이었고 맹추의 시중을 받으며 화장하기에 열중한다.

"옷은 어찌 되었느냐……."

"아직 대리미 불이."

"여태 뭘 했느냐? 빨리 못하겠느냐!"

"네."

맹추는 물러간다. 그러나 땀을 뻘뻘 흘리며 항라 치마저고리를 다려 왔을 때 홍씨의 화장은 아직 끝나 있지 않았다. 서희는 등을 돌리고 글씨 쓰던 것을 다시 계속하고 있었으나 그의 이마빡에는 때때로 푸른 줄이 솟아나곤 했다. 그러나 참는 것 같았다.

'사대부집 부인이 와 저 모양일꼬? 조신스런 데가 없고 상사람들인 우리보다 범절을 모르는구나. 또 행세하는 집안의 부인이 천기들맨치로 화장도 유별나게 한다. 하기사 그 나으리에 그 아씨라.'

마루에 펼쳐놓은 일거리를 치우며 봉순네는 마음속으로 중얼거린다.

어서 건너오라고 준구로부터 재촉이 왔을 때 홍씨는 옷을 갈아입노라고 법석이었다.

"왜 이리 땀이 나느냐? 맹추야. 부채 가져와서 부쳐라."

두 번째 삼월이 전갈해왔을 때 비로소 홍씨의 몸치장은 끝이 났다. 옥색 항라 치마저고리 옷고름에는 남빛 오장 수술에 밀화장도(密花粧刀), 노리개가 매달려 있었다. 옥가락지를 끼고 검정자주의 감댕기를 감은 쪽에는 옥비녀에 비취로 된 나비잠 말뚝잠이 꽂혀 시원해 보였다. 잘생긴 얼굴은 아니었지만 살결이 희고 서울 여자라 땟물이 빠져 눈을 끌게 하기는 했다. 윤씨부인 거처방으로 들어간 홍씨는 남편이 시키는 대로 윤씨부인에게 절을 하는 것이나 절하는 품은 단정하지가 못하였다. 다소 얼굴을 숙인 윤씨부인은 눈을 치뜨듯 하며 쳐다보는데 이마에 주름이 잡히고 말은 없다. 그동안 준구도 변변히 말을 못한 눈치다.

"서울에 가보니 집안 형편은 말이 아니옵고 집을 팔아서 그간의 부채를 정리하고 보니."

우는소리를 한다. 그러나 집을 팔았다는 것은 빈말이다.

"앞으로의 생계도 막막할뿐더러 처가에 신세를 지는 것도 도리가 아닌 듯하여 생각다 못해 함께 내려가자고 했사옵니다. 당분간."

생계가 어려워 불원천리 이곳 먼 족(族)을 믿으며 찾아온 사람의 차림치고는, 어느 유족한 사대부집 부인에 못지않게 호사스런 홍씨를 아까와 달리 윤씨부인은 똑바로 쳐다본다.

"서희도 병수어미가 있으면 어머니 겸 외로움이 적을 듯도 싶어서, 아랫것들에게만 의존하여 범절에 소홀함이 있을까 근심이 없는 바도 아니어서."

홍씨는 조금 전에 서희에게 당한 일이 새삼스럽게 생각이 났다.

"그런 점이 없지도 않을 것 같사옵니다."

하고 남편 말에 맞장구를 쳤으나 윤씨부인은 듣는 둥 마는 둥,

"거처할 곳이 만만치 않을 것 같은데."

"네?"

준구는 당황한다.

"우선 비어 있는 사랑의 방, 협실도 있고 하니 그 방을 쓰는 게 어떨까? 차차 마련토록 하고."

"네, 네, 그거야 뭐."

준구는 한시름 놓은 듯 두 어깨를 폈다.

"먼 길 오느라고 수고가 많았겠네. 그럼 물러가서 쉬도록 하게."

윤씨부인은 홍씨로부터 시선을 거두었다. 방에서 물러나온 홍씨는,

"사랑의 비어 있는 방이라뇨? 아녀자가 어떻게 사랑에 있겠소?"

"쉿! 며칠 동안이라 하시지 않았소."

준구는 얼른 홍씨를 떠밀었다. 사랑 뜰에까지 나온 홍씨는 불만에 차서,

"별당, 그곳을 썼으면, 뜰도 시원해 보이고 연당도 있어서 좋았는데."

"거, 거긴 안 될 거요. 서희 있는 곳이라."

"할머님 옆에 오면 될 거 아니오? 안채도 넓어서 별유천지 같은데."

"며칠만 참으시오."

준구는 홍씨에게 자신이 거처하는 방을 보여준 뒤 협실이 붙은 건넌방으로 건너와 방문을 열었다. 병수가 오두머니 혼자 앉아 있다가 뒤뚝거리듯 하며 일어섰다.

"병수도 인살 시킬 걸 그랬소."

"온 창피스러워서요."

하며 홍씨는 아이에게 눈을 흘겼다.

"그러면 짐을 옮겨오도록 해야겠군. 맹추는 거기 있소?"

"그런가 보지요. 한데 서희 그 계집아이 여간 맹랑하지가 않소."

"똑똑한 편이오."

"똑똑한지 어떤지 안하무인으로 버르장머리가 말이 아니에요."

"……"

"오는 날부터 속상해서, 안 오겠다는 사람을, 천 리 길을 오게 해놓고 이건 뭐 과객 취급 아닙니까?"

"참아봅시다. 아마 아래채를 정리하여 내주실 게요. 식구라고는 노인네만 돌아가시면 서희 혼자니 우릴 위해 이 집은 별유천지가 될 것이오."

"노인네가 돌아가요? 정정해서 우리보다 오래 살겠더구먼요."

홍씨는 여전히 불만에 차 있다.

최참판댁에 홍씨가 와서 하룻밤을 지냈는데 벌써 집안 하인들 사이에는 준구보다 홍씨가 한술 더 뜬다는 말이 나돌았다. 준구보다 더 염치가 없다는 것이다. 그들 중에도 수동이는 서슴없이 조준구를 비방하였고 준구의 역성을 드는 삼수에게 주먹다짐까지 하는 사태가 벌어졌다.

"병신 육갑하네. 내가 심이 없어서 맞고 있는 줄 아나? 종놈 주제에 가타부타 할 거는 머 있노? 주는 밥이나 처먹고 일이나 하믄 그만이지. 충신비 세워줄 기라고 저리 풀 세게 날뛰나?"

삼수는 군지렁거리며 피해갔다. 아닌 게 아니라 수동이 행동은 신경질적이었고 정상을 잃은 구석이 없지 않았다.

이튿날 해나절이 지났을 때 자기 댁네를 보고 김서방은 말했다.

"해 안으로 짐을 옮기얄 긴데."

"짐을 옮기다니요?"

"서둘러야겠는데…… 짐 좀 챙겨야겠구마."

"아닌 밤중에 홍두깨 디밀더라고 짐은 와 챙기요? 난리가 났소?"

왜가리 소리를 질렀다.

"서울서 온 손님 땜에."

"분 바른 그 아씨 말이오?"

"분이사 발랐거나 말거나."

"패물을 주렁주렁 달고 있더마."

"쓸데없는 소리 말고 어서 짐이나 챙기라니!"

"짐을 챙기믄 어디 갈 기요?"

"행랑이믄 됐지 머."

"내사 싫구마."

"싫고 좋고가 어디 있노! 마님께서 작정하신 일을. 하기사 잘 생각하싰지. 우리사 아무 데고 끼어 있이믄 되지마는 그 사람들을 집 안에."

하다가 김서방은 마누라의 사정없는 입을 생각하며 말을 끊는다. 마님이 작정하신 일이라는 말에는 김서방댁도 꼼짝없이 짐을 챙기기 시작한다. 챙겨놓은 짐을 하인들이 제가끔 행랑으로 옮기고, 그리하여 해가 넘어가기 전에 뒤채는 비게 되었다. 이튿날부터 윤보와 화개에 있는 대목을 불러다가 집 수리가 시작되었는데 본시 뒤채는 대숲 근처에 사당이 있어서 사당 가까이 별채로서 지은 집이며 지금 채마밭이 되어 있는 곳은 뜰이었었다. 워낙 식솔이 적어 퇴락한 채 비워둔 집을 김서방댁이 들고부터 집 꼴은 더욱 험하게 되었으나 하인이 거처할 성질의 집은 아니었었다.

홍씨는 패악스럽고 욕심이 많은 데 비하여 우둔하고 요사스럽지는 않았다. 홍씨는 최참판댁에 온 후 그가 하는 일이란 몸단장이요, 맛난 것을 양껏 청해 먹는 그것이 일과였다. 조준구는 윤씨부인에게 처가 신세를 졌다고 했는데 그것 역시 빈말이었다. 홍씨의 문벌은 조씨네보다 떨어지는 편이었으나 살림은 유복했다. 그러나 홍씨가 물려받아 온 것이라곤 사치하는 기풍과 남에게 나눌 줄 모르는 인색함뿐이었고, 그 습벽은 남편에 대해서도 예외는 아니어서 아무리 준구가 곤란을 겪어도 홍씨는 자기 소유의 귀이개 하나 내어놓는 일이 없었다. 병신이나마 하나밖에 없는 자식에게조차 그의 생각은 마찬가지였다. 그럼에도 준구는 홍씨에게 꼼짝 못했다. 그것은 애정하고는 다른 것인 듯싶었다. 어쩌면 아들 때문이었는지도 모른다. 홍씨는 꼽추의 원인을 준구에게 몰아붙였던 것이다. 다리가 짧고 두상이 큰, 어딘지 이상한 조씨 가문의 내림을 두고 공박을 했던 것이다.

"홍씨 집안에는 그런 사람 없소. 사대가 크고 훤칠하지요. 궁색한 것만도 몸서리가 쳐지는데 이런 병신까지 낳았으니 친정 보기 부끄럽소."

그 말에는 어떻게 반론을 펼 수도 없고 준구 자신이 생각해
도 전혀 근거 없는 말은 아닌 듯싶었다.

그것은 차츰 자라서 강박의식으로 변했으며 부부간 접촉에
공포를 느끼게 되었고 자연 준구는 여자에 대해 흥미를 잃은
체질로 생각하기에 이르렀다.

홍씨는 뒤채를 수리하는 일에는 관심이 없었다. 남편에게
조르기를 별당을 쓰게 해달라는 것이요 속 짐작이 따로 있는
준구는 그러한 아내의 눈치코치 없는 짓거리가 답답하다. 준
구는 뒤채를 왜 고치는지 이미 눈치를 채고 있었다. 그러나
윤씨부인은 말이 없고 말이 없는데 싫다 좋다 하고 나설 계제
도 아니었다. 혹 몸채 일부를 비우기 위한 것인지, 그것도 모
를 일이긴 했으나 조준구의 신경은 날이 서 있었다. 하인이
살던 집에 자기 처자가 들어간다는 것은 생각만 해도 불쾌했
다. 한편 삼월이는 삼월이대로 속을 태운다. 준구는 삼월이와
마주칠 때마다 외면을 하기 일쑤였다. 곁에 사람이 없을 때는
더욱 쌀쌀하게 굴었다. 부드러운 말 한마디면 족했을 삼월이
였으나 말은커녕 눈길 한 번 보내는 일이 없었다. 그러면 그
럴수록 원망에 마음은 달뜨기 마련이다.

어느 날 뒤꼍에서 준구와 마주친 삼월이는,

"나으리."

눈에 눈물이 글썬 돌며 불렀다.

"으으…… 음, 이 요망스런 것이!"

다짜고짜 주먹을 쥐고 삼월이 볼을 쥐어박았다.

"너무하십니다."

얼굴을 감싸며 땅바닥에 쓰러진 삼월이는 소리 죽이며 운다.

"잠자코 처박혀 있을 일이지."

"너, 너무하십니다. 나으리께서 마, 말씀해놓으시고, 으흐흐……."

"뉘 앞에서 말대꾸냐! 썩 물러가지 못할까!"

침을 칵 뱉으며 준구는 돌아섰다.

이튿날 집안 하인들은 삼월이 볼에 시퍼렇게 멍이 든 것을 보았다. 밤새껏 울어 눈은 퉁퉁 부어 있었다. 그러나 그는 윤씨부인 앞에 나가는 것만 피하고 여느 때와 다름없이 제 할 일을 하는 것이었다.

"시주는 못할망정 쪽박이나 깨지 말랬다고, 삼월이 무신 죄 있다고 저 모양으로 팼는고? 아무리 종년이기로 이녁 종년이란 말가?"

"와 아니라. 굴러 온 돌이 본돌 깨더라고, 염치가 없어도 유분수지. 아 그러매, 하도 되잖은 말을 하니께 귀뚱이 맥히서, 머 자게가 쓰겠다 카던가?"

"머라꼬? 누가."

"누구기는, 서울서 오신 그 양반 마누라가 그런다더라."

"허허, 갈수록 산이구마. 갬히 그런 말을 입 밖에 내더라 그 말가? 우리 애기씨는 어쩌고."

"애기씨는 안채가 넓으니."

"환장하겠네. 엉덩이도 이만저만?"

"마님도 무던하시지. 우리 같으믄 그만 당장 쫓아버릴 긴데."

"법도가 있으니께. 아무튼지 간에 엉덩어리 짊어졌다. 그 요상스런 내외간에다가 곱새 아들까지."

"내가 마 저분에 기절초풍 안 했나."

"니도 보았고나."

"얼굴은 멀쩡한데, 어디 그기이 사램이더나?"

부엌에서뿐만 아니라 마을까지 꼽추아이 소문이 자자하였고 홍씨에 대한 비방의 소리도 높았다. 집 손질이 끝나고 도배까지 다 해버렸을 때 윤씨부인은 김서방을 불렀다. 사랑에 머물고 있는 홍씨 모자를 뒤채로 옮기게 하라는 분부가 내린 것이다.

'잘하시는 일이지. 정신이 산란해서 도무지, 아예 안의 출입을 말아주었이믄 좋겠다.'

김서방은 사랑에 나가 조준구에게 윤씨부인의 말을 전했다.

"뭐라구?"

이미 대항할 말을 준비하고 있었던 조준구는 뜻밖이란 듯 경악의 표정부터 지었다.

"내가 이 집 종으로 왔단 말이냐?"

"너무 과하신 말씀을."

"내 말이 과하다고? 어째 내 말이 과하냐? 이 집 처사가 과하지! 명색이 사대부집 자손이요 시어머님의 친정붙이를 이곳에서는 그렇게 대접하게 돼 있단 말이냐?"

"아 아니옵니다. 본시 뒤채는,"

"말 말게. 본시야 어찌 되었든 자네들이 살고 있었던 것만은 명백한 일 아니냐? 돼지우리같이 해놓고 살던 집에 들라는, 그런 무엄한 법이 어디 있느냐!"

"하, 하오나 말짱 새 집으로 손을 보았고."

"듣기 싫다! 썩 물러가라. 내가 가서 아주머님을 뵙고 말씀 드리겠다! 아무리 산간 벽촌에서 행세하는 집안의 법도를 모르기로서니."

준구는 자리를 박차고 일어섰다.

그의 얼굴은 노여움에 홍당무가 되었고 숨결은 거칠었다.

윤씨 방으로 들어간 조준구는 평소 어려워하던 표정과는 달리 꼿꼿하게 얼굴을 쳐들었다.

"여쭐 말씀이 있어 왔습니다."

"말해보게."

"이럴 줄 알았더라면 불원천리 이곳까지 처자를 끌고 오지는 않았을 것입니다. 굶주리고 헐벗는 한이 있을지라도 어찌 노비의 처신을 감수하겠습니까."

"……."

"할머님께서 존명해 계셨더라면 친정 손주며느리가 종이 살던 집으로 쫓겨나는 것을 그냥 보고만 계셨겠습니까?"

준구는 눈물을 떨어뜨렸다.

"허나 지금 어머님은 계시지 않지."

윤씨부인은 나직이 말했다.

"돌아가신 어른에 대한 효성이 아닌 줄로 아옵니다."

"자네 말도 일리는 있네."

"뒤채로 나가라는 분부는 거두어주시고 대신,"

윤씨부인은 그 말을 묵살하고 나서,

"자네로 말할 것 같으면 분명 내겐 손아랫사람이겠다?"

"……?"

"내가 효부가 아님은 차치하고 자네가 할 말은 아닐세."

준구는 말문이 막힌다.

"그리고 돌아가신 어머님은 자네 집안에서는 출가외인일세."

"하, 하오나."

"두말 말게."

"하, 하오나 명색이 사대부집 자손이 종의 거처로 쫓겨나다니 그, 그것은 너무하신 처사 아니옵니까?"

"그 집이 행랑이냐?"

"김서방이 거처하던 곳입니다."

"김서방은 종이 아닐세. 그도 그렇거니와 그곳 말고는 있을 만한 곳이 없고 사랑에 아녀자를 동거케 할 수는 없는 일 아니겠느냐?"

"어려운 부탁이온지, 서희는 아직 어린 몸이니 아주머님 가까이 두시는 편이 어떠하온지요. 안채는 넓은 방도 많고, 하오면 병수어미를 별당에."

"안 될 말이네. 손님이 소중하지 않는 바는 아니나 서희는 이 집의 임자니라. 경망하게 어디로 옮기겠느냐? 정 자네들이 불편하다면 할 수 없는 일, 서울로 돌아가게. 나로서는 그 집을 수리한 것도 돌아가신 어머님 생각을 했기 때문이요 더 이상 말하여 나를 불효하게 하지 말라."

준구의 기세는 눈에 띄게 꺾였다.

"그리고 또 한 가지 일러둘 일은, 뒤채로 옮긴 뒤 되도록이면 자네 안사람, 안의 출입은 삼가도록 일러주게. 하인들의 질서가 안 잡히고 서희만 하더라도 한창 예민할 시기니만큼, 나는 자네 안사람이 서희 본보기 되길 원치 않네."

드물게 윤씨부인은 자기 의사를 명백히 나타내었다.

2장 발병

김서방댁의 입은 아무도 고칠 수 없는 우환이다. 이번에도 그 입 때문에 평지풍파가 일었다.

"서울아씨요. 양반댁에서 종첩 얻기 예사 아입니까?"

마당 앞의 푸성귀밭에 곤잘 나다나서 오이랑 가지를 따는 김서방댁은 어려움 없이 마루에 나앉은 홍씨에게 말을 걸었던 것이다.

"그거 무슨 소린고?"

더러운 계집이 감히 뉘에게 말을 걸어오나 싶으면서도 홍씨는 말상대를 해준 셈이다.

"아이고오 참, 모르실 리가 없는데 그러십니까."

"무어?"

"상사람들이사 그럴 성시도 못 되고 또 갬히 그럴 수도 없는 일이지마는 양반댁에서는 흔히 소가(小家)를 두지 않십니까? 성시 따라서 열 첩도 거느린다 카기는 하지마는 기생첩보다는 종첩이 나을 깁니다. 손쪽박겉이 부리묵을 기고 또 보니께로 선영봉사할 자손이 몸도 안 성한 것 겉고, 하기사 서출이믄 멧상 받들 처지는 아닐 깁니다마는."

얼굴이 푸르락누르락하던 홍씨는,

"네 이년!"

소리를 질렀다.

"예?"

"그 아가리 닥치지 못할까! 뉘 앞에서 감히."

"예, 예 쉰네가 그만."

김서방댁은 뒤늦게 깨달았다. 자손이 몸도 안 성한 것 같다

는 말에서 걸린 것이라 생각하고,

"잘못했십니더. 한분만 용서해주시이소."

그러나 홍씨는 뒤늦게 깨달은 바가 있었다.

"너 지금 뭐라 했느냐? 다시 한 번 말하여보아라."

"예. 저어 그만 입을 헛놀렸십니더. 눈이 등잔 등 겉은 장자 도련님을 두고, 종첩 자식 열 있이믄 머하겠십니까."

"종첩이라니!"

"예?"

김서방댁은 멀뚱멀뚱 홍씨를 바라보았다.

그리하여 뒤채에서는 뜻하지 않았던 불난리가 일어났다. 삼월이 불려가고 준구는 끝내 아니라고 잡아떼고, 집안 하인 들에게는 보통 구경거리가 아니었다.

"제기랄! ××를 떼어버리지 그거를 달고 댕기?"

홍씨에게 절절매는 준구 꼴을 엿보고 돌아온 돌이는 수동 이한테 그 광경을 말로 옮기자 수동이는 얼굴이 벌게져서 뇌 까렸다.

이 무렵 김서방은 각처에 있는 최참판댁 농토를 돌아보고 올해 수확을 예상하면서 나귀를 몰고 있었다. 소나기를 피하 여 정자 밑에 서 있다가 떠난 지 얼마 되지 않아 햇볕은 김서방 정수리에 뜨겁게 쏟아져 내렸다. 검푸르게 약이 오른 벼가 없 는 것은 아니지만 풍년을 꿈꾸어볼 수 없는 들판의 사정이었 다. 수량이 줄어든 강물은 좁은 배 폭만큼 눈이 부시게 펼쳐진 모래밭 너머 조약돌이 깔린 복판을 흐르고 있었다. 우뚝우뚝 지나가는 길가 버드나무 잎새들은 그런대로, 조금 전에 뿌린 소나기 덕분에 갈증을 면한 듯 흙먼지가 끼어 있지는 않았다. 갯마을의 도부꾼들은 북쪽을 향해 연방 지나가고 있었다.

곡식 한 톨 내지 않으려고 벌벌 떠는 농가에서 잘해야 수수, 조 같은 잡곡을 바꿀 수 있고 그것도 어려우면 감자라도 바라는 마음에서 도부꾼들은 길을 재촉하고 있는 것이다. 김서방은 도부꾼이 짊어지고 가는 미역단을 바라보며 임이네는 과연 아들을 낳을까 하고 쓸데없는 남의 걱정을 해본다.

'기왕 그렇게 된 바에야 아들을 낳아야지. 그라믄 이서방도 맘을 잡을 긴께.'

별안간 김서방은 속이 울렁거렸다.

'체했는가?'

감나무골 김서방 집에서 닭 잡아 차려낸 조반이 과했는지 모른다고 생각한다. 그러나 김서방은 그 집 막내아들이 여러 번 뒷간에 드나들던 일이 묘하게 마음에 걸린다. 그 아이의 풀빛같이 새파랗던 얼굴이 생각났다.

'이정으로 돌리믄 안 될 긴데.'

마지막 행선지 용수골이 끝나면 곧장 평사리로 돌아갈 판인데 너무 행로가 길었기 때문인지 전에는 그렇지가 않았었는데 전신이 나른하고 눈앞에 불꽃이 튀는 것 같은 피곤이 엄습해온다.

말방울을 울리며 김서방은 용수골 마을로 들어섰다. 초가
지붕이 오목하게 보이는 돌담 옆에서 내린 김서방은 나귀를
몰고 대문 앞을 지나 뽕나무에 매어놓고 수건을 꺼내어 땀을
닦으며 집 안으로 들어간다.

"장서방 있소!"

널찍한 마루에 앉아 점심을 먹고 있던 장서방이,

"어서 오소."

별로 반기지 않는 낯색으로 말했다. 그러나 그는 상을 물리
고 짚세기를 찾아 신으며 마당으로 내려왔다.

"거 밥상 치우고 마리에 걸레질 좀 해라!"

장서방은 부엌을 향해 역정난 목소리로 고함쳤다. 재작년,
최참판댁에 들어간 현물과 문서에 적힌 수량에 차이가 생겨 옥
신각신 다툰 일이 있었다. 그 후부터 김서방은 감정을 씻었는
데 장서방 쪽은 까끄름하게 노염을 풀지 못하는 모양이었다.

'니가 거들먹거리쌓아도 본시 근본을 알고 보믄 종놈 아니
가.'

하는 생각 때문인 것 같다.

"별일 없었소?"

김서방은 땀을 닦으며 말을 걸었다.

"앉기나 하소."

장서방은 나무 밑에 놓인 평상을 가리켰다. 평상에 걸터앉
는 김서방을 힐끔 쳐다본 장서방은 땅바닥에 쭈그리고 앉으

며 허리춤에서 곰방대를 뽑는다.

"이곳 형편은 어떻소?"

"이곳이라고 별나겠소? 실치 않소."

이때 들에서 일을 하다 오는지 바짓가랑이를 무릎까지 걷어올리고 상투머리를 수건으로 질끈 동여맨 농부 한 사람이 마당으로 들어섰다. 험상궂게 생긴 얼굴에다 몸집도 건장하다.

"나 오라 캤소?"

장서방을 노려보며 말했다.

"오라 캤네."

담배에 불을 댕겨 빨면서 장서방은 농부에게 곁눈질을 한다.

"와요?"

"와라니? 몰라서 묻는 것가?"

"모르겠소. 모르니께 묻는 거 아니오."

시비조다.

"마침 여기 참판댁의 김서방도 오고 했으니 따로 따질 것도 있고."

"그렇소? 판관이 왔다 그 말이구마. 그라믄 말해보소."

농부는 안하무인이다.

"모른다 카이 내 말하지러. 자네 어젯밤에 우리 거름구데기서 거름을 몇 장군 퍼 갔노?"

"누가 그러요?"

"본 사램이 있다."

"이름을 대소. 어느 놈인지 똥벼락을 맞힐 기니."

대어든다. 장서방은 잠시 후퇴하는 기미를 보이면서,

"동네서 자네 말고 누가 그 짓을 할 기고!"

언성을 높인다.

"그 말 할라꼬 바쁜 사람 오라 가라 했소? 그라고 판관까지 불러왔소?"

눈을 까집으며 농부는 김서방을 노려본다. 김서방은 어안이 벙벙해서 서 있었다.

"그라믄 그 얘기는 자네하고 나중에 하기로 하고 금년에는 밀린 나락 낼 것가 안 낼 것가 그 말이나 해라. 나도 김서방 앞에서 자네한테 다짐을 두어야겠네. 자네가 내 집 머슴도 아니겠고 판관이 내가 자네 몫을 물어낼 수는 없는 일 아니가."

"그거사 나보고 묻지 말고 시절보고 물어보소. 누가 축내고 접어서 축내는 줄 아요?"

"축내고 싶으지는 않은데 곡식만 낼라 카믄 마지막 한 섬에 가서 손이 오그라진다 그 말가?"

"내가 문딩이건데? 손이 오그라지다니!"

"그라믄 와 그라노?"

심각한 것도 아니었고 약을 실실 올린다. 농부의 얼굴이 벌게진다.

"자손만대꺼지 최참판네한테 빌어묵을 기요!"

"머라꼬?"

"그럴 거 없이 좋게 말하소."

처음으로 김서방은 말리고 나섰다. 최참판댁 권위에는 아무 관심이 없는 이런 농부는 별로 본 일이 없어 김서방은 기가 질려 있었다.

"좀 생각해보소. 고방에 썩어나는 기이 곡식일 긴데, 아 그래 나락 한 섬 축났다고 최참판네가 망하겠소? 그까짓 고방 속에 사는 새앙쥐 양식밖에 안 될 긴데. 그래 사램이 새앙쥐보다 못하다 그 말이오?"

김서방한테 곁눈질을 하며 엉뚱한 말을 한다.

"허허, 자네 말을 따르자믄 해마다 흉년이 드는가 분데 모두가 다 자네겉이 한다믄 최참판님댁은 나라에 세물 내고 고방은 텅 비는 꼴이 안 되겠나? 그것도 다른 양반들겉이 피가 나게 긁어간다믄 또 모르지. 여기 김서방이 있다고 해서 하는 말은 아니고 사램이 체모가 좀 있이야 안 하겠나?"

"없는 놈이 체모 차리게 됐건데?"

마당에 침을 뱉는다. 장서방 마누라가 밖에서 돌아왔다. 그는 말다툼에는 무관심해하며 김서방만 보고 반색을 했다.

"오실 때쯤 됐다고 생각했더마는. 어서 마리로 올라가입시다."

하고 딸아이 이름을 부르며 뒤란으로 돌아간다. 장서방은 한층 늘어진 어세로 따지는 건지 시빌 하는 건지 분간키 어려운 말을 다시 뇌었다.

"그놈의 없는 놈 없는 놈 소리 귀에 못이 안 백이겠나? 자네보다 훨씬 못한 사람도 그런 떼거지는 안 쓰는데."

"떼거지라니!"

농부는 가슴을 딱 벌리고 장서방을 칠 듯이 다가왔다.

"허 참, 이리 엇먹지 말고 좋도록 하시오."

김서방은 쌍방 기색을 살피며 다시 말했다.

"떼거지라니!"

삿대질을 한다. 장서방은 유유히 앉아 있다.

"그래 참판네 마름이믄 천하 제일이오! 떼거지라니! 없는 놈은 이름도 성도 없다 말이오?"

김서방의 얼굴이 해쓱해진다. 농부의 부릅뜬 눈은 살기가 등등했다.

"기가 맥히서."

"기가 맥히는 편은 나요! 떼거지라니! 그래 쪽박 들고 내가 장서방 문전에서 빌어묵었소?"

"고슴도치하고 따질 일이제. 말귀 어둡은 것도 한도가 있다. 떼거지쓴다는 기 우째서 쪽박 들고 빌어묵는다로 가노? 바로 그러니께 떼거지쓴다 말할밖에."

"흥, 옛말 하나 그른 것 없지. 호랭이가 하품하니 좀생이가 먼지 나서서 우쭐거린다 카더마는."

"맞다, 맞다, 나는 좀생이고 참판님댁에서 자손만대꺼지 빌어묵을 기고, 자네 속 편할 대로 생각해라. 오금을 박든지 말뚝을 박든지. 그러나 자네가 끝내 약정한 내로 안 한다믄, 내 집서 머슴을 산 것도 아니겄고 할 수 없제. 약정한 대로 할 사람한테 땅을 맽길밖에. 여기 김서방도 서서 다 듣고 보았으니 날 원망은 말아라."

"머라꼬!"

농부는 펄쩍 뛴다.

"머라꼬! 우짜고 우째?"

하다가 그는 너털웃음을 한바탕 터뜨린다.

"하하핫…… 으핫하하하…… 조상 대대로 부치온 땅을, 내 눈에 흙이 안 들어갔는데 어느 놈이 부치묵어? 어림없다! 어림없다! 어림없는 소리다! 냉수 마시고 속 차리서 들으소! 내 막 마음 한분 묵으믄, 어느 시레비자식이 땅을 내놔? 어느 시레비자식이 그 땅을 부치묵어? 어림없다, 어림없다! 대갈통이 가리가 될 기다!"

거품을 뿜으며 맹수같이 울부짖는다. 그러더니 별안간 누가 와서 그 땅을 떼메고 가기라도 하는 것처럼 사립문을 향해 냅다 뛴다. 문턱까지 나간 그는 훌쩍 돌아선다.

"어느 놈이 죽고 사는가 보자! 어느 놈이!"

주먹을 쳐들고 위협을 하더니 다음 순간 쏜살같이 달려간다.

코도 작고 입도 작고 얼굴 전체가 좁쌀 같은 인상인데 눈썹

만 짙고 굵은 장서방 얼굴에 장난스런 미소가 떠올랐다. 장서방의 아낙은 마루를 쓸고 자리를 깔면서,

"머할라고 또 건디리요."

"아 그놈이 간밤에 우리 거름구데기서 거름을 퍼내갔으니 혼달음을 좀 낸 기지. 김서방도 마침 와 있었으니 그놈 속으론 겁이 대기 났일 기라."

하고 장서방은 껄껄 웃는다. 김서방은 영문을 몰라서 내외의 거동을 번갈아 살펴본다.

"노상 있는 일인데 제 버릇 개 주겠소. 여핀네가 알믄, 할 짓 다 하는데 야속다 안 하겠소?"

아낙은 기름에 전 부채를 챙겨놓고 나서,

"어서 올라오이소. 이 덥운데 욕보십니다."

하고 상냥스레 웃는다. 김서방은 얼떨떨해하며 마루로 올라가서 부채를 집어들었다. 장서방도 함께 마루에 오르더니,

"거 먼지 술상이나 채리오도록 하소. 김서방은 술을 못하지마는 사내끼리 얼굴만 치다보고 얘기할 수도 없는 일이고, 흐흐흐…… 그눔 자식 괭이 들고, 며칠 동안 잠 못 자고 논을 지킬 기구마."

"논을 지키다니?"

"미련한 놈이제. 땅만 내놓으라 카믄 고래고래 소리를 지르믄서 괭이 울러메고 며칠 몇 날 논둑에 서서 논을 지키요. 얼씬도 못하게. 놈이 우찌나 기운이 세던지 항우장사라 그런 식

으로 혼을 내줄 수밖에 없고."

"희한한 성미구마."

"팔푼이제. 기운 좋은 놈치고 팔푼이 아닌 놈이 있더라고?"

술상이 들어오자 김서방은 마지못해 한 잔을 받아 마시고 다음은 장서방이 자작하며 얘기를 계속한다.

"아까 그놈이 으름장을 놓았는데 그건 빈말 아닐 기요. 설사 땅을 뺏어서 내놓는다 카더라도 선뜻 나서서 부칠라 카는 사람은 없을 기요. 흙 한 삽 일쿠지 못하고 대갈통이 박살 날 기니께."

장서방은 그 사나이에 대해서 퍽 많은 이야기를 들려주었다. 크게 남을 해치는 일은 없으나 곡식에 대해서는 탐욕이 여간 아니어서 거름을 훔쳐가는 것은 이미 상습이라는 것이다. 그래 그런지 벼곡식이나 밭곡식의 수확은 그를 따를 사람이 없다는 것이며 또 그의 못된 버릇의 하나는 소출할 때 벼 한 섬을 한결같이 까먹는다는 것이다.

"이웃 사람 말로는 추수가 끝나믄 소출량의 나락은 따로 쌓아놓는다 카더마. 그래가지고는 실어낼 때가 되믄 마당 안에서 뱅뱅이를 돌고 손톱을 물어뜯고 하다가 기여 한 섬을 들어낸다는데 그게 해마다라. 그래도 그놈이 계집 하나는 잘 만내서 배를 나가지고 몰래 볼치기(대신 내어줌)를 하니께, 내가 손해 볼 거는 없지마는 참 희한한 놈이거든. 포악하고 미련한 놈이 그래도 부지런한 기이 하나 복이라 제법 살림은 따숩거마는."

이 밖에도 그 사내의 이상한 일면을 이야기했다. 제 아낙 위하기로 소문이 나 있다는 것이다. 언젠가 한번은 하찮은 일로 이웃 아낙과 그의 아낙이 말다툼을 했다는 것이다. 어디서 말을 들었던지 논에서 일을 하던 그가 눈이 시뻘게져서 달려왔는데 제 아낙이 가로막고 서지 않았더라면 우람한 그 주먹에 살인이 났을지도 모를 일이었고 아낙이 달래니까 금시 양순한 짐승이 되어 부시시 돌아서더라는 것이다. 이야기에 재미를 붙인 장서방은, 속에 술도 들어가고 해서 그랬던지 김서방한테 품은 악감정은 다 풀어진 모양이다. 연신 너털웃음을 웃으며 좁쌀 같은 얼굴에 혈기가 돌고 썩 기분이 좋은 것 같다. 한편 김서방은 장서방의 얘기를 재미나게 들으면서도 배 속이 무겁고 골치가 띵하니 도는 것 같기도 하여 마음속에서부터 유쾌해지지는 않았다. 그래서 그는 서둘러 이곳 사정을 물어보고 의견을 나눈 뒤 자리에서 일어섰다.

"아니, 점심이 다 된 모양인데 어딜 갈라고 이러요?"

"찬은 없지마는 점심이 다 됐십니다. 잡숫고 떠나이소. 맨입으로 가시믄 우리가 섭섭해서 우짭니까."

내외가 다 함께 말리었다.

"배 속이 안 좋고 전신이 찌뿌득해서 그만 가서 드러눕을랍니다."

"그라믄 더욱 그렇지. 하루 쉬어가도록 하소. 여독인갑소, 지금 떠난다 캐도 해 안에는 닿지 못할 긴데."

"그러이소. 하루 푹 쉬었다가 내일 아침에 떠나는 기이 좋 겠십니다."

그러나 김서방은 굳이 떠나겠다 하며 나귀에 올랐다. 작별 을 하고 떠나는데 여전히 속은 뒤집힐 것같이 고통스러웠다.

마을 어귀를 나섰을 때였다. 과연, 아까 고래고래 소리를 지르며 달려나간 그 농부는 괭이를 들고 논둑에 우뚝 서 있었 다. 상당한 거리여서 그랬는지 그는 나귀를 타고 가는 길손에 게는 아무 관심이 없고 똑바로 들판만 내려다보고 서 있었다. 마을 어귀를 벗어난 나귀는 어느 집안의 묘소인지 평평한 지 대에 소나무가 둘러싸여 있는 숲 곁을 지나간다. 그 숲을 둥 그스름하게 돌아서 한모퉁이로 나섰을 때 김서방 눈에, 언제 어디서 왔던지 바로 그 농부가 저만큼 길 옆에 구부리고 앉아 머리를 조아리는 모양이 보였다.

'……?'

나귀가 미처 그곳까지 가기 전에 그는 일어서서 길 아래 논 둑을 지나 숲속으로 걸어간다. 아까 그가 서 있었던 들판으로 부터 숲을 질러서 김서방보다 먼저 와 있었던 것이다. 농부가 구부리고 앉아서 머리를 조아리던 장소까지 나귀가 갔을 때 김서방은 실소를 한다. 속만 언짢지 않았더라면 그는 크게 소 리를 내어 웃었을지도 모른다. 눈이 주먹만 하고 입이 쭉 찢 어진 대장군(大將軍)이 길섶에 우뚝 박혀 있었던 것이다. 농부 는 땅을 뺏기지 않게 해달라고 빌었을까.

김서방이 최참판댁에 당도한 것은 밤이 이슥했을 때였다. 밤이 늦었으므로 윤씨부인에게 다녀왔다는 보고도 못하고 김서방은 곧장 행랑으로 갔다. 김서방댁은 속곳 바람으로 등잔에 불을 댕기면서 잘 다녀왔느냐는 인사 따위는 본시 할 줄 모르는 성미였고,

"방아 좀 찧었더니 팔이 빠질라 카네."

푸념부터 시작한다.

"이자 나이 드니께 일이 무섭구마."

김서방 없는 사이 뒤채에 일어난 풍파는 자기하고 하등 상관도 없는 듯 태평스럽게 하품이 늘어진다.

"늙어지믄 소용없는 기라. 봉숭애꽃 겉은 시절이 어제 그제 겉은데 이자는 날만 궂을라 카믄 뼛골 안 쑤시는 곳이 없이니."

"되잖은 소리 그만하고, 사램이 죽겄는데."

김서방은 방바닥에 픽 쓰러진다.

"저녁은 잡샀소?"

"저녁이고 머고."

"그라믄 옷이나 벗고 누우소. 입은 채 그냥 잘라요?"

"요나 어서 깔아주고."

"이 덥은 날에 무신 요를 깔라 하요? 내사 상사램이라 그런지 구들이 좋더마. 겨울에는 뜨근뜨근 불을 때서 몸을 지져야 이튿날 가뿐하고 여름에는 찹찹한 데 배를 붙이고 있이믄 시원하고."

"잔소리 그만하라니께! 아, 배탈이 났으니께! 요나 어서!"

김서방댁은 겨우 납작하게 짜부러진 요를 꺼내이 깐다.

"누가 아프라 캤나? 날 보고 와 앙살인고?"

요 위로 옮겨 누운 김서방은, 그러나 얼마지 않아 비틀거리며 뒷간으로 간다. 계속해서 두 번을 뒷간에 갔다 온 김서방은,

"이정인가?"

하고 중얼거리며 다시 자리에 눕더니 별안간 뛰어 일어났다. 문지방을 넘어 툇마루에 몸을 걸친 채 구토를 한다. 코를 골고 자던 김서방댁이,

"와 그라요?"

"……."

"더위 마신 것 아니오?"

부시시 일어난 김서방댁은 밖에 나가서 바가지에 물을 떠왔다. 구토증이 멎은 김서방은 바가지 물로 입을 씻는다. 김서방댁은 서걱서걱 삼베 속곳이 부딪는 소리를 내며 재를 퍼다 붓고 오물 처리를 한다.

"객리에 나갈수록 묵는 거를 조심해얄 긴데 권한다고 묵고 덥다고 맹물 마시고, 뱅나기 십상이지. 눈의 까시맨치로 날 보기 싫어서 그래쌓아도 내 집 겉이 좋은 곳이 어디 있으며 이녁 가숙겉이 알뜰히 생각할 사램이 어디 있일 기라고."

그런 말이라도 지껄이지 않는다면 밤 깊은 하늘 밑에서,

"서생원, 점잖은 처지에 와 그리 야단이오? 가만있이소. 새

는 날에는 양껏 대접할 기니께."

하며 보시락거리는 쥐를 상대했을 것이요,

"날이 궂일라꼬 내 팔이 그리 쑤시던갑다. 삭신은 거짓말 안 하니께."

하며 달무리 진 하늘을 처다보았을 것이다. 김서방댁이 오물을 미처 다 치우기 전에 김서방은 다시 얼굴을 내어밀고 툇마루에 두 손을 짚으며 구토를 했다.

"이거 아무래도 객구가 들었는가 배. 가만있이소."

김서방댁은 부리나케 부엌으로 달려가서 바가지에다 물밥을 말고 커다란 식칼을 들고 나왔다.

"이리 나오소. 한분 물리봅시다."

위급해진 김서방은 기어서 마당으로 내려왔다. 넓은 행랑채 마당은 휑하니 넓었고 들일에 고단하였던지 깊이 잠들어 아무도 일어나는 사람이 없다. 처마의 그림자는 달무리 때문에 희미하고 장독 사이에서 귀뚜라미만 울고 있었다.

"성주구신도 아니고 부리재석도 아니고 굶어 죽은 구신아, 칼 맞아 죽은 구신아, 오다 가다 죽은 구신아, 임벵에 죽은 구신아, 괴정에 죽은 구신아!"

시부리는 그 자체에 무한한 기쁨을 느낀 김서방댁은 입에서 나오는 대로 귀신을 불러대었다.

"상사 들어 죽은 구신아, 몽다리 구신아, 호식에 간 구신아!"

끝도 없이, 귀신은 참 많기도 하다. 드디어,

"쉰네 살 묵은 김씨 방성한테,"

하며 또 한참을 지껄여대더니,

"썩 물러가라! 써어억! 위이."

휘두르던 칼을 냅다 던진다. 칼날은 바깥쪽을 향해 떨어졌다. 바가지 속의 물밥을 문밖에 가서 버리고 돌아온 김서방댁은,

"이자 괜찮을 기요. 아주 깨본(시원)하구마."

그러나 아무 효험이 없었다. 김서방은 연이어 뒷간을 들락거렸다. 구토도 심하였다. 새벽닭이 울 무렵 등잔 밑의 김서방 얼굴은 놀랄 만치 변해 있었다. 뒤늦게 당황한 김서방댁은,

"이, 이정이구마는, 그러고 본께 어지 강청댁도 주하고 사하고 한다 카더니, 그래서 이서방이 읍내 약 지으러 간다 카더마는."

채마밭으로 달려간 김서방댁은 부추를 잘라왔다. 흙도 떨어낼 겨를이 없고 고추장에 버무려 김서방의 입을 열고 밀어넣는다.

"이정에는 이기이 젤이니께, 설사가 잽힐 기요."

했으나 김서방은 그것을 씹을 기력도, 삼킬 기력도 없었다. 방에 들어가지도 못하고 땅바닥에 길이대로 누워 신음조차 없이 조용했다.

몇 번이나 닭이 울었는지 동편 하늘이 시뻘겋게 물들기 시작했을 때 행랑의 이 방 저 방에서 기동하는 기척이 들려왔

다. 하인들은 김서방 주변으로 몰려들었다. 그리고 어느덧 별들은 빛을 잃었다. 개 짖는 소리, 닭 우는 소리, 읍내 장을 향해 가는 달구지의 소방울 소리, 새벽은 서서히 걷혀갔다.

"사램이 이 지경 되도록 와 우릴 안 깨웠소!"

수동이 고함을 질렀다.

3장 사형(私刑)

잿빛으로 엉켜 있던 구름바다와 희끄무레한 아침 안개 속에 외길 모양으로 흐르는 강물, 대숲과 수풀, 초가지붕, 지붕 위에 하얗게 피어 있던 박꽃까지 화려한 여광에 물든 듯싶더니 해는 드디어 산허리에서 왈칵 솟아올랐다. 하루는 장엄하게 장막을 거뒀다. 해의 윤곽이 부서지고 비말과 같은 광선이 날아내리는 산천은 황홀하다. 들판에 싱싱한 푸르름이 가득 들어찬다.

최참판댁 행랑 뜨락에도 처마 밑을 지나서 아침 해는 비쳐 들어 왔다. 김서방은 그 뜨락에, 돗자리 위에 누워 있었다. 하룻밤 사이에 허깨비로 변해버린 모습, 구토와 설사는 뜸해진 것 같았다. 그러나 이미 탈수증(脫水症)에 빠진 얼굴, 움푹 꺼져버린 눈두덩에 눈알만 불거져 나왔다. 눈알이 희미하게 움직이고 있는 듯싶었으나 의식은 가물가물했고 엉성한 수염

사이의 얼굴은 푸르다 못해 잿빛이었다.

"아이고! 우리 개똥이아배 죽겠네! 이 일을 우찌 할꼬오!"

김서방댁은 울부짖었다. 울부짖다가 코를 풀곤 한다.

"보소! 개똥이아배, 정신 차리소, 야! 사램이 죽어가는데 우찌 의원은 이리 더디 오요!"

읍내 문의원을 부르러 길상은 방금 떠났는데 김서방댁은 조바심을 내어 씨부렸다. 하인들은 빙 둘러서서 지켜보고 있을 뿐 한마디 말이 없다.

"방으로 옮기야 안 하겠소?"

돌이 수동이를 보고 수군거렸다.

"아니, 의원이 오신 뒤에."

수동이는 김서방 얼굴에서 눈을 떼지 않고 대꾸한다. 윤씨부인도 심한 동요를 나타내며 중문까지 나와서 먼발치로 바라보고 있다가 돌아갔다.

"이 무상한 사람 좀 보지? 개똥이아배! 정신 채리소. 사람이 죽겄는데 세상에 이리 적막강산이까! 보소! 정신 좀 채리소!"

몸을 쩔쩔 흔들었으나 김서방은 말을 잃었다.

"나는 우찌 살라꼬 이녁이 이러요! 누굴 의지하고 살라꼬 이러요! 시상에, 굿을 하든가 무당을 부르든가 이러고만 있이믄 우짤 긴고오!"

집안에서는 어젯밤 김서방이 돌아온 것을 아무도 몰랐다. 아침이 되어 기동을 하면서 김서방댁 넋두리에 우우 몰려나왔다. 사실 김서방댁 자신만 해도 그러했다. 밤이었고 그래서 흔히 있는 토사곽란으로 생각했으며 그랬기 때문에 혼자서 객귀를 물리곤 했었다. 새벽녘에는 이질로 알았으나 날이 밝아옴에 따라 당황하기 시작했던 것이다. 김서방을 지켜보고 서 있는 하인들은 모두 김서방이 죽을 것이라 생각했다. 울고불고하는 김서방댁보다 그들이 더 절실하게, 김서방은 죽을 것이다 하는 생각에 사로잡혀 있었다. 말뚝같이 움직이지 않고 서 있는 것도 김서방댁 울부짖음에 어울릴 수 없는 것도 김서방이 죽을 것이라는 생각 때문인지 모른다.

'문의원이 오시도 소용없다. 저래가지고는 못 살 기다.'

'저 방정스런 할망구나 대신 죽어버렸이믄 좋겠다.'

아무리 넉살을 피우며 울어도 하인들은 김서방댁에게는 동정을 하지 않았다. 계집종들과 드난꾼 아낙들이 부엌 뒤쪽에서 수군거리며 바라보고 서 있었다. 봉순네는 잠시 다녀간 후 윤씨부인으로부터 어떤 지시를 받았는지 얼씬하지 않았다. 몇 해 동안 연이어 사람들이 죽어나갔다. 바우 내외만은 명대로 살다 갔다 할 수 있었으나 최치수의 죽음, 귀녀의 죽음, 집안 식구는 아니었지만 불에 타죽은 또출네 하며, 죽음치고도 비참한 그들 비명을 보았건만 새로이 직면하는 죽음은 여전히 하인들 가슴에 전율을 일게 한다.

의원을 데리러 간 길상이 읍에서 돌아오기 전에 마을에서 올라온 여치네가 용이의 처 강청댁이 죽었다는 소식을 가지고 왔다.

"막 주하고 사하고 했다 키디마는 아까 그만 죽었다 안 카요."

"강청댁이 죽었다고?"

하인들은 일제히 되뇌었다.

"이서방이 시체를 잡고 막 울고, 동네에서는 강청댁맨치로 주하고 사하고 하는 사람들이 또 있다 카더마. 돌림벵인가 배요."

이때 삼수가 외쳤다.

"그라믄 괴정이다!"

"괴정!"

호열자라는 말이다. 모든 얼굴이 순식간에 빳빳해진다.

"여러 해 전에 사, 사람들을 몰살시킸다 카는 그 벵 말인가?"

수동이만은 그것을 이미 짐작하고 있었던지 말이 없고, 묵묵히 김서방을 내려다보고 서 있었다.

"그 벵은 걸리기만 하믄 죽는다!"

빙 둘러싸고 있던 사람의 울타리는 무너진다. 불거져 나온 두 눈, 관골과 코만 댕그랗게 솟아오른 해골, 김서방의 그런 모습은 순간 이들에게 다른 뜻으로 비쳤다. 암담하고 침울하고 슬펐던 눈빛은 일제히 공포로 변했다. 삼수가 맨 먼저 그 자리에서 떠났다. 슬렁슬렁 다 빠져나갔다. 김서방댁조차 그 넉살스런 넋두리를 그만두고 민적민적 엉덩이를 밀면서 물러나 앉는다. 때마침 볼일이 있어 최참판댁에 묵고 있던 마장리의 마름 염서방은 윤씨부인에게 인사도 하는 둥 마는 둥 말등에 올라 도망치듯 가버렸다. 그런 행동들을 야박스럽게 생각한 돌이는 우물쭈물하며 서 있었다. 수동이만이 본시의 모습대로 주변을 거들떠보지도 않았다. 불안해진 돌이는 수동이의 옆구리를 쿡쿡 찔렀다. 다리가 성치 못한 수동이 휘청거리며 얼굴을 든다. 그의 얼굴은 눈물에 젖어 있었다. 돌이는 하는 수 없었던지 얼굴이 벌게지며 돌아섰다. 햇살은 활짝 퍼졌으나 아직 뜨겁지는 않았다. 하기는 이제 여름은 가고 있었으니까.

"김서방!"

수동이 별안간 다리를 꺾고 엎드리며 오열한다. 김서방의 굵은 눈동자가 희미하게 움직였다. 부친 같고 형님 같았던 김서방, 어질고 마음씨 고왔던 김서방의 죽음의 길이 외로운 데 울음이 터졌던 것이다.

"개, 개또―."

김서방이 입술을 움직였다.

"개똥이 녀석 말이오? 김서방!"

고개를 끄덕인다.

"남이하고 함께 딸네 집에 갔다 카요."

수동이는 흐느끼며 알려준다. 자기가 갈 것을 알고 병신 자식을 찾았던 모양이다. 김서방은 그러냐 하듯이 약간 고개를 끄덕였다.

집안의 일상은 무너졌다. 마을의 일상은 무너졌다. 불안과 공포는 시시각각 검은 구름같이 마을을, 최참판대을 엄습해 오고 있었다.

"어제 이서방은 약을 못 짓고 빈손으로 오던데."

"와?"

"의원이 없었던 갑더마."

"이자는 의원이 와도 소용없을 기구마."

"사람 많이 상하겠다."

"점쟁이가 그랬다 카던가? 들에 곡식은 만수판인데 금년에는 묵을 사램이 없일 기라 하더란다."

그림자도 발소리도 없이 다가오는 무서운 사태를 예감하여 하인들은 이곳저곳을 서성거리며 할 바를 몰라한다.

"김서방!"

수동이는 훨씬 더 몸을 기울여 나직한 목소리로 불렀다. 상투로부터 빠져나온 머리칼이 목덜미서 흔들린다. 무릎을 땅에 짚어 뒤로 뻗는 종아리, 짚신 바닥에 내리쪼이는 햇빛은 이제 따가웠다. 수동의 그러한 모습은 죽음길을 헤매고 있는 김서방보다 더 고독하고 서러워 보였다. 김서방댁은 이제 울부짖지 않고 멍해 있었다. 까마귀 우는 소리에 삼수가 침을 뱉는다.

"수동이형님."

견디다 못했던지 칭얼거리는 아이같이 돌이 불렀다.

"혀, 형님 이, 이리 오소."

그러나 몸을 일으킨 수동이는 김서방 곁에서 떠나려 하지 않고 김서방을 바라본다. 김서방댁은 눈을 깜박거렸다.

"의원이 이리 늦어지니, 방으로 옮겨야겠소."

"그, 그러기."

"딸네한테 기별해서 개똥이도 오고 해얄 긴데."

"지금 가서 언제 오겠노. 한 발 두 발도 아닌데 문의원은 머한다고 아즉 안 오는고. 길상이 그놈 자석은 또 함흥차사가됐단 말가. 사램이 죽겄는데 해를 잡힐라 카네."

생각이 난 듯 김서방댁은 눈물을 질금질금 흘린다. 수동이는 김서방 곁에서 떠났다. 절룩거리며 안채로 들어갔을 때 신돌 위에 윤씨부인이 서 있었다.

"마님."

"차도가 있느냐?"

절망적인 목소리였다. 수동이 눈에서 다시 눈물이 흘렀다. 최치수가 죽은 후 수동이는 윤씨부인을 이렇게 마주 대한 일은 한 번도 없었다.

"딸네 집에 기별을 해야겠십니다. 개똥이 녀석이 제 누부하고 함께 거기 가 있어서 머리 풀 사람이 없십니다."

김서방을 잃는다는 것은 서희를 위해 기둥을 잃는 것이다. 윤씨부인은 김서방이 자기보다 오래 살아줄 것을 믿었다.

"그러면 집안에 무슨 일이 다시 생길지 알 수 없으니 마을

에 내려가서 누구든 사람을 보내게. 문의원께서는 어찌 이리
더디시냐."

수동이 절룩거리며 물러났다. 돌이를 마을로 내려보내고,

"삼수 니 이리 온나. 맞잡아서 김서방을 방에 옮기자."

"와 나만 보고 그러요."

멀찌감치 선 채 삼수는 외면을 한다.

"그라믄 땅바닥에서 죽일라 카나!"

"할 수 없제요. 산 사람은 살아야 하니께."

"안 죽을 놈이 어디 있노!"

수동이는 덤벼들듯이 김서방을 안아 일으킨다. 몸집이 작
고 가랑잎 같은 꼴이어서 담싹 안기는 안았으나 다리가 성치
못한 수동은 휘청거렸다. 복이 후둘후둘 떨면서 다가왔다. 겨
우 두 사내가 김서방을 방으로 옮겼을 때,

"아이고오! 무신 이런 액운이 다 있겠노!"

방에 따라 들어가는 대신 마당에 퍼질러 앉은 김서방댁은
울기 시작했다.

"무울."

김서방이 손을 저으며 말했다.

마을에, 집안에 심상찮은 일이 일어나고 있다는 것을 모르
는, 몸채와 뒤채의 거리가 멀고 대숲을 타고 지나가는 바람
소리 때문에 사정을 모르기는 피차 마찬가지였으나, 홍씨는
삼월이를 가두어놓고 닦달에 여념이 없었다. 남편 말에서 꼬

투리를 잡았던 것이다.

"이년! 바른대로 일러라! 네년이 스스로 나리한테 꼬리를 쳤지."

"아, 아니옵니다."

"주둥이를 찢어놓을라! 이실직고 못하겠느냐!"

"억울하옵니다. 저한테 무슨 죄가 있다고 이러십니까."

"이년 보게나? 죄가 없다?"

매는 삼월이 등에서 연신 바람을 일으켰다.

"아이구!"

넓은 적삼 속의 맨살이나 다름없는 등이 물든 것을 볼 수 있다.

"죽일 년!"

부러진 매를 들고 새 것을 집어든다.

"너무하십니다. 저는 아씨의 종이 아니옵니다. 마님께 여쭈시오."

"뭐라구?"

이번에는 삼월이 얼굴에 매가 날았다. 손등이 부풀고 얼굴이 부풀었다. 샛노랑 적삼이 찢어졌다. 밖에서 맹추는 부들부들 떨면서 삼월이 신음에 귀를 막는다.

"죽여주시오. 이렇게 된 몸, 살아 무엇하겠소."

삼월이는 이를 갈며 대항한다. 그의 마음속에는 매질하는 홍씨에 대한 원한보다 준구에 대한 원한이 가득 차 있었다.

"기왕 죽을 몸이라면 할 말 다 하리다. 비록 천한 종년의 몸이오나 제 몸 지킬 줄은 알고 있었소, 으유, 제 몸 지킬 줄은, 으음, 가냘픈 여자의 몸으로서 겁탈, 아이고! 되놈이 하룻밤을 자도 만리장성 쌓는다 했는데 그 나으리에 그 아씨."

"이년!"

입술이 터져서 피가 흘렀다.

"뉘에게 말대꾸냐!"

나중에는 홍씨도 뭐가 뭔지 모르게 신들린 무당같이 삼월이를 때리고 있었다.

이 무렵 김훈장 사랑에서 허둥지둥 걸어나온 준구는 죽은 것같이 조용한, 들판에 사람이라곤 별로 찾아볼 수 없는 마을을 이리저리 살피면서 걸음을 빨리한다. 부채를 접어 든 손이 앞으로, 뒤로 휘저어진다. 수염 없는 얼굴, 여자같이 매끄러운 얼굴은 한층 더 윤이 흐르는 것 같다. 서둘면 서둘수록 그의 짧은 다리는 까치걸음으로 보인다. 누가 달려와서 덜미를 잡기라도 할 것처럼 크게 벌어진 눈이 뒤편으로 돌아가곤 한다.

최참판댁까지 달려온 그는 사랑마루에 오두머니 앉은 아들을 확인하고 나서 급히 홍씨의 처소로 걸음을 옮긴다. 신발을 내지르듯 벗어젖히고 마루로 올라선 그는 안방 문을 열려 했다. 그의 눈에는 오돌오돌 떨고 있는 맹추의 모습도 보이지 않았던 것이다.

"부인, 이 방문 좀 여시오!"

남편 목소리를 들은 홍씨는 마침 잘 되었다 싶었던지 매를 손에 든 채 거리낌 없이 방문을 열었다. 방 안에 한 발을 디민 준구는,

"아니!"

핏발이 서서 한층 더 눈동자가 흐려진 홍씨는 어떠냐! 하고 묻듯이 남편을 바라본다. 나자빠진 삼월이는 이를 악문 채 신음을 누르고 있었다. 갈기갈기 찢어진 옷 사이에, 내비친 살에 지렁이 같은 매 자국이 휘감겨 있었다. 홍씨는 미련하기 그지 없는 미소를 머금는다. 잔인하다든가 앙칼지다든가 그런 표현보다 무지막지하다 할 수밖에 없는 얼굴이었다. 준구는 경위를 따지려 하지 않고 맹추를 불렀다.

"어서 끌고 나가라!"

준구의 입술이 파르르 떨린다. 삼월이 매 맞은 일 따위는 아무것도 아니었다. 그는 마음이 바빠서 신경질이 나는 것이다. 엉거주춤 서서 기색을 살피는 맹추를 본 홍씨는 손에 든 매를 던졌다. 방바닥에는 부러진 매가 여기저기 흩어져 있었으며 홍씨 자신도 어지간히 지쳤던 것이다. 매를 버리는 것을 본 맹추는 삼월이를 부축해 일으켰다.

"죽일 년 같으니라구."

비틀거리며 문지방을 넘는 삼월이 뒤통수를 향해 폭행의 종지부 같은 홍씨의 욕설이 쫓아갔다. 마루 끝에서 내려서려고 휘청거리던 삼월이 돌아본다. 불꽃이 이는 것 같은 두 눈

이 준구를 본다.

준구는 당황한 듯했으나,

"이년! 썩 나가지 못할까!"

소리를 질렀다. 그리고 방문을 닫는다.

"흥, 자알하시었소."

남편에 대해서는 심히 노해 있는 것 같지는 않았다. 종년에 대한 사매질은 습관으로서 당연하게 생각하는 홍씨인 만큼 남편 보기 민망하다는 생각도 물론 하고 있지는 않았다.

"지금 그런 일 따질 때가 아니오."

다른 때 같으면 풀이 죽었을 남편 얼굴에서 흥분된 빛을 본 홍씨는,

"듣기 싫소! 나는 가겠어요. 서울로 돌아가겠단 말입니다."

"허허, 지금 그 일 따질 때가 아니래도,"

"그럼 난리라도 났다 그 말씀이오?"

"난리가 났다면 피신이라도 하겠으나 야단났소."

"……?"

"지금 행랑에서는 김서방이 죽게 된 모양이고."

"그게 무슨 상관이오?"

준구는 입 속이 탄다. 두터운 혀를 내밀어 입술을 축인다.

"그, 그게 심상찮은 병이오."

"……?"

"호열자인 모양인데 마을에서는 사람이 하나 죽고 연방 병

246

자가 난다는 얘기요."

홍씨 얼굴이 변한다.

"듣기로는 읍내에서도 야단이 났다는 거요."

"그, 그럼 어떡허지요? 나, 난 서울로 가겠어요."

홍씨는 벌떡 일어섰다.

"어림도 없는 소리, 마음대로 오고 가고 할 것 같소? 가다
가 죽을 게요. 이런 때는,"

하는데 그 말에는 관심이 없고 홍씨는 당장에라도 떠날 듯 짐
을 챙길 기세다.

"부인!"

"……."

"내 말을 들으시오."

"나는 서울 가겠어요. 여기서 죽을 수 없어요. 어서 가마라
도 마련하여주시오."

"이 철없는, 자아 내 말 들으시오. 나는 그 병 피하는 방법
을 알고 있소."

"네?"

"일본사람들은 그것을 전염병이라 하오. 왜 그 여러 해 전
에 그 병이 돌지 않았소?"

"그랬지요?"

"그 병은 입으로 해서 옮겨지는 병이라 하오. 그러니 먹는
것만 조심하면 괜찮다는 게요. 날것을 먹으면 안 된다는 거

요. 무엇이든 음식은 끓여서 먹기만 하면 병이 옮을 염려는 없고, 그러니 우리 식구는 이곳에서 꼼짝 안 하는 게 가장 안전한 일이오. 죽만 끓여 먹으면 될 거 아니오? 찬 바람만 불면 되니까."

하다가 준구는 홍씨 귀에다 대고 무슨 말인지 한참 동안을 수군거렸다. 홍씨는 반신반의의 눈으로 남편을 본다.

"맹추야!"

"네."

"사랑에 가서 병술 데리고 오너라!"

문의원이 출타 중인 데다 나룻배가 끊겨 육로로 혼자 돌아온 길상은 김서방이 죽게 되었다는 말을 듣고 울었다. 울면서 그는 윤씨부인에게 가서 다녀온 결과를 이야기한다.

"절에 가신 지 며칠이나 되었다 하더냐!"

"삼 일 전에 가셨다는 말이었습니다."

"그래……. 읍에서도 병자들이 생겼다더냐!"

"예. 나룻선도 끊어지고 여기저기 새끼줄을 치고, 죽은 사람도 더러 있다는 말이었습니다."

"사람 많이 상하겠고나."

"읍내에서는 아픈 사람들을 병막에 끌고 간다는 말이 나돌아 모두 문들을 닫아걸고 길에는 별로 사람이 없는 것 같았습니다."

"여러 해 전에 이런 병이 돌았지."

윤씨부인은 길상을 뚫어지게 쳐다본다. 그의 눈은 다시 하늘을 올려다본다. 아직 이곳 하늘은 화창한 것 같은데 먼 곳에서 잿빛 구름이 움직이는 것을 볼 수 있었다. 새들이 숲을 향해 날아간다. 별안간 마른 하늘이 울었다. 잿빛 구름은 좀더 빠르게 이 마을 하늘을 향해 움직여온다.

4장 골목마다 사신(死神)이

까대기 앞에 주질러 앉은 용이는 하늘만 쳐다본다. 흩어진 상투 하며, 실성한 사람 같았다.

'사람우 도리가 이럴 수 없을 긴데, 사람우 도리가……'

찾아오는 사람이라곤 없는 집에, 마을 전체가 쥐 죽은 듯이 고요한데 염도 못한 강청댁 시체를 홀로 방 안에 굴려놓은 채 밖에 나앉아 하늘만 쳐다보고 있는 것이다. 시체에 염을 하기는커녕 무섬증 때문에 용이는 시체 곁에 있을 수 없었다. 오늘은 임이네도 나타나지 않는다. 두둥산 같은 배를 안고 시적 산기가 있을 듯싶은 몸을 끌고 와서 어제, 그제는 죽이나마 쑤어주었는데.

'귀밑머릴 마주 풀고, 시, 십여 년을 넘기 살아온 저, 정리를 해서도 이럴 수는 없을 긴데.'

눈물을 주르르 흘린다. 그러나 흉한 꼴이 되어 싸늘하게 변한 시체를 지키고 앉아 있을 용기는 도저히 나지 않는다.

"아무래도 희한한 일이구마. 어느 년이 못 묵을 것을 임석에 넣은 것 아닌지 모르겠네?"

병이 난 시초부터 강청댁은 임이네를 두고 의심부터 했다. 구토와 설사가 걷잡을 수 없이 심해지자 강청댁은 용이도 공모했을 거라 억설을 하며 울부짖었다.

"오냐아! 내 죽고 나거든 아들딸 놓고 재미지게 살겠다 그거로구나아! 하늘이 시퍼렇다! 하늘이!"

그만 뒈지라고 소리를 질렀으나 용이는 병이 심상찮음을 깨닫고 읍에 나갔다. 그러나 문의원을 만나지 못했고 다른 약국에서도 약을 짓지 못했다. 사방에 병자가 생겨 의원은 모두 출타 중이었으며 돌림병이 돈다고 읍내는 몹시 술렁거렸다. 별수 없이 장바닥에서 약쑥 한 엮음을 사들고 집에 돌아왔다. 광란을 부릴 기력조차 없어진 강청댁은 그럼에도 버둥거리며 악담을 뇌고 있었다.

"제집 소나아 공몰 해서 사약을 먹있고나. 그러께 의원을 안 데리고 온 거 아니가. 누구 아무도 없나! 원통해서 내가 우찌 죽으꼬!"

강청댁은 마지막 순간까지 용이에 대한 원한에 사무쳐서 나부대었다. 읍내에 돌림병이 돈다고 했어도 그는 믿지 않았고 마을에서는 최초의 희생자였던 만큼 무서운 괴정임을 강청댁은 물론 용이도 그때는 알지 못하였다.

"제기랄! 집구석에 앉았다고 안 죽을 기든가? 백 보나 이백 보나 마찬가지 아니가. 영팔아! 가자. 용이 그눔우 자석 방구석에 송장 썩겠다!"

울타리 밖의 떠들썩한 윤보 목소리를 듣고 영팔이 슬며시 나왔다.

"보소."

아낙이 따라나오며 불렀다.

"못 들어가겠나!"

영팔이 역정을 낸다.

"그렇지마는 우떤 벵이라고."

"잔소리 마라!"

"남들은 다 꼼짝 안 하는데 이녁만 그래쌀 거 없거마는."

"꼼짝 안 하믄 윤보형님이 왔이까!"

실상 영팔이도 불안하여 화를 내는 것이다.

"아지마씨, 걱정 마소. 운수가 닿을라 카믄 방에 앉아서도 접시 물에 빠지 죽는다 안 캅디까?"

윤보 말에 대꾸를 하려 하자 영팔이는 제 아낙을 떠밀어 넣고 삽짝을 닫는다.

"용이 그눔우 자석 우짜고 있습디까."

마을 길을 내려오면서 영팔이 물었다.

"아까 읍에서 오는 길에 잠시 딜이다봤더니 천장만 쳐다보고 있더마."

"······."

"벵도 벵이지만 인심이 무섭어서 보리 서너 말 짊어지고 오니라고, 그래 집에 갖다 놓고 나오는 길 아니가. 강청댁이 죽은 지가 며칠 됐노?"

"한 사나흘 됐이까요?"

"흥, 기특하게 관은 짜났더라마는 이때꺼지 송장을 안 치우고 머했던고?"

"혼자서 엄두가 안 났일 기요. 나부텀도 무섭어서 못 갔이니께요."

영팔의 커다란 손이 어색하게 얼굴을 쓸어내린다.

"끌어내서 꿍꿍 파묻으면 될 긴데 이참에 무신 예를 차릴 기든가! 아직이사 초 죽음이니 관에라도 들어가지."

"······."

"꼴 돼가는 거 보니께 사램이 상해도 많이 상하겠다."

"읍내도 벵자가 많소?"

"야단이제. 병막에 끌고 가까 싶어서 문들을 철창하고 벵자 난 거를 숨기니께 그렇지 수백 명 아니라 수천 명 될지 모르지."

"서, 설마 작은 골에서 그렇다믄 어디 사람으 씨나 남겠소?"

"그러매····· 우찌 되는 판국인지 낸들 알겄나. 내 총각 시절에,"

이런 마당에서도 총각 시절에 하고 나오는 말에 영팔이는 웃음을 금치 못한다. 지금은 뭐 총각 아닌가 싶었던 것이다.

"그때 괴정이 돌아서 사람 많이 죽었지."

"나도 그때 일은 아요. 웃마을에서 송장 못 지나가게 할라꼬 삽 곡괭이 들고 나오던 일이며 뱅이 지나간 뒤 새미에 물 지르러 온 웃마을 사램이 뚜디리맞던 일, 난리를 겪은 것맨치로 생생하게 생각나누마요."

"나는 그때, 지금은 죽고 없지마는 읍내 박목수 밑에서 일을 배우고 있었는데 날마다 관 짜니라고, 덕분에 박목수는 그해 겨울 돈푼이나 써가믄서 지냈지마는. 관만 돌세가 나는* 기 아니었고 상두꾼 백정들 세도도 대단했던 기라. 손이 모자라니께. 백정들을 불러서 송장 치다꺼리를 시켰으니께. 그것도 초짜드막(처음 무렵) 일이고 백정이라고 저승차사가 피해가는 법 있나? 굿하던 무당도 굿마당에서 나자빠지는 판에."

용이 집에 가는 도중 그들은 마을 사람을 한 사람도 만나지 못했다. 영팔이는 누구 하나라도 더 나타나주기를 바라듯이 사방을 불안스럽게 둘러보곤 하며 걷고 있었다.

"최참판댁 김서방도 죽고."

"김서방이 죽어?"

읍에서 갓 돌아와 초문일 터인데 윤보는 예사롭게 반문했다.

"김서방이 죽은 뒤 또 뱅자가 났다 카던가요? 동네서도 아픈 사람이 제법 된다 하고 김진사댁 두 과수도 뱅이 걸렸다 카더마요."

윤보는 실쭉 웃는다.

"본시부텀 그 댁 며느리는 벵자니께."

"그것이 헛소문이라는 것을 모르는 사람은 아무도 없일 기고…… 아무튼지 간에 언제 누가 당할 긴지 장담하겠소? 벵에 걸렸다 카믄 그거는 사잣밥 짓는 기니께."

"……."

"살아도 살았는가 싶지가 않소."

"한 가지 좋은 것은,"

윤보는 길섶에 침을 칙 뱉는다.

"한 가지 좋은 것은 흉년하고 달라서 있는 놈 없는 놈 차별이 없는 그기라. 벵이사 어디 수숫대 움막집만 찾아가나?"

그들은 용이 집 마당에 들어섰다.

"용아."

까대기 앞에 앉은 채 용이 푹 팬 눈을 들어 윤보를 쳐다본다.

"우짤라고 그러고 있노. 우리가 온께 저승에서 할아비 만난 거맨치로 반갑제?"

한마디 던져놓고 윤보는 서슴없이 마루에 올라 방문을 열고 방 안으로 들어간다. 영팔이 따라들어가려 하자,

"니는 삼끈이나 찾아오니라."

하고 윤보는 명령했다. 영팔이 까대기 쪽으로 걸어갔을 때 용

이는 애원하는 눈길을 보냈다. 영팔이는 잠자코 잘라서 타래를 만들어놓은 삼을 한 묶음 찾아내어 그것을 여러 가닥으로 나누어 이어간다.

갈아입히려고 내놓았던 모양이다. 시체 머리맡에 옷은 한 벌 놓여 있었다.

"흥, 있는 놈인들 이 차중(車中)에 향목 삶은 물에 뫼욕시키겠나! 제기랄! 저승 가는 길에 강물 만나거든 때는 벗는 기지 머."

지껄이며 윤보는 굳어져버린 시체에 옷을 갈아입히고 영팔이 가져온 삼줄로 염을 한다.

"이거 좀 잡아라."

굽어진 두 팔을 겨드랑이에 바싹 갖다 붙이고 삼줄을 돌린 한 끝을 영팔에게 내민다.

"잡아댕기라."

윤보는 시체에다 자기 버선발을 뻗쳐가면서 질근질근 힘을 주어 묶는다. 감정이라곤 손톱만치도 없는 얼굴이다. 시체가 아닌 나무막대기를 다루듯이, 무서운 전염병에 죽은 사람이라는 것도 개의치 않는 것 같다.

송장 치다꺼리를 하는 동안 용이는 어머니를 따라 잔칫집에 왔다가 쫓겨난 소년처럼 까대기 앞에 웅크리고 있었다. 실상 몇 번 방에 들어가 보려고 했는지 모른다. 그러나 발이 떨어지지 않았다. 방에는커녕 방문 앞에도 가볼 수가 없었다.

'짐승만도 못하고나. 금수인들 이러까?'

일을 끝내고 밖에 나와 손을 씻으며 윤보는 말했다.

"용이 니도 야박한 놈이고나. 십여 년을 데꼬 살던 계집인데 벵이 그리 무섭나?"

손을 씻은 윤보는 허리춤에서 수건을 꺼내어 손을 닦으며 용이 곁으로 다가왔다. 눈빛이 무서웠다.

"벵이, 벵이 무섭아서 안 그러요."

"그라믄!"

"야박하기사…… 야박하다 뿐이겄소. 금수만도 못할 긴데. 이, 이럴 수가 없일 긴데 무섭아서, 무섬증이."

윤보의 눈빛이 부드러워진다.

"죄가 많아서 안 그렇나. 니도 강청댁 속 안 썩있다고는 말 못할 긴께……."

"우, 우쩐지 얼굴 보는 기이 무섭아서 사람우 도리가 이, 이 럴 수 없일 긴데……."

흐느껴 운다.

"정 떼고 가니라고 그런 기다. 시끄럽다."

영팔이 눈을 꿈벅이며 위로한다.

관은 용이 짊어졌다. 연장을 든 사내 둘이 뒤따랐다. 초가을 푸른 하늘에 구름은 호사스럽게 피어서 천천히 떠내려가고 있었다.

하관할 때 용이는 몹시 울었다.

"지랄한다. 그리 애닯거든 저승에 가서 다시 만내 살라모."

윤보의 핀잔이었다. 황토 무덤을 지어놓고 윤보와 영팔이 물러났다.

용이는 두 무릎을 꺾고 일어설 줄 모른다.

"용이 저놈도 정이 많은 기이 탈이라. 그놈의 정 때문에 대추나무 연 걸리듯이 여기저기 걸려서,"

중얼거리며 윤보는 부싯돌로 담뱃불을 붙인다. 땀이 번들거리는 흉한 얼굴 위로 담배 연기가 피어올라 간다.

"사람우 목심 질길라 카믄 쇠따줄맨치로 질기더라마는 죽을라 카믄 포리 목심겉이 허무한 기라. 이라고 있는 우린들 언제 깜박 가부릴 긴지 그거사 하느님이나 아는 일이제."

"나라가 망할라 카이 별눔의 일이 다 생기고, 우떻든지 간에 왜눔들을 말짱 쳐 직이야만 우리가 편히 살 기구마."

영팔이 말에 윤보는,

"제법 말 겉은 말을 하기는 한다마는 뜬검없이 그거는 또와?"

"생각해보소. 이눔우 돌림벵이 왜벵인께 하는 말이 아니오. 그러니께, 저어 내 어릴 적에 이 벵이 돌았일 적에도 왜눔우 새끼들이 묻히가지고 온 벵이라 안 합디요! 인벵이나 손님 겉은 벵에 사램이 많이 죽기사 하지마는 괴정에 비하믄 소분지 애씨고, 어디 그리 추풍낙엽맨치로 쓸고 가건데? 이눔우 세상이 우찌 될라꼬 이러는지. 왜눔 들어오고부텀 잘되는 거 하나 없이니께. 하다 하다 나중에는 그눔우 새끼들 벵까지 가지

와서 우리 조선사람 씨를 말릴라 안 카요? 이럴 때 와 사명대사 겉은 영험한 어른이 안 나시는지 모르겄소."

역사적인 사실을 두고 무식한 농사꾼 영팔이 사명대사를 추모했을 리는 없다. 영팔이 믿는 것은 사명대사에 대한 전설이었다. 우매한 백성들은 왕시 사명대사가 행했다고 전해져 내려오는 그 신통력을 의심치 않았다. 이들은 그 당시 사명대사는 일본까지 항복을 받으러 갔었다고 했으며 왜인들 앞에서 쇠 방석을 타고 바다에 떠 있었다 했으며 무쇠로 만든 고방 속에 가두어놓고 밤새도록 쇠가 벌겋게 달기까지 불을 때었으나 이튿날 고방 문을 열었을 때 사명대사 얼굴에는 고드름이 달려 있었다는 둥, 그리하여 도술로써 드디어 왜인에게 항복을 받았으며 그네들의 씨를 말리기 위하여 해마다 구멍 없는 인피(人皮) 삼백 장을 바칠 것을 조약하고 돌아왔다는 것이다. 백성들의 복수심과 짓밟힌 자부심에서 지어낸 황당한 이야기에 불과한 것이지만 그러나 무력한 백성들은 신비한 힘에 대한 기대 없이는 어떤 희망도 가져보기 어려웠을 것이다.

왜인들에 대한 증오심에 불타는 영팔의 얼굴을 물끄러미 바라보던 윤보는,

"니 말이 맞다. 니 말이 맞다. 하하하핫……."

허한 웃음을 터뜨리는 것이었다. 윤보가 웃음을 거둔 뒤 두 사나이의 시선은 울고 있는 용이에게로 간다. 사실 두 사나이는 용이의 복잡한 마음을 이해하기는 하나 그의 슬픔을 공감

할 수는 없었다. 아니, 강청댁의 죽음 자체가 이들에게는 마치 일상다반사같이 무감동하게 바래 봬졌던 것이다. 그것 참 안됐네, 하며 조의를 베풀 상황이 아니었다. 시시각각으로 발소리도 없이 다가오고 있을 병마, 어디서 어떻게 누구에게 덮쳐올지 모르는 보이지 않는 재앙 앞에 마을 전체는 숨을 죽이고 있는 것이다. 머지않아 집집에서 병자의 신음이 들려올 것이다. 시체는 줄을 잇고 마을 뒷산으로 떠날 것이다. 아니, 시체를 거둘 사람조차 없을 만큼 마을 전체를 휩쓸고 지나갈지도 모를 일이다. 이십여 년 전 잊었던 악몽은 보다 강한 빛깔을 띠고 사람들 가슴속에 절망을 불러일으키고 있는 것이다.

윤보는 허리춤에 곰방대를 찔렀다.

"용아."

"……."

"이자 내리가자."

"……."

"이눔우 자식아! 덜 서럽어서 눈물이 난다. 대동지란(大同之亂)을 우찌 피할 것고!"

윤보는 팔굽으로 쥐어박으며 용이를 끌어 일으킨다.

집 앞까지 내려온 용이는,

"형님, 고맙소. 영팔이 니도."

주문을 외듯 한마디 하더니 마당으로 급히 들어간다.

"제기럴! 세 빠지게 초상 쳐주고 초상술 한 잔 없는 이런 법도 있나?"

울타리 밖에 엉거주춤 서 있는 영팔에게 윤보는 허튼소리를 계속한다.

"주막 영산댁은 문 철장해놓고 읍내로 달아난 모양인데."

"남정네 찾아갔겠지요."

"잘한 생각이제."

하다가 울타리 위로 목을 쑥 뽑는다. 용이네 마당을 넘겨다본다.

"임이넨가 뭔가, 코빼기도 볼 수 없으니 우찌 된 일고?"

"아마도 몸 때가 되었일 기요."

"세상 참 요상하다. 머할라꼬 이 풍진 세상을 살겠다고 꾸역꾸역 나올라 카노. 나온 목심도 보존키 어렵은 이 판국에,"

그들은 나란히 마을 길을 올라간다.

"흠, 이분에는 애기 송장이구마."

윤보는 혀를 찬다. 죽은 아이를 거적에 말아 지게에 짊어지고 가는 농부가 있었다.

방문은 열어젖혀진 채, 못 살아서 타관으로 솔가해 가버린 빈집 같은 마당 안을 이리저리 혼자 서성거리다가 용이는 까대기 앞에 웅크리고 앉는다. 요란스럽게 늘 소리가 끊이지 않았던 집안이, 허무하게 안타깝게 침묵을 지키고 있다. 소도 없고 닭도 없고 참새 한 마리 얼씬거리지 않는다.

조랑말을 타고 첩첩산골인 강청으로 갈 때 상객은 외삼촌이었다. 구레나룻이 소담스러운 중늙은이. 이제 막 개울 얼음을 녹인 이른 봄의 바람이 솔잎을 흔들어주고 있었다. 외삼촌의 하얀 무명 두루마기 위에서도 솔잎 그림자가 움직이고 있었다.

울타리 없는 마당에 마을 사람들이 다 모여들었다.

"신랑 좋네."

"얼굴이 관옥 겉구마."

"아무래도 신부가 찌부는데?"

대례판에 선 신부의 키는 작았다. 외삼촌은 아직 나이 어려서 그런 거라 했다. 몸집 작은 여자는 으레 씨암탉이니 자손 귀한 집에 아일 많이 낳아줄 거라고 위로를 하기도 했다. 그러나 외삼촌의 말은 다 맞질 않았다. 신부는 삼십이 넘었어도 키는 자라지 않았으며 배태 한 번 못하고 가버렸으니. 신방 촛불 밑에서 용이는 신부의 얼굴을 처음 보았다. 살결이 가무잡잡했다. 예쁘지도 않았다. 분꽃같이 뽀얀 월선의 얼굴이 눈앞에 어른거렸다.

'어디서 살고 있을꼬⋯⋯.'

울컥 치미는 눈물 때문에 용이는 돌아앉고 말았다. 날이 밝기도 전에 외삼촌을 찾아갔다.

"외삼촌, 이자 떠나입시다."

"머라꼬? 이눔아야, 그런 벱이 어디 있노?"

"집에 가서 봄갈이도 해얄 기고요."

용이 그예 떠나겠다는 고집을 버리지 않았다. 처가 사람들은 신부가 마음에 들지 않아 그러는 줄 알았다. 한데 나이 어린 신부는 함께 가겠다 하며 나서는 것이었다. 후일 가마를 보낼 터이니 며칠 쉬었다가 신행을 하라고 상객 간 외삼촌이 타이르는 것이었으나 그는 걸어서 따라나섰다. 당돌한 신부의 행동은 두고두고 이야깃거리가 되었지만. 신부집은 과히 넉넉지 못한 데다 자식들이 많아서 그 많은 자식들 중 딸 하나를 위해 각별히 근심하지 않았다.

"대접이 소홀하다고 그러는가?"

장인 되는 사람이 용이에게 한마디 했을 뿐 딸을 데려가려면 가고, 두고 가려면 두고 가라는 투의 무관심이었다. 떠날 때도 변변한 예단 없이 초라하게 나선 딸을 위해 장모 역시 가슴 아파하는 기색도 보이지 않았다. 신부를 조랑말에 태우고 신랑은 걸어서 고개를 넘었다. 신부를 집에 데려다 놓고 잔치를 베푼 다음 날 용이는 여독도 풀지 않은 채 봄갈이에 나섰다. 허전하고 서러운 마음에서 소 엉덩이를 갈기곤 했다. 낮이 되었을 때 새댁은 점심을 이고 왔다. 댕강하게 짧은 검정 무명 치마에 흰 당목 저고리를 입고 있었다. 버선목과 치마 사이에 종아리가 보일락 말락 했다. 처녀 적에 입던 옷이었던 모양이다.

"너무 옷이 없고나."

무던한 성미의 모친이 섭섭한 표정으로 말을 하다가,

"하기사 자식들이 많으믄, 한 가지씩만 찍어 입힐라 캐도

심이 들지. 내 식구 된 바에야 해 입히가무서 살지."

옷 없다 한 말을 주워담듯이, 모친은 아들의 눈치를 살폈다.

용이는 새댁에게 등을 돌리고 점심을 먹는다. 새댁은 등 뒤에서 통을 받쳐 이고 온 똬리를 돌리고 있었다. 용이 귀에 골로 엮은 똬리를 손가락에 끼고 뱅뱅 돌리는 소리가 들려왔다. 봄이라 하지만 바람이 불고, 들판의 바람은 아직 매운데 짧은 치마 밑의 종아리는 시려울 거라 용이는 생각했다. 풋살구같이 오종종하고 빈한해 보이는 얼굴을, 입 안에 밥을 밀어 넣으며 눈앞에 떠올려본다. 솜털이 햇빛에 보송보송 일어섰던 하얀 얼굴이 저절로 솟아오른다. 푸른빛이 도는 눈에 눈물이 그득 고이던 얼굴, 용이는 목이 메었다. 숭늉을 연달아 마셔가며 밥을 넘긴다. 멀리 보리밭에 내외가 나와서 보리를 밟고 있는 모습을 볼 수 있었다. 점심을 끝내고 돌아보았을 때 새댁은 언제 갔었던지 산기슭 쪽에서 급히 논둑길을 밟으며 걸어오고 있었다. 손에는 할미꽃 한움큼이 쥐어져 있었다. 가까이까지 온 새댁은,

"저어, 이거,"

할미꽃을 용이 코앞에 쑥 내밀었다.

"피었소."

하고 해죽이 웃었다.

"벌써……"

입속말로 우물쩍거렸다. 새댁 얼굴이 빨개졌다. 용이 얼굴도 붉어졌다.

"봄이니께."

훌쩍 일어서서 그동안 논둑의 풀을 뜯어먹고 있는 소 곁으로 간다. 소를 논으로 몰고 가서 쟁기를 끼우며 용이,

"어서 가아!"

이쪽을 바라보고 서 있는 새댁에게 소리를 질렀다.

5장 생과 사

잠이 들었는지도 모른다. 허기와 피곤 때문에 잠시 의식을 잃었는지도 모른다. 외치는 목소리에 눈을 떴을 때 용이는 등바닥에 냉기가 스미는 것을 느꼈다. 자신이 까대기 앞에 쓰러져 있었던 것을 깨달았다. 동시 어디선지 모르게 구수한 쇠죽 냄새가 콧가에 와서 닿았다. 오래전에 벌써 외양간은 비어 있었고 뒤꼍의 쇠죽 솥은 녹이 슨 채 내버려두었는데 쇠죽을 쑤는 냄새가 날 리 없다.

"아재씨요! 아재씨!"

미친 것처럼 불러대는 아이 목소리에 용이는 얼굴을 쳐들었다. 아이의 울부짖는 목소리는 있었으나 눈앞에 보이는 것은 없다. 사방은 캄캄하다. 시커먼 하늘이 입을 쩍 벌리고 머

리 위에서 덮칠 듯이 내려오고 있는 것만 같았다. 전신이 후둘후둘 떨려온다.

"아재씨요!"

장독 근처에서 들려온다. 아이는 무서워서 그 자리에 멈춘 채 우는 것이다.

"와 그라노?"

"야?"

울음을 그치고 아이는 소리 나는 곳을 향해 달려온다.

"누가 또 아프나?"

"거기 있음서 와 아무 말 안 하요!"

어른같이 꾸짖으면서 악을 썼다. 용이 몸을 일으킨다.

'참 그랬지. 낮에 산에 갔다. 산에 가서 땅을 파고 윤보형님하고 영팔이하고…… 음, 지(강청댁)를 묻어주고 돌아왔는데 그리고도 아즉 하룻밤이 안 지나갔다 말이지? 이 집에는 지금 나 말고 아무도 없고, 아무도 없다 그 말인가? 그런데 또 누가 죽는다는 기고? 이 아이는 임인데?'

"임아. 니 어매도 죽었나?"

나지막하게 귓속말로 물어본다.

"우, 울 옴마가 죽겄소."

"그래……. 사람들이 많이 죽을 기다."

"아이고 참, 애기 낳을라꼬 안 그러요."

"뭐라구?"

"네 방구석을 매믄서 아재씨를 불러오라 안 카요."

"애기……."

"어서 가입시다. 삼 가르는 구실이 할매도 벵이 나고 부정
탄다 캄시로 아무도 안 올라 안 카요. 어서 가입시다. 울 옴마
죽겠소!"

"……."

"아재씨요!"

"가, 가자. 니부터 먼지 가거라."

임이는 캄캄한 밤, 유령들만 골목을 배회하고 있을 것만 같
은 무서운 밤을 향해 달려나간다.

'얼매 전에 내가 관을 짊어지고 산으로 갔는데, 윤보형님이
랑 영팔이하고 지를 묻어놓고 돌아왔는데, 그라믄 아즉도 하
룻밤이 안 지나갔다 그 말이제? 하룻밤도…… 먼 옛날 일 겉
은데 아즉 몇 시각도 안 지나갔다 말이제? 지가 정을 떼고 가
니라고 그리 무섬증을 주고 갔이까? 집이 텅 비었구나. 쥐 새
끼 한 마리도 없는갑다. 다 달아나고 없는갑다.'

임이네가 죽게 되었다든가 시적 아이를 낳게 되었다든가
그런 일은 염두에 없었다. 무서운 병이 퍼져서 자신도 죽게
될지 모른다는 생각도 떠오르지 않았다. 그러나 용이는 발을
떼놓는다. 천천히 집 안 기척에 귀를 기울이듯 하며. 집 안에
서는 아무 소리도 들려오지 않았다. 마을 길을 지나갈 때 수
숫대가 흔들리고 있었다. 흔들리는 소리가 들려왔다. 언덕 위

최참판댁에 불이 깜박거리고 있었다. 평소보다 더 많은 불빛이 깜박이고 있었다. 섣달그믐 밤처럼 방마다 불이 켜져 있는 것 같았다.

임이는 마루 끝에 앉아 울고 있었다. 방 안에서는 아무 기척이 없었다.

"임아!"

"……."

"어매가 죽었나?"

다가가며 목쉰 소리로 묻는다.

"보소."

방 안에서 임이네 목소리가 들려왔다.

"이녁이 좀 들어와야겠소."

"내가?"

"그라믄 우짤 기요? 이 차중에 아무도 없이 우찌 아일 낳을 기요?"

"내, 내가."

"그, 그라믄 우짤 기요? 누구 자식인데 이녁이 그라요!"

화내는 소리에 용이는 더듬듯 마루를 올라선다. 방문을 연다. 문바람에 등잔불이 흔들렸다. 벽을 짚어지고 앉은 임이네는 무서운 눈으로 용이를 노려본다.

"내가 백정이 자식을 놓소, 문딩이 자식을 놓소! 죽은 계집생각만 하고."

하다가 울음을 터뜨린다.

"시끄럽구마."

슬며시 얼굴을 돌린다. 윗목에 사내아이 둘은 배꼽을 내놓은 채 잠들어 있었다.

"법으로 안 만냈이믄 사람도 아니란 말인가."

하다가 별안간,

"아이구우."

머리를 벽에 부딪으며 임이네는 소리를 질렀다. 진통이 오는 모양이다.

"아이구우, 어매! 나 살리주소!"

두 손을 쳐들고 허공을 잡는데 이빨과 이빨이 부딪는 소리가 들렸다. 눈알이 튀어나올 듯, 이마에서 두 볼에서 구슬땀이 솟아나온다.

"아이구우, 보소!"

임이네는 앞으로 넘어져 오며 두 팔로 용이 정강이를 안는다. 여자의 팔은 쇳덩이같이 단단했다. 두 팔은 용이 정강이를 조이며 물려들었다.

"보소!"

단말마 같은 여자 비명을 들으면서 그러나 용이는 꼼짝할 수 없는 것이다. 자신도 쓰러져버릴 것 같은 위태로운 의식에 매달려 움직이질 못한다. 가물거리는 등잔불같이 끊일 듯 이어질 듯 강청댁이 죽었다는, 이미 흙 속에 파묻어버렸다는 사실이 팔매처럼 가슴을 치다간 달아나고 할 뿐이다. 물려들어 온 팔이 풀어지면서 임이네는 자리에 쓰러진다. 진통이 멎은 것이다. 빛나는 눈이 용이 얼굴을 올려다본다. 무섭게 부푼 배 때문인지 여자의 두 어깨는 가냘프고 홀몸일 때 찾을 수 없었던 처녀성(處女性)을 느끼게 한다.

"어지간했이믄 혼자 놓을라 캤소. 무섭아서, 우짠지 이분에 는 무섭아서. 벌써 여러 날 전부터 배가 아프믄서 자꾸 끄는 기이 심상치가 않소. 구실이할매도 아프다 카고. 누가 와줄라 캐야제요. 나는 팔자 치리 못한 여자니께 밭이사 나쁘겄지마 는 씨는 이녁 씨 아니오?"

임이네는 차분하게 말을 했다. 짐승같이 비명을 지르고 이 빨을 드러내어 바드득 소리를 내던 조금 전의 처참했던 얼굴 은 고통 뒤의 평화스런 휴식으로 돌아와 있었다. 슬기롭고 신 비하기조차 했다. 땀에 흠씬 젖어서 아름다웠다. 그러더니 임 이네는 잠이 드는가 싶었다.

'죽는 길까?'

여전히 장석같이 서서 용이는 임이네를 내려다본다. 아이 를 낳는 현장을 본 일이 없어 그렇기도 했으려니와 용이 머릿 속에는 죽음만이 가득 차서 잠들려는 임이네 역시 죽어가고 있다는 생각을 하는 것이다. 그런데도 불구하고 몸과 마음은 사슬에서 풀려나지 못한 것처럼 움직이지 않는다. 이따금 허 탈이 오고 그 허퉁하게 비어가는 자리에 괭이를 들고 묏자리를 파던 영팔의 푸르뎅뎅한 얼굴이 지나가고 붉은 흙무덤이 떠오르곤 한다.

"으아악!"

임이네는 외마디 소리를 지르며 뛰어 일어났다. 그 무서운 비명이 몇 번 되풀이되었을까. 여자의 몸이 활처럼 휘어지는 것을 보는 순간 용이는 사슬에서 풀려난 것처럼,

"이, 임자!"

울부짖으며 임이네를 안았다. 임이네는 떠밀었다. 무서운 힘이었다. 용이는 나자빠지면서 무엇이 쏟아져나오는 것을 보았다. 천지가 멎어버린 것 같은, 시간도 멎어버린 것 같은 정적이, 그리고 나서 아이의 울음소리가 파도처럼 방 안에 퍼지고 울렸다. 두 주먹을 모은 채 꼿꼿하게 선 고추에서 오줌이 치솟았다. 임이네 얼굴에 승리의 미소가 떠올랐다. 일찍이 용이는 그와 같이 아름다운 미소를 임이네한테서 본 일이 없다.

"보소."

이번에는 환하게 웃었다. 용이는 손바닥으로 여자 얼굴 위의 땀을 닦아준다. 물결치듯이 용이 전신은 떨고 있었다.

"이러고 있일 기이 아니라 보소, 탯줄부터 끊어주소. 저기, 저어기 가새하고 실이 있거마요."

용이는 가위와 실을 집는다.

"탯줄을 실로 묶어가지고 나서 짜르소. 한 뼘쯤 해서 묶으고."

임이네 시키는 대로 한다.

"와 그리 떨고 있소? 아이는 닦아서 저기 포대기에 싸가지고 내 옆에 눕히주소."

역시 시키는 대로 한다. 검붉었던 아이 얼굴은 차츰 붉은빛으로 변해가고 있었다. 젖꼭지를 찾듯이 빨간 입술을 내두르는 것이 흡사 둥우리 속에서 모이를 받아먹는 순간의 까치 새끼 혓바닥 같다. 이윽고 태반이 나오고 출혈이 심했다. 용이 얼굴이 창백해진다.

"걱정 말고 안태는 짚에 싸소."

충만된 기쁨을 서서히 감당해가면서 임이네는 용이에게 지시했다. 여왕벌같이 위엄에 차 있었고 자신에 넘쳐 있다.

임이네가 첫국밥을 먹는 것을 본 용이는 비린내와 열기에 숨이 막힐 것 같은 방 안에서 빠져나왔다. 짚에 싼 태반을 들고 강가로 향한다.

마을에는 집집마다 여러 가지 모양의 부적이 나붙었다. 부적을 내어준 무당이나 중들도 죽어가건만, 그뿐만 아니라 귀신을 쫓는다는 가시 돋친 엉게나무 토막을 방문 위에 걸어놨는가 하면 여인의 피 묻은 속곳, 닭 피가 묻은 짚으로 만든 허수아비가 삽짝에 내걸려 있기도 했다. 병이 그런 방어를 겁낼 리는 없다. 보이지 않는 무서운 형상으로 들리지 않는 함성을 지르면서 골목을 점령하고 마을을 점령하고 방방곡곡을 바람같이 휩쓸며 지나가는 병균. 그들의 습격대상에는 신분의 높고 낮음이 없었다. 부자와 빈자의 구별이 없었다. 남녀노소를 가리지도 않았다. 인심은 흉년의 유가 아니었다. 난리가 났다면 피난이나 가지 하고 사람들은 절망했으며 희망을 미신에 걸어보는 것밖에 달리 도리가 없는 것이다. 참으로 도리가 없었던 것이다. 소문에 의하면 서울서는 임금이 등극한 지 사십년 망육순(望六旬)을 겸한 칭경례식(稱慶禮式)도 호열자의 창궐로 연기되었다 한다. 그것은 사실이었지만 그 밖의 황당무계한 낭설이 분분하였다. 수구문 밖에는 송장이 태산을 이루고 있다는 둥, 미처 숨도 끊어지지 않은 사람들을 끌고 가서 산 채 불에 태워 죽인다는 둥, 길을 걷는 사람이면 모조리 왜놈과 양놈이 합세하여 끌어다가 병막에 가두어놓고 굶겨 죽이고 때려 죽이고 침을 놓아 죽인다는 둥, 결국 그렇게 해서 죽은 원귀가 어찌나 많던지 십만 대군이 넘을 것이고 측은하게 생각하는 신령의 도움을 얻어서 모두 신병(神兵)으로 둔갑하여 왜놈과 양놈들을 무찔러 이 땅에서 쓸어낼 날도 그리 멀지는 않았으리라는 말이 무지몽매한 사람들 간에 떠돌았다. 그러나 믿는 그들 중에 병으로 죽어서 자신도 신병이 되어 나라를 구하리라 생각하는 사람은 없었다.

시초에는 고개를 넘어가는 망자(亡者)에게는 상두꾼이 있었다. 다음에는 거적에 만 초라한 지게 송장이 수없이 고개를 넘어갔다. 그러나 그것도 여유가 있을 때의 일이다. 밭이나 뒤꼍에 외빈(外殯)을 차려 겨우 섬피(거적)를 덮어두는 지경에 이르렀으며 행로 중에 죽은 시체는 그나마 거둘 사람이 없어 굶주린 늑대와 야견들, 까마귀에 뜯기는 처지가 되었다. 평사리 마을에서는 김진사댁 두 청상이 죽었다. 김훈장이 장사를 지내주었으며 빈집에는 쥐들도 살지 못하여 먹을 것을 찾아 들쥐가 되었으며 영팔이 막내딸이 죽었고 임이네는 사내아이 둘을 잃었다. 누구네 집의 누구누구 하며 그 밖에도 많은 사람들이 죽어갔다.

용이는 영팔이 딸을 묻어주고 돌아오는 길에서 앓기 시작했다. 아무도 없이 텅 빈 집 안을 헤매며 용이는 임이네도 병들었다는 생각을 했다. 아이 둘이 이미 죽었다는 생각을 했다.

"가봐야지. 가서 가서, 송장을 치워야지. 소, 소, 송장을 내가 치워얄 긴데."

하면서 토하고 설사를 계속하였다. 이미 쇠약해져 있던 몸이어서 병은 한층 극성스럽게 덤벼드는 것 같았다. 용이는 자신이 가서 송장을 치워야 한다는 헛소리를 수없이 하다가 이틀이 지난 밤에 인사불성이 되었다. 그는 꿈속에서 강물을 보았다. 푸르게 넘실거리는 강물을 보았다.

'목이 탄다! 저 강물을 다 마시야지. 다 마시야지.'

그러나 강물 속에 머리를 처박았다 싶으면 그것은 강물이 아닌 햇볕에 단 조약돌이었다.

"강물을 마시야지. 강물이 어디 있노!"

뛰어 일어났다. 그러나 모래 속에 두 다리는 천근같이 빠져

들어가고 발을 떼어놓을 수가 없다.

'악! 으으억!'

아무리 발을 떼어놓으려 해도 발은 모래 속으로 묻혀 들어갈 뿐이다.

'보소! 이리로 오소. 돌박 위로 걸어야제요.'

강청댁이 손을 내밀었다. 강청댁의 손을 잡는 순간 강청댁은 간 곳이 없고 월선이 서 있었다. 치마가 바람에 나부끼고 있었다. 치마는 황홀한 옥색이었다. 옥색 치마는 다시 넘실거리는 강물이 되었다.

'물, 물, 물이다!'

용이는 어느새 강물 속에 둥둥 떠내려가고 있었다. 목구멍에 물이 철철 넘쳐서 들어왔다. 비몽사몽이었다. 환상이면서 또 환상이 아니었다. 용이는 실제 어둠을 헤치고 강가에까지 와 있었던 것이다. 그는 강물 속에 머리를 처박고 쓰러졌다. 물결은 수없이 얼굴을 스치고 지나갔으며 다시 다가왔다. 초승달이 하늘에 걸려 있었다.

한편 최참판댁에서는 김서방이 죽은 뒤 돌이와 봉순네는 동시에 발병하여 죽었다. 그다음의 희생자는 윤씨부인이었다. 길상은 밤길을 타고 읍내까지 문의원을 데리러 갔다. 문의원이 와도 이미 허사인 것을 모르지는 않았으나 길상은 앉아서 부인의 죽음을 기다릴 수 없었고 수동이도 동의를 했던 것이다. 그러나 읍내에 가서 길상이 들은 소식은 문의원도 죽었다는 것이다. 그것도 집에서 말고 출타한 곳, 그러니까 우관스님을 찾아 절에 갔다는 것은 착오였었고 진주에 갔다가 그곳에서 변을 당하였다는 것이다. 돌아온 길상이 그 사실을 알렸을 때 윤씨부인은 힘없는 팔을 들어 자기 가슴을 두 번인가 두드렸다. 그리고 숨을 거둘 때는 손목을 잡고 길상이를 멍하니 바라보았다. 이러는 동안 뒤채에 있는 서울 식구들은 얼씬거리지 않았다. 다만 준구만은 윤씨부인이 앓는다는 말을 듣고 두 번인가 안채에 나타났다. 마침내 운명은 조준구를 향해 미소를 지었던 것이다. 그러나 그것은 또 얼마나 가슴 죄게 하는 시간의 고문이었던가. 간교한 인간들이 항상 그러하듯이 조준구도 무척이나 소심한 사내였었다. 언제 어떻게 자신도 병마에 말려들어 갈 것인지, 음식만 끓여서 먹으면 된다는 지식을 가지고도 그는 안심을 못하였다. 윤씨부인이 병들었다는 것은 행운의 서광이요 병균이 어느 통로로 해서 자신에게 침입할지 모른다는 공포는 암흑이다. 이 양극 사이에서 그는 무던히도 조바심하였다. 안채에 나타났어도 준구는 결코 직접은 병자에게 접근하지 않았다. 길상이를 통해서 혹은 삼월이를 통해서 병세를 물었으며 그것도 입을 열면 입으로 병균이 들어온다는 불안이 있어 그랬던지 반벙어리 식으로 손짓발짓하며 의사를 나타내는 모습이야말로 가관이었다. 그러나 하인들은 그런 꼴을 보고 웃을 여유가 없었다.

"이 고비만 넘기면 되는 거요. 찬 바람만 불면 병은 절로 물러날 거요. 이 고비만 넘기면."

방 안에 있을 때 준구는 곧잘 용을 붉끈붉끈 쓰며 지낄였다. 그 몸짓과 말투를 어느새 홍씨도 닮아가게 되었고 두 내외는 온종일을 그런 식으로 마주 보고 앉아서 용을 썼던 것이다.

윤씨부인이 죽은 뒤의 최참판댁 넓은 집 안은 일시에 폐허가 되었다. 식솔이 많기 때문이기도 했으나 마을에서도 가장 많은 시체가 최참판댁에서 나갔고 김서방을 위시하여 봉순네 그리고 윤씨부인이 죽었다는 것은 대들보가 부러지고 기둥이 빠져 나간 것이나 다름이 없다. 그러나 그것으로 끝나지는 않았다. 서희와 길상이 발병하였다. 어미를 잃은 봉순이는 어미를 잃었다는 슬픔보다 계속되는 죽음에 대한 공포 때문에 거의 광란 상태가 되었다. 봉순이는 서희를 내버려두고 도장 속으로 혼자 기어들어가서 나오질 않았다. 다른 하인들 역시 뿔뿔이 헤어져서 어느 구석에 처박혔는지 알 수 없었으며 다만 수동이 혼자 절룩거리면서 서희를 돌보고 길상이를 돌보고 하다가는 그 역시 발광한 사람처럼 뒤뜰로 달려가곤 했는데 그럴 때의 그의 눈동자는 온전히 미친 그런 상태로 변하는 것이었다.

"나오니라! 이 천하에 직일 놈의 인사야! 나오니라! 사램이 다 죽어가는데 너거들만 살라 카나! 이 배은망덕한 도칙이 겉은 인사야!"

다름 아닌 준구네 식구들이 방문을 닫아걸고 있는 방을 향해 거품을 뿜으며 소리소리 지르는 것이었다.

"이 천하에 숭악한 도척이 겉은 인사야! 이 살림을 다 묵을 라꼬! 어림없다! 어림없다! 내 벌씨부텀 그 검정 속심을 알고 있었구마! 다 죽기를 바라는 기지!"

"저런 죽일 놈 보게나. 저, 저런!"

방 안의 준구는 간신히 그런 정도로 응수하였을 뿐 결코 방문을 열고 나오지는 않았다. 나타나지 않았을 뿐만 아니라 수동이 방문을 박차고 들어와서 일을 저지를까 싶어 마음속으로는 여간 떨고 있는 게 아니었다. 이미 자신이 양반으로서 또 사람으로서 위엄을 잃고 있는 형편이기도 하려니와 설사 그렇지 않다 하더라도 이런 판국에 양반 상놈 가릴 처지도 못되었고 수동이 칼을 들고 설친대도 막아줄 사람은 없을 것이기 때문이다.

"허허, 참 기가 막혀서. 하기는 법은 멀고 주먹은 가까우니 미친놈을 상대할 수도 없거니와, 어디 두고 보자, 네놈이 살아남는다면 혼벼락을 내어줄 테니."

이불 밑에서 활개 치더라고 준구는 홍씨가 알아들을 정도의 입속말로 우물쩍거리는 것이었다. 그리고 행여 홍씨가 욕설하고 나서서 수동이를 자극할까 보아 그는 방문을 등지고 앉아 있었다. 그러나 홍씨 입에서 욕설이 나올 때는 수동이 발소리가 멀리 사라진 것을 알 수 있었다. 수동이의 미친 증세는 그것만이 아니었다. 한밤중에도 대문 밖을 쫓아 나가며,

"도둑이야! 도둑이야!"

하며 마을을 향해 소리를 질렀다. 그런가 하면 밤새도록 잠을 자지 않고 집 주변을 빙빙 돌면서,

"이눔우 도둑눔의 새끼, 오기만 와봐라! 골통을 깨부릴 기니. 사람우 눈 하나 없이니께, 어림없다! 숟가락몽댕이 하나 못 들어낼 기다! 어느 놈이? 어느 놈이? 이 도둑눔의 새끼야!"

이날 밤도 수동이는 절룩거리며 집 주변을 돌고 있었다. 이 무렵 길상이는 엉금엉금 기어나왔다. 그는 자신이 어디서 기어나왔는지 알지 못했다. 목이 타는 듯 갈증을 느꼈을 뿐이다. 길상이 기어나오는 것을 본 쥐 한 마리가 도장 쪽으로 달아난다. 도장 문 하나가 활짝 열려져 있었다. 그러나 길상이 눈에 그것은 보이지 않았다. 다만 물, 물을 찾고 있었다. 낮인지 밤인지도 알 수 없었다.

"물, 물, 물……."

했으나 입 밖에 말은 나오지 않았다.

"물, 물, 물."

차가운 촉감. 이마에 싸늘한 것이 닿는다. 써늘한 촉감을 따라 얼굴을 디밀었다. 그러나 입 속에 흘러들어오는 것은 없다. 얼굴을 자꾸자꾸 디밀었다. 떠받쳐져 얼굴은 위로 위로 올라갔다. 무릎을 세우고 허리를 세우고 다시 발을 디뎠다. 길상이는 물동이라 생각했다. 드디어 물동이의 아가리가 나타났다. 얼굴을 처박고 미친 듯이 물을 빨아당겼다. 얼마나 마셨던지 의식이 조금씩 깨어나기 시작했다. 의식이 깨어났을

때 길상이는 물이 아닌 술이었다는 것을 알았다. 그리고 자신이 도장 안에 와 있는 것을 알았다.

"아아! 이자는 살 것 같다! 살 것 같다!"

하고 외쳤다. 외쳤다고 생각했으나 실제 목소리는 여전히 입 밖에 나오지 않았다.

'애기씨는!'

걸어갈 기력은 없었다. 아까보다 맑아진 정신으로 다시 엉금엉금 기어서 도장 밖으로 나온다.

'밤이었구나.'

하늘의 별이 보였다. 부엉이 울음소리도 들려왔다.

'마님도 돌아가시고 김서방, 봉순어매도 죽었다. 봉순이도 죽었을까? 애기씨는! 애기씨는 우찌 됐이꼬?'

별당 뜰에까지 기어갔다.

"애기씨! 애기씨!"

몸부림을 쳤으나 목소리는 목구멍 속에서 사라지고 말았다.

"봉순아! 봉순아!"

"무, 무, 물."

마루에 쓰러진 서희 목소리였다.

"무우울."

정신은 아까보다 좀 더 맑아왔다. 기어서 도장으로 돌아온 길상이는 상두꾼들이 제집 모양으로 들어와서 마시고 먹고 하다 버리고 갔을 성싶은 바가지를 주워들었다. 바가지로 술을 떴다. 바가지를 들고 별당으로 갈 때 길상은 기지 않고 천천히 걸어본다.

"애기씨!"

외친 것이었으나 소리는 작았다. 그러나 아무튼 목이 트였다.

"무울을."

길상이는 서희를 반쯤 안아 일으켜 바가지를 입에 갖다 대었다. 서희 입에서 술이 다할 때까지 바가지는 떨어지지 않았다. 그런 뒤 길상이는 서희와 함께 쓰러져 잠이 들었다.

6장 버선등에 기는 햇살

장대에 떠밀리어 방향을 돌린 나룻배가 강심으로 나왔다. 뱃전에 서서 멀어지는 마을을 보는 것도 아니면서 용이는 눈을 그곳에 보내는 것이다. 겨울의 강물은 추위에 거칠어진 사람의 살갗 비슷하다. 잘게 이는 물결은 돋아난 소름같이, 그리고 떨고 있는 듯 보였다. 암록색 비취처럼 아름다웠던 여름날의 물빛은 삭막한 청회색으로 변하여 마음에 절망을 안겨준다. 들물이어서 저항이 심한 물살을 거슬러가며 나룻배는 하구 쪽을 향해 내려가고 있다.

며칠 전이었다. 용이는 윤보와 함께 술을 마시었다.

"그리 보고 접으믄 가보라모."

월선이 말을 입 밖에 낸 것도 아니었는데 윤보는 히죽히죽 웃으며 말했다.

"산이 높아서 못 가나, 물이 깊어서 못 가나. 엎어지믄 코 닿을 곳에 사람을 두고 와 못 가노. 우황 든 소맨치로 앓을 것 없거마는."

주모 영산댁이 웃었다.

"계집, 사나아 요절로(용케) 빼썼다. 하는 짓이 꼭 같다 그 말이다. 당일이믄 오고가고 하는 지척인데 만리성을 쌓다 말 가. 나 참, 하는 짓들을 보믄 우섭아서. 혼자 사는 계집이 머 그리 살 기이 있일 기라고 장날이믄 장날마다 나와서."

"지난 장날 나도 만냈단께로."

말하면서 영산댁은 용이 얼굴을 쳐다보았다.

"모두들 편안하시오? 하고 물었겄지. 모두는 머가 모두고. 그만 이서방이 우찌 지내고 있소? 애새끼는 잘 크며 임이네하 고 금슬이 좋으냐고 물어볼 일이제."

"사램이 본시 암되니께(내성적이니까) 그런 게라우."

"계집 사나아 하는 짓들이 모두 와 그렇노? 연기 썬 사람맨 치로. 월선이한테는 최참판네 길상이가 자주 드나드는 모양 인데 그러니께 이곳 소식이야 세세히 알고 있일 기구마. 그래 도 머가 더 알고 접은지 장날이믄 장바닥을 해갈고 댕기믄서,

그렇기 궁금하믄 와서 제 눈으로 보고 가믄 될 거 아니가. 코
벤 죄인도 아니겠고 와 못 오노?"

"곰보 목수는 모를 게라우. 속속들이 맺힌 정을 우찌 알 것
이오?"

"제에기, 모르기는 와 몰라!"

"곰보 목수헌티 반한 여자도 있습디요?"

"그라믄 나를 숫총각으로 알았다 그 말가? 영산댁."

영산댁은 깔깔깔 웃었다.

"그런 정하고는 다르단께로."

용이는 끝내 말없이 그들의 수작을 듣고만 있었다.

나룻배는 화심리 나루터에서 술 취한 사나이, 농부 두 사
람을 싣고 뱃머리를 돌렸다. 용이는 여전히 뱃전에 서서 멀어
지는 마을을 보는 것도 아니면서 그곳에 눈을 던지고 있었다.
노 젓는 소리가 있을 뿐 사람들은 별로 말이 없다. 사공은 이
십이나 되었을까. 성례는 한 모양으로 크다만 상투는 틀었으
나 얼굴은 몹시 앳되다. 선객들은 물어보지 않았지만 햇볕에
그을린 구릿빛 얼굴과 반백의 수염을 흩날리며 평생을 나룻
배와 더불어 살아온 그 늙은 사공이 죽은 것을 알고 있다. 화
심리 나루터에서 탄 술 취한 장돌뱅이풍의 사나이는 배 바닥
에 퍼질러 앉아 방금도 술병을 기울이고 있었다.

"빌어묵을 놈의 세상!"

비틀거리며 일어선 사나이는 뱃전으로 다가가서 솜바지 허

리춤을 내리며 체모 없이 오줌을 갈긴다. 사내들은 눈살을 찌푸리며 외면을 한다. 여자들은 입속말로 욕지거리를 하며 무안스러움을 얼버무린다. 허리춤을 걷어 올린 사내는 취안을 허공에 띄우다가 비실비실 돌아와서 본시 자리에 주질러 앉는다.

"빌어묵을 놈의 세상!"

다시 같은 말을 내뱉는다.

"빌어묵기는커녕 주선(酒仙)이 되겠거마는."

사람을 옆에 두고 혼자 술을 마시는 법이 어디 있느냐고 넌지시 말을 걸어 술 한잔 얻어먹을 생각이 간절하였는데 어느새 술병은 바닥이 나버린 것을 알아차린 봉기는 심통이 나서 핀잔을 준 것이다.

"머라꼬? 주선 되겠다고? 하하하…… 하하핫핫……."

이를 드러내고 크게 웃어젖히는 바람에 사람들이 모두 쳐다본다.

"허파에 바람 안 들어가겠나."

입을 쫑긋쫑긋 내밀며 봉기는 다시 이죽거렸다.

"주선 되겠다고? 그라믄 신선 되겠다 그 말인가 분데 에잇, 빌어묵을!"

느닷없이 사나이는 술병을 집어들고 강물을 향해 집어던진다. 놀라 목을 움츠렸던 봉기는 목을 뽑아 올린다. 말짱한 두루미병을 집어삼킨 강물을 원망스럽게 바라본다.

"돈도 소용없고 집도 소용없고 살림도 소용없고, 흥, 다 뚜디리 팔았구마. 개값으로 팔아치웠다 그 말이구마. 보소."

사나이는 봉기에게 덤빌 듯이 삿대질을 한다.

"내가 던진 술벵이 아깝다 그 말이오? 오빼미(올빼미)겉이 그 눔우 눈 몽창시리도(무척) 크다."

"별 희한한 소리를 다 듣겄다. 아 남우 술벵을 내가 아깝아 할 거는 머 있이꼬."

"맞소! 맞거마는 내 살림 내가 떡을 치는데 말할 사램이 어디 있겄소. 내 살림 내가 떡을 치는데 조상도 말 못할 기구마. 썩어죽을 놈의 조상! 묏구덕을 파든지, 제기."

하다가 사나이는,

"마누라가 있다 말가 자식이 있다 말가. 혈혈단신, 솥단지 걸어놓고 야장스리(서글프게) 살림할 것도 없고 내 그래서 떡을 쳤구마. 개값으로 뚜디리 팔고 한잔 묵었다 그 말이오. 흥 신선이 되어간다믄 오직이나 좋으까?"

사나이는 배 안을 둘러보며 오죽이나 좋을까 보냐고 넋 빠진 사람같이 되풀이 말하였으나 사람들은 관심이 없고 우울하게 강물만 바라보고 있었다.

"지난가슬에 장삿길에서 돌아오니께로 마누라 아들놈이 뒤지고 없더마. 집은 텅텅 비어 있고 날 맞아줄 사람이 아무도 없더마."

사나이는 입술을 실룩거리며 울기 시작했다. 역시 무관심

하게 강물만 바라볼 뿐 사나이 말에 귀를 기울이는 사람은
별로 없었다. 지난가을 곳곳에서 창궐했던 호열자로 말미암
아 식구를 잃은 사람은 비단 이 사나이만은 아니었다. 전쟁
터에서 송장 보고 놀라는 사람이 없듯이 액병이 떼지어서 몰
고 간 죽음의 그 흔한 후문(後聞)쯤 대단할 것이 없었다.

"장에 가도 머 살 기이 있겠나?"

영팔이 용이에게 말하며 뱃전에다 대고 곰방대를 두드린
다. 곰방대의 물부리를 훅훅 불어보고 몇 번 빨아보고 하더니
허리춤에 찌른다.

"대목장인데 와 없일라고. 금탕값이겠지마는."

용이 대꾸해준다.

"자반개기는 한 마리 사얄 긴데……."

중얼거리는 영팔이 얼굴에 소름이 돋아나고 낯빛은 푸르딩
딩했다.

"어디 한두 사램이 죽었이야 말이제. 골골마다 홀애비 과부
가 수두룩할 기거마는. 그 흔한 과부 하나 얻으믄 될 긴데 집
이고 살림이고 와 개값으로 팔았이꼬?"

역시 봉기 말에 동의하는 사람은 없고,

"단대목인데 이래가지고는 설을 쇠겄나. 예년 같으믄."
하며 딴전을 피운다.

"그러세…… 나릿선을 못 탄 장꾼들이 육로로 끼억끼억 들
어갈 긴데 개미 한 마리 안 보이네."

아닌 게 아니라 강에서 바라보이는 길에는 소달구지 하나, 나귀 한 마리 지나가는 것을 볼 수 없다.

"얻어묵을 구신(귀신)이사 많아졌지마는, 빌어묵을, 나부텀도 찬물 떠놓고 말까 싶었지. 구신이고 조상이고 따지고 보믄 산 사람을 위해 있는 거 아니가. 이리 못 살게 됐는데 걸게 차린 제상을 무신 염치로 받을 기든고?"

"하기사 못된 것은 모도 조상 탓이라 하니께."

그런 뒤 배 안은 다시 잠잠해졌다. 섣달그믐이 바싹 다가선 하늘은 빙하같이 딱딱하고 매끄러울 것 같고 잔가지를 흔들어줄 정도의 바람은 냉기 때문에 날카롭다. 노 젓는 소리가 들릴 뿐이다.

읍내 나루터에 배가 닿자 사공은 방천에 박혀 있는 말뚝에 벌이줄을 묶어놓고 뭍에 산판을 걸친다. 사람들은 자기 물건을 챙겨들고 장터를 향해 걸음을 옮긴다. 그들 속에 섞여 영팔이, 용이가 나란히 걸어간다. 두 사나이의 키는 엇비슷했다. 얼굴은 무쪽같이 길고 못생겼으나 영팔의 체격은 탄탄하고 장대하여 풍신이 좋은 용이와 더불어 사람들 속에 두드러져 보인다. 솜 고의 저고리에 갓도 망건도 없이 굵은 무명 수건으로 상투머리를 동여매었으면서도 위풍이 당당하다. 불룩한 배를 앞세우고 자못 호기에 차서 걸어오던 땅딸막한 말단 관원 하나가 이들 두 사나이를 보고 매우 불유쾌한 듯 눈살을 찌푸린다.

"세상에 사람겉이 미련하고 간장이 질긴 기이 또 있이까."

영팔이 중얼거렸다. 용이는 잠자코 걸음을 함께할 뿐이다.

"미련하기만 한가? 또 얼매나 간사스런 기이 사램이라고. 땅을 치믄서 통곡을 하다가도 끼니때가 되믄 입에 밥이 들어가니께. 저기 보라모. 살겄다고 모두 이고 지고 부지런히 가고 있는 장꾼들 보라니께. 참말이지 사는 기이 머엇인고 모르겄구마."

"……"

"죄 있는 놈이 벼락 맞는다는 것도 생판 거짓말이다. 이분에 변을 당한 사람들만 보더라도, 곰곰이 생각해보니께 그럴 수가 없다 그말이구마. 하누님 맘이 일월겉이 사람으 사는 꼴을 비쳤이믄 그럴 수가 있겄나?"

"……"

"하기야 사람 사는 기이 어디 이치에 꼭꼭 들어맞더라고? 몹쓸 짓 많이 하는 사람일수록 남으 눈물로 잘 살고 허기진 사람은 손에 쥔 밥 한 덩이를 빼앗기어도 일어서서 싸울 힘이 없이니께로, 손발이 닳도록 빌어도 무상(무정)한 거는 하누님이라."

용이 귀에 영팔의 목소리는 먼 곳에서 들려왔다. 대신,

'이놈아, 우찌 그리 사나자식이 단이 없노. 부모가 만내준 가숙은 벵이 들어 죽었이니 할 수 없고 지사 무신 짓을 했던지 간에 자식 낳아준 제집인데 그거를 버리겄나? 모두 팔자

다. 니가 몸부림을 친다고 머가 달라지겠나? 이 구비를 한분 돌리봐라. 그라믄 사램이 사는 기이 벨거 아니네라, 그거를 깨달을 기다.'

모친의 꾸짖는 목소리가 들려오는 것이었다.

'읍내에 내가 왔다고 월선이를 꼭 만낼 것도 아니겄고 또 무신 염치로 만낼 기며 할 말인들 있겄십니까.'

'그라믄 니 가심이 와 그리 뛰노? 나는 니 맴을 못 믿고 있는 기다. 그래도 조상이 나를 돌봤이니께 이분에는 죽지도 않았고 자손도 얻은 거 아니가. 이씨네 집이 문을 안 닫게 된 것만도 고맙는데 무신 딴생각을 하노 말이다. 월선이하고 또 상관을 하믄 자손에 해롭을 것을 우찌 모리노?'

'그 말 마소, 오매. 그 말 마소!'

몸이 휘청거렸다. 눈앞에 월선이 걸어오고 있었다. 그러나 그것은 착각이었다. 착각은 한 번에서 그치지 않았다. 사방에서 용이를 향해 걸어오는 모습은 모두 월선이었다. 치마를 두른 여인들은 하나같이 월선이로 보이는 것이다. 용이는 눈등을 주먹으로 비빈다. 얼굴을 들었을 때 찌푸린 하늘에 연 하나가 떠 있었다. 사람들이 와글거리고 있었다. 다투는 목소리가 귀에 흘러들어왔다. 얼음조각같이 떠 있는 연에서 눈을 떨어뜨렸을 때 죽장수 노파의 곰보 얼굴, 하부죽한 입술 위에 콧물이 흐르고 있는 것이 눈에 띄었다. 지게를 받쳐놓고 나무꾼은 죽을 먹고 있었다. 움푹움푹 패어 들어간 윤보의 곰보 얼굴이 죽장수 노파 얼굴 대신 히죽히죽 웃고 있었다. 주막에서 핀잔을 주던 그 얼굴이다.

'이놈아, 용아! 제사장, 핑계가 좋고나. 진작 그럴 일이제.' 하는 것 같다.

"허해서 그런가? 와 없는 사람이 눈앞에 자꾸 밟힐꼬?"

저도 모르게 중얼거렸다.

"뭐라꼬?"

못 알아들은 영팔이 되묻는다.

"아, 아무것도 아니구마."

용이로서는 월선이 돌아왔다는 소문을 들은 후, 그러니까 지난 초가을 강청댁 약을 지으러 온 일이 한 번 있었을 뿐 장에 나오기는 오늘이 처음이다.

'먼발치서 얼굴이라도 한번 봤이믄……'

틀림없이 월선이를 만날 것이다. 용이는 그것을 알고 있다. 집을 나설 때부터, 아니 장에 가리라 마음을 먹은 순간부터, 지난밤에는 잠을 자지 못하였고 장날과 월선이를 떼어놓고 생각할 수는 없다. 임이네가 긴장한 것도 그 때문이며 아이를 안고 젖을 물린 채 코를 홀짝거리며 아이의 존재를 무언중 과시하려 했던 것도 그 때문이다.

농부들은 들일에 자기 아낙을 내어놓기는 하나 장에 내보내는 일은 지극히 드물다. 그런 만큼 걸식하다시피 장바닥을 쏘다니던 전력(前歷)은 전력이고 이제 어엿한 용이 아낙이 된 이상 임이네는 월선이를 만날 것을 뻔히 알면서도 남편 대신 제사장을 보아 오겠노라 하며 나설 수는 없는 일이었다. 용이는 등잔불 밑에 젖을 문 채 잠든 아이를 안고 있는 임이네를 아무 인연도 없는 남같이 바라보면서 그 품 안에 있는 자기 핏줄까지 자신과는 아무 상관도 없는, 어쩌다가 세상에 태어났을 목숨이거니 생각하며 잠을 이룰 수 없었던 것이다.

건어전 앞에까지 온 영팔이는 슬며시 뒤졌다. 용이는 그것도 모르고 사뭇 걷고 있었다. 양켠에 늘어선 노천이나 좌판에 쌓인 물건에 눈을 주는 일도 없이. 영팔이는 한동안 용이 뒷모습을 바라보다가 마른 가자미 한 두름을 들어보며 임자에게 얼마냐고 묻는다. 실상 월선이는 나루터에서 용이를 보았다.

'설마 설장에도 안 올라고? 찬물 떠놓고 제사 지내지는 않을 긴데.'

아침부터 월선이는 나루터에 나가서 서성거렸다. 나룻배가 들어오는 것을 보자 그는 무더기로 쌓아 올려놓은 방천가 나뭇단 뒤에 몸을 숨겼다. 숨어서 용이 영팔이와 함께 장터를 향해 가는 것을 보았다. 그러나 월선이는 그들을 뒤쫓지 않고 마치 길 잃은 사람처럼 방천가에서 헤매다가,

'아들 낳고 사는 사람을 내, 내가 만내믄 머할 것고.'

주먹을 쥐고 자기 가슴을 쥐어박으며 월선이는 집을 향해 달음박질을 쳤다.

'생각이 있이믄 날 찾아오겠지.'

그러나 그것은 절망에 가까운 기대였다. 다시 방향을 바꾸어 나루터로 달려나왔다.

"자꾸 왔다 갔다 해쌓아도 어디 그리 싼 나무가 있일 기라고, 그만 내 나무 사소, 야?"

솔가지 몇 단을 얹은 지게를 받쳐놓고 손님을 기다리고 있던 나무꾼이 월선이를 보고 말했다.

"아, 아니오."

하는데 마치 나무꾼이 나무라기라도 한 듯 월선이 눈에 눈물이 그렁그렁 고인다.

'아들 낳고 사는 사람을 내, 내가 우짤 기라고 만내서 무신 할 말이 있일 기라고.'

그러나 발길은 어느덧 장터로 향하고 있었으며 잡답(雜沓) 속으로 들어섰다. 월선의 얼굴은 시시로 변했다. 입술은 푸르스름했고 떨고 있었다. 눈은 구슬을 끼운 듯 움직일 줄 몰랐다. 양 볼을 감싼 흰 명주 수건 사이로 비어져 나온 머리칼이 바람에 나부낀다.

용이와 월선이 부딪친 곳은 싸전 근처였다. 남녀가 말을 잃고 쳐다본다. 용이 먼저 눈을 내리깐다.

"오래간만이네."

눈을 내리깐 채 쓸쓸하게 웃는다. 말을 할 듯 할 듯 하다가 그러나 월선의 입술은 떨고 있을 뿐이었다.

"지금은 어디, 무엇을,"

하고 있느냐는 것이겠는데 몰라서 묻는 말은 아니었다.

"하는 일 없이…… 그, 그냥 살고 있소."

입술이 떨려서인지 긴 말을 못한다. 모두 다 편안하시오,
했을 것을 월선이는 그 말을 잊어버렸다.

"우리."

하다가 용이는 다시 한참 만에,

"어디 좀 가서."

그 말도 끝내지 못하고 용이는 주변을 두리번거렸다. 경계
를 해서라기보다 그는 그 자신이 어디쯤 와서 서 있었는지 그
것을 알지 못했던 것이다. 싸전 앞에 서 있던 젊은 사나이가
빤히 쳐다본다. 용이는 몸을 돌렸다. 한 손에 빈 망태를 들고
느릿느릿 걷기 시작한다. 월선이도 느릿느릿 걷기 시작했다.
무작정, 그러나 그들은 마치 한 줄기 운명의 줄을 따라가듯이
용이는 앞서가고 월선이는 사나이의 넓은 등을 바라보며 따
라가는 것이다. 마을의 한조가 그들을 외면하며 지나갔다. 시
끄러운 장터를 빠져나왔다. 대장간 앞도 지났다. 장터의 소음
이 꿈결같이 멀어져갔다. 듬성듬성 잡목이 있는 곳이었다. 가
랑잎이 군데군데 뒹굴고 있었다. 겨울의 햇빛은 살얼음같이
가냘픈 것이기는 했으나 나뭇잎을 다 떨어낸 밋밋한 잡목은
햇볕을 크게 방해하지는 않았다. 한 번 뒤돌아본 용이는 잔
디 있는 곳에 가서 앉았다. 본시 풍신이 좋아서 그렇지 밋밋
한 나뭇가지의 엷은 그늘을 받고 앉은 용이의 얼굴은 몹시 허

약해 보였다. 지난가을 병을 앓은 뒤 회복이 충분하지 못했던 모양이다.

"칩겄는데……."

옆에 와서 앉질 못하고 마주 서서 쳐다보는 월선의 눈길이 부셨던지 용이 눈을 깜박거린다.

"칩겄는데……."

"칩지 않소."

용이는 앉으라는 말도 잊고 멀리 있는 둑길을 바라본다.

"용케 살았구마…… 용케……."

"멩이 길어서, 세월도 길고."

"천행이다."

별안간 용이 얼굴은 붉게 상기되었다. 눈알도 벌겋게 물들었다. 터져 나오려는 것을 누르듯이 어금니를 다무는가, 관골이 흔들렸다.

"참판님댁 마님께서 돌아가신 것도 알겄구마."

"야."

"봉순어매도 죽었지."

"알고 있소."

말이 끊기었다. 그들은 다 같이 강청댁이 죽었다는 것을 생각했던 것이다.

"아, 앉지."

"야."

용이와 떨어져서 월선이는 쭈그리고 앉는다.

"아들을 낳았다 카지요."

"……."

"어무니가 살아 기셨으믄 얼매나 좋아하싰겄소."

"……."

"자식 없는 집에 멧상 들 자손을 낳아주었으니."

월선의 목이 메인다.

"니, 니는……."

"……."

"우리 어매를 원망 안 하나?"

월선이는 겁에 질린 눈으로 용이를 본다. 용이는 월선의 눈길을 느끼면서 고개를 돌리지 않았다. 얼핏 보았을 때는 허약하게만 보이던 용이 낯빛은 부황증에 걸린 것처럼 누리끼했다. 옆모습이어서 귀 언저리에 모인 잔주름도 똑똑히 볼 수 있었다.

"원망을 할 처지라야지요. 어느 누가 무당하고 사돈 맺기를 원하겠소."

"나는 원망을 했다."

"……."

"기찹은 농사꾼이 망하믄 얼매나 망하겄소 함서, 신발은 발에 맞아야 한다고 함서 원망을 했다."

둑길에 달구지가 지나가는 것을 볼 수 있었다.

"우찌 니는 그리 원망이 없노. 나를 야속다 생각했겄지."

"아니요."

"어째서?"

"무당의 자식이 우찌 남과 같이 살기를 바라겄소. 살아서 이, 이렇게 만내는 것만도."

하다가 월선이는 그예 울음을 터뜨리고 말았다. 월선이 우는 동안 용이는 둑길 쪽만 바라보고 있었다.

'니 울음이 원망이다! 창자를 끊는 그 울음이 원망 아니고 머겄노.'

"그동안 어디 가서 있었노."

역시 몰라서 묻는 말은 아니었다.

"먼 데 가 있었소."

손등으로 눈물을 닦으며 대꾸했다.

"먼 데……."

"저어기, 간도에 가 있었소."

"간도……."

"야."

"거기는 대국땅 아니가?"

"꼭히 대국땅은 아니라 카더마요. 우리 조선사람이 많이 살고 있소."

"……."

"멋이든지 해묵고 살겄더마는, 인심도 후하더마는 오고 접어서.”

“강원도 삼장시는,”

입을 떼어놓고 용이는 눈을 감는다. 부끄러웠던 것이다.
강원도 삼장수는 실상 월선이 삼촌뻘이 되는 사람이라는 말
을 윤보한테 들어 알고 있었다. 그러나 방물장수 노파가 들
려준 말을 잊질 못한다. 자신은 임이네에게 아이까지 낳게
했으면서도 미묘해지는 감정을 억제할 수 없었다. 월선이 생
활의 걱정 없이 살고 있다는 소문도 의혹을 갖게 했으며 그것
을 생각할 때마다 용이는 감정이 격해지는 것을 막을 수 없었
고 또한 자기 자신을 한없이 비웃기도 했던 것이다.

“삼촌이오. 어릴 적에 한분 만낸 일이 있었소. 우연하게 다
시 만나게 돼서 따라갔소.”

“그라믄 그곳에서는 머를 하고.”

“숙모하고 국밥장시를 했소.”

“숙모하고…….”

더 이상 물어볼 염치도 없었거니와 숙모하고 하는 말이 마
음을 얼마간 편하게 해주기는 했었다. 용이는 눈을 들어 나무
위를 올려다본다. 바람이 지나간다. 나뭇가지가 흔들리고 월
선의 흰 명주 수건이 나부낀다.

‘그리 험한 꼴을 당했이믄서도 사람우 맴이란, 우찌 이리 끝
이 없는 길까.’

다시 부끄러움을 느낀다.

월선이는 두툼하게 솜을 둔 용이 버선발을 내려다보고 있다.

'임이네가 집었겄지. 토란겉이…… 발이 얼지 않게 솜을 많이 두고.'

월선이는 벌떡 일어섰다. 가슴이 두근두근 뛰었던 것이다. 의아스럽게 용이 쳐다본다.

'아아, 내가 무신 소용고. 법으로 만낸 사람이 제일이고 이 자는 자식 낳아준 사람이 제일 아니가.'

도로 주질러 앉는다. 용이처럼 둑길에 눈을 보낸다.

'그런 생각하믄 벌 받는다. 지난가슬에 죽었이믄 이리 서로 만나볼 수 있었겄나. 내 박복을 한탄하지 누굴 원망하겄노. 이렇게 살라는 팔자라믄……'

눈은 다시 용이 버선으로 옮겨졌다. 햇볕이 좀 두터워졌는가 한결 밝은 햇살이 버선등에 기어오르고 있었다.

"다음에…… 다음에 니를 찾아가꺼마. 괜찮겄제?"

용이는 결단이라도 내린 듯 자리에서 일어섰다.

7장 주막에서 만난 늙은이

서울서 머물면서 꽤 여러 날을 보낸 이동진은 여장을 챙겨 남쪽을 향해 길을 떠났다. 종자(從者) 한 사람 없이 세마(貰馬)

를 타고. 눈이 녹기 시작하는, 어디선가 얼음이 깨어지는 소리가 들려오는 것 같은, 연봉(連峯)에는 구름이 걸려 있다. 해마다 맞는 봄이지만 이동진은 이같은 초봄이 좋았다. 더욱이 오래간만에 보는 눈에 익은 산천이 잠들어 있었던 게 아니었고 몸을 일으키며 힘찬 입김을 뿜어내는 것만 같은 사방의 기척은 심신 모두가 피로해 있는 이동진에게 위안이 되었다. 멀리 노령(露嶺) 연추(煙秋)에서 떠날 때는 고향에 들를 계획은 없었다. 그렇다고 시각을 지체해서는 안 될 화급한 여정도 아니어서 사당에 참배하고 일가 문중의 안부도 알아볼 겸 귀향을 작정했던 것이다. 거년 호열자의 창궐로 많은 인명이 상하였다는 그간의 소식을 몰랐던 것은 아니나 오 년의 세월은 하는 일 없이 황망하였으며 그에게는 매우 어려운 시련의 시기였으므로 자연 가족을 생각할 겨를이 없었고 한편 본시의 성미도 그러하거니와 처성자옥(妻城子獄)을 운운하는 자는 상종할 위인이 못된다는 꼬장꼬장한 어른들의 훈도를 받아온 터이어서 집안일을 염두에 둔 적은 거의 없었다.

노령 연추에서의 생활은 이동진의 생애에서 가장 큰 환경의 변화였었다. 연해주(沿海州)는 국경에 가까운 곳이며 조선에서 이민해 간 겨레들이 많이 살고 있었다. 그렇다고는 하지만 남의 나라, 여러 민족들이 잡거하되 백인종의 땅인 것은 틀림없고 오랜 세월을 조선과는 거의 접촉이나 교류를 꾀한 일조차 없이 생활권은 차단된 채 전혀 이질(異質)의 문화와

종교와 역사를 가진 땅으로서 비록 연해주가 그 나라에서는 망각된 시베리아 일부에 지나지 않는다 하더라도 동양과 서양에 걸쳐 국토나 국력이 비할 수 없이 막강한 제정 러시아의 영토인 것이다. 사철이 음산한 바람과 빛깔에 덮여 있는 것 같았고 두텁고 무거운 외투 자락과 털모자와 썰매의 북국(北國)에서 이동진은 그네들의 문물제도를 착잡한 마음으로 바라보았다. 바라보면서 생각한 것은 겨울 여름이 다 온유하게 지나가는 고향땅, 철 따라서 물빛이 변하는 아름다운 섬진강 백사장의 솔내음 실은 바람은 아니었다. 능소화가 담장 옆에 피어 있던 최참판댁 사랑에서 최치수와 담소하며 두견주를 마시던 광경도 아니었다. 뜨락에서 싸락눈같이 떨어진 감꽃을 줍고 있는 어린 아들 형제의 모습도 아니었다. 외줄기 가늘디가는 황톳길에 흙먼지를 날리며 가난한 등짐장수가 지나가던 땅, 척박한 포전(圃田)을 쪼는 농민들이 살고 있는 그 땅덩어리가 가지는 의미였던 것이다. 국호(國號)는 비대해져서 대한제국(大韓帝國)이요 왕은 황제로, 왕세자는 황태자로 승격한 동방의 조그마한 반도를, 어마어마한 현판 뒤에서 찌그러져가고 있는 초옥과 다름없는 나라의 주권(主權)을 생각했던 것이다. 그러나 그런 시초의 생각들은 조선에 있었을 때의 상태와 별반 큰 차이가 있었던 것은 아니었다. 고국에 있을 때 그는 그 나름대로 시국을 판단하고 앞일을 근심했으면서도 나라의 수난이 이동진 개인의 비극으로서 밀착해오지 않았던 것만은 사실이다. 물론 그것에는 중앙 정치무대에서 소외되어 있었고 의식에 마음 쓰는 일 없이 어느 정도 유유자적할 수 있었던 처지와 신분에도 원인이 있었을 것이며 선비로서 또 남아장부로서 조급함을 금하고 도량과 여유를 잃어서는 안 된다는 마음 자세가 이유이기도 했을 것이다. 그러나 근본에서 국가에 대한 충의심에 무비판이었다는 것, 유교를 바탕한 근왕(勤王) 정신이 굳어버린 관념으로 되어버린, 그것은 비단 이동진뿐만 아니라 전반적인 양반계급의 생활태도, 정신적 주축이기도 했었지만, 그 탓이었을 것이다. 그러나 간도에서 연해주 방면으로 방황하는 동안 차츰 국가의 운명이 자기 개인의 문제와 밀착해서 이동진을 어지러운 수렁 속으로 밀어 넣기 시작했다. 자기 자신은 무엇이며 겨레란 또 무엇이며 국토란 무엇인가 하고 자신과 연대되는 대상을 향한 감정을 캐보기에 이르렀다. 그는 냉혹하게 국가와 황실을 새로운 각도에서 인식하려 했다. 시베리아 벌판에 우뚝 선 자기 그림자, 한 인간의 모습을 처음 만난 듯싶었고 군주의 권좌의 부당성을 깨달았다. 국가나 민족의 관념도 무너지는 것을 느꼈다. 그것은 불행한 이성, 그 불행한 이성이 마음속에 터전을 잡으려 했을 때 그러나 감정은 창(槍)을 들고 일어서서 아우성을 치며 반란을 일으키는 것이었다.

강토와 군주와 민족에 대한, 오백 년 세월 유교에서 연유된 윤리, 그 윤리감은 또 얼마나 끈덕진 것이었던가. 본시 이성에서 출발하여 오늘날 굳은 감정으로 화해버린 그 윤리 도덕을 이동진은 한번 거역해보고 싶었다. 어떤 것에도 예속되는 것을 원치 않았으며 가치의 허실을 맹렬히 통박하며 천 근이나 되는 무게의 무위(無爲) 속으로 잠적(潛迹)한 최치수의—이동진은 아직 최치수의 죽음을 모르고 있었다—전철을 밟느냐, 아니면 이리 떼 속에 스스로 몸을 던져 무리 속의 한 마리 이리가 되어 현실의 야망에다 몸을 살라버리느냐, 그것은 물론 모든 사태가 비관적이라는 데 대한 절망의 몸부림이기는 했다. 나이 사십을 바라보는 지경에 와서 이동진은 자신이 최치수가 이십 대에 치러야 했었던 번민의 함정에 빠진 것을 깨닫고 스스로 비웃었던 것이다. 낯선 산야와 인종들 속에 초라한 자기 모습을 내려다보며 한낱 과객에 불과하다는 것을 깨닫고 역시 비웃었던 것이다. 결국 그는 서재인(書齋人)도 못 되고 행동하는 의인(義人)도 못 된다는, 보다 가혹한 자신에 대한 판단을 내리지 않을 수 없었다.

'내가 할 일이 무엇이냐. 그래도 나는 나를 일개 범부로는 생각지 않았었다. 석운이 그랬겠다? 열전에 이름을 남기기 위해서지 뭐겠나. 자넨 사내대장부라는 말을 매우 귀히 여기는 사람이니. 내가 떠날 때 그런 말을 했었지.'

실의에 빠졌던 이동진을 그 자포에서 구해준 사람은 러시아 군대의 어용상인(御用商人)으로 연추에서 막대한 자산을 모은 최재형(崔在亨) 그 사람이었다. 이동진은 이 년 가까운 기간 최재형

집에 기식하면서 그의 사람됨을 깊이 관찰할 수 있었는데 이동진 눈에는 아주 희귀한 존재로 비쳤던 것이다. 십 세 미만에 가난한 부모를 따라 시베리아로 이민 와서 그 풍습에 젖으며 생장한 탓이었는지도 모른다. 그럼에도 그 영혼에 담겨 있는 조국에 대한 사랑이 누구보다 순결한 때문인지도 모른다. 매우 희귀한 존재라 해서 외모나 생각이 출중했다는 것은 아니었고 오히려 서민들 사회에서 흔히 볼 수 있는 사람이었다. 깐깐하고 성실하며 이재(理財)에 밝은 전형적인 상인으로서 군병 기백을 거느리고 구국투쟁을 소리 높이 외치는 무골의 기상도 없었고 유학사상에 찌든 오만한 선비들의 비분강개도 없었다.

특이한 개성을 풍겼던 것도 아니었다. 성실과 상재(商才) 하나로 이역에서 십여 만의 자산을 모은 만큼 갖은 신산을 맛보았을 것을 짐작할 수 있었고 그 경험 탓인지 생각은 치밀하며 자기 응분의 능력을 감안하여 연해주 일대에 흩어져 있는 교포들을 도우면서도 결코 장자풍(長者風)을 뽐내는 일도 없었다.

"이선생."

간혹 아들의 공부를 돌보아준대서 그랬던지 최재형은 늘 이동진을 이선생이라 불렀다. 나이로는 그가 일곱 살 위인 올해 마흔여섯이었다.

"어윤중(魚允中) 그 양반 아까운 분이었소. 이십 년이 넘었구면. 서북경략사(西北經略使)로 있을 때 말이오. 그때 청나라 정부에서 도문강(圖們江) 동북에 있는 조선사람들을 쫓아내려 했었거든. 그래서 어윤중이 그 양반이 종성(鐘城)의 사람 김우식 (金禹軾)을 시켜서 백두산을 탐색하게 하고 정계비(定界碑)를 찾았는데 정계비가 있는 곳은 도문강이 아니요 토문강(土門江)이었더란 말이오. 그 강은 북쪽으로 흘러서 송화강(松花江)으로 빠지거든. 그러니 청나라 사람들 말문이 막혀버린 게요."

최재형은 그런 말을 하면서 빙그레 웃었다.

"나라의 고방이 그득그득 차 있어야 싸움도 할 수 있고 새로운 무기도 사들일 수 있고…… 어윤중이 그 양반은 착실한 살림꾼이었는데 백성들한테 맞아 죽다니, 그 양반 친일할 사람도 아니고 친로할 사람도 아니고 청나라하고 손잡을 사람도 아니요. 나라에 이득이 된다면 누구하고도 친할 수 있는 그런 사람 아니겠소. 그걸 백성들이 알아야 하는데……."

혼잣말같이 뇐 일이 있었다. 그의 조국에 대한 사랑은 원시적인 것이었다. 객지에 나간 자식이 집을 생각듯 나라를 생각했고 고향 집의 식구들을 생각듯 겨레를 생각했다. 러시아에 국적을 두고 그 나라 지방 관청의 도헌(都憲)으로서 녹을 먹으며 황제로부터 수차 훈장을 받은 몸이지만 아무 혜택도 받은 일이 없는 헐벗은 조국에의 충성은 이재에 밝은 냉철한 두뇌의 소유자로서 상상키 어려울 만큼 순수한 것이었다. 그가 어윤중에 관심을 가지는 까닭도 아마 자신이 가진 양면과 유사한 것을 발견한 때문이 아니었을까. 해외에 거주해 있는 만큼 세계 대세에도 일가견은 있어 국내의 수구파를 암적 존재로 보는 최재형이었으나 거유(巨儒)로서 학구에 몸을 바쳤어도 욕이 되지 않았을 생애를 버리고 일제에 항쟁하여 일어선 의암 유인석에 대해서만은 깊은 경의를 표하는 것 같았다. 이상하게 고향에 있는 문의원을 연상하게 하는 최재형을 통하여 이동진은 자신이 범부가 아니라는 생각, 범부에 지나지 않음을 깨닫고 자포했던 자기 자신을 부끄럽게 생각하게 되었다. 탁상공론의 선비들 구습을 부끄럽게 생각하고 관념의 미망(迷妄)에 빠졌던 것을 부끄럽게 생각했던 것이다. 그리고 순박한 근본을 깨달음으로써 한 민족의 수난이 한 개인에게 뜨겁게 밀착되어온 것을 비로소 실감하기에 이르렀던 것이다.

한강을 건너서 몇 마장인가 지났을 때,

'집안 식구들 중에 누가 죽었을지도 모를 일이군.'

이동진은 문득 불안을 느낀다. 아내보다 아들 형제 생각이 먼저 났다.

'그곳에 한번 가볼 걸 그랬었나?'

최참판댁 김서방이 서울에 올라오면 늘 묵게 되는 객줏집이 있었다. 그곳에 들렀더라면 혹 고향의 소식을 들을 수 있었을는지 모르기 때문이다. 김서방뿐만 아니라 하동 방면을 드나드는 보부상들도 유숙하는 곳이다. 보부상들은 그들이 드나드는 지방 사정에 소상할 뿐만 아니라 모모한 집안형편에 대해서도 아는 것이 많았다. 때로는 서울과의 서신 연락을 취해주기도 하고 대가댁에서 대사에 임하여 특히 지방에서

구할 수 없는 물건을 그네들에게 부탁하여 서울서 가져오게
도 했으니.

'어차피 뭔가가 잘못되었다면 이미 잘못된 일이니 생각할
것 없고.'

불안을 떨어버린 이동진은 마침 주막이 눈에 띄었으므로
말을 멈추게 했다. 주막 안에는 농부 두 사람과 늙수그레한
나그네 한 사람이 술을 마시고 있었다.

"어서 오세요."

주모는 들어서는 이동진을 보고 말했다.

농부와 나그네도 돌아보았다. 실속 없는 향반으로 짐작했
는지 경계를 나타내지 않고 본시대로 돌아간다.

"한번 망조가 들려면 할 수 없는 게야. 운수만은 방망이로
막을 수 없는 거*니까."

"욕심이 사람 잡지. 그냥 국으로 있었으면 오늘날 저 지경
은 안 됐을 텐데 말이야."

"왜 아니래."

농부들의 대화였다.

"장서방네 얘기구먼."

하고 주모가 끼어들었다.

"개명바람 타고서 전답 팔아 큰 칼 한번 차볼 판인데 그만,
농사나 지을 것이지 무슨 놈의 순검은,"

하다가 이동진의 나무라는 듯한 눈을 보자 주모는 얼른 술판

을 닦는다. 대신 나그네가,

"그래 순검을 못 샀다 그 말인가?"

흑노(黑奴)같이 검게 탄 얼굴에 망가진 삼올 같은 수염을 쓰다듬으며 점잔을 빼고 농부에게 말을 건다.

"사기는 어디서 삽니까? 절 모르고 시주한 게지요."

"허허, 어리석은 짓을. 그래 얼마를 냈는고?"

"삼백 냥이라던가요?"

"삼백 냥이라…… 수령 자리 하나가 만 냥이 넘는다고 들었는데 그것도 돈을 바치고도 욕을 보는 판국이니 삼백 냥쯤이야 뭐 대단할 것도 없네."

"그런 말씀 마십시오. 양반님네 만 냥보다 상놈들 삼백 냥이 더 무서운 돈 아닙니까요?"

"그렇기는 하지. 허나 그 무서운 돈을 내어놓은 놈이 잘못 아니겠나? 돈을 내고 벼슬을 사다니 망국 풍조야. 뭐 순검 따위 벼슬이랄 것도 없지만 상놈들까지 그 지경으로 놀아나니 어찌 나라가 안 망하겠나."

나그네는 안주를 지분지분 집어먹는다. 상민이 아님은 분명하나 돌팔이 의원 같기도 하고 그야말로 폐포파립(敝袍破笠)의 행색은 말이 아니었다. 불우하고 늙은 탓인지 눈까풀이 처져내린 눈은 교활하고 심술궂게도 보였다.

"망국 풍조나 뭐나 그 사람도 알거지가 됐지요."

늙은이에게 경의를 표하는 기색도 없이 주모는 뇌까리듯

말했다.

"알거지만 됐다면 좋게?"

"한 번 속았으면 거울 삼아서 정신을 차려야 하는 건데, 사람이란 어쩐지 그러질 못하는 모양이더군."

"투전판에서도 그렇지 않던가? 돈을 잃었으면 그것으로 끝장을 내야 할 텐데 잃은 것 되찾을 욕심으로 집까지 잡히는 걸 보면, 장서방도 그 꼴 난 거지 뭐."

농부들끼리의 얘기였다. 나그네는 세상일에 무던히 관심이 많은 모양이다. 또다시 물었다.

"그것은 또 왜? 다시 무슨 일을 저질렀는가?"

"하나 있는 딸자식 신세까지 망쳐놨으니 그렇지요. 어디 그뿐이겠소?"

"신세를 망쳐……."

"부잣집 소실로 들여보낸다는 것이 중매쟁이 말에 속은 거지요. 잃은 땅이나 찾을까 싶어 서둘러 그랬던 모양인데 나중에 알고 보니 그것도 아니고 서울서 갈보집에 팔아먹고 중매쟁이놈은 삼십육계를 놨다는 거 아니겠소. 근본도 모르고 어디 사는지도 모르고 딸을 내어주다니. 생판 날도둑놈이었다 말씀이오. 딸애가 곱상한 게 인물이 좋았지요. 그래 그애 어멈은 중이 된다면서 종적을 감추었으니, 젊지도 않은 나이에 재물 잃고 사람 잃고 저러다가 환장된 마음에 화적질이나 안 할는지 모르겠소. 하여간에 눈 없으면 코 베 갈 세상이란 말

씁이오."

"눈이 있어도 코를 베 가는 세상이야."

"못산다 못산다 해도 지금까지 어디 그런 악풍은 있었습니까?"

"왜 없어, 허다하게 있는 일이야."

"아무리 허다하기로, 김선달이 대동강 물 팔아먹었다는 말은 들었지만."

"그놈의 순검이 유죄인데, 나 며칠 전에 서울서 그놈의 순검 놈을 찢어 죽이려다 그만두었지."

나그네는 어흠 하고 기침을 했다.

"왜요?"

"짐꾼하고 왜놈이 대로에서 시비가 붙은 게야. 왜놈의 짐을 져다준 모양인데 짐꾼 말로는 품삯 안 준다는 게고 왜놈 말로는 짐을 지울 때 삯을 주었다는 게고. 어느 놈의 말이 참말인지 알 수는 없으나, 그것은 그렇다 치고 왜놈이 덤벼들어 짐꾼을 두들겨패지 않겠어? 알아듣지도 못하는 소리를 고래고래 지르면서. 구경꾼들이 모여들었지. 한데 난데없이 순검 한 놈이 사람들을 헤치고 들어왔다 그 말이야. 설마한들 때리는 왜놈을 말렸으면 말렸지 합세를 할 줄이야. 처음부터 수작이 글러먹었어. 굽실굽실하더니만 영문도 모르고 덩달아서 짐꾼을 함께 치는 게야. 목에서 주먹만 한 게 치밀더군. 하지만 혼자서 어쩌겠나? 누구 한 사람만 나와주면 나도 달겨들겠는데 꼼짝들 안 하고 구경만 하는 게야. 결국 짐꾼은 끌려가고 구경꾼들은 흩어졌지. 사람들 심정이 모두 일반이라. 누구든 한 사람 나왔으면 덤비겠다고 생각했겠지."

"하기야 이런 시국에는 남의 참견 안 하는 게 제일이지요. 뭣이든 앞장서는 게 화근이니. 왜놈들하고 송살 해봤자 이기는 일 없고 그저 걸려들지 않게 몸조심하는 게 제일입니다."

이동진은 술잔을 잡고 가만히 듣고 있었다.

'지혜로운 말이군.'

"결국 순검이라는 것도 알고 보면 왜놈들 종놈 아니냐 말이오."

"암, 암 그렇지."

"그래 기껏 놈들 종질하려고 삼백 냥을 바쳐요?"

"되기만 한다면 돈 삼백 냥은 아무것도 아니지. 그 몇 갑절의 재물이 들어올 게고 금테 벙거지에다가 긴 칼 차고, 그만한 세도도 부리기 따라서."

나그네의 심사는 오락가락이다.

찢어 죽이려 했었다는 순검을 또 한편으로는 대단하게 생각는 모양이었고 농부들 역시 왜놈의 종놈이니, 종질하려고 삼백 냥을 바치겠느냐 하면서도 금테 벙거지에 긴 칼 운운하자 금세 선망으로 눈빛이 이글거리는 것이었다.

"주모."

"네."

"여기 술이나 따르게."

나그네는 얼굴을 돌렸다. 이동진의 어투에서 권위를 느꼈음인지,

"형씨께서는 어디까지 가시오?"

하고 비윗살 좋게 그러나 정중하게 말을 걸었다.

"하동까지 가는 길이오."

"하하 그러시오. 하동이 향리신가요?"

"그렇소이다."

"그러면 서울 다녀가는 길이겠구먼요."

"......"

"무슨 일로?"

"순검 한자리 얻으러 왔다가 돈 삼백 냥만 떨리고 돌아가는 길이오."

"무슨 말씀을 그렇게 하시오."

"하하핫핫…… 왜 곧이듣기지 아니하오."

"의관으로 보나 농으로도 듣기가 거북하외다."

"배고프면 양반이라고 월장 아니하겠소? 하기는 청포 사려! 하고 상놈이 외치면 내 소금도, 하는 게 양반이지. 사려! 소리가 하기 싫어서 말이오."

그 말이 만족스러웠던지 나그네는 껄껄 소리를 내어 웃었다. 농부 두 사람은 슬그머니 일어서 나가버리고 주막에는 나그네와 이동진만 남았다.

"우리 통성명이나 하실까요?"

꼬질꼬질 때가 묻은 도포 자락을 걷으며 나그네는 앉음새를 고쳤다.

"나는 충청도 청원에 사는 황선달이오. 본관은 장수(長水), 오대조가 강원도 도사를 지낸 바 있소이다."

"……"

참말인지 거짓말인지 그런 말로 주워섬겼다.

"아 그러시오? 소생은 하동 사는 이가올시다. 대대로 관직과는 인연 없는 한빈한 향반 자손이외다."

"겸양하시는 말씀이오. 아 참, 아까도 들은 바인데 왜 내가 그 생각을 못하였던고?"

"……"

"하동이라, 내 똑똑히 명념하고 있는 일이 있는데 하동에서 삼십 리 가면 평사리라는 마을이 있소?"

이동진이 고개를 끄덕인다.

"내 연전에 그곳에 산다는 김생원이라는 사람을 만난 일이 있었소이다."

"……?"

"문중에는 이십에 급제한 사람도 있고 얘기를 듣고 보니 대대로 문장의 집안이더구먼요. 한데 그 뭐 김진사라 하시던가? 모두가 다 단명하여 지금은 절손이 되었다 했고, 김생원 그 양반도 역시나,"

하다가 그는 물었다.

"혹 이공께서는 평사리에 산다는 그 늙은이를 아시오?"

이동진은 쓴웃음을 금치 못한다. 김훈장이라 짐작이 갔던 것이다.

"글쎄올시다."

"하기야 삼십 리 밖에 묻혀서 사는 선비를 모를 수도 있겠지요. 그 김생원을 어찌 만났는고 하니, 오늘과 같이 이런 주막에서 우연찮게 만났던 거요. 보아하니 동병상련이더라고 뼈대 있는 집안의 후손으로 불우하기가 같은 처지여서 말을 주고받았던 게요. 듣자하니 김진사댁만 단손이 된 게 아니었고 김생원 역시 아들 삼형제를 땅에 묻어버린 후로는 다시 자손 볼 희망도 없다는 게고 무자귀신(無子鬼神)이 되어 저승에 가면 무슨 낯으로 조상을 뵈옵겠느냐고 한탄하더이다. 그래 팔 촌이 넘는다는 떠도는 인척 한 사람을 찾아서 나왔는데 수소문으로 찾자 하니 기약 없는 걸음이라는 말씀이었었소. 듣고 보니 사람을 찾아 헤매는 처지가 또 같고 하여 그날 밤은 한 주막에서 함께 유했었지요. 허, 그리고 나를 말할 것 같으면 그렇지요. 사기장수를 따라간 부인을 찾아서 방방곡곡을 떠돌아다녔다는 어떤 재상의 고사(古事)와 비슷한 그런 연유로 하여 폐포파립의 이 꼴로서 객리로 떠도는 처지요."

"어떤 재상의 고사와 비슷하다구요?"

다시 이동진은 쓴웃음을 금치 못한다.

"말하자면 그렇다는 게지요. 내 처는 이미 땅속에 들어간 사람이고 얘기를 하자면 길어질 것이고. 하나 있는 자식이 부실한 게 까닭인데 제 앞도 가리기 어려운 말하자면 천치지요. 그런 탓이었겠지요, 계집이 어느 보부상놈 꼬임에 빠져서 가출하였기로 이 늙은 몸이 부정녀를 찾아다니게 되었던 게요. 의관의 집안에서 망신스럽기야 더 말할 나위 없는 일이나 그것도 세월이 오래되고 보니, 병은 자랑을 해야 양약을 구할 수 있다는 것과 마찬가지로 행여 줄이라도 잡을까 싶어 이리 허물을 털어놓는 바이오."

"허허, 참 딱하시오. 선바람썬 헌계집을 찾아서 뭐하시려오?"

"살려둘 수 없는 일이지요. 아까도 말씀한 바와 같이 자식이 부실하여 제 앞도 못 가리는 처지여서 응당 제 계집을 제 손으로 처단할 노릇이로되 그러질 못하니 이 늙은 몸이 방랑을 하지 않을 수 없었소."

'허허 여기 미친 사람이 또 하나 있구면.'

최치수 생각이 났던 것이다.

"연이나 찾는 목적이 그것만은 아니외다. 형편을 보아 그 계집이 전죄를 뉘우치고 승복하겠노라 한다면 내 자식이 생산을 못할 처지는 아니니 어떻게 하든 자손을 뽑아볼 생각을 아니하는 것도 아니오. 병신 자식에게 재취를 한다 하더라도 중인이나 한 다리 짧은 곳으로 낙혼을 할 수밖에 없으니 그 소생이 어디 가서 행셀 하겠소?"

하더니 나그네는 셈이 빠른 장사꾼처럼 교활하게 씩 웃는 것
이었다. 이동진은 어이없는 표정으로 바라본다. 나그네는 더
할 말이 있는 모양이었다. 술잔을 들고 마른 입을 축이는데
이동진은 일어섰다.

"갈 길이 바빠서 이만 실례하겠소이다."

셈을 하고 그는 주막을 나섰다.

"허허 참, 세상에 바람난 계집은 왜 그리 많고 무자식은 또
왜 그리 흔한고?"

혼자 중얼거리며 껄껄 소리 내어 웃는데 평안도 묘향산(妙香
山) 근처에서 만난 구천이 생각이 문득 떠올랐다.

8장 귀향

집 앞에까지 당도했을 때는 밤이 저물어 있었다. 예전과 다
름없이 차분한 어둠 속에 집은 묻혀 있었고 행랑 억쇠네 방에
서 불빛이 새어 나오는 것을 볼 수 있었다. 이동진은 숨을 크
게 한 번 내쉬고 헛기침을 한 뒤,

"억쇠야! 거 억쇠 없느냐?"

아낙 유월이와 도란도란 얘기를 하고 있던 억쇠는 작은 새
우눈을 깜박거리며 귀를 세운다.

"지금 무신 소리가 안 나더나?"

"소리는 무신 소리? 바람 소리가 났겠지요."

유월의 사팔눈은 남정네를 본다는 게 벽을 향한다.

"그러까? 바람 소리까? 억쇠야! 하고 부르는 소리가 꼭 나으리 목소리 같았는데."

"뜬금없는 소리 마소. 나으리라믄 기별도 없이 오시까? 집 나가신 지가 벌써 오 년이 넘는데."

"억쇠야! 거 억쇠 없느냐!"

"저, 저 소리! 드, 들었제?"

억쇠는 방문을 걷어차듯 뜰로 굴러 내려간다. 그러나 믿을 수 없었던지,

"거 뉘시오!"

하며 고함을 지른다.

"나야."

"나, 나으리마님이!"

"나라니까, 어서 대문을 열게."

"예, 예 나으리."

반은 울음 섞인 목소리다. 남정네를 뒤따라서 상전의 목소리를 확인한 유월이는 중문을 밀어붙이고 안으로 달음질쳐 간다.

"아씨! 아씨!"

하고 외쳤다.

"아씨! 아씨! 나, 나으리께서 오십니다!"

초봄, 아직은 밤이 길었다. 등잔 옆에서 바느질을 하고 있던 염씨는,

"뭐랬느냐?"

"나, 나으리께서 오십니다!"

"나으리께서!"

염씨는 황급히 방문을 열고 마루에 나섰다. 조그마한 버선발은 섬돌 위의 신발을 더듬고 눈은 어두운 뜰 안을 헤맨다. 유월이는 잽싸게 등에 불을 켜서 기둥에 걸었다. 이동진이 뚜벅뚜벅 걸어들어왔다.

엊그제 집을 떠났다가 돌아오는 것처럼 얼굴에는 미소도 없이 무덤덤하게,

"집안에 별일은 없었소?"

하고 묻는 것이었다.

"예."

염씨는 겨우 섬돌 위에서 내려섰다. 더 이상 아이들은 잘 있느냐고 이동진은 묻지 않았다.

"나으리마님, 이제 오십니까."

이동진의 등 뒤에서 유월이 고개를 숙이며 인사를 했다.

"오냐."

"아씨!"

"……."

"진짓상을,"

하는데 이동진이,

"저녁은 그만두어라. 음, 그리고 부인은 갈아입을 옷이나 내어주구려."

말했다. 그러고 나서 그는 곧장 우물 쪽으로 걸어가는 것이 었다.

"여전하십니다."

이동진의 뒷모습을 바라보며 유월이 염씨에게 말했다. 엄동에도 반드시 냉수로 목욕하는 이동진의 습성을 두고 하는 말이었다. 염씨는 대꾸 없이 방 안으로 들어가서 장문을 열었다. 당목 속잠방이, 속적삼, 방초 솜바지에 저고리, 능견 도포와 버선, 허리띠에 대님 등 의복 일습을 내어온 염씨는,

"억쇠는 이걸 나으리께 갖다 드리고 시중을 들게. 유월이 너는 사랑방에 불 지피고 이부자리도 날라가고, 참 억쇠는 사당 문을 열어야 하네."

오래간만에 집안은 생기가 돌고 분주하였다. 그러나 사랑 작은방에 잠들어 있는 아이들을 깨우려는 사람은 아무도 없었다. 염씨도 아이들을 깨우라 이르지는 않았다. 고을살이로 늘 집 떠나 있던 이동진의 부친이나 조부의 시절에도 아이들을 찾지 않는 것이 습관이었고 자식들에게 무관심한 그것은 반가(班家)의 한 법도이기도 했었다.

머리를 감고 목욕을 하고 의관을 차려입는 동안 이동진은

반식같이 말 한마디 없었다. 시중을 드는 억쇠는 이미 그런 습관에 이력이 나 있으면서도 사당 참배를 위한 상전의 엄숙한 몸가짐에 노상 떠는 것이었다. 오래간만에 사당에는 불이 밝혀졌고 사당 밖에 초롱을 들고 서 있던 억쇠는 이동진이 사당을 나섰을 때 그의 발부리에 초롱불을 비춰준다. 하늘에는 무수한 별이 반짝이고 있었다. 긴 그림자를 끌며 이동진은 다시 안뜰로 들어섰다. 비로소 안방 앞에서 신발을 벗었다. 방 안에는 백동 촛대에 눈물을 흘리며 촛불이 타고 있었다. 이동진과 염씨는 마주 보고 앉는다. 아무리 태평한 성미이기로 오 년 만에 만나는 남편이다. 염씨 얼굴은 흥분에 홍조를 띠고 있었다.

"그간 고생이 많았겠소."

목소리에는 정감이 서려 있었다.

"집에서 무, 무슨 고생이 있었겠습니까, 나가 계시는 분이,"

염씨는 말을 끝내지도 못하고 귀이개를 뽑아 쓰러지려는 촛불의 심지를 일으켜 세운다. 쌓인 회포를 감히 풀 수도 없었거니와 아직도 남편에 대한 두려움과 수줍음이 남아 있었다.

"몹시 피곤하구먼."

"저어."

"자릴 까시오."

"예."

염씨는 남편에게 등을 보이며 조심스럽게 금침을 편다. 이씨 가문에 출가할 적에 가지고 온 모본단 요 이부자리는 진솔

318

같이 말짱했다. 구봉(九鳳)을 수놓은 큰 베개 역시 그러하다. 젓가락만큼 가늘게 누빈 베갯잇도 그러했다. 도대체 이들은 이십 년이 넘는 혼인생활에서 몇 번이나 동침을 했을까. 큰아들 상현이 위로 두 명의 자식을 잃었으니 네 아이를 생산한 셈인데, 기생 외입을 안 한 것은 아니나 소실을 두었던 것도 아니었고, 그만큼 이동진이 성생활에서 극기(克己)한 것을 짐작할 수 있다. 하기는 부모나 자식들 몰래 잠시 들렀다가 사랑에 가서 취침하는 것을 예(禮)로 아는 터이기는 했었지만.

촛불을 불어 끈 이동진은 의대를 풀고 염씨도 쪽에서 비녀를 뽑았다. 한 이부자리 속에 들었을 때 염씨는 남편의 머리가 축축이 젖어 있는 것을 느낀다. 그러나 남자의 몸은 뜨거웠다.

"임자 많이 여위었구려."

이동진은 침묵으로 순종해오는 아내를 부드럽게 어루만진다. 남자의 욕심만으로 대할 수 없는 무엇이 있었다. 그것은 서로의 얼굴도 모르고 법으로 만나서 또한 법도에 따라 처신해온 부부의 애정인지 모른다.

'이 사람은 우릴 견우직녀로 생각하고 있는 걸까? 아니 그보다 더 원망이 많을 게야. 하룻밤 유녀(遊女)에게 주는 정보다 평생을 산 정이 더는 많지 않을 터인데…… 앞으로 또 몇 해, 몇 해를 이 사람은 나를 기다려야 하는 걸까?'

저도 모르게 이동진은 아내 등을 도닥도닥 두드리고 있었디. 어느덧 첫닭이 홰를 치는 소리가 들려왔다. 어둠 속에서 옷매무새를 고치는 염씨에게 이동진이 물었다.

"집안에 별일이 없어서 다행이오. 헌데 문중에서들 지난가을을 무사하게 보내었는지, 혹 화를 당한 집은 없는지 모르겠소."

"벌교의 당고모님께서 돌아가시었소."

"음…… 원체 연세도 잡수셨지."

"그리구 사돈댁 어른께서도."

사돈댁이란 아들 상현하고 정혼한 집이다.

"박참봉 그 어른이?"

"예, 돌아가셨습니다."

"허허허. 그거 참 안되었군."

"그러니 자연 상현이 혼사는 늦어질 수밖에 없겠지요."

"규수가 몇 살이던고?"

"그것도 모르시었소?"

염씨 목소리에 원망기가 있었다.

"내 나이도 잊을 지경인데, 너무 허물 마시오."

"그 아기는 올해 열넷이지요. 상현이가 열둘이구요."

"벌써 그렇게 됐소?"

염씨는 불을 밝혔다. 이동진이 사랑으로 내려갈 것이기 때문이다. 그러나 이동진은 일어나지 않고 불빛에 흔들리는 천장을 멀거니 바라본다. 아랫목에 앉은 염씨는,

"지난가을까지만 해도,"

"……."

"제사 때면 최참판댁에서는 잊지 않으시고 제수 감을 보내 주셨는데, 어디 그뿐이겠소? 추수 때면 곡식을 실어 보내주시고 봄 길쌈이 끝나면 피륙을 보내주시고, 땔나무까지."

"……."

"그토록 고맙게 해주시더니 서희할머님께서 그만."

이동진은 자리에서 벌떡 일어나 앉았다.

"돌아가셨다 그 말이오?"

"예."

"서희할머님께서."

"예, 서희아기가 의지가지할 곳 없는 신세가 되었지요. 김 서방하고 침모 봉순네까지 죽었으니 누가 그 아기를 돌보겠 소? 측은하고 눈물겨워서."

"허허허, 그리되었소. 하긴 사람의 명을 어찌 믿겠소. 기둥 이 부러졌구먼. 세정 모르는 그 친구가 어찌하누. 기막힌 노 릇일세."

"예? 무슨 말씀이오."

"최치수 그 친구 딱하게 되었다 그 말 아니오."

입맛을 쩍쩍 다신다.

"아니 모르시어서 그러시오?"

염씨는 남편을 빤히 쳐다본다. 오래된 일이어서 남편이 떠나기 전에 최치수가 죽은 것으로 착각했던 것이다.

"모르다니? 무슨 말이오."

"서희아버님 돌아가신, 그, 그 일을 모르셨던지?"

"뭐, 뭐라 하는 거요!"

"참, 그러고 보니…… 그, 그렇구면요. 섣달그믐날 밤이었으니까. 떠, 떠나시기로는 초순이었으니, 그 뒤에, 무, 무서운 일이 그, 끔찍스런 일이 생겼구면요."

염씨는 비로소 깨닫고 사건의 전말을 얘기하기 시작했다. 눌변(訥辯)이었으나 워낙에 사건 자체가 두드러진 것이어서 이동진은 사태 전모를 이해하기에 힘이 들지는 않았다. 한마디의 질문도 없이 얼어붙은 사람같이, 염씨의 말을 다 들은 후에도 그의 입에서는 아무런 말이 나오지 않았다. 얼마 동안을 침묵이 지나갔을까.

"주무셔야 할 텐데."

"……."

"제가 공연하게, 심란케 해드렸나 봐요. 새는 날에 마, 말씀드릴 것을."

"……."

"곧 날이 밝아올 건데…… 저어,"

"……."

"곧 날이 밝아."

"알았소."

이동진은 일어섰다. 방에서 나선 그는 사랑으로 들어갔다.

이튿날 아침, 사랑에서 아이들을 만나본 뒤 이동진은 황망히 일어섰다. 박참봉댁으로 해서 최참판댁으로 간다는 말을 일러놨으므로 억쇠는 말안장을 올려놓고 기다리고 있었다. 말없이 말에 오른 이동진은 멍청히 강 건너 산을 바라본다. 일기가 쾌청하여 산은 무척 가까운 곳에 있는 듯싶었다.

"그럴 수가 있나."

이동진이 중얼거렸다.

"예?"

말고삐를 잡던 억쇠가 돌아보았다.

"아무것도 아니다. 박참봉댁으로 가자."

"예."

박참봉댁에서의 문상은 오랜 시간이 걸리지는 않았다. 바깥어른이 없는 집에 오래 머물 수 없었거니와 이동진은 마음도 바빴다. 작별을 하고 말에 오르면서,

"문의원댁에 들렀다가 평사리로 가지."

하고 억쇠에게 말했다.

"문의원께서도 돌아가시습니다."

억쇠의 목소리는 평이했고 이동진 역시 놀라지는 않았다.

"문의원께서도."

"예. 진주서 돌아가시는데 그 어른은 괴정으로 돌아가신 기이 아니옵고 낙상을 하시다 카던지요."

"……"

"그렇게 되고 보니 최참판님댁 애기씨는 적막강산이지요. 수동이가 미쳐서, 다리도 안 성한 몸이 서울로 어디로 쏘다니믄서."

"서울은 왜?"

"애기씨 외가댁에 갔던 모양입니다. 소인도 자세한 건 우찌 알겠습니까마는, 서울 조씨네가 최참판님댁 살림을 다 들어묵게 생깄으니 외손녀를 위해서 누구 한 사람 오시서 살림을 갈미(감시)해야 안 하겠느냐고 울며불며 말했다고 그러더만요."

"헌데?"

말에 흔들리면서 짤막하게 다음을 재촉한다.

"두말도 못하게 거절이라 안 합니까. 첫째는 출가외인이요 그나마도 불미하게 집 나간 그 아씨는 아무 인연도 없이 된 사람이고, 생각만 해도 창피하고 남부끄러우니 앞으로는 최참판님댁 누구를 막론하고 권솔은 그 문전에 출입을 말라는 엄한 분부였다 합니다."

이동진은 마음속으로 그랬을 테지, 하며 고개를 끄덕였다.

"문의원 어른이 돌아가싰으믄 김서방이 살았거나 봉순네라도 살았거나, 이거는 참판님댁 망하라고 한 짓이 아니겠느냐 하믄서 수동이가 우는 거를 소인도 봤습지요. 참말로 딱하고 머이라고 말을 할 수도 없고 해서."

미련처럼 드문드문 이어지던 인가를 벗어나고 앙상한 뼈대 같은 길을 사람과 말이 간다. 한컨에는 산기슭을 쪼아 일군 경사진 밭이며 한컨은 잠든 것같이 조용히 흐르는 강물이다.

'그놈을 만났었지. 그놈을······.'

평안도 묘향산 근처 주막에서 구천이를 만난 생각을 하고 있었다. 그때 이동진은 오가는 이도 드문 쓸쓸한 길목 주막에 들러 술 한 잔을 청해놓고 혼자 생각에 잠겨 있었다. 주모가 말없이 앉아 있을 뿐 손님은 이동진 혼자였다. 그는 연추에서 오는 길에 간도(間島 혹은 墾島)에 들러 국자가(局子街)에서 만났던 이범윤(李範允)을 생각하고 있었다. 청인들에게 박해받는 그곳 거류민들의 실정을 살피기 위한 시찰원으로 이범윤은 파견되어 있었다. 그의 형 이범진(李範晋)에 대해서는, 강원도 춘천서 의병을 일으켰던 이소응(李昭應)이 심복하는 인물이기는 하나 이동진은 재종 이소응과는 달리 아관파천(俄館播遷)의 주동이던 이범진에게 호감이 가지지는 않았다. 그리고 친히 접촉할 기회도 없었다. 그러나 이범윤과는 오래전부터 교유가 있었고 화려하다면 화려하다 할 수도 있는 정치적 이력을 지닌 이범진보다 이동진은 그의 아우 이범윤의 사람됨을 높이 사고 있었다. 그 담력이나 결단력에서, 직정(直貞)적이며 단견(短見)에 빠지는 일이 없는 면에서도 매끄럽지는 않으나 형보다 그릇이 크다는 것을 이동진은 느끼고 있었다.

"이곳에서의 법이란 곧 주먹이야. 담판을 해야 한다구? 그건 한 시절 전의 체면이나마 생각하던 시절의 얘기 아닌가. 이부사가 내 목을 쳤으면 쳤지 국경을 줄일 수 없노라 했던, 그 시절 말일세."

이부사란 1887년 도문강(圖們江)을 중심한 국경 분규로 인한 담판에 감계사(勘界使)로 참석했던 당시 안변부사(安邊府使)였던 이중하(李重夏)다.

"그때만 하여도 호랑이가 담배 먹던 시절이지. 담판 가지고 되는 세상인가? 총 휘두르는 놈이 땅 한 치라도 더 먹게 돼 있지. 서울서 군병을 주지 않는다면 할 수 없는 일, 나도 이부사같이 내 목 내어놓고 사포대(私砲隊)를 모을 수밖에. 우선 병영(兵營)을 설치해놓고 힘으로 대항하는 게야. 우리 백성들이 남부여대하여 찾아와서 피땀으로 일궈놓은 땅을 왜 내놔? 어림없는 소리지."

하룻밤을 함께 보내면서 하던 이범윤의 말이었다.

'서울서 군병을 보내? 죽은 나무에 꽃 피기를 바라지. 유약한 상감, 파벌싸움에 영일이 없는 정상배들! 한 치 앞이 눈에 봬야 말이지. 하긴 나라 안도 지키지 못하는 마당에서, 대궐 안도 지키지 못하는…… 결국 사포대를 만들어 그곳 백성 스스로가 힘을 뭉쳐 대항할 수밖에 없겠지. 허나 군자금이 문제 아닌가.'

이동진은 술판에서 눈을 들었다. 자기 이외 손님이라곤 없었던 주막에 언제 왔었던지 남루한 차림의 사나이가 자기처럼 빈 술잔을 내려다보며 생각에 잠겨 있었다. 무심히 보아 넘기려던 이동진은 다음 순간 눈을 크게 벌렸다. 옆모습에 시선을 모은다. 여위어서 관골이 뚜렷하게 나타난, 그러나 여전히 수려한 옆모습이다. 강한 시선을 느꼈던지 구천이는 천천히 고개를 돌려 이동진을 보았다. 얼굴빛이 달라질 줄 알았는데 그러나 구천이는 이동진이 만큼도 동요를 보이지 않았다. 무감동한 눈빛은 겨울 하늘처럼 차갑고 삭막하였다. 분명 상대가 누구인가를 알기는 아는 모양이었다.

"네가 여기 웬일이냐?"

이동진의 입에서 저절로 말이 나왔다.

"예."

막연하게 대답을 해놓고 다음 순간 겨울 하늘 같은 그 눈에 눈물인지, 혹은 핏물인지 그득히 고여드는 것, 이동진은 적잖게 당황한다. 구천이의 그런 얼굴은 전혀 상상 밖의 것이었다. 도망을 치거나 비굴해서 어쩔 줄 모르거나 아니면 공포 때문에 부들부들 떠는 것이 있음직한 일이었기 때문이다.

"예, 여까지 왔었지요. 최참판님댁 마님께서는 안녕하,"

하는데 목이 꽉 잠겨 다음 말을 잇지 못한다. 그러더니 일어섰다. 주먹 속에 돈을 꼭 쥐고 있었던지 술판 위에서 주먹을 폈다.

조그마한 봇짐을 집어든 그는 주막을 나서려다 말고 돌아보았다.

"나으리."

"……."

"나으리께서는,"

무슨 말을 할 듯 할 듯 하더니,

"그럼 안녕히 가십시오."

그러고는 사라졌다.

"죽일 놈!"

그가 떠난 뒤 한참 후 이동진은 뇌까렸다. 착잡한 기분이었
다. 미묘한 기분이었다. 아니 미묘한 것은 구천이의 그 몸 전
체에서 우러나는 분위기였다. 과거 최치수의 하인이었던 사
내, 상전의 부인을 유괴해간 용서받을 수 없는 사내였음에도
무슨 까닭인지 대등한 인간으로 대할 수밖에 없었던 부지중
의 자신을 돌이켜본 이동진은 뒤늦게 화가 났던 것이다. 물론
그렇게 하지는 않았겠지만 분명 상대는 죄인임에 틀림이 없
고, 이동진이 그를 잡아가려면 잡아갈 수도 있는 일이었다.

최참판댁에는 해나절쯤 도착하였다. 어디서 보았던지 길상
이 날듯이 달려왔다.

"나으리!"

"오냐. 그동안 잘 있었느냐?"

"나으리!"

길상은 울음을 터뜨렸다. 이윽고 수동이 절룩거리며 달려
나왔다. 억쇠가 행랑에 기별했던 모양이다. 그 역시 울음을

터뜨렸다.

"허허, 그만들 해. 왜 이러나?"

"나으리, 잘 오셨습니다. 나으리!"

죽은 부모가 살아온 듯, 구세주가 홀연히 나타난 듯 수동이는 울음 속에서도 기쁨을 나타내었다.

"이러지들 말고, 헌데 이 댁 주인을 만나야 할 거 아니겠나?"

"예, 예."

했으나 수동이는 어찌할까 망설인다. 별당으로 모셔갈 수는 없고,

"길상아, 너 봉순이 불러서 애기씨에게 이부사댁 나으리께서 오셨다고."

길상이 눈물을 닦으며 쫓아가는데 수동이는 여전히 엉거주춤한다. 사랑에 있을 조준구를 생각하니 울화통이 터졌던 것이다.

"아, 귀한 손님이 오셨구먼요."

삼수의 귀띔을 받고 조준구가 나타났던 것이다. 만면에 웃음을 가득 띠며 귀빈을 대하듯이 이동진 곁으로 다가왔다.

"그간 안녕하시었소?"

이동진도 예를 차려 인사를 한다.

"어서 사랑으로 드시오. 나그네가 주인 없는 집을 지키고 있어서 모든 것이 미비하여 문전에다 귀한 손님을 지체케 하고, 이거 죄송합니다. 자아, 어서 사랑으로."

"아니외다. 상청*에 먼저 가서 망령을 뵈어야겠소."

이동진은 호들갑을 떠는 조준구에게 냉랭하게 대답하였다.

"참 그러시겠습니다."

하고 조준구는 주춤하다가 날카로운 시선을 수동에게 보낸다.

수동이 안내를 받아 상청으로 올라가서 분향을 하는 동안 서희는 봉순이를 거느리고 나타났다. 의젓한 품은 흔들림이 없는 여성주(女城主)의 그것이다. 봉순이는 뜰 아래 서고 서희는 상청에 올라가서 재배를 올리는 이동진의 뒷모습을 바라본다.

"서희로구나!"

돌아선 이동진은 나직하나 강한 어투로 말했다. 그리고 상청에서 물러난다. 뜰에서,

"오랜 동안 뵈옵지 못하여, 소녀 문안드리옵니다."

서희는 조신스럽게 고개를 숙이며 인사하였다.

"음…… 너도 그새 많이 자랐구나."

이동진은 서희의 머리를 쓰다듬어준다. 봉순이가 울고 수동이, 길상이 또 운다. 서희는 울지 않았다. 흰 베옷, 저고리의 가냘픈 두 어깨에 흐르는 선(線)은 기질의 강인함을, 또 쓰러지려는 최참판댁, 그 영욕(榮辱)의 마지막 상징인 듯 이동진 눈에 따갑게 비치었다.

'비록 여식이나 그 아비의 딸이요, 그 할머님의 손녀로구나.

앞으로 국운에 따라 이 아이의 운명도 크게 달라질 것이다.'

이동진은 눈길을 땅에 떨어뜨렸다. 조준구는 틀림없이 왜인에게 줄을 놓을 것이라는 생각에서였다.

수동이와 길상을 거느리고 이동진이 최치수 묘소에 가고 난 뒤 조준구는 아까 만면에 웃음을 띠었던 것과는 달리 누구든 만나기만 하면 잡아먹을 듯 험악한 표정으로 홍씨가 서울 다니러 가고 없는 집 안을 쏘다니는 것이다.

'오 년이나 넘게 종적조차 없더니 어디서 불거져 나왔느냐 말이다!'

마치 이동진이 자기 몫을 가로채기라도 할 듯이,

'수동이, 그 죽일 놈이 있는 말 없는 말 다 고해바치겠지. 그놈을 그만, 싹 없이해버려야 할 텐데, 주리를 틀어 죽일 놈이! 사사건건이 방해만 한단 말이다. 달래도 윽박질러도 죽을 둥 살 둥 모르고 막무가내하니.'

그러면서도 그는 삼월이를 불러 각별 조심하여 주안상을 준비하라는 말을 이른다.

'흠, 어디 가서 무슨 짓을 하다가 이제 나타나는 게야. 의병장 놀음이나 했던 거 아닐까? 그는 그렇고, 그 자가 상관할 처지도 아니겠고, 하여간에 귀찮으니 훗말 없게 칙사대접이나 해놓고 보는 게야. 나를 위해선 시국이 시끄러울수록 좋은 건데…… 일찍이 이곳저곳 좀 삶아둘 필요가 있겠지.'

조준구의 생각은 갈팡질팡이었다. 먹겠다는 욕심은 어느

누구보다 컸으나 배짱이 부족했던 것이다.

한참 후에 묘소에서 이동진이 돌아왔을 때 조준구는 역시 나 만면에 웃음을 띠고 맞이했다.

"자아, 오래간만에 만나뵈었으니 우리 술이나 나누면서."
하는데 수동이 빤히 쳐다본다. 조준구는 얼굴을 일그러뜨렸으나 이동진의 손을 덥석 잡았다.

"예, 폐가 되지 않는다면."

불쾌감을 누르며 이동진은 그의 손에서 자기 손을 뽑아내었다.

사랑에 마주 앉은 후 조준구는 몇 번이나 밖에 소리를 쳐서 주안상을 들여오라는 둥 방이 차니 화롯불을 가져오라는 둥 부산을 떨었다.

"한데 그동안 어디 계셨던지요."

"뭐 어디랄 것도 없고 그저 발 닿는 곳을 두루 다녀보았지요."

"허나 그동안 그리 소식도 없이, 이곳 소식도 전혀 모르셨던 모양이지요."

"몰랐소이다."

"어디 국외에라도 가 계셨던가요?"
할 때는 무심했다. 그러나 국외라는 말을 해놓고 보니 조준구 심중에 의심이 솟았다.

"소위 연하고질(煙霞痼疾)이라고나 할까요? 하하핫…… 역마

살이 들었다고나 할까요?"

이동진은 애매하게 조준구 묻는 말의 답변을 회피했다.

"심산에 들어 수도를 하시지 않는 바에야 그렇게 소식이 두절될 수 있겠소?"

추궁하듯 조준구의 목소리는 좀 깐깐했다.

"그렇게라도 생각하시오. 아닌 게 아니라 인간사와 인연을 끊었다가 다시 나와보니 세상이 많이 변했소이다. 서울서도 고관 몇 사람을 만나보았는데,"

조준구의 낯빛이 약간 달라진다.

"얼마 전 세월과는 달리 상분지도(嘗糞之徒)들이 궁중을 어지럽히는 일도 없는 성싶고 모두가 관음보살같이 유화한 웃음을 띠고 있더구먼요. 재물로 이름을 떨치는 사람이나 벼슬이 높은 사람이나 문벌이 좋은 사람이나 학식이 높다는 사람이나. 한데 한 가지 이상한 일은 그 웃음이 꼭 같고 그 말씨가 꼭 같고 나중에는 그 이목구비조차 유사하여 혼돈을 일으킬 지경이었소. 벽촌에 가면 다소 닮지 않은 사람의 얼굴을 볼까 했더니 이곳도 역시나 다름이 없는 성싶소."

"본시 아둔하여 납득하기 어려운 말씀이오."

마침 주안상이 들어왔다. 조준구는 극진한 태도로 술을 권하면서 다시 탐색을 시작한다.

"서울에는 오래 계셨던가요?"

"며칠 있었지요."

"무슨 경영하는 일이라도."

"글쎄요, 진수성찬에 대접은 잘 받았으나 알고 보니 그 유화한 웃음과 진수성찬은 바로 거절의 방법이었던 모양이오. 그만큼 인지(人智)가 발전을 한 것에는 틀림이 없겠는데 목덜미가 설렁해지는 것 같았소."

"하하, 정녕 심산유곡에 가 계셨던 모양이군요. 거절이라면?"

"……."

"최참판댁 살림이 만석은 된다고 하는데 치수가 생존해 있을 적에 이공과의 우의를 생각한다면 지하에서도 과히 나무라지는 않을 성도 싶소."

"무슨 말씀이오?"

"그러니 거절이 아닌 승낙으로 생각하시고 말씀하시오. 혹 군자금(軍資金)에 관한 얘기는 아닌지요."

"왜 이러시오? 하하핫핫…… 하하핫핫. 문전에 왜병이 와서 기다리는 거나 아닌지 모르겠소."

"농담이 지나치시오."

"피차."

"자아, 술이나 드시고, 사실 여러 해를 저 자신도 이곳에 묻혀서 서울 형편이나 시국 돌아가는 것을 모르고 있소이다. 살림을 돌보아줄 마땅한 사람을 구하게 되면은 서울로 올라갈 작정인데, 연달아서 불상사가 생기는 바람에 본의 아니게 이렇게 눌러 있기는 있으나 아직 혈기 있는 나이에 답답하기가 이를 데 없소이다."

이동진은 잠자코 술을 마신다.

9장 여론

누덕누덕 기운 누비저고리에 베수건을 쓴 막딸네, 야무네는 팔짱을 끼고 돌담에 붙어서서 얘기를 하고 있었다. 햇볕 바른 돌담 밑에는 잡풀 움이 돋아나고 있었다.

"사람이 사는 조화가 무엇인지 모르겠다. 안 되는 놈은 자빠져도 코가 깨지고 되는 놈은 엎어져도 코에 금가락지를 낀다 카더라마는,"

치맛자락을 걷어 찐찐한 코를 풀기 위해 막딸네는 말을 끊었다.

"그런께 다 운수소관이라 카는 기지."

야무네는 관심 없이 말했다. 햇볕이 좋아 나서 있는 모양이다.

"임이네 그년 되는 거를 보믄, 거지 중에도 상거지가 돼서 동네에 기어들어온 기이 어제 그제 일 겉은데, 그년의 팔자가 그리 필 줄은 누가 알았겠노."

"또 용심 날 일이 생깄는갑다."

"용심? 하모, 용심이 난다. 우찌 용심이 안 나꼬? 떡판 겉은 아들."

"지난가슬 일인데 언간히도 곱씹어쌓는다."

"흥, 아들만 낳았나?"

"강청댁이 때를 만나 죽었다 그 말이제?"

"그것도 그렇고, 그런 호박이 어디 흔하게 굴러오건데?"

"내사 마아, 하도 들어쌓아서 이자는 신물이 난다. 노상 해야 그 말이 그 말 아니가."

"그러매, 그러니께 내가 할라는 말은 그기이 아니구마는. 되는 놈은 엎어져도 금가락지."

"봄갈이 가시는가 배요."

막딸네 얘기에 싫증이 난 야무네는 소 등에 쟁기를 싣고 논둑길을 가는 영팔이를 향해 말을 걸었다.

"야."

"일찍 하시구마요."

"일찍 해야만 남들도 소를 안 쓰겄소?"

"그러게요."

영팔이 지나갔다. 막딸네는 다시 시작한다.

"샐인 죄인의 제집이, 그것만이라도 머엇할 긴데 오만 놈을 다 상관하고 하다못해 백정 놈까지."

"그거사 머 누가 봤다 카더나."

"보나 마나 빤한 일이지. 불 안 땐 굴뚝에 연기 나까. 그런

걸레 겉은 제집이 서방도 이만저만한 서방이가? 하기사 소나
아가 살았일 때부텀 그년이 이서방한테 꼬리를 치고 댕기기
는 했지마는, 하 참, 팔잘 그리 고칠 줄은,"

"팔자야 잘 고치지. 인물 좋은 덕에. 다 같은 과부 처지에
막딸네 니 용심 낼 만도 하다."

"그런 소리 마라. 같은 과부 처지라니? 우째서 같은 과부
처지고. 그 걸레 겉은 그년한테 나를 비해? 내사, 내, 내사 청
백 겉다."

했으나 청백(靑白) 같다는 말을 할 때 표정은 자신이 없어 보였
다.

"그래그래 니 말이 맞다. 니는 죽으므 열녀비가 설 기다."

그 말에는 입을 다물어버린다.

"아무리 팔자를 잘 고치도 여자는 한 가장 밑에서 머리카
락이 파뿌리 되도록 팔자 치레하고 살아야, 그래야 사람 축에
드니께. 누구누구 해쌓아도 이 동네서는 두만네 성님겉이 팔
자 좋은 사람은 없일 기구마."

"그거사 말해 머하노."

"서서방네 할멈이 젤 복 많다고 했지마는 지난가슬에 범 겉
은 아들하고 손자를 잃었으니, 집집마다 송장이 나가도 두만
네 성님 그 집은 강아지 한 마리 안 상했으니께."

"그, 그러니께 내가 머라 카더노. 되는 놈은 엎어져도 금가
락지를 낀다 안 카더나. 임이네 그년을,"

막딸네는 말해놓고 야무네 눈치를 힐끔 살핀다.

"어제저녁 때 만냈는데, 아 내 말 좀 들어보라고. 그년이 최참판댁 거기서 나오더란 말이다."

"최참판댁에서? 갬히 거기를 우찌 갔던고?"

"그러니께 내가 할라는 말이 바로 그거 아니가. 내 심상하지가 않아서 넘구쳐서 말했지. 임이네 니 관상을 보니께 아무래도 최참판님댁에서 상(賞)을 받고 나오는 성싶은데 안 그렇나? 그랬더니 그놈의 제집이 성을 빨끈 내믄서 상은 무신 상, 바느질 좀 해돌라 캐서 그러마고 했다! 안 하겄나? 야무네."

막딸네는 별안간 목소리를 낮추었다.

"니 좀 생각해봐라. 곰곰이 생각해봐라. 그라믄 짐작이 되는 일이 있일 기다."

"짐작이 되다니."

"으응 이 축구 좀 보래?"

"……."

"서울 그 양반이 상을 주게 됐는가 안 됐는가, 그래도 짐작 못하겄나?"

"그러세……."

"임이네가 칠성이 제집이었다는 거를 모를 리가 있겄나? 마님이 살아 기싰다믄 우찌 갬히 그 집에 발걸음을 했겄노. 최참판댁에서 말할 것 겉으믄 칠성이 놈은 샐인공모한 놈이니 천하대역도 아니가. 하지마는 서울 그 양반한테는 그렇지도 않을 기다 그 말이제. 그만했이믄 뻔한 일 아니가. 그래도 짐작 못하겠나?"

"……."

"모두가 쉬쉬하고 말들을 안 하지마는 최참판댁 살림은 그리로 넘어갈 기라 카더마. 그러니께 임이네 그년이 이를 봤이믄 봤지 해는 안 볼 기다 그 말 아니가. 거기가 어디라고 불러가는 사람도 그렇고, 그 문전에 발걸음을 하는 년도 그렇고, 참 세상에 사람 사는 조화가 요상타, 요상해."

"듣고 보니 그런 것도 겉고……."

"그런 것도 겉고가 아니다. 만석 살림이 그리로 가는데 죽은 칠성이 은연중에 공이 있다 말이다."

"그렇지마는 그리 쉽기 남으 살림이, 그 많은 살림이, 법이 있일 긴데."

"이보래."

야무네 귀에다 입을 바싹 갖다 붙였다.

"참말이제 이 말만은 아무보고도 하지 마라. 내가 니니께 하는데 남이 알믄 큰일 날 기다. 이거는 나만 알고 있는 일이고. 저 와 그 곱새 도령 안 있나? 서울 그 양반 아들 말이다. 그 아들하고 최참판댁 애기씨하고 짝을 지을 기란다. 삼수가 나만 보고 그러더라. 요새 삼수 세도가 보통인 줄 아나?"

야무네의 낯빛이 변했다.

"그, 그럴 수가!"

"강약이 부동이더라고 우짤 수 없지. 누구 말할 사람이 있이야제. 그거는 그렇고, 그 말은 니 속에만 담아두어라. 발설을 하는 날이믄 니나 나나 변을 당할 기니."

막딸네는 부러워서 기를 쓰며 헐뜯었으나 임이네의 처지가 그들이 생각하는 것처럼 행복했던 것은 아니었다. 어제저녁때 최참판댁에 불려갈 때도 용이는 집에 없었고 지금은 해나절이 지나려고 하는데 용이는 읍내에 간 채 돌아오지 않고 있었다. 봄 길쌈을 하다가 임이네는 마루 끝에 나와 우울하게 앉아 있었던 것이다.

지난가을 병이 쓸고 간 뒤 들판의 곡식은 제물에 익어서 나자빠지고 찬 바람이 추수를 재촉했으므로 사람들은 낫을 들고 들판에 나가지 않으면 안 되었다. 바쁜 계절이 가고 다람쥐가 먹이를 저장한 굴속에서 겨울을 맞이하는 것처럼 제가끔 자기 오두막에 들앉았을 때 사람들은 비로소 식구를 잃은 슬픔을 절실히 느끼는 것이었다. 그리고 재난을 피한 누구누구네 집들에 대한 선망도 아울러 느끼게 되었던 것이다. 제비는 다 함께 뽑았는데 누구는 당하고 누구는 안 당하고, 아무개는 식구 하나 잃었지만 우리는 둘을 잃고 하며 하늘을 원망하고 무사하게 넘긴 사람들에게 증오의 화살을 보내는 것이었다. 임이네의 경우 두 아들을 잃지 않았더라면 가장 치열한 증오가 집중되었을 것이 틀림없다.

"까매기 까치집 뺏듯이 옴속 들앉았구나. 그년 운도 좋다."

그러지 않아도 비쭉거리는 판이었다. 그러나 까마귀 까치집 뺏듯 강청댁 없는 자리에 들앉은 임이네의 위치는 실상 그리 당당한 것은 아니었다. 아들을 낳아 바쳤으니 여봐란 듯 못할 것도 없겠는데 용이는 은연중 그것을 막았다. 그리고 이상한 일은 자기 핏줄인 아들에 대하여 용이는 전혀 애정이 없는 듯 무관심이었다. 의붓딸보다 낫게 생각하는 정이 조금도 없었다. 그 점이 임이네의 자신을 잃게 했다.

생전의 강청댁에게 어느 정도 허용되었던 자유라 할까, 남편에 대한 불손한 태도라 할까 그런 것이 임이네에게는 허용되지 않았다. 말로 된다 안 된다 했던 것은 아니었지만 어딘지 모르게 접근할 수 없는 강한 거부의 분위기가 임이네를 위축케 했다. 그것을 가장 뼈저리게 느낀 것은 제사를 모시던 날 밤이었다. 마치 드난꾼이 와서 부엌일을 거들어주는 그런 처지였던 것이다. 임이네는 제사 모시는 방에는 발도 들여놓지 못했다. 그러나 그같은 서글픔은 자신의 전신(前身)을 생각한다면 참을 수도 있는 일이었지만 두려운 것은 월선이의 존재였다. 월선이 돌아왔다는 소문을 들었을 순간부터 임이네는 자기 위치에 막연한 불안을 느꼈으나 강청댁이 죽고 아들을 낳고 그리고 용이의 아낙으로서 자리를 굳힌 후에는 막연했던 불안이 위협으로 변해갔다. 실로 뜻하지 않게 베풀어진 행운을 놓치지 않으리라는 본능적인 방어심리 탓이라 할 수도 있겠고 한편 용이에게 감도는 냉랭한 분위기로써 결코 그가 월선이를 단념하지 않고 있다는 것을 느끼게 한 때문이기도 했다. 결국 지난 섣달 대목장에 간 용이는 월선이를 만난 눈치였고 그 후 몇 번인가 읍내서 자고 돌아왔던 것이다. 임이네는 벙어리 냉가슴 앓듯이 말을 못했다. 그만큼 용이는 덤덤했고 옛날 강청댁의 기색을 살피며 조심스러워하던 태도는 아니었다.

'오다가다 만났다고 나를 사람으로 안 치는가. 그럴 바에야 나를 머할라꼬 집에 들어앉힜는고. 그래도 자식 없는 집에 자식을 낳아준 나를.'

했으나 용이 집에 들어앉았다는 그것 이외 더 큰 행운을 생각할 처지도 아니었고 죽은 강청댁과 같은 처지도 아닌 것을 그 자신 잘 알고 있었다. 마루 끝에 나앉아서 하염없이 마당만 바라보고 있는 임이네는 아이 우는 소리를 듣고 방으로 들어가서 젖을 물린다.

'입이 있어도 말 못하고…… 나도 본시는 성깔이 있는 년인데, 빌어묵을 년, 갔이믄 그만이지 와 돌아와서 남우 속에다 이리 불을 지르는고.'

이때 용이는 간조기 두 마리를 사들고 삽짝을 들어섰다. 부엌에서 눈만 내밀고 임이는 내다보았다. 누가 시키지도 않았는데 용이를 아부지라 부르면서도 숨어서 용이 기색을 살피는 버릇이 있었다. 용이는 그러는 임이를 못 본 척하고 간조기는 부엌 벽에다 걸어놓고 마루에 걸터앉아 곰방대를 뽑아들었다.

"임아."

"야?"

"물 좀 가지오너라."

"야."

사발에 물을 떠가지고 왔다. 그리고 마치 방금 본 것처럼 임이는,

"아부지 조기 사왔네요."

하고 아양을 떨었다. 용이 물을 마시고 사발을 내어주며,

"응."

하고 대꾸했다. 담배를 넣어 붙여 물었을 때 임이네는 방에서 나왔다.

"옷 갈아입으소."

"그러지."

하며 곰방대를 문 채 방으로 들어가는데 임이네가 말했다.

"어제 장에는 장꾼이 많십디까."

"노상 그렇지."

대답하고 용이는 방문을 닫았다.

"이눔우 가시나! 입때꺼지 부석에서 머를 했노!"

부엌에서 신경질 부리는 소리가 들려왔다.

"다 치아났는데."

"뉘한테 말대꾸고! 아가리 찢을라! 어 가서 물 질어 못 오겠나! 온 집 안에 물 한 방울 없이 해놓고."

"와 물이 없노. 독에 물이 있는데."

"머? 하라 카믄 할 일이지!"

쥐어박는 소리, 임이 우는 소리가 들렸다.

저녁을 먹은 뒤 임이 뒷설거지를 하고 임이네는 방바닥을 닦다가,

"보소."

하고 멍멍히 앉아 있는 용이를 불렀다. 슬그머니 쳐다본다.

"어지저녁 때 최참판님댁에서 오라고 해서,"

"누구를?"

"누구기는요. 지를 오라 안 캅니까?"

"머라꼬, 와?"

용이 얼굴이 긴장되었다.

"와! 머한다꼬."

"서울서 침모가 왔는데 그 침모는 서울아씨하고 사랑의 나으리."

"사랑의 나으리?"

"야, 그분들 옷밖에 못 지으니께 하인들 옷을 지보고 하라 안 캅니까."

"미, 미친 소리!"

"……."

"거기가 어디라고 임자가 갔으며 또 어느 연놈이 임자를 오라 했소!"

"큰소리 마소. 큰일 날 말을. 오라 카기야 서울아씨가."

"서울아씨? 못 가요. 당치도 않는 소리, 그 문전에 들어서지도 못할 임자가 그 댁 바느질이라니."

"하라 카믄 하는 줄 알았지……."

"인심 고약하다. 망할 놈의 세상, 애기씨 눈이 씨퍼런데 부모 죽인 죄인."

하다가 용이는 말을 끊었다. 용이가 이렇게 역정을 내기는 처음 있는 일이었다.

"내가 성이 나서, 말이 심했는지 모르지마는 이치가 그렇지 않소?"

임이네는 누그러진 용이 목소리를 잠자코 듣고만 있다. 용이의 말투는 늘 애매하였다. 말을 놓는가 하면 어떤 때는 칠성이 아낙이었던 시절처럼 공대도 하기도 했다. 임이네는 문득 칠성이를 생각한다. 용이와 칠성이의 경우를 비교해보는 것이다. 무지막지했던 사나이, 인색하기 짝이 없던 사나이, 그러면은 임이네 역시 미련스럽게 어거지 떼를 쓰며 버릇없이 굴어도 허물이 되지는 않았었다. 정은 없었으나 부부로서 틈이 있고 사이가 멀었던 것은 아니었다. 공동생활을 위한 의욕이 있었고 그것은 무지막지한 대로 살을 부벼대는 것 같은 밀접한 유대였던 것이다. 용이는 부드럽고 자상하며 인색하지 않고 여자를 위해주는 성품이다. 욕설을 입에 담은 일은 결코 없었다. 그러나 말이 없는 용이를 대할 때 임이네는 냉랭한 바람받이 속에 서 있는 것 같았고 먼 거리에서 한 발도 운신할 수 없음을 느낀다.

'기영머리(귀밑머리) 마주 풀고 만낸 사램이 아니라서 그럴 기다. 궂으나 좋으나 한 가장 밑에 사는 기이 제일이라 카던 늙은네들 말이 그래서……'

방 안에 담배 연기가 가득했다. 임이네는 등잔에 불을 밝힌다.

"샐인 죄인 제집을 애시당초 얻은 기이, 와 와 내부리두지 않고……"

"……"

"그, 그리 정리가 있는 최참판댁 원수를, 원수의 제집을 와 이녁이 얻었소. 와 자식을 놓게 해가지고, 오도 가도 못하게. 워, 월선이하고 살았이믄."

용이 이마빼기에 핏줄이 섰다. 노했다기보다 고통스러워 보인다. 임이네는 울기 시작했다.

"사람우 도리가 그렇지 않다는 기지, 머 내가 임자한테 잘못이 있다는 거는 아니고."

"내, 내사 땅이라도 뺏으까 바서. 이, 이자는 그 양반이 골리(권리)를 가졌이니께 주, 죽으라믄 시늉이라도 내야 할 기라 싶어서."

"씰데없는 소리, 골리는 무신 골리. 최씨네 땅을 와 조씨네가 좌지우지할 기든고? 아무튼지 간에 임자는 가믄 안 된다 그 말이구마. 사람으 눈 하나 없다고 그리 쉽기 간에 붙고 실개(쓸개)에 붙고, 그럴 수는 없지."

용이는 재떨이에 곰방대를 털고 나서 일어섰다. 갈 곳이 없어 잠시 망설이던 용이는 삽짝을 나섰다. 어두운 길을 터벅터벅 걸어간다.

'사람우 인심 참말로 고약하다. 하기사 낸들 돌아가신 마님, 서방님한테 무신 면목이 있단 말고.'

그러나 그 생각은 잠시였다. 간밤에 월선이와 잠자리를 함께한 일이 한스러웠고 그 아픔 때문에 용이는 눈이 멀 것 같은 생각이 들었다.

주막에 들어섰을 때 그곳에서는 낯선 나그네까지 합한 마을 사람들의 공론이 한창이었다. 두만아비만은 그 공론에 참여하지 않고 참빗장수가 펴놓은 꾸러미 속에서 참빗을 고르고 있었다. 용이는 두만아비 옆에 쭈그리고 앉으며 주모에게 술을 달라고 눈짓을 했다. 손님은 많았지만 술 마시는 사람은 별로 없어 주모의 표정도 유쾌해 보이지는 않았다.

"나이 어린 애기씨를 생각해서라도 다행한 일이구마. 그 양반이 그래도 개화바람을 쐬서 그런지는 모르지마는 돌아가신 마님하고는 영 딴판이다. 농사꾼들 실정을 알아서."

"흥, 딴맴이 있이니께 그렇지."

괄괄한 성미의 한조가 이죽거렸다.

"그거사 머 우리는 모르는 일이고, 사돈의 팔촌이라도 된다면 모르까, 우리가 정신 쓸 일은 아니거마는. 주는 떡이나 묵고 굿이나 보믄 되는 일 아닌가 배? 누가 임자가 되든지 간에 우리 농사꾼한테 후하게만 대해주믄 가타부타 할 거 있나."

"그 말에도 일리는 있지. 그러나 그것은 지내놓고 봐야 알 일이고, 아무튼지 간에 서울 그 양반이 기셨으니, 그렇지 않았드라믄 집안이 풍지박산[風飛雹散] 안 났겠나? 어린 애기씨가 머로 아노. 종놈들, 마름 놈들만 좋은 일 시키고, 그래도 그 양반이 기시서 주관을 하시니께. 원체 지체로 말할 것 같으믄 그 양반도 대단한 집안이라더만. 최참판댁보다 벼슬살이한 분도 많고 서울서도 떵떵 울리던 집안이라니께 분별이 분명하실 기구마."

"흥, 입에 침 마르겠다."

"아아니, 한조 니가 와 그리 핏대를 세우노?"

"가소럽아서 그런다."

"머가 가소롭노. 내가 가소롭다 말가, 서울 그 양반이 가소롭다 말가."

"다아 가소롭다!"

"이눔우 자석이."

"허허 시끄럽구마는. 남우 일에 머한다고 싸울 기고. 최참판댁이 끝장나고 조씨네가 시작되는 것은 뻔한 일 아니가, 자손이 없는데 우짤 기든고? 뻔한 일 가지고."

일체 참견 없이 있던 두만아비는 참빗 하나를 골라 들고 셈을 마친 뒤 온다 간다 말도 없이 주막을 나가버렸다.

"우리끼리니 하는 말이네마는 앞으로 땅을 우짤 긴고 모르겠네? 들리는 말로는 와 그 종놈들이 부치던 그 문전답 말이다."

"문전답이 우찌 된다 카나?"

관심들이 확 쏠린다.

"그 땅을 내놓는다 카지? 아마."

"종놈들 편하게 생깄고나."

"종놈들 편하게 생깄지마는 그 땅 부칠 사람도 해롭울 것 없지."

"누구 준다고 정해졌는가?"

황급하게 누군가가 물었다.

"그렇지는 않은가 분데, 아무튼지 간에 동네 사람 누구 중한 사람이 하겠지. 누가 하든지 상답이니께 농사짓기야 누워서 떡 묵기고."

"이 통에 삼수 놈이 세도를 부리게 됐다 하던데, 김서방이 죽었으니 의당 수동이가 두량을 해야."

"그거는 안 될 말이제. 그 양반이 머가 이뻐서 수동이를 시키겠나. 지랄이 한분씩 나믄 그 양반한테 마구 딜이뎀빈다 안 카나."

"그리 얌전하더마는 다리벵신이 되고부터는 개차반이라. 하여간에 삼수 놈이 팔자 늘어졌지."

"차차 다른 사람이 오겄지마는 우선에는 삼수 놈이, 마을 일이사 그놈이 잘 아니께. 미우나 고우나 삼수를 슬슬 삶아야 후탈이 없일 기구마. 심술깨나 있는 놈이니께."

"심술만 있나? 원한도 있지, 지 할애비 때부터 왜 그 노리개기를 권해서 선대가 돌아가신 후부텀 최참판댁에서는 천대꾸러기로 자라지 않았던가 배?"

"까딱 잘못하다가는 상전 하나 더 모실라."

"벌써부텀 삼수가 으르렁거리믄서 댕긴다 카던데? 김서방겉은 사램이 없었지. 욕심 없고 심술 없고."

"어찌 맴이 뒤숭숭하거마."

"흐흐흐…… 삼수 말이 났이니 말이지 막딸네 그 과부 년이 벌써 그 삼수 놈하고."

"머?"

"날쌔기도 하지. 굼벵이 굼불 재주 있더라고 벌써 장로를 내다보고."

남의 살림이 어디로 넘어가든 깊이 관심하려 하지 않는 농부들은 자신들 앞일이 어찌 될 것인지 불안을 느끼는 모양이다. 현상유지를 바라는 사람들의 불안은 한층 큰 것이고 좀더 좋은 수가 나지 않을까 궁리를 하는 봉기 같은 축들은 막딸네의 재빠른 행실을 미워하고 멸시하면서도 한편 감심(感心)하기도 한다. 이미 마을 사람들 눈에는 거대한 땅의 주인인 서희의 모습은 보이지 않았다. 이따금 마을을 돌아보며 다니는 조준구의 모습만이 크게 비친다.

"형님, 안 갈라요?"

한조가 용이 등을 건드렸다.

"으, 음."

"나가입시다. 세상이 더럽어서, 낯짝도 보기 싫고 빌어묵을, 섬진강 개기를 낚아 묵고살았이믄 살았지."

10장 뜬구름 같은 행복

서편 울타리의 그림자는 차츰 넓어지고 있었으나 백토로 다듬어진 뜨락에 엷은 햇빛은 아직 많이 남아 있었다. 장터하고 상당한 거리가 있었고 또 그곳의 시끄러운 소리가 들려오는 것도 아니었지만 한 달에 세 번씩 서는 장날이면 노상 설레지는 것은 용이를 기다리는 월선이만은 아니었다. 작은 고을이 모두 술렁이는 것이었다. 우두커니 마루에 나앉은 월선이는 저만큼, 비탈에 서 있는 엉성한 나뭇가지의 묵은 까치집을 바라보고 있었다. 나무에 물이 오르려면 아직 더 기다려야겠지만 그새 한두 번쯤은 뿌려줄 줄 알았는데 비는 통 오지 않고, 물기를 빨아당기는, 그 많은 뿌리들을 안은 대지의 목마름도 한층 심한 계절이어서 공기는 메마르고 땅덩이는 따각따각 소리가 나게 굳어 있었다. 예닐곱 살쯤, 눈딱부리에 쉴 새 없이 코를 흘리는 아이는 마당에서 팽이를 치다가 그것이 나동그라지자 소매끝으로 코를 쑥 문지르며 집어든다. 손톱 밑이 까만 아이의 손은 팽이 줄을 감는다.

"천석아."

"야?"

하고 아이는 월선이를 쳐다본다. 월선이는 멍한다. 마치 아이 쪽에서 아지매 하고 불렀던 것처럼.

"아지매 와 그라요?"

"응······."

더 이상 월선이를 상대하지 않고 아이는 꼼꼼하게 팽이 줄을 감더니 땅바닥에 놓고 휙 풀어젖힌다. 팽이는 뱅뱅이를 돌고 아이는 다그쳐서 팽이채로 내리갈긴다.

"천석아."

"······."

"아가, 천석아."

"······."

"니 아지매보고 내 아들 될라 캤제?"

아이는 듣는 둥 마는 둥, 팽이치기에 정신이 없다. 연신 코를 닦아가면서. 팽이는 잘도 돌고 있다. 무료한 월선이 귀여워하는 이웃 아이다.

'저런 아이라도 하나 있었으믄······.'

비탈에 서 있는 나무 위에 댕그맣게 얹혀 있는 까치집이 다시 월선의 눈에 들어온다.

'저런 아이라도 하나 있었이믄 이리 해가 길까. 날짐승도 새 끼를 치는데…… 어디 버리는 아이 하나 줏어다가 키우보까?'

"죽어서 물 한 모금 얻어묵을 곳도 없이 허공에 떠도는 망 령도 가련치마는 살아 생전에도 마찬가지다. 아무튼지 간에 자식 없는 것은 사람도 아니네라. 자식겉이 좋은 울타리가 어 디 있일 기라고. 범의 장다리 겉은 아들들만 있어보제? 갬히 누가 업신여길 기든고?"

마을 왔던 이웃 중늙은이의 말이었고 가난한 천석어미는 월 선에게 찬밥이라도 얻어먹는 처지여서 편역을 들어서 말했다.

"머, 자식이사 옷고름의 패물 겉은 기라 안 캅디까. 돈 있이 믄 사요. 뭐니 뭐니 해도 없는 놈이 젤 불쌍치."

"아니다. 강산이 지 거라도 자식 없는 사람이 젤 섧단다. 생 각해보라모. 재물이야 뺏아갈라 카믄 뺏아갈 수도 있는 것이 지마는, 핏줄을 우찌 끊을 것고?"

"자식 없는 중이 사까? 죽은 뒤야 흙 속에 들어 썩으믄 고 만이고."

"그거사 낭개에도 돌에도 못 대니께 하는 소리 아닌가. 아 야 하고 한분 누워보제? 남이 무신 소용고. 누가 따따스리 물 한 모금 끓이줄 것이며, 자식 없는 거는 사람도 아니다."

"아따, 무자식 상팔자라 캅디다."

그때는 월선이 남의 얘기처럼 들었다.

'시장스럽다. 팔자 기박한 내가 죽은 뒤 물 떠줄 것을 우찌 바라겠노. 살아 생시 자식겉이 좋은 울타리는 없다 카지마는 그것도 갬히 우찌 내가 바라겠노. 내 하나 당했이믄 그만이지 무당 자식 설움을 또 전자(대 잇기)할 수는 없다. 내 하나믄 그만이지. 내 하나믄……. 와 세상에 생기났일까 부냐고 어매를 원망하던 일을 생각하믄 생산 못 하는 기이 얼매나 다행이고. 그러던 내가 자식을 바래?'

그것은 몹시 바람이 불고 추운 날의 일이었다. 입술이 얄쌱하고 몸이 가녈가녈해 보이는 사내였다. 어디서 술을 하고 왔던지 갓이 삐뚜름했고 눈알이 붉었으며 술 냄새가 났다.

"월선아, 니 아배다. 절해라."

어미 눈에서 눈물이 쏟아졌다. 사내는 남 보듯이 월선이를 바라보았다.

"고거 참하게 생겼군. 에밀 안 닮았구먼."

"이녁을 닮았소."

"나를 닮아? 그럴까."

"살성도 희고 눈알 푸린 것도 이녁 내림이구마."

"흠……."

아비라는 사내는 하룻밤을 묵었다. 이튿날도 바람은 몹시 불었고 추웠다. 둑길까지 어미를 따라, 멀어져가는 흰 도포와 검은 갓의 모습을 월선이는 바라보았다. 바람에 실려온 모래가 얼굴을 때리고 그래서 월선이는 울었다.

"아가, 불쌍한 내 새끼야."

어미는 월선이를 안고 치맛자락을 끌어올려 언 몸을 싸면서,

"꽁꽁 얼었구나. 불쌍한 내 새끼야."

월선이는 어미 겨드랑 밑에 두 손을 디밀었다. 어미 겨드랑 밑은 따뜻했다.

"와 생깄는고 싶더마는 니라도 없었이믄 내가 우찌 살았겠노. 임 보듯이 니를 보고…… 보고 접을 때 니를 보고……."

아비라던 그 사내의 죽음을 안 것은 그로부터 삼 년 후의 일이었다. 어미의 주량이 늘고 더러 바람도 피우는 세월 속에서, 그러나 여전히,

"와 생깄는고 싶더마는 니라도 없었이믄 내가 우찌 살았겠노. 임 보듯이 니를 보고, 보고 접을 때 니를 보고 우찌 그리 애빌 닮았는고."

그런 말을 했었다.

'어매 맘 알겠소. 임 보듯이 니를 보고, 보고 접을 때 니를 보고……. 임이네 낳은 아이는 그이를 닮았이까.'

벙글벙글 웃는 아이의 얼굴이 떠올랐다. 간혹 길거리에 업고 나오는 이웃 아이의 얼굴이었다.

'야속한 사람, 옛날에는 어무니가 기시서 그랬고 법으루 만낸 사램이 있어서 그랬고 지, 지금은 자식 낳아준 사램이 있어서 그렇고, 끝까지 남남이고나. 원망하는 거는 아니지마는 그이는 나를 남으로 치부하는 거만은 틀림이 없이께. 야속

하고 그, 그렇지마는 내 이녁 맘 알기사 알거마는. 그래도 야
속하지.'

가끔 찾아오는 용이는 월선이 간도로 가기 전 주모로 있을
때와는 다르게 노상 성이 난 것 같은 그런 얼굴이었다. 그러면
서도 처음 손님으로 찾아온 사람처럼 서먹해하는 얼굴이었다.

"농사꾼 입에 이런 개기 반찬은 맞지 않거마는. 입 갖추어
보아야 머 쥐뿔이나 있이야제."

월선이 차려낸 밥상 앞에서 용이는 얼굴을 일그러뜨리며
씹어뱉었다.

"그래도 많이 축갔소. 보약이라도 지어드맀이믄 싶지마
는……."

임이네가 어찌 생각할지 몰라서, 하는 말은 입 밖에 내지
않았다.

"니가 걱정할 일 아니다!"

용이는 버럭 화를 내었다. 화를 내었을 뿐만 아니라 월선이
를 쳐다보는 눈에 평소에 보지 못한 증오의 빛이 있었다.

"내가 기생오래빈가? 사내 기생인가?"

빈정거리기까지 했다.

"그, 그라믄 나는 머요?"

"……."

월선이는 울었다. 용이는 월선이 비단옷을 입는 것도 싫어
했다. 내가 기생방에 오입하러 온 줄 아느냐 하며 노골적으로

힐난한 일도 있었다. 처음에는 마음이 변했다고 생각했다. 옛날 정리를 생각하여 마지못해 찾아오기는 오지만 젊고 예쁜 임이네, 늦게 본 첫자식에 대한 정이 깊은 거라 생각했다. 그러나 차츰 그것이 아니라는 것을 깨달았다. 남자의 오기 탓이며 월선에게 할 짓을 못한다는 죄책감이라는 것을 알게 되었지만 월선이는 자신에 대한 용이의 불안과 대상도 없는 막연한 질투심도 곁들여져 있는 것은 알지 못하였다. 오기와 죄책감만이었다면 그같이 거칠게 월선이를 대할 용이는 아니었다.

팽이치기에 싫증이 난 아이는 땅바닥에 쭈그리고 앉아서 사금파리로 동그라미를 그리고 있었다.

"천석아!"

"야."

이번에는 빨딱 일어서며 아이는 웃었다. 눈딱부리의 얼굴이 귀염성스럽게 허물렸다.

"오늘 장날이제?"

"야. 아지매는 그것도 모르요?"

"어매 장에 갔나?"

"야. 보리 팔러 갔소."

"천석아!"

"야."

"니 고만 내 아들 되자."

월선이는 빙그레 웃는다.

"니 저분 때 내 아들 되었다 캤제?"

아이 얼굴에는 난처해하는 빛이 떠올랐다. 월선이 우스개로 하는 것을 모른다.

"저분 때는 그랬지마는,"

"와? 맘이 변했다 그 말가. 내 아들 되믄 보리죽 안 묵고 쌀밥 묵을 긴데."

"그렇지마는,"

"그렇지마는?"

"저어."

"……"

"저어, 아지매 아들 되믄은 커서 무배가 될 기라 안 카요."

머뭇머뭇하며 말했다.

"무배가 될 기라고?"

월선의 눈이 슬프게 흐리어졌다. 무배란 무당을 따라다니면서 굿이 있을 때마다 피리도 불고 징도 치는 남자로서 천민이다.

"니가 무배를 우찌 아노."

"석원이가 무밴데?"

하긴 건너편 언덕 밑에 조그마한 막을 쳐놓고 사는 반미치광이 석원이를 모르는 아이들은 없다. 월선이는 눈을 깜박거리며 미소를 띤다.

"굿하러 가믄 떡도 묵고 과실도 묵고 큰 개기도 묵고 하는데 싫나?"

아이는 침을 꿀꺽 삼킨다.

"그, 그래도 울 어매가 그러는데 커서 장개도 못 간다 카던
데……."

떡과 과실과 큰 고기에 끌리는 마음에서 아이는 심각하게
고민한다.

"니 말이 맞다. 장개도 못 가믄 큰일이지. 니 말이 맞다."

월선이는 아이에게 엽전 한 냥을 주며 장에 가서 엿을 사
먹으라고 했다. 아이는 박치기하는 싸움소같이 머리를 숙이
고 눈은 치뜨며 쏜살같이 집 밖으로 달려나간다.

해가 떨어졌다. 놀은 고을 안을 물들이면서 서서히 움직이
고 있었다. 동헌 넓적한 마당에, 지난해 호열자 때문에 대부
분 해를 묵히고 만 회갈색 초가지붕 위에 그리고 가뭄에 콩
나듯 한 솟을대문의 대가댁 행랑 벽에 노을은 일렁이고 있었
으며 보리밭 이랑과 엉성한 잡목숲에는 벌써 노을이 지나가
고 있었다. 잔망스런 참새들은 물방앗간 근처에서 모이를 줍
다가 묻어오는 어둠에 당황하여 날아오르고 대숲은 몰려온
새 떼 때문에 시끄럽다. 장도 파장이다. 장꾼들은 거의 마을
로 돌아가고 주막은 짐을 거둬 들어선 장돌뱅이들로 붐빈다.
쓸쓸한 파장자리를 질러서 월선이는 나루터에 이르렀다. 장
배 나무배는 이미 떠나고 방금 나룻배는 뭍을 떠나고 있었다.
마지막 배임이 틀림없다.

'안 오는구마. 그만 오늘은 안 오고 마는구나.'

물끄러미 강 너머 산을 바라본다. 장날이면 장날마다 반드시 용이 와주었던 것은 아니었다. 지난 장날에 왔을 때 다음 장날에 오마 하고 약속을 했던 것도 아니었다.

'눈이 빠지게 기다리고 있는 것을 알 기믄서, 이리 해가 져도 안 오는 사램이 오겄나. 임이네 서슬에 못 오는갑다. 하기사 그렇겄지, 와 안 그렇겄노.'

마지막 나룻배를 놓친 장꾼 두세 사람이 육로로 가야겠다 하며 나루터에서 발길을 돌린다.

"여기서 머하요."

이부사댁 억쇠가 말을 걸었으나 월선이는 눈앞에 사람이 보이지 않는 듯 그냥 멍청히 서 있다.

"여기서 머하요."

"야."

겨우 월선이 알은체한다.

"파장에 싼 나무가 있이까 싶어서 나왔더마는 싹 쓸어났구마요."

억쇠는 묻지 않은 말을 하며 입맛을 다신다. 이부사댁 살림이 넉넉지 못한 것은 월선이도 알고 있다.

"최참판댁 마님께서 살아 기실 적에는 나무 걱정 안 하고 살았는데."

월선이는 묵묵부답이다.

"우리 나으리마님께서 오싰던 일 아요?"

억쇠는 목소리를 낮추었다.

"야."

"뉘한테 들었소."

"길상이가."

"그라믄 평사리에 가싰던 일도 알겄구마요."

"들었소."

"나 참 딱해서, 우리 나으리마님께서 떠나싰다고 수동이하고 길상이 놈이 원망, 원망하지마는."

월선이는 그것도 알고 있었다.

"큰일 하시는 어른이 언제꺼정 기실 수도 없는 일이고, 또 설사 기신다 하더라 캐도 남우 일에 감 놔라 배 놔라 하실 수는 없일 기고."

상전의 입장을 변명하듯 말했으나 실상 마음은 월선이와 함께 최참판댁 형편을 의논하고 싶은 것이다. 의논을 해서 어떻게 하겠다는 것도 아니면서 함께 근심이라도 하고 싶었을 것이다.

"거, 이럴 줄 알았더라믄 진작 그 댁 애기씨 혼처를 작정해 놓는 긴데,"

"그러기요."

"하기사 사람이 우찌 앞일을 다 알까마는."

"마님 기실 적에 혼담이 없었던 거는 아니라 카더마는 성사를 못하고."

"우리끼리니께 하는 말이지마는 그 댁 마님께서는 우리 상현도련님한테 맴이 있었던 성싶더마는. 그렇게만 되었더라믄 오죽이나 좋았겠소? 그랬이믄 천상배필겉이 어울릴 긴데."

월선이는 참말 그랬으리라 생각한다. 그런 생각을 하면서도 그의 눈앞에 용의 모습이 어른거리고 어디 가서 실컷 울어버렸으면 좋겠다는 별도의 생각을 하는 것이었다.

"한분 한 언약이 무섭아서 또 우리 상현도련님을 말할 것 겉으믄 장자니께⋯⋯. 세상만사가 다 뜻대로."

하다가 억쇠는 작은 새우눈을 부릅뜬다. 아까부터 사내 하나가 어정쩡하게 월선이 주변을 맴돌며 떠나지 않고 있는 것을 알았는데 그의 눈과 억쇠의 눈이 부딪쳤던 것이다. 싸전집 사내였다. 두리뭉실한 얼굴은 미련한 것 같았으나 눈빛은 강했다. 무슨 수작이 그리 기냐고 힐난하는 것 같았다. 억쇠는 월선의 얼굴을 살핀다. 멍하니 서 있었다. 묻어오는 어둠 속에 살빛이 파르스름했다. 눈은 먼 산을 보듯 맥없이 풀리어 있었다.

"그라믄 나는, 일 보소."

억쇠는 코를 힝! 하고 풀더니 옷섶에 손을 문지르며 가버렸다. 싸전집 사내가 월선이 곁으로 쑥 다가왔다. 월선이 강 건너 산을 하염없이 바라만 보고 서 있다.

"월선아."

얼굴을 돌린 월선이 사내를 노려본다. 귀찮게 구는 것이 한

두 번이 아닌 모양이다.

"생각 고치묵는 기이 좋을 기구마."

"……."

"쇠전 한 푼 없는 가난뱅이 농사치기 바라고 살아봐야 니 장로는 알아볼 것 아니가. 송장도 발 뻗을 자리 살핀다 카는데 머를 믿고 살 기고. 니 마음묵기 탓이다. 니를 넘보는 다른 놈들하고 나는 틀린다 말이다. 니가 가졌이믄 얼매나 가졌겠노마는 재물을 탐내는 놈팽이들하고 다른 거는 니도 알고 있는 일 아니가. 가난뱅이 농사치기하고도 다르고. 호강을 할라카믄 얼매든지 내 시키주지. 나는 다만 니 사람 하나 보고 장로까지 니를 맡겼다 그 말 아니가."

"그런 소리 하지 말고 다른 데 장개드소. 나 겉은 무당 딸 얻어가믄 재수가 없어서 망할 기니께요."

월선이 가려고 하는데 사내는 흰 당목 치마를 꽉 붙든다.

"이거 놓으소!"

"그러지 마라. 계집 있고 자식 있는 놈 바라고 살아도 말짱 허사다. 자식이사 있지마는 나 겉은 상처꾼이 그리 흔한 줄 아나?"

"못 놓겄소!"

"허허 참, 내가 겉보기는 쌀장사다마는 니 내 살림이 우떤고 모르지는 않을 기다. 새 처니도 주겄다고 나서는 사람이 얼매나 많은지 아나? 니 팔자 피는 거는 단지 맘묵기 하나에 달리 있는 기라. 톡톡 쏘지만 말고 한분 생각해봐라. 주막 할 때부터 내 니를 맘에 두었지마는 그때는 범 겉은 마누라가 살아 있어서 갬히 우쩌지 못했다마는."

월선이는 치맛자락을 뽑아내리려고 용을 쓰고 있을 뿐 사내 말은 한마디도 듣고 있지 않았다.

"정히 이거 못 놓겠소!"

"허허, 내 하는 말이나 듣고."

실랑이를 하는데,

"거기서 머하노."

용이 목소리다.

"보, 보소!"

월선이 외쳤다.

"이거 와 이라요."

엉겁결에 사내는 치마를 놓았고 월선이 물러서자 그들 사이로 쑥 들어서며 용이 거친 음성으로 말했다.

"사람 잡고 얘기 좀 하는데 머가 잘못됐는가?"

사내는 얼굴이 벌게져서 응수했다.

"임자 있는 여자한테 얘기라니."

"임자 있는 여자? 허허, 금시초문이구마. 월선이한테 임자가 있었던가?"

"보소, 그만 가입시다."

월선이 겁에 질려서 말했다.

"금시초문이라 카니 다음부터는 안 그라겠구마."

용이는 침을 내뱉고 돌아섰다.

"가자."

"야."

용이는 앞서서 성큼성큼 걸음을 옮기고 그 뒤를 월선이 따라간다. 사내는 상말을 던졌으나 용이와 월선이는 듣질 못했다.

"와 인자 오요. 걸어서 왔소?"

"......"

"이녁 기다리노라고 나, 나루터에 나갔다가."

"거기는 와 나가노!"

월선이는 우죽우죽 따라가면서 그저 용이 와준 것만 기뻐서 어쩔 줄을 모른다. 문을 밀고 집 안으로 들어갔을 때 사방은 아주 어두워져 있었다. 월선이는 방으로 들어가 등잔에 불을 켰으나 용이는 마루에 걸터앉은 채 방 안으로 들어오려 하지 않았다. 월선이의 마음을 몰랐던 것은 아니었다. 그러나 용이는 화가 치밀어 견딜 수 없었다. 방금 겪은 일은 늘 지녀온 불안에 기름을 부은 격이 되었다.

"춥은데 들어오소."

"......"

월선이 방에서 나왔다.

"방에 들어가소. 배고플 기요. 저녁 지어 올 기니."

"일없다!"

용이는 마루에서 내려서려는 월선이를 떠밀었다. 떠밀어서 방으로 들어간 용이 뻗치고 서서 월선이를 노려본다.

"와, 와 그라요."

"……."

"머엇을 지가 잘못했소?"

"잘못한 거 없지러."

"그, 그라믄 와 이러요."

자조의 웃음이 흐르는 용이 얼굴을 바라본다.

"잘못은 모두 나한테 있는 기고, 그러나 나를 이리 맨든 기이 누고? 니 탓이다! 니 탓이다!"

"야?"

"임이네가 아이를 낳은 것도 니 탓이다!"

"……."

"와 한마디 원망도 없노!"

"……."

"천치가! 소나무 죽은 구신가!"

"원망하믄 머할 기요. 지 처지가!"

"무당 딸이다 그 말이가! 누가 그거를 말하나! 누가."

"그거마 아니었으믄 우리가 이리 만내지는 않았을 거 아니오."

용이는 월선이 옷섶 앞을 와락 움켜잡았다.

"니, 니 또 도망가믄 그때는 직이부릴 기니, 명념하겠나!"

흔들어대었다. 월선은 고개를 앞뒤로 흔들면서 말했다.

"이녁 자식 하나만······ 그기이 소원이오. 이, 이녁 자식."

용이는 월선이를 끌어안았다. 얼굴을 부비는데 뜨거운 눈물이 여자 얼굴 위에 흘러내렸다.

한참 후 목이 꽉 잠긴 목소리로 말했다.

"우리 오늘 밤은 굶고 자자. 이대로 누워서 얘기하다가 자자."

용이 등잔불을 불어 끄고 맨 방바닥에 드러누웠다. 월선이는 쭈그리고 앉으면서 흐느낀다. 팔을 뻗어서 여자를 자기 곁에 누인 용이는,

"내가 잘못했다. 안 그럴라 하믄서도, 백 가지 중 한 가지도 못하는 내 처지가······."

"얼굴만 보믄······ 그, 그라믄 머를 더 바라겄소."

"니가 거지가 돼서 돌아왔이믄 얼매나 좋았겄노. 그랬이믄 내가 이리 벵신 꼴은 안 됐일 긴데······. 하기사 쓸데없는 말이지. 니가 고생 안 하는 것만도 생각해보믄 고마운 일일 긴데······. 이자 나루터에는 나가지 마라. 내 틀림없이 장날이믄 올 기니께. 알겠나?"

"야."

"달이 떠오르는가 배."

"그런갑소."

푸르스름한 빛이 장지문을 지나서 방 안에 들친다.

"비가 와얄 긴데."

"그러기 말이오."

11장 우관(牛觀)의 하산

읍내 객줏집에서 머슴살이를 하다가 모처럼 집에 돌아와서 논을 갈던 따줄이 빌려온 영팔이네 소를 논 한가운데 내팽개쳐놓고 마을을 향해 허겁지겁 달려간다.

"왜병이다! 왜병! 왜병들이 온다!"

짚신짝은 논둑에 굴러 있고 따줄이는 맨발로 쇠똥, 돌멩이를 밟으며 연 잡으러 가는 아이같이 허공에 팔을 휘젓고 뛴다.

"왜병이다! 왜놈들 병대가 말을 타고 온다!"

나뭇짐을 지고 장에 팔러 가던 윗마을의 박서방이 흠칠하며 멈춘다.

"머, 머라꼬?"

"왜! 왜병이오!"

읍내길에서 발길을 돌린 박서방은 달려가는 따줄이 뒤를 쫓는다.

"왜, 왜병이 온다꼬! 머, 머, 머할라꼬 오는고?"

따줄이는 어느덧 멀리 가고 나뭇짐의 무게와 서둘러지는

마음 때문에 옆걸음을 걷던 박서방은 개천가 팽나무 밑에 나뭇짐을 내팽개치고,

"왜, 왜병이 머, 머, 머할라꼬 온다 말고!"

이미 아득히 멀어진 따줄이를 향하여 소리 지른다.

소식은 삽시간에 퍼졌다. 와글거리며 마을 사람들이 모여들었다. 따줄이 말을 듣는 불안스런 눈길들이 갈팡질팡 헤맨다.

"내가 논을 갈고 있는데 말을 타고 이, 이리 긴 칼을 차고 하, 한 놈도 아니고 여러 놈들이 모, 모두 총을 메고……."

영팔이 달려왔다.

"내 소! 내 소는 우찌 됐노!"

사람들을 헤치고 들어서며 귀청이 떨어져나갈 만큼 고함을 친다.

"소, 소 말이오? 소는 논에 있소!"

"머, 머라꼬! 논에 있다니!"

"이 차중에 소 챙기겠십디까."

"왜, 왜놈들이 자, 잡아가믄 니, 니가 물어줄 것가!"

얼굴이 백지처럼 된 영팔이는 미친 사람 모양 괭이를 쳐들고 뛰어간다.

"괭이를 들고 가믄 우짤 기라고."

웅성이는 사람들 가운데서 서서방이 근심스럽게 말했다.

나타난 일병은 일개 소대쯤 되는 병력이었다. 그들은 마을

을 스쳐가고 있을 뿐 머무르지는 않았다. 마을 사람들은 처음 그들을 본 것도 아니었고 동학란 때 이미 보았건만, 물론 그 당시에도 그들 보기를 사람백정 보듯 했었지만 그 후 들려오는 일인들에 대한 소식은 갈수록 흉악한 것이어서 그들에 대한 증오와 공포심은 깊은 것이었다. 대궐을 짓밟고 들어가서 일국의 국모를 끌어내어 불에 태워 죽였다는 그들의 행악과 곳곳에서 자행되었다고 전해오는 가지가지 횡포, 마을 사람들은 멀리 둑길 위를 지나가고 있는 일병들을 공포에 차서 지켜본다.

"난리가 날 긴가."

"난리가 난다믄 서울서 먼지 나지. 이런 산골에서 무신."

"그라믄 동학당을 잡으러 가는 길까."

"지금이사 어디 동학당이 있건데."

"와 없노. 지리산에 많이 숨어 있다 카던데."

"그거는 빈말이고."

"빈말이긴? 동학당이 화적으로 변했일 뿐이지. 동학은 동학이라."

"화적? 실없는 소리 마라."

"동학당이 사돈의 팔촌가. 편역은 와 들꼬?"

"내 생각 겉애서는 아무래도 의병을 치러 가는 성싶은데……."

"이 근동에 의병이 있다는 말을 못 들었는데?"

"그러세…… 그라믄 저눔들이 어디 가는 기까?"

중무장에 총을 메고 각반 친 다리에 무거운 군화를 신은 일병들은 일개 소대에 지나지 않았으나 보무당당한 구둣발 소리는 요란스러웠다. 가뭄이 계속된 땅 위에는 그들이 옮겨놓는 걸음마다 붉은 흙먼지가 어지러이 인다. 마상에 높이 앉은 장교는 가죽 장화에 긴 군도를 차고 있으며 어깨에 걸친 군용 망토가 바람에 펄러덕거렸다. 길 한편에 비켜서서 걸음을 멈춘 노장(老長) 한 사람이 석장(錫杖)을 짚고 마상의 일인 장교를 바라본다. 희고 긴 눈썹이 눈언저리를 덮고 있었다. 꼿꼿한 자세에 역사(力士) 같은 모습이나 이미 나이는 칠십을 넘어 보인다. 우관스님이다. 쏘는 것 같은 강한 눈빛은 여전하다.

"모우로쿠 보우즈메. 아이쓰 메다마가 우산쿠사이조(늙다리 중놈 같으니라구. 저 새끼 눈깔이 고약하구나)."

입속말로 중얼거리며 장교 역시 눈을 부릅뜨고 강한 시선을 맞는다. 순간 우관의 얼굴에 빙긋한 미소가 떠올랐다. 장교는 얼굴을 붉히며 화를 내었으나 이미 말은 우관 옆을 지나치고 있었다.

최참판댁을 위해, 그보다 서희를 위해 김훈장은 진심으로 조준구가 있어주어서 다행이라 생각하고 있었다.

"그래도 그 양반 뼈대 있는 집 자손이니."

담배 연기에 전 사랑에서 장죽을 물고 꾀죄죄한 버선등을 슬슬 쓸며 곧잘 최참판댁 얘기를 꺼내는 마을 사람들에게 말하곤 했었다.

"그놈의 개화바람 땜에 좀 뭣하긴 하지만,"

그것만은 못마땅하다는 것이겠는데 마을 사람들은 유식한 김훈장의 판단을 매우 중히 여기고 있는 터이어서 왈가왈부하며 마을에 말이 많아질 때면 누구나 한 번은 김훈장의 의견을 듣고자 했다.

"김서방이 중간에서 다리를 잘 놔준 까닭도 있지마는 참판님댁 마님은 후덕한 분이었지요."

하고 마을 사람 하나가 찾아와 말을 시작했다.

"그야 말해 뭣하나."

"그 어른 담력 땜에 마을에서야 아무도 기를 피지는 못했지마는 연장 없는 농가에는 연장을 나누어 주싱고 굶는 집이 있이믄 곡식을 보내주싱고, 하다못해 참새까지 참판님댁 곡식 묵고 살지 않았십니까. 하늘이 무심해서 그런 재책(재앙)이 났지⋯⋯."

"가운이 기울라면 할 수 없는 게야."

"그러매요. 거 없는 놈 집구석에는 자식들도 많더마는. 보리죽도 배를 못 채우는 자식놈들이 우굴우굴하더마는, 참말 고르잖구마요. 하나라도 참판님댁에 태어났더라믄, 안 그렇십니까?"

"그 얘기라면 비단 최참판댁만은 아니지. 김진사댁 두 청상마저 세상을 하직하고 비바람에 집이 썩을 생각을 하면,"

김훈장의 얼굴은 어두워진다. 자기 형편 얘기는 하지 않았으나 열여덟 과년한 딸을 생각해도 가슴이 답답했다. 어릴 적에는 계집자식은 사람으로 여기지 않았던 김훈장이었지만 더럭더럭 나이 차가는 것을 볼 때 당황해지지 않을 수 없었다.

'올해만은 내 기필코 그놈을 찾고야 말겠다.'

그러나 찾을 수 있을는지, 김훈장은 자신이 없었다.

'그렇게 사방에다 줄을 놔났건만 행방은 묘연할 뿐, 어디서 죽었는지도 모를 일이야. 만일에 그렇다면 어떻게 하면 좋을꼬?'

"우리네야 벌써 증조부 적부터 부치묵던 땅이니께로."

마을 농부는 줄곧 씨부리고 있었던 모양이다.

"흉년 말고는 내는 곡식을 축내본 일도 없고 우리가 시래기죽을 묵는 한이 있어도 알톨 겉은 곡식, 나라에 진상해도 좋을 곡식을, 아 얼매나 정성을 디려서, 아암요. 여축이 없이 했구마요. 그 땅 부치묵고 사는 이상에는 땅임자 맘을 흡족하게 해주는 기이 도릴 기고 또 그렇기 하는 만큼 이쪽 사정도 알아주시는 거 아니겠십니까."

농부는 손바닥으로 입가를 문질렀다. 너부죽하게 큰 손이었고 노동에서 굵어진 손마디는 흡사 작은 혹이 즐비하게 달린 것처럼 보였다. 그는 눈을 깜박거렸다. 자기가 무슨 말을 하려고 긴 얘기를 시작했던지 시초의 목적을 잊었던 눈치다.

"그러니께 음, 그, 그러니께 아 우리네사 벌써 증조부 때부터 부치묵던 땅이라 그 말 아닙니까. 소문을 듣자하니."

"소문은 무슨 소문, 거 다 쓸데없는 소리야."

"소문도 그렇지마는 삼수가 와서 긁적긁적 긁어대니께 손손증(조바심)이 나서 어디 그냥 있을 수가 있어야지요."

"삼수가 뭐라 했기에."

"똑똑하게나 말을 해주었이믄 속이라도 시원하겠는데 머개대가리가 찜 쪄 묵는 소리를 하니께 도무지 종을 잡을 수가 있이야지요. 머 앞으로 변동이 있일 기라는 둥, 옛날식으로는 안 할 기라는 둥, 그래 변동이 있이믄 조상 때부텀 부치온 땅을 거둬간다, 설마 그 말은 아니겠지요? 옛날식으로는 안 한다 카지마는 우떻게 옛날식으로 안 한다 말입니까."

마치 김훈장한테 땅을 내놔라! 하는 말을 들은 것처럼 농부는 갑자기 흥분하여 입술까지 실룩인다.

"공연한 걱정이야. 종놈이 뭘 안다고. 내 그 양반을 한번 만나서 얘기하지. 워낙이 삼수란 놈 심성이 좋잖잖아. 할애비나 애비 적부터 최참판댁에 누를 끼친 놈들이니, 그 양반으로 말할 것 같으면 서울서도 문벌 좋은 집안에 태어나서 귀공자로 자라 세상 물정을 모르니께 개화바람도 쉽게 탄 모양이나, 그래서 상놈들 간을 키웠으면 키웠지. 또 기실 최씨네 살림에 깊이 간여할 권리도 없고."

"하, 하지만 소문으로는 조씨 사, 살림으로 넘어간다고."

"쓸데없는 소리! 그럴 사람은 아니야."

"그거사 머 우리들이 알 바 아니지마는."

"상것들 소견이란 노상 그렇지. 체통 차릴 신분이 어찌 감히 그따위로 파렴치한 생각을 하겠나. 그보다 날씨 걱정이나 하게."

"그러매요. 날이 가물어서."

농부는 하늘을 올려다본다.

"큰일이네."

"큰일이구마요."

"아무래도 보리는 흉작일 모양이니, 메뚜기 누워서 따먹게 생겼구면."

메뚜기가 누워서 따먹는다면 보리가 아닌 벼겠는데,

"메뚜기 누워서 따묵을 처지라믄 오히려 대금산 아니겠십니까. 황모가 들어서* 온 전신이 누우렇게 떠 있는데, 큰일입니다."

"무슨 시변인지. 재작년 흉년에 작년은 괴질에다 금년이 또 이러니."

"와 아니라요. 이렇기 병 주고 내리 숭년 들고 이럴 바에는 천지개벽이라도 나서 아주 싹 씰어버맀이믄 좋겠십니다. 조상 무서운 줄 모르고 상투를 댕강댕강 짜르더마는,"

하는데 마을이 와자지껄했던 것이다.

김훈장댁 사랑 마당에 사람이 모여든 것은 왜병들이 지나간 한참 후의 일이었다. 영팔이 소를 몰고 돌아오는 것을 본 뒤 김훈장댁으로 모여들었던 것이다. 김훈장은 분을 못 이겨 부들부들 떨었고 마을 사람들은 겁에 질린 눈들이었다.

"원통하다! 왜구들이 그 더러운 발로 내 강산을 짓밟다니! 나라에서는 뭣들 하고 있단 말이냐! 백주에 무기를 들고 활보하게 내버려두는 것은 언어도단이요 피를 토할 일이로다!"

새삼스럽게 나라에서는 뭣들 하느냐고 호통이다. 무장한 왜병들이 이 땅에 와서 활보하는 것은 이미 오래된 일이요 그네들, 일확천금을 꿈꾸며 섬에서 건너온 무뢰배들 사병 노릇까지 하며 노략질에 영일이 없는 것은 삼척동자도 알고 있는 사실이다.

"아무래도 난리가 날 긴가 배요."

마을 사람들이 말했다.

"목을 쳐 죽일 놈들!"

"그보다도 내 생각에는 의병들을 토벌하러 온 긴가 싶은데."

봉기가 말했다.

"토벌이라니! 아가리를 찢을라! 의병이 역적이란 말이냐! 왜병들이 근왕병(勤王兵)이란 말이냐! 말이면 다 하는 줄 알어? 말이면! 이 천하에 역적 놈아!"

김훈장은 장죽을 휘두르며 봉기를 칠 듯이 날뛰었다.

"헤 참, 무식해서 그런 거를 우짜겄십니까."

하도 서슬 푸르게 나오는 터여서 봉기도 기가 죽어 변명 비슷이 말했다.

해가 반나절을 지나갔을 때 김훈장의 흥분은 가라앉았다. 마을 사람들도 흩어져 제가끔 일자리로 돌아갔다. 흥분이 가라앉으면서 김훈장은 극도의 비감(悲感)에 빠져 눈에 눈물을 글썽이며 혼자 자신도 알 수 없는 말을 중얼중얼 중얼거리고 있었다.

'그놈들이 살아 있었으면 지금쯤 늠름한 장부가 되었을 것을. 하나는 사당을 지키고 둘은 의병장이 되어 이 가문에 빛이 되었을 것을.'

해가 설핏하니 서산마루에 걸렸을 때였다.

"아버니."

장죽을 물고 서 있는 김훈장 등 뒤에 와서 점아기가 불렀다.

"왜 그러느냐."

돌아선 채 묻는다.

"저어 늙은 중 한 분이 찾아오셨습니다."

"늙은 중이?"

"예. 연곡사에 계시는 우관스님이라 하십니다."

"오냐. 알았다. 들라 해라."

얼마 후 석장을 짚고 건장한 모습의 우관이 나타났다.

"노장께서 어인 일이시오."

들라 해라, 하던 거만한 태도와 달리 김훈장은 우관 본인에 대해서는 공손스럽게 인사했다. 서로 내왕은 없었으나 지리

산 기슭에서 이 절 저 절로 자리를 옮긴 이외 타곳으로 나간 일이 별로 없는 우관을 모르는 사람은 없고 더군다나 최참판 댁 윤씨부인과의 친숙한 연고로 하여 마을 사람들은 특히 그를 잘 알고 있었다. 김훈장도 물론 우관을 알고 있었다. 문의 원과는 죽마고우로서 죽기까지 교분이 두터웠던 사실도 알고 있었으므로 중을 좋아하지 않는 김훈장이지만 우관만은 각별히 생각는 모양이다.

"지나는 길에 들렀소이다."

"어서 오르시오."

"예."

우관은 김훈장이 권하는 대로 방에 들어갔다.

"한 차례 마을이 술렁거린 판에 오셨구먼."

우관이 찾아온 이유보다 김훈장은 마을이 술렁거렸다는, 그 사건이 한층 중요했다.

"왜병들 때문에 그러시오?"

밖에서보다 방에 든 우관의 안광이 형형한 것을 본 김훈장은 마을 사람들에게 보인 그런 흥분을 은연중 억제한다.

"노장께서는 어찌 아시었소?"

"소승 오면서 그네들을 보았소이다."

"예? 바로 보셨구먼요."

"애숭이들이더구먼요."

"아무리 애숭이기로 군병임엔 틀림없으니 이런 환난이 어디 있겠소."

우관은 잠자코 있었다. 억제한다고는 하지만 결국은 참지 못한 김훈장은 한바탕 우국의 열정을 혼자서 토하기에 이르렀다. 서울 있는 고관대작에 대한 욕설도 퍼부으며. 그러나 우관이 최참판댁에 다녀온다는 얘기를 하며, 조준구에 대한 불쾌감을 나타내었을 때,

"아 그 양반 비록 개화풍이 들기는 했어도 뼈대 있는 집 자손으로서,"

하고 서울서는 문벌이 좋다는 맹신(盲信)에다 경의를 표하여 말하는 것이었다.

"사바와는 하등 인연이 없는 중이오만 생시 윤씨부인의 신심을 생각 아니할 수도 없고 우리 절을 떠받쳐주시던 공양주였던 만큼 안부도 물을 겸 고인의 뜻을 이어줍시사 하고 찾아왔더니만."

우관은 교활하게 웃었다.

"절의 형편도 딱하게 되어 다소의 보시(布施)를 바라고 왔더니만 상투 자르고 유학하시는 양반께서 혹세무민(惑世誣民)의 원흉인 양 몰아세우는 바람에 수모만 당하였소이다."

보시를 바라고 왔다는 말은 물론 거짓이다. 김훈장은 묵묵부답, 말이 없다. 불교를 혹세무민의 종교로 생각하는 것은 그 역시 매일반이었기 때문이다.

"혹세무민하는 중놈이어서 그러는지 윤씨부인께서 우리 절

하고 깊은 연고를 맺은 때문에 그러는지 그것은 소승도 잘 알
수 없는 일이오만."

다시 우관은 씩 웃었다. 김훈장은 그 웃음이 마음에 언짢았
지만 한편 억압을 당하는 것 같은, 자기 모습이 조그맣게 줄
어드는 것 같은 느낌이 든다.

"서희애기씨의 복록을 빌어드리는 것은, 법력이 부족하나
소승의 의무일 것 같고 해서."

"그, 그야."

"요즘 서희애기씨는 어떻게 지내고 계시는지 이곳에 들르
면은 알 듯도 싶고. 어떻게 지내고 계시오?"

"상중이어서 실은 글공부도 중단하고 있는 처지올시다."

"그러시오?"

"일전에 이부사댁 이공께서 한번 왔었지요."

"예? 이동진 그 양반 말씀이오?"

"그렇소."

"오래 집 떠나 계셨지요?"

산중에서 의외로 소상하게 알고 있다. 사실은 길상이와 수
동이 우관과 내통해 있었던 것이며 윤씨부인이 죽기 전에 이
동진의 아들 상현을 두고 몹시 아쉬워하던 말을 들어 이동진
의 근황에 대해서는 잘 알고 있는 터였다. 그러나 우관은 오
늘 최참판댁에서 수동이와 길상을 만나지 못하였다. 읍내로
약을 지으러 갔다는 말이었다. 서희에게 감기 기운이 있어 그

렇다는 것이다. 그리고 이동진이 다녀갔었다는 소식은 아직 일천(日淺)하여 우관에게 연락이 닿지 않았던 것이다. 그러니 우관에게는 초문이다.

"그런가 보더군요. 한 오 년……. 범상한 인물이 아니어서 뜻 있는 일을 했으리라 믿지만 당자는 그런 일에 대해선 아무 말씀 안 하더이다."

"그래 그 양반은 떠나셨소?"

"곧 길을 뜬다 했으니 벌써 떠났을 게요."

"허허 거 참, 돌아가신 사랑양반하고는 둘도 없는 벗이었던 분인데 서희애기씰 위해서 애석하오. 근가죽(근처)에 계셨더라면 돌아가신 부친 대하듯이 했을 것을."

"그랬을 겝니다. 얘기를 듣고 보니, 꼭히 그렇다는 것은 아니오만 아주 멀리 가 있었던 모양이더구먼요. 이곳 소식은 도통 모르고 있었다는 게요."

"그랬을 거요. 알았더라면……. 허허, 서희애기씨가 적막강산이오."

"박절한 운명이지요. 부친과의 사별도 그렇거니와 모친하고 생이별한 사연도 기가 막힐 일 아니겠소?"

우관의 눈에서 그 형형한 빛이 죽는다.

"그러나 아이가 본시 영민하여 삼사 년만 지나면 남의 도움 없이도 집안을 다스려나갈 게요. 하긴 혼인도 해야 하고, 조준구 그 양반이 앞으로 뒷배를 보아줄 수밖에 없으나……. 거 좀 딱하기로는 그 양반 부인인데, 듣자니까 서희하고 원만히 지내질 못하는가 보더군요. 하긴 서희 성미도 기승하기는 하지요. 최씨네 피가 아닙니까? 기승하기로야. 헌데 그 부인이라는 사람도 우리 눈엔 벗어나더구면요. 행세하는 집안에서 어찌 그리 못 배웠는지."

김훈장은 쓴 입맛을 다셨다.

"참 내가 잊었소이다. 뭐 들으나 마나 한 얘기지만 이부사 댁 이공이 지나가는 말로,"

"……."

"거 구천이라던 그 하인 놈 말씀이오."

우관의 백설로 변한 긴 눈썹 밑의 눈이 크게 벌어지면서 김훈장의 입모습을 쏘아본다.

"그 죽일 놈을 한 번 만났다는 거 아니겠소?"

"어디서?"

우관의 눈은 화등잔같이 더욱더 크게 벌어졌다.

"평안도 묘향산 근처라 하던가요?"

"묘향산 근처!"

"예. 어느 주막에서 마주쳤다 하더군요. 그놈만 아니었더면……."

"언제쯤 만났다 하시던가요?"

"이곳으로 오는 길에, 그러니까 달포가 넘었겠지요. 그 죽일 놈만 아니었더면."

우관의 얼굴에는 갑자기 잔주름이 모여들었다. 허공같이 깊어진 눈을 들어 천장을 한 번 올려다보고 다시 방바닥을 한 번 내려다보고 다음 다시 김훈장의 입모습을 막연하게 지켜본다.

'무량한지고. 나무관세음보살.'

12장 소동(騷動)

흰 상복에 무명 댕기를 드린, 꽃같이 앙징스럽기는 하나 청승맞은 모습이다. 서희와 봉순이는 초여름 햇빛이 어지간히 따가운데 연못가에 나란히 앉아 물거품을 일으키며 솟아오르는 붕어를 내려다보고 있었다. 물이 줄어든 연못 위에 엉성하게 떠 있는 수련 이파리 사이로 물매암이가 돌고 있다. 담장을 넘어 안채 쪽에서 홍씨의 드높은 목소리가 간간이 올려오곤 한다. 채신없이 하인을 상대하여 또 신경질을 부리는 모양이다. 노상 핏발 선 눈에 험악한 얼굴을 하고 있는 수동이는 홍씨 쪽에서도 되도록이면 피하는 눈치였으니 대신 길상이가 호되게 당하고 있는지 모를 일이다. 어제 그럴 만한 일이 벌어졌던 것이다. 서희와 봉순이는 안채에서 울려오는 홍씨 목소리에 귀를 기울이곤 한다. 그들은 어제의 일을 알고 있었으며 길상이 꾸중을 듣고 있으리라는 짐작도 하고 있었다.

윤씨부인이 별세한 뒤 안채로 홍씨가 옮겨온 것은 이미 오래된 일이거니와 그때도 수동이와 길상이 봉순이는 성을 적에게 비워주는 비통한 병사같이 침묵을 지키며 짐을 나르는 하인들의 거동을 뚫어지게 바라보았다. 기세 좋게 안방으로 옮아앉은 홍씨는 상중에 있는 집안인 것도, 당분간은 좀이 쑤시더라도 조용히 있어야 한다는 것도 헤아릴 만한 여자는 물론 아니었다. 남의 이목 따위는 본시부터 안중에 없는 여자다. 마치 빚으로 송두리째 넘겨받은 살림처럼 안방으로 옮아앉기가 무섭게 홍씨는 고방 열쇠를 차지했으며 최참판댁 구석구석에 쌓인 가장집물을 챙기는 데 정신이 없었다. 그런가 하면 서울서 양주댁이라는 족제비같이 생긴 침모를 데려오자 윤씨부인의 장롱을 열어젖히고 그 많은 피륙들을 꺼내어 마음 내키는 대로 잘라서 날마다 새 옷을 지어내게 했다. 안에서 돌아가는 이런저런 일들이 계집종들 입을 통하여 밖으로 새어 나가고 그런 말이 귀에 들어올 때마다 수동이는 치를 떨었다. 그러나 그로서는 어쩔 수 없는 일이었다. 강약이 부동하고 후환이 두려워서 그렇다기보다는 엄연한 종의 신분으로서 행동에도 한계가 있는 만큼 무법천지로 변했던 지난가을 괴질 소동 때처럼 안으로 뛰어들어 야료를 부릴 수는 없었던 것이다. 결국 수동이는 서희에게 충동이질하여 홍씨가 먹어 들어오는 상태를 견제할 수밖에 없었는데 그것은 실패에 그치고 말았다. 처음부터 홍씨는 서희를 우습게 알았다. 친척 집에서 데려다놓은 고아 취급이었다. 예의범절에는 숙달치도 못한 그 자신이 엄격한 여주(女主)같이 행세하는 것도 꼴불견이거니와 서희를 가르치려 들었다. 홍씨는 아침마다 안에 와서 칠촌 아저씨 아주머니뻘 되는, 따지고 보면 귀찮은 식객에 불과한 그들 내외에게 문안드릴 것을 명령했다. 아직 나이 어려 집안살림이 어찌 돌아가는지 그것에 대해서는 몰랐으나 상전으로서의 품위가 이미 갖추어져 있고 그들을 식객 이상으로는 생각지 않는 서희가 그의 명령에 승복할 리는 없었다.

"배워먹지 못한 계집애 같으니라구."

하며 앙탈을 했으나 서희는 언동으로 수삼차 홍씨에게 모욕을 가했을 뿐 추호도 숙어드는 빛은 없었다. 그러나 일단 물건을 소유하는 일에서만은 단연코 홍씨 쪽이 우세하였다. 처음 수동이 시도해본 것은 홍씨 손아귀에 들어간 열쇠꾸러미를 찾는 일이었다. 형식에 불과했지만 수동이로서는 한계를 지어야겠다 생각한 것이다. 수동이 시키는 대로 서희가 열쇠를 요구했을 때 홍씨는 눈을 까집고 입에 거품을 물며 짖어대었다. 그야말로 '짖어'대었던 것이다. 삿대질을 하고 칠 듯이 덤비는 그 꼴이야말로 미친 계집이었다. 하기는 상대가 허욕없는 결백한 여자였더라면 열쇠꾸러미를 내어놓으라는 서희의 요구가 악착스럽고 댕알진 것이었을지 모른다. 윤씨부인의 패물을 모조리 꺼내어 홍씨가 끼고 차고 한다는 말을 들었을 때도 수동이는 그것을 찾아다 서희 자신이 간직할 것을 권고하였다.

"그 패물은 우리 할머님 것이오. 내놓으시오!"

육간 대청에서 서희는 마룻장을 구르며 쇳소리를 질렀으나,

"애들이 가져서 뭘 해? 네가 크면 주겠다. 가져다가 엿 사 먹겠느냐?"

요지부동이었다. 안마당에까지 따라온 수동이는 이 늙은 말고기같이 질긴 여자에 대하여 살의를 느꼈다.

"그것은 마님께서 쓰시던 것이오. 마땅히 애기씨께서 간수하시야지요."

"뭐라구? 이놈! 종놈 푼수에 함부로 아가리 놀리기냐!"

차마 달려들어 손가락의 가락지를 잡아뺄 수는 없는 일이었다. 패물 소동을 치른 지 며칠 후, 그러니까 어제 일이었다. 수동이는 고방 앞에서 홍씨와 마주쳤다. 남색 생고사 치마에 옥색 관사 회장저고리를 입은 홍씨는 밀화, 산호의 노리개를 고름에 차고 비취가락지에 비녀를 찌르고 있었다. 그 패물은 모두 윤씨부인의 것이었다.

'뻔뻔스럽고 염치없다.'

그새 살이 올라 동박새처럼 두리뭉실해진 홍씨는 그득그득 곡식이 쌓인 고방 앞을 거닐면서 어디 또 보물이 숨겨져 있지 않나 하고 생각듯이 눈을 희번덕이고 있었던 것이다.

'저것을 고만! 때리 직이도 시원찮겠다마는!'

뻗치고 서서 노려보는 수동의 눈을 그냥 피해가기가 안 되었던지 홍씨는,

"아아니 눈깔에 불을 키고 왜 보는 거냐?"

"……."

"눈깔을 뽑을라! 종놈의 푼수로서 그렇게 노려보면 어쩔 테냐! 명대로 살고 싶거든 밥이나 처먹고 방구석에 처박혀 있으란 말이야. 그게 신상에 좋을 게다. 뉘 앞에서 감히, 불측스러운 놈!"

하기는 했으나 수동이 무슨 짓을 저지를지 지난가을 행패를 생각하여 불안해진 홍씨는 뒷맛 사납게 피해갔던 것이다.

'저기이 불여시지 사람가. 사당만도 못한 저게 양반댁 아씨라고? 내가 박살을 못 낼 것도 없지마는, 그러나 내가 없이믄 애기씨를 누가 지키겠노. 길상이 놈이 혼자서 우짤 기라고. 허허 참 인심이 날로날로 달라져가는, 참 세상 더럽구나! 모조리 얽어다가 떡을 쳤이믄 내 속이 풀리겠다.'

이런 참에 삼수가 얼씬거렸던 것이다.

"야 이 금수만도 못한 놈아!"

대뜸 욕설부터 퍼부었다. 분통이 삼수한테 터진 것이다. 노상 있는 일이었다. 잘못이 있건 없건 삼수만 보면 욕설부터 나오는 것이 수동이의 요즘 버릇이긴 했다.

"마음보를 그리 묵음서 니가 멩대로 살 상싶으나? 간에 붙

고 실개에 붙고 이 목을 쳐 직일 놈!"

"흥, 병신 육갑하네."

히죽히죽 웃으며 삼수는 상대하려 하지 않았다.

"할애비 애비 적부텀 마목인 거를, 씨는 못 속이는 기라. 인생이 불쌍하여 저 죽일 놈을 골방에서 뒤지게 안 내부리두고 키운 기이 철천지 한이다!"

"멋이 우짜고 우째?"

할애비 애비 말만 나오면 삼수는 미친다.

"내 할애비 애비가 니 헤미(할매) 에미를 붙어묵었나! 와 걸고 나오노! 병신 다리몽댕이가 온전히 붙어 있일라 카거든 아가리 닥치라! 내가 최씨네 잘되기를 바래? 니하고 같은 줄 알았더나? 그래 내 할애비가 노리개기를 안 묵겠다는 거를 억지로 주었나? 그 까닭으로 눈물 천대 속에서 우리 아배는 컸고 나도 그렇기 천대 속에서 컸다. 내가 최씨네한테 무신 덕을 입었노!"

삼수의 얼굴은 새파랗게 질린다. 갓난애기 적에 암죽을 먹여주고 업어주고 한 수동이의 정리나 나이 같은 건 염두에 없이 마구잡이로 욕지거리다.

"짐승을 구해주믄 은혜를 갚고 사람을 구해주믄 악문을 한다는 말이 조금도 그르잖네. 네 이놈!"

"나잇살이나 처묵으믄서 씰데없는 아가리 놀리지 마라고. 내 입에서 나올 거는 육도문자[肉頭文字]밖에 없인께."

"네 이놈! 핏덩이 사람 맨들어놓으니께 이마작하여, 찢어 직이도 분이 안 풀리겠다! 내 죽어도 구신이 되어 네놈 애목*을 물어 씹을 기다! 오랑캐 겉은 놈아!"

이리하여 치고받고 싸움이 벌어졌다. 김서방댁이 쫓아왔다.

"와 이카노!"

다리가 성치 못한 수동이는 참나무같이 단단한 삼수를 때리기보다 두드려맞을 수밖에 없었는데 길상이 달려와서 삼수의 엉덩이를 걷어찼다. 삼수는 휙 몸을 돌렸다. 길상이 뻗치고 서 있다.

"머리빡에 피도 안 마른 놈의 새끼가!"

덤벼들려 했을 때 길상은 재빨리 돌을 주워들었다.

"아이고, 돌을 들믄 우짤 것고! 시답지도 않은 일로 밤낮 와 싸우노."

김서방댁이 떠들어대었고 집안의 하인들 계집종들이 먼발치에 모여들었다.

"까불믄 직이부릴 기다!"

길상은 더운 입김을 내뿜었다. 결국 복이가 와서 뜯어말리었다. 싸움은 병신과 소년이 합세하여 무승부로 끝난 셈이다. 하인들과 계집종들은 웅기중기 서서 구경만 했을 뿐이다. 감정으로는 수동이와 길상의 편이면서 싸움에 끼어들지는 않았다.

"개눔의 새끼들! 의리 없는 놈들!"

피 섞인 침을 그들을 향해 뱉으며 수동이는 뇌까렸다. 그러

나 그들은 묵묵부답이었고,

"두고 보자, 네놈이 견디어내는가!"

소매로 얼굴을 닦으며 삼수는 으르렁거렸다. 노비들은 역시 말 한마디 없이 삼수를 지켜볼 뿐이었고 그러나 그들의 눈에서 혐오의 빛을 본 삼수는 돌아서서 걸음을 옮기는데, 두어깨를 으쓱거리긴 했어도 떳떳한 자세는 아니었다.

"삼수 이놈아! 죄져서 남 안 준다는 말 똑똑히 명념해라이! 그라고 밤길도 조심해얄 기다!"

뒤통수에다 대고 소리를 지른 수동이는 흩어지려는 노비들에게도,

"흠, 너희 연놈들도 한당 아니가. 누구네 턱밑에 떨어지는 밥풀 줏어 묵을라고 욕본다. 사람이 살믄 몇천 년을 살 기라고."

모두 가버리고 고방 앞에는 길상이와 수동이 남아서 서로의 얼굴을 바라본다. 길상이 손에 든 돌을 던지는데 눈에 눈물이 핑 돌았다.

그 사실을 삼수가 고자질했을 것은 거의 틀림이 없다. 채신없이 하인을 상대하여 시비라도 벌이듯 덤비는가 하면 한편 양반과 노비 간의 엄연한 예절이 있거늘, 버릇없이 친숙한 척 노닥거리는 삼수 언동에는 또 무신경하여 개의치 않는 홍씨였으니까.

연못가에 무료히 앉아 있던 서희는,

"봉순아."

하고 불렀다.

"예, 애기씨."

"너 또 울었지?"

무릎 사이에 얼굴을 묻으며 봉순이는 대답을 않는다. 무릎 사이로 눈을 치뜨고 보는데 연못 위에 버들가지 그림자가 흔들리고 있었다. 연두색 버들가지에 짙푸른 하늘, 구름도 없는 푸른 하늘 역시 출렁이고 있었다. 울었던 것은 간밤의 일이다. 아침나절을 마을 소식이랑, 읍내 월선아지매 일이랑 이부사댁 얘기로 시간을 보내었는데 그것도 여러 번 되풀이하여 했던 이야기였으므로 봉순이는 더 이상 할 말이 없다. 그러나 무엇이든 지껄여주기를 바라고 있는 서희의 마음을 봉순이는 알고 있었다.

"울면 무슨 소용이 있겠느냐."

"안 울라꼬 하지마는."

얼굴을 들고 봉순이는 무릎 위에 깍지를 낀다. 깍지 낀 손 위에 턱을 얹는다.

"자꾸자꾸 눈물이 납니다. 생각수록 서럽고 옴마가 보고 접어서 그만 죽어부맀이믄 싶습니다."

"너마저 죽으면 나는 어떻게 하니?"

"그러기 말입니다. 와 그렇기 애는 믹있는고 싶으니 옴마가 다시 살아만 온다믄, 다시는."

"우리 할머님께서는 아버님이 돌아가셨을 적에 눈물을 아니 보이셨다."

어른스럽게 가르치는 것 같다. 그 의젓한 투에는 김훈장 훈도의 영향도 있었고 범절을 지키려는 강한 자부심도 있었을 것이다.

"하지마는 애기씨도 전에는 많이 우싰습니다."

서희의 의젓한 품을 무심하게 깨뜨려버린다.

"언제?"

금세 샐쭉해져서 서희는 묻는다.

"전에 어릴 적에 말입니다. 막 어머님 데리고 오라 캄서."

"……."

"한분 울음을 잡있다 싶으믄 온 집안의 사람들이 정신을 못 차리고, 우리 옴마는 아이구 우짜꼬 아이구 우짜꼬 함시로. 애기씨는 생각 안 나십니까?"

서희의 얼굴빛이 변하고 깎은 듯 둥근 이마에 푸른 줄이 뻗는다.

"그건 철없을 때 얘기야!"

새된 목소리가 사방에 깨어져서 울린다. 비로소 봉순이는 자신의 실수를 깨닫는다.

"그거사 머, 어릴 때사 머, 누구나 다……."

하다가,

"오만 가지 보는 것마다 죽은 옴마를 생각나게 하고 말입니다. 잊어부릴라꼬 하지마는."

가까스로 말머리를 돌렸으나 어머님 데려오라 캄서 울었다는 그 쓰라린 시절을 끄집어낸 뒤끝이어서 어미를 생각나게 한다는 말은 자극이 되었다.

"안 울라꼬 하지마는 생각해보시이소. 울 옴마가 살았이믄 저기 저 마리에서 지금도 바느질을 하고 있일 긴데 말입니다. 양주댁인가 그 쪽제비 겉은 서울내기, 지가 뭔데 사람을 괄시하겄십니까. 참말이지 객식구 아니냐 말입니다. 그런 주제에 울 옴마 방에 떡 뻗치고 앉아서 누구 일을 하고 있십니까? 참말이지 눈에 쌍심지가 돋아서 아무래도 못 살겄십니다. 지가 머 서울서 우떤 대가댁에 있었는지는 모르지마는, 흥 울 옴마 바느질 솜씨 따라올라 카믄, 신 벗어놓은 데나 올기라고요? 얼런(어림)도 없지. 그뿐이겄십니까. 울 옴마가 있었이믄 갬히 마님 장롱을 열었겄십니까? 장롱 쇳대도 울 옴마가 딱 갈미하고 저승차사가 와도 안 내놨을 긴데."

수시로 듣는 얘기였다. 봉순이만 하는 말도 아니었다. 그런 비슷한 말을 길상이도 하고 수동이는 더더군다나 머릿속에 못이라도 박아넣듯이 아무리 사소한 일이라도 서희 귀에 넣어서 적개심을 풀지 못하게 하였다. 조준구 내외와 그에게 추종하는 무리들은 말할 것도 없고 심지어 마음속으로는 서희에 대한 동정에 가득 차 있는 삼월이나 복이까지 싸잡아서, 그러니까 자신과 길상이 봉순이를 빼놓은 나머지는 모조리 원수로 알아야 할 것이며, 일각일순인들 마음을 놓아서는 안 된다는 것이며 조씨네 권솔은 최참판댁 살림을 들어먹으려는 도둑놈들이요 집안의 노비들과 마을의 농사꾼들 대부분은 은혜를 모르는 배신자로서 후일 반드시 벼락을 내려야 한다는 것이며 애기씨는 도둑놈들과 배신자들을 결코 잊어서는 안 되고 용서해도 안 되고 항상 깊이 명심해야 할 것이며, 할머님의 기상을 본받아야 할 것이며 어서어서 자라야 한다는 것이다.

"참말이지, 애기씨 자라시는 기이 여삼추만 같습니다. 애기씨만 자라서 살림채를 잡으시믄 소인은 죽어도 눈을 감겄십니다."

수동이는 눈물을 떨어뜨리기 일쑤였다. 그러지 않는다 하더라도, 연하고 아직은 미숙한 머릿속에 거듭거듭 못을 박지 않는다 하더라도 조숙하고 영민하며 기승하고 오만한 서희가 그동안 어려운 일들을 겪어내면서 굳힌 것은 경계심과 주어진 모든 것을 지켜나가리라는 결심뿐이었다. 앞으로 자신의 신상에 변화가 있으리라는 예측도 과민하게 받아들여지고 있는 터이어서 마음의 무장은 밤낮으로 불경처럼 외워대는 세 사람의 기대 이상으로 강인한 것이었다.

'어디 두고 보아라. 내 나이 어리다고, 내 처지가 적막강산이라고, 지금은 나를 얕잡아보지만 어디 두고 보아라.'

그런 앙심은 이미 아이가 가지는 성질의 것은 아니었다. 그것을 두려워하는 사람은 역시 조준구다. 아침이면 봉순이를 거느리고 서희는 윤씨부인 상청에 나가 상식을 올리고 곡을 하는데 조준구는 그 곡소리가 질색이었다. 온갖 저주와 최씨 가문을 마지막까지 지키어나갈 것을 맹세하는 것 같은, 저주 와 다짐을 하기 위해 해가 지고 다음 날이 새어 상청에 나가 기를 기다린 듯, 처절한 울음이었다. 날로 새롭게 날로 결심 을 굳히는 듯, 곡성을 들을 때마다 조준구는 한기를 느끼곤 했다.

봉순이의 말을 들으면서도 전혀 딴생각 때문에 서희 가슴 은 터지는 듯하였다. 어머님 데려오라 하며 울었던 어릴 적 일이 머릿속에 가득 들어차서 슬픈 시절, 어미가 보고 싶어 울었던 나날이 선명하게 눈앞에 떠오른다. 어미에 대한 그리 움은 아직도 그에게는 떨어버릴 수 없는 집념이다. 그 끈질긴 감정 속에는 그리움뿐만 아니라 원망과 증오가 함께 있었다. 남의 사내를 따라 어린 자식을 버리고 간 어미, 그것은 자식 에 대한 배반이며, 하인 놈을 따라간 어미, 그것은 서희 마음 에 씻지 못할 오욕을 심어준 죄악이었다. 흐미하게 흐미하게 그러다가 확실하게 알아버린 사실들, 주로 주책없는 김서방 댁 말에서 알게 된 일이지만 절대적인 권위의식 속에 자란 그 에게는 잊으려야 잊을 수 없는 그리움과 마찬가지로 그 오욕 또한 잊을 수 없고 견디기 어려운 것이었다.

상처를 무심하게 봉순이가 들쑤셔놓은 것이다. 서희는 어머니, 별당아씨의 얼굴을 똑똑히 기억하고 있었다. 어머니를 데리고 달아난 사내 구천이의 얼굴도 기억하고 있었다.

"아까 수동이아재도 말했지마는 마을에 곡식을 나누줌시로 주는 사람 안 주는 사람 구별을 짓는 거는 무슨 심청인지 모르겠십니다."

봉순이는 계속 지껄이고 있었던 것이다.

"길상이가 그러는데 그 양반이 당을 맨들 속심으로 그런다는 깁니다. 인심 써가지고 저거 사람들 맨들어가지고 나중에 다 써묵을라꼬, 길상이 말이 맞을 깁니다. 마을 사람들이사 배가 고프니께 주는 거를 마다하겠십니까. 그러니께 그 양반한테 굽실거리믄서 애기씨를 대수로 안 여기게 할라꼬, 아무튼지 간에 우짜든지 간에 애기씨만 따돌리부리자는 심사 아니고 머겄십니까."

서희는 허리를 굽혀 연못가에 얼굴을 비춰본다. 옥같이 맑은 조그마한 얼굴이 물 위에 뜬다. 한 송이 연꽃같이 보인다. 그러나 서희는 어머니의 얼굴로 본다.

'서희야?'

빙긋이 어머니는 웃는다.

'머리가 뜨겁구먼. 방에서 놀지 않고 어디 갔었지? 감기들면 할머님께서 꾸중하실 텐데.'

'⋯⋯.'

'꽃을 실에 꿰어달라구? 그러지. 석류꽃이 많이 떨어진 모양이구나. 간밤에 바람이 불더니만……. 이렇게 이렇게 동그랗게 하면 쪽도리가 될까? 어디 머리에 올려보자.'

그러나 어머니의 얼굴은 간 곳이 없고 사나이의 얼굴이, 구천이의 얼굴이 물 위로 떠올랐다.

'애기씨, 이러심 안 됩니다.'

지친 듯한 구천이의 눈이었다.

'일질에 넘어지십니다.'

'……'

'마님께서 보시면 꾸중하시지요.'

'나 할머니 무섭지 않다!'

서희는 어느덧 저도 모르게 연못가 흙모래를 쓸어다가 연못 속에 던지고 있었다. 산산이 부서지는 얼굴, 그것은 서희 자신의 얼굴이었다.

'나쁜 놈, 죽일 놈! 바보, 등신, 중놈!'

"애기씨, 와 그랍니까?"

"나쁜 계집애!"

서희는 빨딱 일어서며 주먹에 쥔 모래를 봉순이의 얼굴에다 던진다.

"나쁜 계집애! 너만 엄마가 죽었니! 너만 엄마가 죽었냔 말이야!"

"애, 애기씨 잘못했십니다. 인자부텀 다시는 안 그라겠십니다."

했으나 서희는 땅바닥에 주질러 앉아 울음을 터뜨렸다.

"애, 애기씨!"

봉순이는 옛날 봉순네처럼 서희를 안으려 했다. 서희는 봉순이 가슴을 두 주먹으로 떠다밀었다. 울부짖고 새파랗게 질리고 눈을 까집으며 까무라칠 지경이다.

어릴 적 그대로의 패악이었다.

"우짜꼬! 아이구 이 일을 우짜노!"

봉순이는 땀을 뻘뻘 흘리며 어찌할 바를 모른다. 길상이와 수동이 달려왔다.

"애기씨가 와 이라시노!"

"어디가 아프시나! 머, 머를 잡샀길래!"

비상 탄 음식이라도 먹인 것처럼 수동의 얼굴은 백지장이 되었다.

서희가 울음을 터뜨린다는 것은 이 몇 해 동안 없었던 일이다. 까무라칠 듯이 격렬하게 우는 모습은 윤씨부인에게 종아리를 맞으면서도 반짇고리 속의 실꾸리를 집어 팽개치며 악을 썼던 어릴 적과 조금도 다를 것이 없었다.

"아, 아니오, 어, 어머님 생각이 나서 그, 그러……."

말을 못 맺고 봉순이도 함께 울음을 터뜨린다. 삼월이, 순이, 복이가 달려왔다. 그들은 다가서지 못하고 막연하게 바라만 본다. 서울서 온 맹추도 와서 바보스러이 서 있었다. 그 뒤에 꼽추 도령 병수가 신기한 듯이 얼굴만 기웃이 내밀고 있었다. 투명하고 창백한 얼굴에 커다란 눈이 울부짖는 서희 모습을 지켜본다. 기괴스런 병신이지만 얼굴은 천상의 동자(童子)같이 깨끗하다. 달밤에 이슬만 먹고 자란 풀잎처럼 가냘프다.

조준구의 모습이 없는 것은 아니나 부모들과는 딴판으로 어떤 성령이 그의 속에 깃들어 있는 것처럼 정하고 귀하게 보인다.

별안간 서희는 울음을 그쳤다. 병수를 보았던 것이다. 눈을 부릅뜨고 병수 가까이까지 걸어간다. 병수 얼굴에 손가락을 겨누며,

"비렁뱅이 병신! 네가 내 신랑이 되겠다 그 말이냐?"

홍당무가 된 병수는 어떻게 해야 좋을지를 모르는 듯 맹추를 올려다본다.

"가아! 다시, 두 번 다시 별당에 얼씬거렸다간 당산나무에 매달아서 때려 죽일 테야!"

수동이조차 아연실색한다.

광태며 파격의 행동이다. 열한 살이면 행세하는 집안의 규수로서 그런 언동은 상상키 어려운 일이었다.

이날은 서희에게도 그랬거니와 여러 사람들에게 특히 삼수에게는 일진이 사나웠다. 서희의 격렬한 감정이 미처 가라앉기도 전에, 해거름이었다. 삼수는 고방 안에서 곡식 섬을 챙기고 있었다. 분단장에 여전히 패물을 차고 어제와는 다르게 옥색 갑사 치마저고리를 입은 홍씨는 하루라도 고방 근처를

배회하지 않고는 배길 수 없는지 또 나타났다.

"곡식을 또 내는 거냐?"

기웃이 들여다보며 못마땅해서 말했다.

"아, 아닙니다. 나리께서 챙겨보라 하시기에."

"가난은 나라서도 못 구한다 하는데 곡식 섬을 꺼내가면 어쩌누. 굶어 죽는 것도 팔자소관 아니겠느냐?"

"그러기 말입니다."

"마른 논에 물 붓기야. 아무 소용없는 짓이라니, 내 곡식만 축낼 것 없어."

동감이면서 내 곡식이라는 말에는 삼수도 냉소를 머금는다.

'내 곡식이라꼬? 참말이지 비우가 좋기는 웬간히 좋다. 하기사 사람 팔자 알 수 없는 기라. 지난가슬까지만 해도 뒤채에서 밥술이나 얻어묵던 주제에 땅땅 울리는 꼴이라니 가소롭구나.'

손바닥에 침을 뱉어 곡식 섬 하나를 번쩍 들어 한곁에 옮겨 놓은 삼수는,

"나리께서 다 요량하여 하시는 일인가 배요."

"요량은 무슨 요량, 설마 농사지을 사람 없을까 봐서?"

"그런 거는 아닌갑십니다."

"고방이 텅텅 비지 않았나."

"원체 이 고방은 다른 고방을 채우고 나서 남는 거를 넣었

으니께요."

삼수는 옷을 털고 나왔다. 콧등에 뿌연 먼지가 앉아 있다. 마른 입술에 침을 바르며 삼수는 히죽히죽 웃는다.

"마님."

"왜 그러느냐."

"이 고방 내력을 아십니까."

"내력이라니?"

보물이라도 묻었던 곳이었던가 싶었던지 게슴츠레한 눈을 치뜬다.

"애기씨 어머님, 그러니까 별당아씨 말씀입니다. 그 내력쯤 은 알고 계시겠지요."

능글맞게 친숙히 군다.

그도 마음속으로 홍씨를 깔보고 있었던 것이다.

"머슴하고 눈이 맞아서 달아났다던 계집 말이냐?"

"예, 알고 계시구마요."

"애기는 나리한테 들었지. 김서방댁이 좀 더 자세한 얘길 하더구나. 희한한 일도 다 있는 모양이야. 양반댁에서 무슨 망신이람."

말상대를 해준다.

"그런데 이 고방은 말입니다. 그 구천이란 놈하고 별당아씰 함께 넣어서 가두었는데, 흐흐흐…… 죽자사자 은앙새가 기 분 좋았일 깁니다. 흐흐흐……."

홍씨도 깔깔 소리를 내어 웃는다.

"으음 알겠는걸. 그래서 이 고방에 내력이 있다 그 말이냐?"

"예. 구천이 그놈 당장 목이 떨어지는 한이 있어도 기분 좋았일 깁니다. 달덩이 겉고 연꽃 겉은 아씨를 하인 놈이 갬히 생심이나 낼 수 있는 일이겠십니까. 죽어도 한이 없었겠지요."

"그러나 죽지 않고 달아났으니 더 좋았겠구나."

"그런데 그기이 신기하다 그 말입니다. 그때 이 고방 속에서 죽자사자 그 은앙새들이 죽었이믄 지금쯤 구신이 날 긴데 말입니다. 누군가가 고방 문을 훤하게 열어주었이니."

"열어주었다구? 내통한 자가 있었구면."

"그러세요. 아침에 일어나보니께 도장 문은 열리 있고 사람은 온데간데없어졌으니 그래 크게 난리가 날 줄 알았지요. 도무지 지금 생각해봐도 영문 모를 일입니다만 아무 말씸이 없었다 그 말입니다."

"추달을 해서 열어준 자를 찾아내지 않았다, 그 말이냐?"

"예, 지난 일이고 또 마님께서는 돌아가싰으니 말씸입니다마는 지 생각 겉에서는."

"……"

"마님께서 혹 문을 열어주시지 않았나 싶더마요."

"뭐라구?"

"눈으로 본 기이 아니니 장담이사 할 수 없는 일입니다만."

"오오라 알겠네. 그럴듯한 얘기야. 그 늙은이 영감 없이 청상으로 살아서 그런 모양이야. 며느리한테 난 바람에 부채질을 했구먼. 역겹구나. 그 늙은이한테도 화냥기가 있었던 모양 아니냐?"

"무슨 그럴 리야 있겄십니까."

"알고 보니 최참판댁 내막이라는 것도 쓰레기통같이 추잡하군."

소동을 벌여놓고 무안스럽기도 했으려니와 한편 서희는 자존심 때문에 방에 숨어버리지는 않았다. 봉순이를 데리고 부릅뜬 눈에 열기를 담고서 더욱더 도도하게 뜰 안을 쏘다니며 결코 기가 죽은 것을 남에게 보이려 하지 않았다. 그렇게 하여 별당 문을 하릴없이 드나들던 서희가 우연히 고방 앞에서 큰소리로 주고받는 홍씨와 삼수의 얘기를 들었다. 처음 서희는 어떻게 할 바를 모르는 듯 뜰 안을 헤매었다. 능(能)만 있다면 기둥뿌리라도 뽑아 던졌을지 모른다. 사색이 된 그는 마구간을 향해 쏜살같이 달려간다. 봉순이 뒤쫓아가며 불렀으나 혈안이 된 서희는 마구간에서 말채찍을 집어들었다. 칼이 있었으면 칼이라도 집어들었을, 도끼가 있다면 도끼라도 집어들었을 그런 기세였다.

"이놈!"

야비하게 웃으며 별당아씨에 관한 얘기를 외설스럽게 늘어놓고 있던 삼수는 등에 짜릿한 아픔을 느끼고 몸을 돌렸다. 아이의 매질이 그리 대단히 아팠던 것은 아니었으나 서희의 권위를 전적으로 무시할 수 없었던 삼수는 당황했다.

"이놈!"

삼수는 팔을 들어 얼굴을 가리며,

"애, 애기씨! 소인 잘못했심다."

비는 시늉을 했다. 말채찍을 들고 달려가는 것을 본 봉순이 전갈로 수동이와 길상이 꽁지에 불붙은 것처럼 달려왔다.

"수동아! 길상아! 이놈을 묶어라!"

길상은 까대기 쪽으로 날아가서 밧줄을 가지고 왔다.

"애, 애기씨, 소인 죽을죄를 졌십니다."

엉겁결에 비는 행위에 정신 팔려 수동이와 길상이 동작에 방심한 삼수는 물론 절박하여 그랬던 것은 아니었고 얼떨결에 밧줄에 걸려들었다.

"아 아니! 이것들이 뭘 하는 거지?"

홍씨도 뒤늦게 호통을 쳤다. 그 자신도 얼떨떨해 있었다. 수동과 길상은 들은 척 만 척 버둥거리는 삼수의 다리까지 홀쳐맨다.

"이 죽일 놈들 봤나? 뉘 앞에서 이 행패냐?"

"애기씨의 영이올시다. 소인은 상전의 영대로 하고 있을 뿐입니다."

배 속에서 밀어내는 굵은 수동의 목소리였다.

"뭐라구?"

홍씨가 수동이 앞으로 다가서려 했을 때 서희는 말채찍을

흔들며 홍씨를 칠 듯한 기색을 보였다. 얼굴이 백지장처럼 된 홍씨는,

"이런 천하에 망측한 계집아일 보았나? 나를 치겠단 말이냐?"

서희에게 덤벼들려 하는 순간 묶은 삼수를 땅바닥에 굴려놓고 길상이와 수동이는 동시에 홍씨를 막고 선다. 살기등등한, 그야말로 범의 장다리 같은 남자 앞에서 홍씨의 동작은 멎었다. 서희에게 손가락 하나라도 닿으면 죽일 듯한 기세였던 것이다.

"나가시오. 나가달란 말이오!"

서희는 소리쳤다.

13장 흉년

밧줄에 묶인 삼수는 반죽음이 될 만큼 맞았다.

"내가 우짜다가 으흐흐흐……."

이를 갈며 분해하였으나 한편 밧줄에 묶였던 일이 여우에 홀린 것만 같았다. 둘이 아니라 셋이 덤볐어도 밧줄에 묶여질 삼수는 아니었다. 따지고 보면 서희의 갑작스런 매질에 어리둥절하였고 상전의 권위는 인정하면서 아이라는 생각에서 얕보았던 것이 화근이었다. 다분히 장난 같은 기분도 있었다.

"두고 보자, 두고 봐. 이눔우 새끼들! 아, 아, 야!"

전신이 쑤시고 움직일 수 없었다. 삼수는 거듭 보복을 다짐하는데 수동이보다 길상이 더 미웠다. 수동이는 형님뻘이 훨씬 넘는 처지지만 피라미 같은 어린 놈한테 내가 당해? 생각하니 분통이 터졌다. 밟아 죽이고 싶게 미웠다. 집안의 하인배들, 계집종들도 괘씸했다. 아무도 말리려 하지 않았고 고소하게 생각하는 눈치였다. 운신을 못하는데 따뜻한 물 한 모금 갖다주는 사람, 좀 어떠냐고 물어보는 사람도 없었다.

끼니때면 죽 한 그릇 디밀어주고는 그만이었다.

"비렁바우를 깨물고라도 내가 살아야겠다."

그러나 삼수가 죽도록 얻어맞은 것보다 중요성을 띤 것은 서희가 홍씨를 치려고 했던 일이다. 척이 멀고 성씨가 다르지만 아주머니뻘이면 부모의 서열에 속하고 설령 남이었다 하더라도 상대가 상사람이 아닌 양반일 적에는 용납될 수 없는 행위였다. 사내아이도 아닌 여식이 외부에 소문이 샌다면 혼인길도 어려운 불명예스런 일이 아닐 수 없었다. 그날 홍씨는 입에 거품을 물고 알아들을 수도 없는 고함을 질렀는데 서희에게 손찌검을 할 수 없어 그랬을 테고, 하기는 열쇠를 내어놓으라고 했을 때도 그는 지랄병 비슷한 짓을 하기는 했었다. 서희도 서희려니와 하인들은 또 어떻게 했던가. 수동이와 길상이 화등잔 같은 눈을 하고 막아서면서 말 한마디 하지 않았으나 서희에게 손가락이라도 닿을 것 같으면 홍씨의 모가

지를 잡아 비틀 무서운 분위기를 뿜어내지 않았던가. 분위기에 질려서 고의적인 지랄을 했던 것이다. 고방과 사랑의 거리는 멀었다. 홍씨가 지르는 고함이 설사 사랑에 있는 조준구 귀에까지 갔었다 하더라도 홍씨 물욕이 빚어낸 일이거니, 그렇다면 자기 얼굴은 내밀지 않는 편이 좋으리라 시치미를 뗐을 조준구다. 서희에게 매질의 위협을 받고 하인들한테 생명의 위협까지 받았을 줄은 생각지 못했을 것이다. 뒤늦게 사실을 안 조준구는 사시나무 떨듯 전신을 떨었다. 그러나 이들 부부는 평사리를 떠난다는 각오 없이 불측한 서희 행위를 공개하고 응징할 수 없음을 깨달았다. 조용히 잘해 나간다 하더라도 최참판댁 만석 살림이 어떻게 될 것인가 지켜보는 눈들이 많은 것은 상상키 어렵잖은 일이다. 만일 사건이 표면화되면 서희가 받는 피해만큼 저들 자신의 입장도 난처하게 되는 것이며 말썽이 날수록 이곳에 주질러 앉는 데 곤란이 따를 것이다. 이들 부부는, 이들 공범자는 모욕을 감내하는 데 어려움을 느끼지 않았다. 욕망을 위해 광맥을 잡은 손에 힘을 주어 결코 놓치지 않으리라는 안간힘, 그것이 전부였다. 아무튼 서희는 과년하기까지, 재산을 횡령하기까지 볼모 같은 존재다. 후견인의 명색을 띠고 집안을 잘못 다스린다는 것도 서희의 불명예 못지않은 불명예다. 결국 사건은 덮어두고 말았다. 수동이, 길상에 대해서도 불문에 부쳐졌으나 봉순이를 합한 세 사람의 공동전선은 더욱 견고해졌다. 그들은 매일매일

적진 속에서 서희를 지키듯 긴장해 있었으며 표정은 삭막하였고 도사리는 맹수의 자세 같은 투지에 차 있었다. 그들은 여전히 세 사람 사이에 다른 어떤 누구도 끼워주려 하지 않았다. 오히려 얼쩡얼쩡 관망하는 태도에 대해서 보다 큰 증오와 철저한 경계를 나타내었다. 최참판댁 안의 별당은 한 개의 성이며 봉순이는 전령병이요 수동이와 길상은 결사대 같은 것이었다. 수동이는 준구가 비밀리에 곡식을 나누는 농가와 나누지 않는 농가를 염탐하고 초조해지기 시작했다. 최참판댁에 대하여 감사한 마음을 가진 사람과 준구에게 의심에 찬 눈초리를 보내거나 혹은 비판하고 나서는 사람들에게는 곡식이 가지 않았던 것이다. 그 일에 대해서는 물론 삼수가 앞잡이였다. 벌써 어떤 거세 공작이 시작된 것을 짐작할 수 있었다.

수동이는 그것에 대항하는 방법을 생각해내려고 애썼다. 마침내 지난번 서희를 앞세웠을 때 삼수에게 매질이 가능하였던 일이 떠올랐다.

1903년의 보리 흉작은 치명적인 것이었다. 경상도 일대 거리마다 아사한 시체가 발길에 차인다는 참상의 소문은 사실이었다. 마을마다 정성을 모아 올린 기우제는 아무런 영험도 없이 보리를 완전히 망쳐놓은 뒤에야 비는 내렸다. 보리 타작도 못한 채 논에 모를 심었고 수전(水田)은 날로 푸르게 변모되어갔으나 농부들에게는 먹을 것이 없었다. 관에서 내는 기민(饑民) 곡식은 새발의 피였다. 그것이나마 바닥이 나버리고 속절없는 아사의 길만이 남아 있었다. 굶는 사람은 농민들뿐만 아니었다. 땅에서 거두지 못한 곡식, 귀한 곡식을 고을 영세민인들 어찌 얻을 수가 있었겠는가. 산중에서는 초근목피, 갯가에서는 해초로 연명한다지만 곡기를 끊은 사람들 얼굴은 부황증에 누렇게 부풀어 목숨은 경각에 이르고 있는 형편이었다. 곡식 섬이나 저장한 부유층들도 굶주려서 귀신 꼴이 된 사람들의 습격을 겁내었으며 고방에 곡식을 썩이던 천석지기 만석지기 부자들은 곡식을 투매하거나 할 수 없이 기민미를 내기도 했다. 그러나 아직 흉년은 초입인 것이다. 무엇으로 가을 추수 때까지 견디어나갈 것인지 거년 괴질 때와 마찬가지로 사람들은 절망하고 하늘을 원망했다. 이런 흉흉한 인심 속에서 조준구 내외만은 유유자적이었다. 서희에게 부끄러운 행악을 당했으면서도 마을에 기민미를 적당히 풀어놓으면서 조준구는 장래의 포석을 깔고 있었다. 조준구는 서희와 홍씨 사이에 있었던 풍파에 대해서 자신은 전혀 모르는 일로 덮어두기는 했으나 서희를 위시한 수동이 길상의 존재는 여간 무거운 게 아니었다. 그러나 그들을 제거한다는 것은 될 법이나 한 일인가, 초조하고 서둘러진다. 눈앞의 길이 훤하게 트였는데 냅다 뛸 수 없는 것이 답답하다. 조준구는 고삐를 단단히 잡았다. 전혀 막연한 희망 속에서도 참을성 있게 몇 년을 기다려왔었는데 눈앞에 펼쳐져 있는, 보다 확실하게 주먹 속으로 기어들어온 행운을 서두를 필요는 없다, 없다 하며 덤벼지는 마음을 커다란 충족감으로 견제해가는 것이기는 했다. 뭍을 향해 차오르는 밀물같이 달이 어느 위치에 이르렀을 때 뭍에 쌓아올려진 방천 벽에 물은 부딪칠 것이다. 달이 어느 위치에 이르는 시기가 중요하다. 즉 기다리는 일이 중요하다. 어쨌든 바다는 만조를 향해 뭍으로 뭍으로 넘쳐 오르고 있으니 얼마나 호기롭고 충일된 시각의 흐름인가. 준구는 지난날 불우하고 실의에 빠졌던 시절, 막연한 희망만으로 시간을 견디어야만 했었던 무료하고 답답했을 무렵, 무료하고 답답함을 메우기 위해 찾았던 쾌락을 다시 생각하게 되었다. 이번에는 호기스러워지려는 마음을 누릴 수 없는 데서 쾌락에 흥미를 갖기 시작한 것이다. 홍씨의 눈이 두렵기는 했으나 홍씨는 거궁한 최참판댁 살림에 눈이 뒤집혀져서 지난날의 삼월이와 남편과의 관계 따위는 잊어버린 모양이었다. 준구는 손쉬운 대로 삼월이를 다시 농락하려 했다. 그동안 삼월에게 냉혹했던 처사가 생각키워 께름칙하였으나 허신한 계집이니 언제나 제 물건이라는 비웃살 좋은 자신이 행동을 부채질했다. 준구는 몸이 회복되어 일어난 삼수에게 넌지시 뜻을 말하고 홍씨 눈에 띄지 않는 기회를 만들어 삼월이를 데려오게 하였다. 삼월이는 자정 넘어 사랑 뒤켠으로 해서 찾아왔다.

"오래간만이네."

여자는 말이 없었다. 방문을 등지고 등잔을 마주하여 웅크린 모습은 특별히 준구를 만나기 위해 몸단장을 한 것 같지는 않았다. 납을 부어 만든 듯 무겁게 앉아 있었다.

준구는 비시시 웃었다.

"편히 앉게."

"……"

"나를 몹시 원망했겠지?"

"……"

"허허, 아주 토라졌구먼. 하긴 그만한 오기도 없다면 무슨 재미가 있겠느냐. 자아, 그럼 밤도 저물고 하니 우리 그동안 막혔던 정회나 풀어볼까?"

너털웃음을 웃는다.

"자아, 자아, 옷이나 벗지."

등잔불도 끄지 않고 준구는 옷을 벗기를 다시 요구했다. 삼월이는 수치심을 느끼지 않는 듯 옷을 후딱후딱 벗었다. 도전하는 대담한 행동에 압도를 당한 준구는 손을 들어 등잔불을 껐다.

어둠 속에 희미하게 움직이는 사내 모습을 아슴푸레 느끼며, 제 몸 위에 무게를 느끼며 삼월이는 마음속으로 외친다.

'망해라! 망해라! 여자 원한이 오뉴월에 서리도 내리게 한다더라!'

"왜 이리 뻣뻣하게 구는 게냐? 내가 싫은가?"

"……"

"하긴, 싫다는 계집을 겁탈하는 것도 재미는 재미 아니겠느냐?"

준구는 허우적거리며 허허 하고 웃었다. 빈말은 아니었다. 부끄러워하고 움츠러들기만 하던 옛날 삼월이에 비하여 더 강한 정욕을 느낀다. 여유와 자신에서 오는 정욕이다. 준구는 홍씨를 두려워했다. 정처(正妻)로서 깍듯이 위하기는 했지만 부부간의 합환에서는 충분한 만족을 얻지 못하였다. 기분적으로 억눌리는 때문이겠고 다른 한 가지 병적인 환상이 있었다. 또다시 불구자를 낳지나 않을까 하는 공포심이 그의 성욕을 위축시켰던 것이다.

"내가 너에게 좀 섭섭하게 했기로 어디 그게 진심이겠느냐?"

"……."

"아씨께서 꾸중하시는 거야 네가 감내해야지 어쩌겠느냐. 꽁하지 말고 다 반가의 법도가 있으니 섭섭히 생각지 마라. 너를 위해 따로 내 생각이 있느니라."

'반가의 법도? 그놈의 법도 치사하기도 하다. 투기가 반가의 법도란 말가? 얼매나 칠칠했이믄 그 어부인께서 자식뻘 되는 애기씨한테 매까지 맞으라 했던고?'

옛날 관계를 돌이킨 준구는 안방에 들어가지 않고 사랑에 잠자리를 펴는 날에는 반드시 삼월이를 불렀다. 이날도 자정 가까이 삼월이를 불러왔다. 잠자리가 거듭될수록 조금씩 마음을 풀기 시작한 삼월이를 고양이 쥐 어르듯,

"삼월아."

하고 불렀다.

"너 뭘 갖고 싶으냐?"

"아무것도 갖고 싶지 않습니다."

"그래? 이 나으리마님도 갖고 싶지 않느냐?"

"갖고 싶지 않소! 벼락이 또 내리게요."

"허 이거 야단났구나. 내소박 당할 판이군그래."

"……"

"겁낼 것 조금도 없느니라. 아씨께선 캄캄소식이야. 두려워 말어라. 내 객소리가 아니고 네가 좋다, 그러면 고만 아니겠 느냐?"

불쌍한 여자였다. 삼월이는 어느덧 그 몸서리쳐지던 핍박 을 잊어가고 있었다. 네가 좋다, 그러면 고만 아니겠느냐는 말을 반신반의하면서도 가슴을 떨고 있는 것이다.

"아들이나 하나 낳아보아. 사지가 멀쩡한 사내놈을 말이 야."

"싫소!"

삼월이는 비로소 제정신을 차린 듯 날카롭게 말했다.

"그건 또 왜?"

"쇤네는 매만 맞고 말았지만 살지도 못할 핏덩이 낳아 머하 겠소."

"무슨 소린고?"

"살려놓겠십니까?"

딴은 그랬다. 준구는 그럴 리 없다고 입에 발린 말로 대꾸하며 여자를 끌어당겼다.

사내 밑에 깔려서 삼월이는 이상한 소리를 들었다.

고방 쪽에서 뭔지 부서지는 소리가 난 듯했다. 그러나 황홀경에 빠진 준구는 그 소리를 못 들은 듯하였다.

이때,

"나리! 크, 큰일 났소!"

시끄러운 발자국 소리와 함께 홍씨의 외치는 소리가 문밖에서 났다. 준구는 동작을 멈추고 엉겁결에 여자 몸 위에 얼굴을 묻는다.

"나리!"

사랑방 문이 두르르 열렸다. 눈에는 남녀의 나체가 보이지 않았던 모양이다.

"도끼 든 도적놈이 고방 무, 문을 부시고 있소."

과연 고방 쪽에서 쿵쿵거리는 소리가 희미하게 들려왔다. 안방이 가까워서 홍씨의 거동이 빨랐던 모양이다.

"뭐, 뭐, 뭐라구?"

도끼 든 도적놈이라는 말은 홍씨의 출현보다 더 무서웠다. 준구는 벌거숭이 모습으로 벌떡 일어나 앉았다.

"아아니……. 이, 이거."

홍씨는 허리를 구부리며 내려다본다.

"아니! 이게 뭐야?"

삼월이 몸을 움츠렸다.

"이거 이, 이년이!"

와락 달려든다. 주먹을 쥐고 내리치다가 삼월의 머리채를 휘감고 방에서 끌어낸 홍씨는 고래고래 소리를 지르며 마음 놓고 사매질을 하기 위해선지 지금은 비운 채 있는 뒤채를 향해 끌고 간다.

조준구는 전신을 떨며 미처 옷을 걸치지도 못하고 있는데 삼수가 달려왔다.

"나, 나으리!"

"도, 도적이 어디서 드, 들어왔느냐!"

"도적이 아니옵고 애기씨가 마을 사람을 불러서 수동이와 고방을 부싯고."

하던 삼수는 준구의 벌거숭이를 보고 위급한 중에서도 고소를 금치 못한다. 뒤채 쪽에서 삼월이를 끌고 간 홍씨의 악쓰는 소리가 들려온다. 도적이 아니라는 말에 다소 마음을 놓은 준구는 더듬거리며 옷을 찾아 입는다.

"알았다. 나하고 가자."

방에서 나온 준구는 애써 태연한 체 말했다.

"소, 소인은 못 가겄십니다."

"왜?"

"마을 놈들이 잡아 죽일라 칼 깁니다. 기민 쌀 안 받은 놈들은 일을 소인이 꾸몄다고 생각할 깁니다. 소인이야 나리 시키는 대로 했을 뿐이지요."

발을 빼려 한다.

"마을 사정을 내가 어찌 안단 말이냐! 네놈이 이리저리 한
것은 사실 아니냐!"

준구 역시 허물을 삼수에게 뒤집어씌우려 한다.

"그, 그러니께 나리께서 모르시는 일이라고 말씀하십시오.
소인은 피해 있겄십니다. 삼수 놈이 다 했다 하시믄, 또 나리
를 그놈들이 깸히 우쩌겄십니까."

발을 빼는 동시 만들어주는 구실이 그럴싸하다. 준구는 마
음속으로 약은 놈이지만 쓸모 있다 싶었고 야밤에 고방을 부
수는데 내버려둘 수도 없는 일이며 삼수 말대로 감히 어쩌랴,
삼수 놈의 농간이라 해버리면 체면도 서고 벌어진 일도 얼버
무릴 성싶었다. 다른 하인 하나를 데리고 준구는 소동이 벌어
진 고방 앞에 나타났다.

그곳에 서희가 있었다. 봉순이는 초롱을 들고 서희 옆에 서
있었으며 웅기중기 모여 있는 마을 장정들은 용이, 영팔이,
한조, 달수였으며 그들을 거느리듯 윤보가 떡 버티고 서 있었
다. 부숴서 열어젖혀진 고방 안에서 길상과 수동이 곡식 섬을
끌어내고 있었다. 서희의 초롱초롱한 눈이 준구를 쏘아본다.

"어찌 된 일이냐?"

얼음이 갈라지면서 그 좁은 균열 사이로부터 밀어내는 것
처럼 다소 금속적인 준구의 목소리다. 고방 안에서 수동이 절

룩거리며 준구 앞에 나타났다.

증오에 타는 서로의 눈이 부딪친다.

"애기씨의 분부시오."

"분부? 무슨 분부냐."

"애기씨께서 공평치 못하다는 말을 들으신 모양이오."

"공평치 못하다구? 뭐가 공평치 못했느냐?"

"애기씨께서는 마을에 곡식을 고루 나누지 않았다는 말을 들으시고."

"뭐라구? 누가 그런 말을 하더냐!"

"소인이 애기씨께 말씀드렸십니다."

가로지르듯 윤보가 몸을 내밀었다. 곰보 자국이 두드러지는 얼굴에 초롱 불빛이 번드르르 흐른다.

"너는 누구냐!"

"소인은 허윤보, 허곰보라고도 합니다마는 대개는 곰보 목수라 캅니다. 생업이 목수니께요."

땅속 깊이 뿌리를 박은 듯이 확실한 자세로, 말투에는 희롱기가 있다.

잠시 윤보의 그간 사정 얘기가 필요하겠다. 연장망태를 짊어지고 마을을 떠난 것은 지난 초봄의 일이었다. 그는 떠나기 전에 금년 시절은 얻어먹기 힘들 거라는 말을 여러 번 했었다. 군산에 간 윤보는, 그곳에서 배를 여러 척 부려서 재물을 모아 새 부자가 되었다는 사람의 집을 지었다. 봄 한 철은 그곳에서 일을 하고 고기반찬에 잘 얻어먹었으며 떠날 때는 품삯으로 늙은 노새 한 마리를 사서 그 등에다 곡식을 실었다. 돌아오는 도중 전멸하다시피 된 보리밭을 바라보며 또 굶주리는 사람들에게 곡식을 조금씩 나누어 주며 그 자신은 태평스럽게 마을까지 당도했던 것이다. 그때만 해도 마을에서 굶는 사람은 없었다. 푸성귀 초근목피를 양식에 보태고 있는 상태였으며 읍내 장바닥에는 금새가 높았지만 곡식이 나돌고 있었다. 본시 떠돌면서 내일을 생각하여 오늘을 사는 윤보의 성미가 아니었으므로 늙은 노새에 실어온 곡식도 반은 자신이 먹고 반은 나무 가죽을 벗기는 노파나 아이들에게 나누어 주었고, 초봄에서 늦은 봄까지 일해서 번 품삯도 비싼 곡식을 팔아먹기도 하고 없는 사람들에게 몇 낱씩 나누어 주기도 하고 해서 정작 어려운 고비에 이르러 바닥이 나고 말았다. 이 무렵 마을에서는 굶는 사람들이 생기고 부황증 걸린 사람이 생기고 삼수가 밤고양이처럼 돌아다니며 이상한 식으로 곡식을 나누기 시작했던 것이다. 그리하여 윤보는 수동이 꾸민 오늘 밤 일에 참여하게 되었다.

윤보 뒤에 서 있는 한조, 용이, 그들은 험악한 표정으로 준구의 입모습을 지켜보고 있었다. 눈이 까끄름해진 준구는 발돋움하여 등을 뒤로 넘기는데 콧구멍이 벌름하고 벌어졌다.

"목수면 목수지, 아무리 흉년이기로 도둑질을 해도 괜찮다는 나랏법이라도 있단 말이냐?"

"무신 가당치도 않은 말씸을 하십니까. 소인네들이야 이 댁 당주께서 오라고 부르시서 온 것뿐입니다. 당주 애기씨께서 오라는 데야 설사 곡식이 아닌 꾸중을 주신다 캐도 이 평사리 마을에서는 안 올 사램이 없을 깁니다."

"서희가 네놈들을 부를 리가 없다! 곡식은 고루 나누어 주었는데 이따위 행패가 도적질 아니고 뭐냐!"

"하 참, 금시초문이올시다. 여기 온 사람은 곡식 한 톨 구겡한 일이 없는뎁쇼."

"그럴 리가 없어!"

고함을 치면서 준구는 마음속으로,

'이놈들 어디 두고 보아라! 땅 한 치 부쳐먹게 내버려두는가!'

준구의 속말을 두 귀로 똑똑히 듣기라도 한 것같이 윤보는 교활하게 웃었다.

"소인은 참판님댁 땅 한 뼘도 부치묵지 않는, 목수를 생업으로 살고 있십니다마는 집은 맨들어내도 땅에서 나는 곡식을 맨들어내는 재간이야 있겄십니까. 그런데 나리께서는 곡식을 고루 나누어 주싰다고 말씸하셨는데 여기 온 우리 말고 또 몇 집은 수수알갱이 한 톨 구경 못했십니다. 혹 최참판댁 마님께서 돌아가싰을 적에 눈물 흘리는 것을 나리께서 보시고, 헤헤헤……. 그거사 객담이고 참말이제, 이제사 눈물 나누마요."

"아가리 닥쳐라! 주제넘은 놈! 땅도 안 부치는 놈이 무슨 연고로 나타나서 이러쿵저러쿵 지껄이는 게냐!"

"말씸은 맞십니다. 소인이 나설 계제가 아닌 것도 잘 알고 있십니다. 허나 굶는 놈이 어찌 염치를 알겠십니까. 염치 있는 허윤보는 아니겠고 아마도 걸구신이 그리 시키는 성싶십니다. 한데 이 댁 마님께서 살아 기실 적에는 숭년이 들믄 온 동네 걸구신을 믹이주심서 이 허윤보를 굶어 죽게 내비리두시지는 않았심. 어찌 된 까닭인지 모르겠십니다마는, 마님 돌아가싰을 때 눈물을 많이 흘린 까닭인지 모르겠십니다마는 눈물 때문에 굶어 죽을 수는 없는 일이겠고 또 굶어 죽는다 카더라도 사유나 알아야겠고 해서 소인이 이 댁 당주이신 애기씨께 여쭈어봤습지요. 우째서 마님 살아 기실 적에는 이 윤보 놈도 굶어 죽게는 안 하시는데 이번에는 이리 많은 사람을 굶어 죽게 하십니까 하고. 곡식이 더 가는 집도 있고 덜 가는 집도 있는데 우리네는 숫제 곡식 한 톨 못 받았으니 우찌 된 연고입니까 하고 여쭈어봤습지요."

완전히 희롱이다. 장날이면 장바닥에 나타나는 각설이 떼처럼 몸짓 하며 목소리 하며……. 조준구는 분을 못 참아 부르르 떤다.

"듣기 싫다! 네놈하고는 얘기할 것 없다! 수동이 네 이놈! 한밤중에 도끼로 고방문을 부쉈겄다! 그리고 도적놈들을 불러들였으니 네 죄는 너도 잘 알렸다!"

"아니옵니다. 낮에 애기씨께서 서울아씨한테 가서 도장 열쇠를 쓰겠으니 가져오너라 이르시길래 가서 서울아씨께 여쭈었습죠. 주시지 않았습니다. 애기씨께서는 매우 노하시서 도끼로 도장을 부시라 하시옵니다."

미움 때문에 굳어진 얼굴로 수동이는 쏘아댄다.

"도적놈들! 어린것을 꾀어서 이따위 짓을 했겄다? 무슨 말을 한들 도끼 들고 한밤중에 도장을 부수고 도적질하려던 죄는 못 면할 줄 알아라! 집안에서 다스릴 일도 아니고 관가에서 처리할 일인 줄 안다! 새는 날 두고 보자!"

씩 웃으며 코를 풀고 나서 윤보는 다시,

"나리 좋으실 대로 하십시오. 하나 숭년이믄 나라님께서도 곳간을 열어 굶주리는 백성에게 기미를 나누시는데 지금이 어느 때라고, 당주님이 주시겄다는 곡식 얻어가는 기이 죄가 되겄십니까. 도리어 삼수 놈이 중도에서 곡식을 가리단죽* 했는지 주는 집 안 주는 집 있고 보믄 그 사단을 캐어보는 것도 재미있일 성싶구마요. 허기든 눈까리에는 사람도 소개기로 뵈고 떡 덩어리로도 뵌다 안 캅니까. 머 그리 무섭을 기이 있겄십니까."

슬쩍 공갈을 때린다. 분하기도 하려니와 쇠고기, 떡 덩어리 어쩌구 하는 바람에 준구는 잡아먹히기라도 할 것 같은 두려움에서 와들와들 떤다.

"소인네야 아무 죄 없소. 죄 없구말구요. 백설 같십니다. 관

가에 가도 아무 꿀릴 기이 없구마요. 소인이 팔도강산은 아니
라도……."

윤보의 독무대다. 그런데도 장광설은 이제부터 시작할 모
양이다. 그러나 역시 아이는 아이였다. 졸음이 와서 서희는
눈을 비비기 시작했다.

"길상아, 어서 해. 어서 하란 말이야."

연신 손등으로 눈을 비벼댄다.

"예, 애기씨! 길상아, 그리고 이서방이랑 와서 거들어주소!"

윤보 말하는 재미에 방심하고 있던 수동이는 외쳤다. 윤보
는 여전히 준구를 상대하여 노닥거리려 했지만 밖으로 급히
날라내는 곡식 섬을 넋 빠진 것처럼 바라보던 준구는,

"죽일 놈들! 날도둑놈! 내 가만히 있지는 않을 터이니 어디
오늘 하룻밤 날뛰어보아라!"

하고 꿀 먹은 벙어리가 되어 서 있던, 데리고 온 하인의 존재
는 잊어버리고 발길을 돌렸다.

간교하나 소심한 준구였기 때문에 변변한 말도 못하고 말
았지만 실상 사랑에서 홍씨 때문에 혼비백산했고 도끼 든 도
적이 들었다는 말에 두 번 혼비백산한 뒤끝이어서 현장에 나
왔어도 사실 전혀 대비 없는 마음은 어수선하기만 했었다.
돌아서 사랑으로 걸어가는 눈앞에 초롱 불빛을 받고, 음산하
고 험악한 표정으로 서 있던 마을의 장정들이며 상복을 입고
있던 조그마한 두 계집아이며, 개기름이 번들거리던 곰보 얼

굴, 각설이처럼 손짓 발짓 몸까지 흔들어대면서 가락까지 붙여가며 지껄이던 윤보의 모습들이 발길에 밟힌다. 마치 도깨비 굴에서 빠져나온 것 같은 생각이 든다.

일을 꾸민 수동이도 결코 기분이 좋았던 것은 아니었다. 어린 서희를 내세워 하는 짓이 어거지가 아닐 수 없다. 수동이 심정으로는 준구가 손아귀에 넣으려는 마을 사람들에 대항하여 이쪽에서도 서희 편의 무리를 모아야겠다는 것이었고, 실상 굶어 죽는 사람에 대한 순수한 동정보다 정확히는 서희를 위해 말마디나 할 수 있는 의리를 저버리지 않을 사람이면 한 사람이라도 죽여서는 안 되겠다는 것이 절실한 심정이었다. 알몸뚱이가 되어서 홍씨한테 발각된 순간에서부터 희극으로 시작되고 윤보에게 희롱받아 희극으로 끝난 준구의 처지도 딱하기는 하나 고방 앞에 모여 눈을 비비는 서희를 앞장세워 놓고 애당초 꾸민 대로 진행한 연극도 수동이의 마음은 비장했지만 희극임에는 틀림이 없다.

14장 산송장

서서방의 며느리 안산댁은 보리가 든 자루를 이고 한 손에는 보릿가루가 든 꾸러미를 들고 둑길을 질러서 급히 걷고 있었다.

안산댁은 부지런히 걷는다. 땀에 젖은 삼베 적삼이 달라붙어 등골이 드러나고 연신 땀방울이 얼굴에 흘러내리고 있다. 햇볕에 익어서 얼굴은 삶아놓은 문어 빛깔이다.

"엄니, 이러고 있이믄 굶어 죽기밖에 더 하겠십니까. 넉넉 잡고 사흘이믄 다니올 깁니다. 설마 곡식 말이사 안 주겠십니까."

항아리 밑바닥에 깔린 수수알갱이를 긁어내어 자루바가지에 담아놓고 안산댁은 친정으로 떠났었는데 사흘 잡은 것이 열흘이 되었다. 친정에 가자마자 굶주린 창자에 과식한 것도 아닌데 아마 뜨거운 햇볕을 안고 먼 길을 왔기 때문에 더위를 마셨던지 안산댁은 병이 났다. 인사불성이 된 그는,

"엄니, 넉넉잡고 사흘이믄 다니올 깁니다. 설마 곡식 말사……."

하며 헛소리를 했다. 병이 나아 겨우 운신하게 되면서 떠나려 했으나 오라범댁이 곡식을 내려 하지 않았다.

"서방도 자식도 없는데 누구 믹이 살릴라꼬……. 이녘이나 여기서 여름 나고 가지."

하며 시쁘둥해하는 것이었다.

"어디 거기만 숭년 들었나? 여기도 숭년 들긴 매일반 아닌가 배."

뒤꼍으로 돌아가며 빈정거리기도 했다.

흉년이 들기로는 마찬가지였다. 원체 대농가(大農家)인데,

"땅도 굳어야 물이 고이지."

노상 그런 말을 하는 오라비인 만큼 살림은 실팍했다. 그러나 밥술이나 뜬다 해서 아침저녁 구걸 오는 사람이 끊이지 않았고 보리죽을 쑤어 버지기에 퍼가지고 문간에서 구걸 온 사람들에게 한 그릇씩 떠주기는 했으나 그것도 하루 이틀이었다.

"너거들만 밥 묵나. 나도 한술 도라. 같이 묵고살자."

굶주린 눈이 담 너머 넘어다보면 무서워서도 목에 밥이 넘어가질 않는다. 그래서 밤에 밥을 지어먹고 하는 형편이었다.

농촌의 백성들은 좀 이상한 습성이 있다. 몇천 몇만의 볏섬을 들이는 거부들, 물론 그들은 모두 양반이요 문턱이 높은 탓도 있겠으나, 그네들 문전에는 되도록이면 아쉬운 말을 하러 가는 것을 꺼린다. 같은 상사람, 농사꾼으로서 볏섬 백이나 오십쯤 하는 집을 따습다 하고 어려운 경우 신세를 지려고 한다. 하인배들이 우글거리는, 대문과 울타리가 겹겹 싸인 집보다 항상 문이 열려 있고 발만 들여놓으면 집 임자의 얼굴을 대할 수 있다는 무관함 때문일까. 하기는 농민들만은 아닐 것이다. 일반 서민들은 여전히 권위를 무서워하고 또 외면하려 한다. 없는 사람들은 언제나 가진 자들에 대한 피해의식에 사로잡혀 있는 것이다. 그만큼 수탈만 당해온 역사였으니까. 그래서 흉년이 들면 자농가(自農家)를 괴롭히지만 지주들 고방을 습격하는 일이란 드물다. 그리고 도방에 있는 서민들과 달리 자존심이 강하고 삼강오륜을 완명(頑冥)하게 받아들인 농민들은 아사를 했으면 했지 걸식을 수치로 여기는 의식이 강하였다. 그러니까 안산댁 친정에서 보리죽을 쑤어 내놓는 것과 그것을 얻으러 오는 굶주린 사람들의 관계란 같은 농민끼리 상부상조한다는 서로의 의식에서 이루어진 것으로 볼 수 있을 것이다.

안산댁은 염치 불고하고 오라범댁에 애걸을 했다.

"사흘이믄 다니온다 캤는데 얼매나 기다리고 기시겠소. 두 늙은이가 나만 믿고 기실 기요. 그 염치 바른 우리 아부니가 남으 집에 가시지도 않을 기고 그러다가 두 양주가 돌아가시기라도 하믄 내가 낯을 들고 우찌 세상을 살겠소. 시부모 버리고 제년은 친정으로 도망가서 시부모 굶겨 죽인 년이라 안 하겠소."

"효부 났다 하겠구마, 서방 없는 시부모가 머,"

하다가 오라범댁은,

"양식을 두고 굶기는 것도 아니겄고 숭년인데 우짤 기든고."

아들아이하고 남편이 호열자에 죽고 안산댁은 과부가 되었다. 안산댁은 다시 오라비에게 울며 매달리다시피 겨우 보리 말이나 내놓는 것을 그것도 해가 다 진 연에. 마음이 바빠 잠이 안 오는 안산댁은 오라범댁 지천*을 피해서 솥뚜껑을 들고 삽짝 밖으로 나갔다. 솥뚜껑에 돌을 괴어놓고 보리를 볶아서 두 되가량 보릿가루를 만들었다.

날이 희뿌옇게 새는 것을 보고 그는 친정을 떠났다.

집이 가까워올수록 뛰다시피, 습기를 머금고 맨들맨들한 논둑길은 미끄러웠다. 억새풀이 발목에 감겨들곤 한다.

서서방 집은 마을과 동떨어져 있었다. 본시는 마을 옹기종기 모인 곳에 있었으나 오래된 집인 데다 지난가을에 이엉을 갈지 않아서 지붕은 무너지게 생겼고 흙벽은 구멍이 숭숭하여 여름 장마철을 어찌 보낼 것인가 근심이었는데 마침 김훈장이 서서방을 불렀다. 며칠 뒤 출타하게 되었다 하며 그는 말하기를,

　"자네 집 고칠 것 없이 김진사댁 행랑을 쓰지 않겠나."

　"예?"

　"집이 비어 있으니 더욱 퇴락해가는구먼. 장차 집 임자가 들 때까지, 그것도 어느 세월이 될지 모르겠네만."

　"그거사 머."

하며 김진사댁 행랑으로 옮기게 된 것이다. 그 후 김훈장은, 들리는 말로는 무슨 생각에선지 최참판댁 조준구가 자진하여 적잖은 노비를 변통하여 주면서 양자를 찾으라고 권하더라는 것이다. 그가 떠난 것은 늦봄이었다. 김훈장이 없는 마을에 돌아온 윤보는,

　"식자우환이거든."

　준구가 여비를 주었다는 말에 코웃음을 쳤다.

　"엄니!"

　문밖에서부터 안산댁은 소리쳤다. 대문 안 넓은 뜰에서 씽! 하니 침묵만 돌아왔다. 대문 옆에 대작대기가 굴러 있었다.

　"엄니! 엄니! 엄니!"

연신 외치듯 부르며 집 안으로 달려들어간 안산댁은 꾸러미와 보따리를 툇마루에 던지듯 내려놓고 방문을 열었다. 윗목에 서 노인이 눈을 번히 뜨고 누워 있었다.

"아, 아부니!"

눈동자는 움직이지 않았다. 아랫목에는 이미 송장이 된 시어머니가 누워 있었다.

"엄니!"

울부짖다가 안산댁은 쫓아 나온다. 툇마루에 팽개친 꾸러미 속의 보릿가루를 삼베 치마폭에 덜어낸다. 부들부들 손이 떤다. 치마를 훔쳐서 쥔 그는 장독가로 뛰어갔으나 물이 없다. 밖으로 쫓아나와 개울에 보릿가루를 싼 치마를 점벙 적신다.

"아부니!"

되쫓아온 안산댁은 서서방 입에다 대고 물에 젖은 치마 속의 보릿가루를 짠다. 뿌연 물이 서서방 목구멍으로 흘러들어간다. 다음에는 찌그러진 바가지에 개울물을 떠다 놓고 훔쳐 쥔 치마를 적셔가며 서서방 입에 짜 넣곤 하는데 한참 만에 서서방의 눈동자는 움직이기 시작하였다.

"아부니!"

안산댁은 치마에 싼 보릿가루를 바가지에 털어넣고 으깨어서 서서방 입에 넘겨준다. 서서방은 무슨 말을 하려는 듯 입술을 움직였으나 말이 나오지 않는 것 같았다.

"서서방! 죽었소? 서서방!"

윤보가 떠들며 들어왔다. 곡식 자루를 마루에 쿵! 내려놓고,

"아아니 이 집은 덜 바쁜갑네? 보릿가리가 있는 거를 보니."

"세상 인심 조옹소!"

안산댁이 악을 쓰며 마루로 뛰어나왔다.

"와 이러요? 누가 죽었소?"

"죽었소! 죽었소! 아이구 불쌍한 울 엄니! 울 엄니 돌아갔소!"

안산댁은 머리를 풀며 울음을 터뜨렸다.

"거 참, 성미도 급하다. 조금만 참지 멋이 그리 바빠서 갔노. 사잣밥이나 해야겠구마."

윤보는 우스갯소리를 하며 마루를 거쳐서 방으로 들어간다. 그는 서서방댁 가까이 얼굴을 갖다 대어본다.

"아주 갔구마."

몸을 일으킨 윤보는 서서방 쪽으로 몸을 돌린다.

"서서방."

눈알이 돌았다.

"정신 차리소. 내가 보이오."

입술을 우물거린다.

"무신 말이오?"

서서방은 아랫목 마누라 쪽으로 손가락질을 했다.

"소용없구마. 벌써 갔는데, 고개는 와 젓소. 안 갔일 기라

그 말이오?"

"……."

"갔소, 갔다 말이오. 단념하는 기이 좋을 기구마."

시적시적 말했으나 윤보의 작은 눈은 다시없이 슬프게 보인다.

"아이고, 아이고, 아이고오 아이고! 불쌍한 울 엄니."

머리를 푼 안산댁의 곡소리는 마치 바위틈에 고였다가 울컥울컥 쏟아지는 물소리 같다. 복스럽게 도토름한 콧망울에 연신 눈물이 쏟아져서 흘러내린다.

'세상에 별놈의 죽음이 다 있지마는 굶어 죽는 것같이 애참하까. 농사를 지어 곡식을 거둬들이는 농사꾼이 더 많이 굶어 죽는다. 와 그러꼬? 풀 한 페기 뽑아본 일이 없는 놈들이사 어디 굶어 죽던가? 와 그러꼬?'

최참판댁 곳간에 쌓인 볏섬을 눈앞에 그려본다.

밖에 나온 윤보는,

"울지만 말고 저 영감탕구나 돌보소. 송장 둘 치울라 카믄 그것도 큰일 아이오. 여기 이거 보리도 아이고 쌀이오. 최참판댁에서 어짓밤 내온 기니께. 이럴 줄 알았이믄 새벽부터 오는 긴데 굶은 사램이 한둘이라야제. 에이! 주변머리 없는 영감탕구. 배가 고프믄 기어나와 볼 일이지. 제 입치레 바쁜 판에 이런 외딴 데까지 생각이 가야 말이제. 이놈의 윤보 팔자 고약하다. 작년 금년 송장 치우다가 볼일 다 보겠네."

하고 그는 대문을 나섰다. 땀이 나고 이도 들끓는 머릿속이
지근지근 가렵다. 손가락을 쑤셔 넣고 긁적긁적 긁는다.

"제에기 빌어묵을, 어디 불이라도 싸질러부렀이믄 좋겠다."

투명한 하늘 기슭에 새빨갛게 탄 구름이 움직이지 않고 가
만히 머물러 있었다. 그것도 잠시, 어느새 사방은 어둠이 서
서히 내려 덮인다.

지나치려다가 윤보는 발길을 돌린다. 두만네 삽짝에 들어
섰다. 아슴푸레하게 사람이 보이는 마당에서 두만아비는 싸
리비를 엮고 있었다. 들어서는 윤보를 힐끗 쳐다본다.

"아아따, 혼자 살판났다 그 말이제?"

윤보의 핀잔에 두만아비 얼굴에는 어색한 빛이 돌았다. 윤
보는 땅바닥에 주질러 앉으면서,

"서서방댁이 죽었다."

"⋯⋯."

"서서방은 인사불성이고."

다른 때처럼 두만네는 나와서 인사를 하지 않았다. 부엌에
서 바깥 소리에 귀를 기울이다가 멍하니 솥전을 내려다본다.

"속에 불 좀 때야겠다. 곰방대 좀 주게."

두만아비는 일손을 멈추고 허리춤에서 곰방대를 뽑아 윤보
에게 준다.

담배쌈지도 풀어서 내민다.

"다 멩이구마. 그렇게 죽으라는."

이번에는 윤보 쪽에서 대꾸가 없다. 쌈지 속의 담배를 곰방대에 옮겨 넣고 부싯돌로 불을 붙인다. 한 모금 깊숙이 들이마시자 연통같이 콧구멍에서 연기가 밀려 나온다. 한참 만에 윤보는 물었다.

"어젯밤의 일 알지러?"

"들었다."

"자네 생각은 우떻노?"

"……"

"우떻게 생각하노."

다잡아 묻는다. 두만아비는 일을 손에 잡으며 난처해하는, 신경질적인 표정을 띤다.

"그러세……."

"자네한테는 기민 쌀을 보냈다믄서?"

"보낸 것을 내가 묵었다 말가!"

버럭 화를 낸다.

"자네가 묵었다고 누가 머라 카나? 도둑이 제 발 저리더라고."

"내사 그런 것 안 묵었구마는."

"그래도 받기는 받았지?"

"죽 쑤어서 굶는 사람 나누어 주었단 말이다!"

"덕분에 인심 썼구만."

"내가 머 욕심이 나서 받은 줄 아나? 주는 것 마다할 시레비자식이 세상에 있이믄……."

두만아비는 흥분하여 싸리비 엮는 손을 휘저었다. 여위어서 뼈만 앙상한 얼굴에 눈알이 불거져 나왔다.

"제기랄!"

발등에 기어오르는 왕개미를 손바닥으로 때려잡고 윤보는 침을 뱉는다.

"이 얘기는 그기이 아니고 딱 집어내서 말한다 칼 것 같으믄 자네겉이 굶지도 않는 집에는 기민 쌀을 줌서 배가 고파 시적 숨이 넘어가는 집은 와 따돌리노 그 말 아니가."

"그거를 내가 우찌 아노!"

"설마 모르기야 할라꼬."

씩 웃는다. 웃으면 결코 좋은 말이 안 나온다는 것을 알고 있는 두만아비는 노려보던 눈길을 돌리며,

"나는 모르겠구마."

수그름해진다. 부엌에서 솥전을 내려다보고 있던 두만네는 등잔에 불을 켠다.

'그만 받지 말자 카이 받아가지고…….'

등잔을 마루 선반 위에 올려놓는다. 어두웠던 마당이 밝아졌다.

"오싰습니까."

하고 두만네가 윤보에게 인사를 했다.

"야."

건성으로 대답해놓고 윤보는 두만아비의 목을 조르듯이,

"서울 그 양반이 삼수를 시켜 마을 사람들 내심을 염탐해가지고 기미상합(氣味相合)한 사람만 골라서 곡식을 주었다 하는데."

"……."

"우떤 기이 기미상합인고 하니 최참판댁의 은혜를 잊고 서울 그 양반 떠받쳐줄 사람이믄 기미상합이라."

"……."

"최참판댁 은혜야 마을에서 자네가 으뜸으로 입었을 긴데 우째서 일이 그쯤 됐노 그 말 아니가."

두만네는 우두커니 마당에 서 있었다.

"내가 머 기민 쌀을 돌라 캤나! 와 이리 물구신겉이 감고 드노!"

두만아비는 싸리비를 팽개치고 일어섰다.

"거 서울사람들은 본시부텀 약아서 깍쟁이라 하기는 하더라마는 아무래도 그 양반 사람 보는 눈이 보통 아니라 말이다."

점점 부아를 더 돋운다.

"그래 니 말 맞다! 나는 의리 없고 은혜 모르는 놈이다 그 말 아니가! 흥, 산 사람이 제일이지 일가친척도 살림 들어묵는 판인데 그래 내가 최참판댁 살림을 욕심냈다 말가? 찾아가서 떨어지는 밥풀이라도 얻어묵겠다고 알랑방귀를 뀌었다 말가!"

"누가 자네 그런 줄을 모르나. 알고말고. 하모, 자알 알지러. 사램이 편하게 살아갈라 카믄 자네겉이 살아야 하는 법이라. 제 앞만 가리고 살믄 되니께로."

"알고 있으믄 고만이지 이러쿵저러쿵할 것 없다!"

"모두가 와글와글 떠들어댈 때는 가만히 국으로 있어주는 사람도 고맙거든."

"아가리 못 닥치겠나!"

"이 사람아, 열내지 마라. 숭년 아니가. 허기 들라."

"남이사 치마를 뒤집어 입고 벅수(장승)를 넘든가 뱅뱅이를 돌든가 무슨 상관이고! 내가 최참판댁 종놈이가! 뼈 빠지게 땅 파가지고 근근하게 사는 나를 어느 놈이 어쩌고저쩌고할 것고! 주는 기민 쌀 받은 기이 머가 그리 죽을 죄를 졌다고 몰아세우노! 설령 자네 말마따나 배짱 맞은 사람만 주었다 치자. 배짱이 맞고 안 맞고 그거는 그쪽에서 생각할 일이고, 또 내가 그 양반하고 원수질 건 또 머가 있노 그 말이다. 땅임자야 누가 되건 그거 알아서 머하노. 내나 니나 상놈으로 태어나 땅 부치서 계집 새끼들 안 굶기믄 그만이지. 생각해봐라. 우리가 어쩐다고 머 무신 천지개벽이 생길 것가."

두만네는,

"보소."

하며 말을 막으려 한다.

"임자는 가만있소. 그래 우리가 땅 뺏기고 거리에 나앉으믄 어느 연놈이 우리 믹이 살리줄 것가! 응? 뭐가 어쨌다고 찌부둥찌부둥* 사람을 건디리노 건디리기는!"

"허허 이 사람 보게? 그렇게 작정을 했이믄 남으 말 한 귀로 듣고 한 귀로 흘려버리믄 고만일 긴데 펄쩍펄쩍 뛰는 거를 보니께 그래도 한 오라기 양심은 있고 미안한 생각도 드는 모양이네. 머 그런다고 최참판댁에 충성하라는 건 아니다. 나는 본시 최참판도 싫고 조참판도 싫고 양반이 싫은 성미니께. 그라믄 나는 가네."

횡하니 어둠 속으로 나가버린다.

마을에서는 이상한 소문이 퍼졌다. 경황이 없는 때라 소문은 기세 좋게 퍼져 나가지는 못하였다. 삼월이 죽었다고 했다. 목을 매달아 죽었다고도 하고 홍씨가 너무 매질을 심히 하여 죽었다고도 했다. 사실 죽은 것과 다름없이 삼월이는 뒤채 골방에 가두어져 있었다. 차라리 죽은 편이 나았을지도 모른다. 산발을 한 채 옷은 갈기갈기 찢기어져서, 방 안에는 오물 냄새가 코를 찔렀다.

서늘한 바람이 불고 숲의 빛깔이 누리끼하게 조금 변했을 때 강물은 출렁이고 고구마의 수확도 있었으며 초벌 옥수수도 나돌았고 꿩이 콩밭을 넘나들 즈음 농민들은 겨우겨우 흉년에서 헤어나기 시작했다. 벼농사는 괜찮은 편이지만 올벼라도 베어내려면 달포를 훨씬 넘게 기다려야만 했다.

이 무렵 김훈장이 돌아왔다. 그의 얼굴은 퍽이나 희망이 있어 보였다. 그랬는데 조준구의 호의로 원행(遠行)을 다녀온 김훈장은 무슨 까닭인지 조준구와 대판으로 싸웠다는 소문이 나돌았다. 기민 쌀을 고루 나누지 않았기 때문에 서희를 입회시켜놓고 마을 장정들이 도끼로 고방 문을 부쉈다는 말을 들은 김훈장이, 조준구의 처사를 잘못이라 했다가 언쟁이 벌어졌다고도 했고 망측스럽게도 딸 점아기를 소실로 달라 했기 때문에 김훈장이 욕설을 퍼붓고 자리를 박차며 일어섰다는 등 구구했다. 그런가 하면 지방 수령 따위 하며 콧방귀를 뀌고 자신의 지체를 뽐내는 겉보기와 달리 조준구는 은밀히 읍내로 곡식 섬 돈꾸러미를 실어내는데 그것은 다 코방귀를 뀌던 바로 그 벼슬아치한테 가는 것이라 했다. 왜놈의 헌병인가 대장인가를 부산서 끌고 와서 칙사 대접에 사냥까지 함께 했다는 말도 있었다.

한편, 골방에서 계집종들의 거처로 돌아온 삼월이는 넋이 나간 것 같았다. 사람들 얼굴을 멍청히 쳐다보기도 하고 마당 한가운데 우두커니 서 있기도 했다. 집안의 노비들은 그런 삼월이의 꼴을 애써 못 본 척하려 했다. 수동이 편에서는 준구에게 몸을 맡긴 계집이라 하여 멸시와 미움을 받았고 다른 노비들은 애처롭게 생각하지만 홍씨의 눈이 무서운 데다가 그들 역시 노리개가 된 계집이라는 멸시의 감정이 있었다.

"저러다가 죽을 기다. 벌써 반 정신은 나갔는데 살겄나."

"서울아씨도 너무 하시지. 삼월이야 무슨 죄가 있겠노."

"그래도 그년이 아주 꼬리를 안 친 거는 아닐 기다."

"그거사 머, 영을 우찌 거역할 기요."

"그래도 지가 마님 살아 기실 적에 몸 간수를 잘했이믄."

"강약이 부동이오. 나으리 행사(행실)가 개차반이니께 그렇지."

하다가 삼수를 본 순이와 여치네는 입을 오므린다.

골방에서 겪지 못할, 우리통 속의 돼지처럼 천대를 받고, 그래도 명이 붙어서 나온 삼월이는 의외로 회복이 빨랐다. 회복도 빨랐지만 얼굴도 예뻐졌다. 마당 한가운데 멍하니 서 있을 때는 더 예쁘게 보였다. 무심한 아이의 얼굴이 예쁜 것처럼 햇볕을 못 본 얼굴은 희었고 가느다란 핏줄이 돋아난 두 볼이 불그레할 때도 있어서 전보다 앳되게 보이기도 했다. 이런 삼월이에게 삼수는 욕심을 내기 시작했다. 기왕 못쓰게 된 계집, 임자가 어디 있겠는가 하며 그는 기회를 노리고 있었는데 그 긴피를 어떻게 알았는지 준구는 어느 날 삼수를 불렀다.

"이놈! 바른 대로 말해라."

곁눈질을 하며 실실 웃는 것이었다.

"무신 말씀입니까?"

"시치미를 떼지 말고."

"소인은 도무지 짐작이 안 갑니다."

"너 삼월이 년을 마음에 두고 있지이."

"예?"

찔끔한다.

"내가 네 맘을 다 알고 있느니라."

"그, 그런 갬히 우찌 그럴 수 있었십니까."

"잔말 마라. 내 그년을 너에게 줄까 싶은데 어떠냐?"

"아, 아니 무슨 말씸을."

삼수는 몹시 당황한다. 삼월이를 데리고 살 생각은 조금도 없었다. 준구처럼 심심풀이라면 모를까 헌 계집을, 싶었던 것이다. 떠다 맡기려는 것 같아서 더욱더 그러했다.

"그렇지마는 갬히, 나리께서."

하는데 말을 막았다.

"그런 염려할 것 없네. 그년한테 무슨 임자가 있겠느냐. 자네가 얻어서 살면 우선 마님이 마음을 놓으실 게고."

하면서 준구는 씩 웃는다. 삼수는 그 저의를 단박 알아차렸다. 삼수에게 밀어붙여 놓고 생각이 날 때는 좀 빌리자는 뜻이다.

"그, 그, 그렇지마는."

"계집이 쓸 만한데 버리기는 아깝고……. 너 계집이란 걸 아느냐?"

눈이 음탕하게 빛났다.

"그, 그거사 머 모를 리가 있겠십니까."

삼수 역시 개기름이 흐르는 얼굴에 음탕한 웃음을 띤다.

"하긴 모를 리가 있겠느냐. 계집이 쓸 만하단 말이야. 평생

토록 데리고 살라는 게 아니라."

'제기릴! 밑져야 본전이다. 그깟 년 살다 버리믄 되는 기고, 아무튼지 간에 노리개는 노리개 아니가. 따지고 보믄 같이 외입을 하자는 건데 머가 나쁘노. 그라믄 이 양반하고 나하고 베갯동서가 되는 거 아니가?'

어느 날 밤 순이는 삼월에게 귓속말을 했다.

"니 그만 도망해라."

"우뜿게."

"내 말 듣는 기이 좋을 기다. 나으리는 니를 단념 안 하실 기고 니 꼴이…… 삼수 놈까지, 이분에 또 발각이 나믄 니는 마지막이다. 서울아씨가…… 내사 마 그 생각만 하믄 살갗이 떨린다. 그렇기 표독스런 사람이 어디 또 있겠노. 이 집 아니믄 설마 못 살겄나. 소리도 매도 없이 멀리 가부리라."

"멀리 가부리라고……."

한참 만에 삼월이 중얼거렸다. 그러나 그는 도망을 가지 않았다.

15장 동무, 까마귀야

"추석장이 와 이리 쓸쓸하노."

소반 몇 개를 땅바닥에 풀어놓고 맥이 빠져서 앉아 있는 젊은 소반장수는 봉기를 힐끗 쳐다본다.

"모도 포리를 날리고 있구마."

"태펭스런 말 하는 것 보니께로 그쪽에는 등 따시고 배부린 갑소."

젊은 소반장수는 톡 쏘듯이 말했다.

"그거 빈말은 아니구마는. 우리사 보리 흉년에도 밥 묵고 살았으니께."

"이녁 배가 부르믄 남으 창자 빈 거는 모르니께로."

"다 팔자소관이제."

"아따! 다 살았다고 그런 말 하요?"

씹어뱉듯이 말했다. 아까부터 소반을 살 듯이 만져보고 뒤집어보고 하면서 한 시각이나 지났는데 봉기는 아직 얼마냐고 금새조차 물어보지 않았다.

"허허 핏대 세울 거 조금도 없거마는 그러네. 내가 소반 못 팔라고 훼방이라도 났다 말가."

상대해보아야 허기만 들겠다 싶었던지 젊은이는 입을 다물어버린다. 소반 하나 팔아보겠다는, 달뜬 마음을 슬금슬금 곁눈질하며 시간을 끌고 있는 봉기 태도에 부아가 돋은 소반장수, 눈 가장자리가 달무리진 것처럼 푸르팅팅한 봉기의 심술 궂은 생김새를 보아 아예 소반 팔 생각은 버린다.

추석 단대목의 장터는 쓸쓸했다. 펴놓은 물건도 시원치 않았고 장꾼들도 많지 않았다. 사람들은 제상에 놓을 자반고

기, 삼실과 향촉과 소지 정도 사갔을 뿐 아이들을 위해 댕기한 감 끊는 것조차 볼 수 없었다. 비단 갈진(당혜)은 말할 것도 없이 미투리 한 켤레 팔리는 것 같지 않았고 갓전에도 걸음을 멈추는 사람이 없었다. 양지바른 곳에 자리를 편 필묵장수, 지물장수, 물감장수 노인들은 가을 햇볕 아래서 꾸벅꾸벅 졸고 있다. 이따금 썰렁한 냉기에 눈을 반쯤 뜨고 지나는 사람들을 바라보다가 다시 꾸벅꾸벅 존다.

"금년에는 모도 시집 장가들 안 갈란가 비여."

해를 묵혀 꾀죄죄해진 갈진이지만 분홍, 연두, 남색 등 구색은 갖추어진 전을 힐끗힐끗 쳐다보며 물감장수 중늙은이가 중얼거렸다.

"시집 장가를 간다 캐도 갈진 장만할 형편이 돼야제."

필묵장수 노인이 눈을 지레 감은 채 대꾸했다. 안 팔리기는 물감도 마찬가지다. 돌개바람 같은 흉년 속에 누에를 칠 정신도 없었지만 초봄부터의 가뭄은 뽕나무까지 마르게 했으니 명주가 귀할밖에 없고 사는 사람은 없어도 귀한 물건이니 값은 비싸다. 살기 어려운 농가에서 무슨 수로 명주 혼수를 장만할 것이며 명주가 없는데 물감이 팔릴 리 없다.

"산다는 게 무엇인지 몰라라우."

"……."

"태산을 넘으믄 또 태산 아닌가 비여. 어디 농사꾼만 죽어 나더라고? 우리네 장돌뱅이들 이래가지고는 겨울이나 날랍디

여? ……참말로 한심혀 못살겠소."

"농사꾼이야 이자부터는 풀릴 기고, 할 수 없제. 사는 대로 살아보는 기지. 정 안 되믄 쪽박 들고 나서는 기라. 이자는 땅에서 곡식이 났으니께…… 설마 밥 한술 안 주겠나."

"비럭질을 누구나 다 하는 줄 아나? 그것도 이골이 나야."

종이 위에 쌓인 먼지를 털면서 지물장수 노인이 말했다.

"흉년 흉년 하지마는 내 평생 금년 겉은 보리 흉년은 처음이구마."

"처음이제."

"오는 길 가는 길 밟히는 기이 굶어 죽은 송장이었이니께."

"참말이여. 괴정 땜시 송장이 썩어났다 하지마는 올여름도 지난해 못지않았을 게라우."

"모진 고비를 두 고비나 넘겼이니 설마…… 금년 삼동(겨울)도 그럭저럭 넘기겠지."

봉기는 여전히 소반전 앞에 쭈그리고 앉아서 지껄이고 있었다.

"그래도 작년에 비하믄 대금산이제. 작년에사 추석장이 어디 있더노?"

"……."

"흉년이 아무리 무섭다 카지마는 괴정보다 무섭으까."

"아 햇곡이라도 났으니께 그렇지. 벼농사도 안 됐이믄 이 장바닥에 삐가리(병아리) 한 마리 얼씬거리겠소! 벌써 흰 머리

카락이 보이는데 와 그리 신소리를 해쌓을꼬."

젊은이는 신경질을 부린다.

"이거 관에서 매 맞고 집에 와서 제집 친다 카더마는 와 이 라노."

"추석 제상 차릴 생각을 하든, 멥쌀 한 뒷박도 못 사갈 생각을 하든 속이 부글부글 끓는데, 보리 흉년에 밥 묵은 사람이사어서 어물전에나 가소. 도마때기만 한 도미나 감싱이 흥정하는기이 좋겠구마는. 사지도 않을 소반만 만지고 있지 말고요."

"좀 만졌다고 판이 닳을 기든가."

"칠 뺏기지겠소."

"그라믄 순 서 푼짜리 판인갑네."

이때 아이 하나가 장터로 걸어들어왔다. 괴나리봇짐을 등에 짊어지고, 봇짐 한귀에 걸린 짚세기 한 켤레가 느직느직 걸음을 옮길 적마다 어깨 위에서 조금씩 흔들리고 있다.

"이눔아가 누고?"

봉기는 아이한테 말을 걸었다.

"니 한복이 아니가?"

"야."

웃을 듯 말 듯 하며 대답한다. 해진 짚세기 사이에 발가락이 두 개 나와 밖을 내다보고 있다.

"안 죽고 우예 살았노."

"……."

"이거 참 희한코나. 괴정에도 안 죽고 숭년에도 안 죽고 어디서 풀족하니 또 나타났노."

한복이는 옛날보다 더 자란 것 같지는 않았다. 그러나 고생에 찌든 얼굴은 제법 나이배기로 보였다.

"참 세상 조화 기묘하고나. 에미 아비도 없는 어린것이 우예 살아남았노. 그래 니 성도 안 죽었나?"

"야."

"하기사 니 성은 열예닐곱 됐일 거로?"

"열아홉 살이오."

"하모 그쯤 됐일 기다. 나이로 봐서도 이자는 머 지 하나 밥산 노릇(밥벌이)은 할 기고 그눔아가 본시부터 손톱 길기로(도벽이 있기로) 동네서는 호(소문)가 나 있었이니께 설마 숭년 들었다고 가만히 있었겠나. 남우 담을 넘었이믄 넘었지, 굶어 죽기야 했일 기라고."

순간 한복의 얼굴이 새빨개진다.

"참말이제 악새풀같이 멩도 질다. 부모가 있어도 벵들어 죽고 굶어 죽었는데 천지간에 의지가지할 곳 없는 저 어린기이 우찌 살았이꼬. 아비는 샐인 죄인으로 죽었고 어매는 살구나무에 목을 매달아서, 아 내가 그 목맨 줄을 지금도 가지고 있구마는. 중값 줄라 캐도 안 팔고 갖고 있지러. 멩색이 양반의,"

발길을 돌려놓은 뒤통수를 봉기 목소리가 쫓아와서 사정없이 내리친다. 눈을 부릅뜬 한복이 얼굴에서 차츰 핏기가 가셔진다. 장터의 소음이 귀에 들리지 않는다. 장꾼들의 모습이 눈에 보이지 않는다. 더듬듯이 길을 찾아 장터를 빠져나온 한복이는 삼가름길(삼거리)에 우두커니 서 있다가 사람 없는 잡목숲 쪽으로 걸음을 옮긴다. 싸리나무를 휘어잡으며 언덕으로 올라간 한복이는 베어낸 나무둥치 위에 걸터앉아 가만히 장터 쪽을 내려다본다. 눈물은 나오지 않았다. 서러운 생각이 들지도 않았다. 부끄러웠다. 수치스러웠다. 수치스럽다 생각할 때마다 가슴이 두근거리고 이마에 땀이 솟는다.

'내가 와 이곳을 자꾸 찾아올꼬? 형맨치로 나도 내 근본을 모르는 타관에 가부리까.'

아니다, 아니다 고개를 저으며 마음속으로 울부짖는다. 불쌍한 어머니 영신을 혼자 버려두고 떠날 수 없다고 마음속으로 울부짖는다. 어머니 잠든 곳에 뿌리를 박고 살아야 한다. 욕스러운 전사(前事)를 내 자신이 지워버려야 한다고 한복이 어린 마음은 발버둥친다. 결코 형과 같이 남에게 손가락질 받는 사람이 되어 어머니께 한을 더 보탤 수는 없다고. 거복이의 행실은 한이 맺힌 곳에 또 한을 맺게 하는 슬픔이었다. 거복이는 이제 아이는 아니었다. 어깨가 딱 바라진, 힘깨나 쓰는 장정이 되었다. 동생을 거느리고 독립해도 좋을 시기였으나 여전히 어릴 때 그대로의 성품은 더 거칠어져서 바람을 잡아 떠나 있었다. 이따금 나타나는 일이 있었지만 그럴 때마다 넉넉지 못한 외갓집에 해를 끼쳤으며 외가 식구들도 그에게 넌더리를 쳤다.

'어무님, 지는 형같이 안 될 깁니다. 좀 더 크면 우리 집에 돌아가서 산소 돌보고 살겠십니다. 형은 버린 자식으로 생각하시이소. 어머님 말씀대로 착하고 어진 사람 돼서 남의 입정에 안오르게 하겠십니다. 샐인 죄인 자식 소리 안 듣게 하겠십니다.'

'오냐, 내 자식아, 나는 니만 믿고 살았네라.'

신열로 두 볼이 붉었던 함안댁의 얼굴이 생시같이 눈앞에 떠올랐다.

'어무님, 형이 밉십니다! 형은 아부지를 닮아서 그렇겠십니까!'

그러나 한복이는 거복이가 아비 평산처럼 역겹지는 않았다. 미우면서도 불쌍했다. 그의 행실은 남부끄럽지만 남부끄럽다는 생각 속에 제 살을 꼬집히는 아픔이 있었다. 만일 길을 가다가 평산을 만나게 된다면 한복이는 외면을 하고 그 옆을 지나쳤을 것이다. 그러나 거복이를 만났다면 손을 잡고 형아, 형아 하며 목을 놓아 울 것이다. 함께 가자고 애걸했을 것이다. 그만큼 아비에 대한 한복의 감정은 차디차고 굳은 것이었다.

'거복아, 니 오늘 며칠인지 아나? 열이레다. 너거 어무니 돌아간 날이 그러니께 이월 열엿새라 말이다. 여기가 니 어무니 산소고. 잘 명님해두어라. 알겠나?'

곰보 목수 말을 들은 거복이 소나무 둥치로 뛰어가서 제 머리를 들이받으며 통곡하던 일을 생각할 때마다 한복이는 가

습이 미어지듯이 아팠다. 솔갱이에 찍힌 이마빼기에 피가 흐르
고, 짐승처럼 울부짖던 울음, 춥고 바람 불던 북쪽 산비탈에
울려 퍼지던 그 울음소리를 한복이는 언제나 잊을 수가 없다.

다시 장터를 향해 한복은 느직느직 걸어 내려왔다. 펴놓은
전을 이리저리 살펴보며 지나다가 대추 밤을 조금씩, 사과 배
감을 각각 한 개씩, 명태 한 마리를 흥정하고 괴나리봇짐을
끌러 속에 든 자루 하나를 꺼내어 흥정한 것들을 그 속에 넣
고 노끈에 끼운 엽전을 풀어 값을 치른다. 그러고 나서 괴나
리봇짐은 등에 걸어 묶고 자루는 말아서 손에 쥔다.

"제수장인가 본디, 참말로 안쓰럽단께로."

전 임자가 딱하다는 듯이 한복이를 바라본다. 사는 물건
이 너무 적어 그러는지 열 살도 못 돼 뵈는 아이의 가련한 몰
골을 보고 그러는지 알 수 없다. 장터를 벗어나려던 한복이는
주막 앞에서 눈에 익은 모습을 보고 걸음을 멈추었다. 낡은
북포 두루마기에 역시 낡은 갓을 쓴 중늙은이가 지팡이를 들
고 주막 앞에 서 있었다. 함안댁이 죽었을 때 숨이 차 헐떡이
면서도 비탈진 언덕을 함께 올라와 주었던 서서방이었다. 한
복이는 운봉할배—아이들은 노래 고장인 운봉을 따서 그렇
게 불렀다—하며 인사를 하려고 다가갔다. 순간,

"밥 한술 주소."

서서방 입에서 나온 말이었다. 그리고 바가지를 내미는 것
이 아닌가.

"어이구 저 늙은 거지가 또 왔네!"

이번에는 화난 주모의 목소리였다.

"십시일반이더라고 정한 데 쓸라고 그러니께."

"추수해서 양식 맡기났다 말가. 멀쩡해가지고 밥은 와 얻으로 댕기요? 장날이믄 빠짐없이 오니께 이거는 각설이 떼보다 더하다 카이. 오늘겉이 세월 없는 날에는 글안해도 속이 부글부글 끓어쌓는데."

"밥 한술 주소."

"학 떼겄네. 안 주믄 안 가니께. 나잇살이나 묵었는데 떠밀어낼 수도 없고."

"거 실성해서 그러는 긴데 밥 한술 주지 머."

하고 이번에는 술꾼이 말했다.

'머라꼬 운봉할배가 실성했다꼬?'

"얻어묵을라믄 떨어진 옷이라도 입을 일이지. 하 참 갓까지 올리쓰고 거지가 아니라 상전이구마는."

"며느리가 있이니께 그렇지."

"그라믄 시아비 옷 수발함시로 걸식은 와 시키는고?"

"온정신이믄 그럴까. 거리 혼신이 들었이믄 할 수 없제. 말 들으니께 며느리가 효부라도 이만저만 아니라는데."

"그라믄 와 저리 돌았는고?"

"여름에 너무 굶어서 그랬다 카던가."

주모는 여전히 성이 난 얼굴로 바가지에 밥을 담아준다.

"운봉할배!"

돌아서 나오는 서서방의 소매를 한복이 잡는다.

"니가 누고?"

물끄러미 쳐다본다.

"한복이오."

"으흠……."

했으나 이미 눈은 한복이를 보고 있지 않다.

"가입시다. 나랑 집에 가입시다."

"정한 곳에 쓸 기니께, 십시일반이더라고……."

"운봉할배!"

서서방은 지팡이를, 짚는 것도 아니요 엉거주춤 든 채 천천히 장터로 향해 걸음을 옮긴다. 두 눈에 눈물이 가득 고인 한복이는 절룩거리며 서서방 뒤를 따라간다. 감을 멍석에 부어놓은 노전 앞까지 온 서서방은 멍석 한켠에 바가지와 지팡이를 가지런히 놓고 나서 감장수에게,

"내 여기서 노래 한 자리 부를 것이니 감 하나 주소. 밥이사 여염집에도 있고 장삿집에도 있는 기니께 십시일반으로 그저 돌라 카지마는…… 옛적에 전주 살던 모흥갑(牟興甲)이라는 명창이 소리할 때 덜미소리를 질러내서 십 리 밖까지 들리게 했다는데 내야 그렇금은 못하지마는 이 장바닥 사람들은 다 들을 것이니께."

감장수가 어리둥절해 있는 사이 서서방은 기침을 몇 번 하

고 목을 가다듬는다.

> 여보 도련님 여보 도련님
>
> 날 다려가오 날 다려가오
>
> 나를 어쩌고 가랴시오
>
> 쌍교도 싫고 독교도 싫네
>
> 어리렁 충청 거는단 말게
>
> 반부담 지여서 날 다려가오

　난데없이 들려오는 소리에 장꾼들이 돌아보고 또 모여들었다. 노래는 〈춘향이별가(春香離別歌)〉 중의 유명한 더늠이다. 강산제라고도 하는 것인데 내력이 있다. 옛날 명창 모홍갑이 노령에 이르러 어느 날 장을 보러 전주 장터에 나간 일이 있었다. 돌아오는 길에 장꾼들이 모여들어 담을 쌓고 있는 광경을 본 그는 장꾼들을 헤치고 들어가 보니 〈적벽가(赤壁歌)〉 중에 타인의 추종을 불허하는 명창 주덕기(朱德基)의 소릿장이었다. 모홍갑은 삿갓으로 얼굴을 가리고서 듣고 있었는데 노래를 마친 주덕기는 청중들 열광에,

　"모홍갑은 부족괘론(不足掛論)*이요, 송흥록(宋興祿)도 유부족 앙시(猶不足仰視)*라."

하며 득의양양하였다. 노한 모홍갑이 좌석으로 들어가서 인사하고 말하기를,

"나는 부족론이로되 송흥록은 가왕의 이름까지 받은 공전 절후(空前絶後)의 명창이거늘 주덕기의 소위는 무례막심허다."
하고 꾸짖은 뒤 앞니가 다 빠진 모흥갑이 순음(脣音)으로 〈이 별가〉 한 가락을 장쾌하게 불렀다. 그 조(調)가 특이하고 또한 아름다워 주덕기는 감히 입을 열지 못했다고 전한다. 후일 주 덕기의 방창(倣唱)으로 앞니 빠진 순음의 모방이 널리 퍼지게 되었다는데 지금 서서방이 애원(哀怨)하게 부르는 조가 바로 그 방창이었다. 명창들처럼 수십 년을 각고하여 얻은 경지는 아니었다. 그러나 서서방 생래(生來)의 목청은 사람의 마음을 사로잡기에 충분한 것이었다.

> 저 건너 늘어진 장송
>
> 깁 수건을 끌러내어
>
> 한끝을 낭구 끝에 매고
>
> 또 한끝은 내 목에 매어
>
> 그 아래 뚝 떨어져 대롱대롱
>
> 내가 도련님 앞에 자결을 하여
>
> 영 이별을 하제
>
> 살려두고는 못 가느니
>
> ……

사람들이 모여들어 빙 둘러섰을 때 서서방은 노래 한 판을 끝내고 허리를 구부리더니 지팡이와 바가지를 집어들었다.

"큼직한 감 하나만 주소. 우리 마누래가 애 선다고 묵고 접다 카니께."

여전히 어리둥절해 있던 감장수는 자신도 모르게 감 하나를 집어준다.

"서서방! 또 이러고 있소!"

영팔이 얼굴을 내밀었다.

"갑시다, 가아!"

했으나 바가지에 감을 담은 서서방은 들은 척 만 척 사람 속을 헤치고 나간다.

"운봉할배! 운봉할배! 그만 가입시다!"

한복이 뒤쫓으려 한다.

"한복아."

한복이를 알아보고 영팔이 불렀다.

"야."

울먹인다.

"그만도오라. 가봐야 니 말 듣지도 않을 기다."

"운봉할배가 와 저렇금 됐소!"

"숭년 때문이제."

"동네로 데리고 가야 안 하겠소."

"머, 혼자서 집에 오기는 하니께, 그래 니 추석 쇨라꼬 오나?"

"야."

"음 그래야지. 그새 니가 통 안 뵈길래 죽었나 싶더마는……
우리 집에 소는 이자 없다."

영팔은 쓸쓸한 눈으로 한복이를 본다.

"죽었십니까."

"팔았지. 개값으로 팔았다. 그새 니는 어디 있었노."

"외갓집에서…… 일함시로."

"말 잘 듣고 있었고나. 자 가자."

한복이는 형의 소식을 묻지 않는 것이 고마웠다. 영팔이는
나루터로 향해 간다.

"나는 이리로 갈랍니다."

"그리로라니?"

"걸어서 갈라요."

"뱃삯 때문에? 가자, 내 낼 긴께. 아아들인데 머, 참 그러고
본께 너 영 안 컸고나. 우찌 그리 좀생(꼬마)이고."

영팔이는 걸으면서 웃는다.

"동네서는 모두 다 편합니까."

"숭년에 죽은 사람도 있고."

"영만이 집은요."

"그 집은 아무 탈 없다. 서서방 마누라가 죽었지. 작년에는
더 많은 사람이 죽었다. 참판님댁 마님, 김서방, 봉순네, 우리
집 가시나도 하나 죽고."

나루터에 이른 그들은 나룻선에 올랐다. 먼저 온 봉기는 배

바닥에 퍼질러 앉아 있었다. 아까 소반장수에게 부아질*을 하더니 그예 흥정을 한 모양이다. 개다리소반을 이리저리 살펴보고 있었다. 조금이라도 잘못된 곳이 있으면 무르러 갈 참인지. 보고 또 보고. 소반장수를 기름 짜듯, 실랑이해서 본전도 안 되게 샀을 것이다. 한복이는 얼른 뱃전으로 가서 봉기에게 등을 돌리고 강을 바라본다. 봉기 옆에 곰보 목수가 있었으나 인사를 할 수 없었다. 배에 탄 것을 보고 또 이러니저러니 하고 봉기가 흉허물을 드러낼까 봐 무서웠던 것이다. 한복이는 배가 떠난 것도, 강심까지 나와서 강물을 거슬러가며 상류로 향해 가고 있는 것도 모르는 채 서 있었다.

"아따 눈독이 올라서 그눔우 상다리 안 뿌러지겠나."

윤보의 걸걸한 목소리가 들려왔다. 비로소 한복이는 배가 강물을 거슬러 올라가고 있는 것을 알았다. 사공의 얼굴이 눈에 보였으며 낯익은 늙은 사공이 아니라는 것도 알았다. 그리고 이어 규칙적으로 노 젓는 소리가 들려왔다.

"쳇, 본다고 상다리 뿌러지까. 곰배상*을 채리야 상다리가 뿌러지지."

"개다리소반에도 곰배상을 채리나?"

배 안의 사람들이 웃었다.

"와 이리 실실 부아를 돋구노. 벼르고 벼라서 판 하나 사가는데 재수 없거로 뿌러지기는 와 뿌러지노!"

눈을 까집는다.

"재수 없이믄 안 되지러. 요새 듣자니께 봉기는 졸부가 됐다 카던데 혹 누가 아나. 그눔우 판 구신 붙은 나무로 맨들지나 않았는지 몰라. 그라믄 동티가 날 긴데 그 일을 우짜노."

"아아니 저눔우 주딩이를! 그만."

봉기는 주먹을 휘둘렀다. 그러나 얼굴에는 겁이 잔뜩 실린다.

"허허, 좋은 기이 좋더라고, 그럴 것이 없이 판을 집안에 모시딜이기 전에 떡 하고 술 해서 객구를 물리믄 어떻겄노?"

"누 좋은 일 시킬라꼬!"

"너거 집 성주님 앞에 한 상을 채리주고 동네 사람한테도 인심 좀 쓰고 덕택에 나도 가서 술 한잔 운감하고(맛보고)."

배 안의 사람들은 또다시 웃었다.

"듣자 듣자 하니께 니 내하고 무신 원수가 졌노? 니 내 망하기를 바란다 그 말가!"

"이웃사촌이라 안 카나. 와 내가 니 망하는 것을 바라겄노. 물 한 모금을 얻어묵어도 이웃사촌이 잘 살아야제. 자고로 남으 공것을 묵으믄 배탈이 나고 부정한 재물을 쌓으믄 고방에 사(邪)가 생긴다 캤는데 내 니 배탈이 날까 염려가 돼서 안 그러나. 너거 고방에 사가 생기도 안 될 기고. 그러나 그것도 갈라묵으믄 방어가 되니께로."

언중유골이다. 윤보는 뱃전에 곰방대를 두드린다. 봉기는 윤보 입모습을 쳐다보다가 퉤퉤 침을 뱉고 입을 다물어버린다. 더 이상 말해보아야 무슨 말이 나올지, 당할 것이 뻔했기 때문이다. 그런데 소반은 집에 가기 전에 나루터에서 동티가 나고 말았다. 소반을 치켜들고 삼판에 오르려다 말고 뒤에서 떠미는 바람에 뱃전에 부딪쳤다. 공교롭게 상다리 하나가 부러지고 말았다. 봉기의 얼굴은 홍당무가 되었다. 삼판을 걷어 올리고 사공이 장대로 뭍에서 떠밀어내는 나룻배 속에서 웃음소리가 터졌고 모래밭에 내린 마을 사람들 속에서도 웃음소리가 터졌다. 그 가운데 윤보의 웃음소리가 유독 컸다.

"지기미××!"

모두 뿔뿔이 가버렸다. 나룻배는 강심으로 나가고 나루터에 혼자 남은 봉기는 하늘을 향해 주먹질을 하며 입에 거품을 물어 욕설을 퍼붓고 모래밭을 걷어찬다. 노루 꼬리만큼 남아 있던 해는 어느덧 꼬리를 감추었다. 강물에 노을이 밀려들고 있었다.

경사가 급한 북향의 산비탈에는 여전히 옛날 같은 처연한 바람 소리가 지나가고 있었다. 앙상한 소나무 사이를 비집고 들여다보는 하늘만은 팔월 한가위의 청명한 빛을 띠고 있었다. 함안댁의 무덤은 벌초하지 않아도 좋았다. 자갈 흙으로 지어놓은 무덤에 나직한 잡풀이 돋아나서, 아마도 그래서 장맛비에 허물리지 않았는가. 한복이는 깨끗한 한지 한 장을 무덤 앞에 펴놓고 제수를 차렸다. 술을 부어놓고 무릎 꿇어 두 손 모아 절을 한다. 어디서인지 까마귀가 날아와 소나무 가지에 앉으며 우짖는다. 한복이는 열심히 손을 모아 다시 절을 한다. 그는 까마귀가 찾아준 것이 반가웠다. 쓸쓸한 바람과 음산하게 그늘진 박토, 비탈진 곳에는 바람과 빗물이, 나뭇잎조차 머물지 못하도록 쓸어내리고 땅은 기름질 사이도 없이 자갈만 굴러 있는데 오두머니 솟은 함안댁 무덤 이외 그와 동무해줄 다른 무덤 하나가 없다. 한가위라고 산에는 성묘객들이 하얗게 깔리었건만 이 음지에는 한복이 이외 아무도 없다. 까마귀는 탐욕스런 잿빛 주둥이를 벌리며 다시 우짖는다.

'까마귀야! 까마귀야! 내 동무 할라꼬 니가 왔나? 울 어머님 한테 나 왔다고 기별할라꼬 니가 왔나?'

한복이는 땀에 젖었던 옷이 식어서 한기가 드는 것도 잊고 나뭇가지 위의 까마귀를 올려다보곤 한다. 얼마 동안이나 지났을까. 까마귀는 끈질기게 기다리고 있었다. 한복이는 주머니칼을 꺼내어 과일을 몇 조각 내어 무덤 주변에 뿌리고 깎은 밤과 대추도 그렇게 뿌리고 명태도 찢어서 주변에 깔아놓는다. 한복이는 그가 돌아간 뒤에도 더 많은 까마귀들이 와서 다른 집 산소보다 부산스럽게 지저귀어주고 놀아주기를 바랐다.

"어무님, 그라믄 지는 가보겠십니다."

올라올 때와는 달리 산을 내려가는 다리에는 힘이 없다. 올라올 적에는 숨 가쁜 줄을 몰랐는데 내려가려니 어지럽고 쓰러질 듯 그동안의 여독이 한꺼번에 밀려오는 것 같다. 가파른 곳을 지나 산기슭을 돌아나왔을 때 아무도 없는 외딴 밭둑에 남자 하나가 고독하게 등을 보이며 앉아서 담배를 피우고 있었다. 주변에 담배 연기가 피어오르고 있었다. 사나이 옆을 지나치던 한복이는 그가 용이인 것을 알고 비시시 웃으며 인사를 대신했으나 무슨 생각을 하고 있었던지 용이는 한참 지난 뒤 늦게야 한복이를 알아본다.

"산소에 갔다 오나."

하고 말을 건네준다.

"야."

한복이는 용이에 대한 감사의 표시로 그 앞에서 떠나지 못하고 서 있었다. 그는 어머니의 장사를 지내준 사람들을 잊지 못한다. 서서방, 윤보, 영팔이, 용이, 한조, 그 다섯 사람의 모습은 마음속에 뚜렷이 새겨져 있었다. 어른이 되면 그들에게 은혜를 갚는다는 것이 늘 즐거운 공상이었다. 아래켠 밭둑에 갈색 뱀이 스물스물 기어간다. 좀 있으면 찬서리가 내릴 텐데, 기어가는 뱀의 모습은 둔하고 맥이 빠져 있는 것 같다. 뱀을 바라보고 있다가 한복이 물었다.

"여기 와 이 카고 있십니까."

"어?"

옆에 사람이 있는 것을 깜박 잊었던지 용이는 한참 후,

"벌초하러 안 왔나."

성묘하러 왔다 하지 않고 벌초하러 왔다는 것이다. 한복이는 벌초한 묘가 어디 있나 싶어 사방을 살핀다. 산기슭에서

좀 올라앉은 곳에 묘가 하나 있었다. 한복이는 그 묘가 누구의 것인지 알지 못했으나 그것은 월선의 어미의 묘였던 것이다. 용이는 곰방대를 털고 허리춤에 찌르며 일어섰다.

"안 갈라나?"

"갈랍니다."

낫을 들고 성큼성큼 걸어가는 용이 뒤를 한복이 졸졸 따라간다. 다른 사람들처럼 그동안 어찌 살았느냐 언제 왔느냐 하고 묻지 않았다. 사실 용이는 부모 산소와 강청댁 산소에 갔다가 마지막에 이곳으로 왔기 때문에 피곤하였고 여러 가지 생각에 사로잡혀 괴롭기도 했었다.

마을에 들어서자,

"한복이 니 또 갈 기가?"

하고 우울한 목소리로 물었다.

"여기 있이믄 싶으지마는 우짤꼬 생각하고 있십니다."

"그라믄 여기 있으라모. 우리 집에 와 있일래?"

하다가 무슨 생각이 갑자기 떠오른 듯,

"참 니, 읍내에 가 있일라나?"

"읍내요?"

"거기 가 있일라 카믄 내가 말해주겠는데."

"머슴살이 말입니까."

"아니다. 월선아지매를 니가 아는지 모르겠네."

"월선아지매…… 월선아지매라 카믄."

"거기 가 있이믄 밥걱정은 없일 기고 여기 자주 올 수도 안 있겠나?"

이때,

"아배요!"

하면서 아이를 업은 임이가 야무네 집에서 뛰어나왔다. 한복이 눈이 둥그레진다.

"이자 집에 갑니까."

"음."

임이 등에 업힌, 돌을 넘긴 아이가 용이에게 두 팔을 내밀며,

"아부 아아부부……."

한다.

"아니 야가 누고? 한복인가 배. 아배요, 야가 한복이 아입니까?"

임이는 까닭 없이 샐쭉한다. 용이는 눈살을 찌푸리고 한복이는 임이가 어째서 용이보고 아배라 부르는지 얼떨떨한 얼굴이다.

"아부부 아 아부……."

등의 아이는 입을 불면서 연신 용이 쪽을 향해 두 팔을 내민다.

〈4권으로 이어집니다〉

가리단죽: 일이 안 되도록 중간에 가로채는 행동.

곰배상: 푸짐하게 음식을 잘 차린 상.

꼴 보고 때 보고: 모양 보고 때깔 보고. 이것저것 따져본다는 뜻.

노내기 챗국: 노래기가 빠져 노린내 나는 챗국.

당새기: 고리. 키버들의 가지나 대오리 따위로 엮어서 상자같이 만든 물건. 주로 옷을 넣어 두는 데 쓴다.

돌세가 나다: 수요가 많아 모자라다. 날개가 돋친 듯 팔려나가다.

돔방치마: 동강치마. 치맛단이 무릎에 오는 짧은 치마.

땅알스럽다: 되바라지고 숫된 구석이 없다는 뜻의 경남 방언.

부족패론: 부족쾌치. 부족가론. 말할 가치가 없음. 함께 이야기할 거리가 되지 못함.

부아질: 부아를 일게 하는 짓.

상청(喪廳): '궤연(죽은 사람의 영궤와 그에 딸린 모든 것을 차려 놓은 곳)'을 속되게 이르는 말.

애목: 목의 한가운데.

업덩어리: 업보 덩어리. 괴롭고 고된 일.

운수만은 방망이로 막을 수 없는 것: 운명은 마음대로 할 수 없는 것.

유부족앙시: 존경하는 마음으로 우러러보기에 아직 부족함.

이세: 혼인 전에 신부가 배워야 하는 살림 방법.

지천: 지청구. 아랫사람의 잘못을 꾸짖는 말.

찌부둥찌부둥: 지분덕지분덕. 자꾸 짓궂은 말이나 행동으로 남을 성가시게 하는 모양.

천하를 이고 도리질을 하다: 세력을 믿고 기세등등하여 아무것도 거리낌 없이 제 세상인 듯 교만하고 방자하게 거들먹거림을 비꼬는 말.

청백리 ×구멍은 소꼿부리 같다: 청백리 똥구멍은 송곳부리 같다. 청백하기 때문에 재물을 모으지 못하여 지극히 가난함을 비유적으로 이르는 속담.

황모가 들다: 보리나 밀이 황중에 걸려서 썩게 되다.

토지 3 완간 30주년 기념 특별판
1부 3권

특별판 1쇄 인쇄 2024년 6월 14일
특별판 1쇄 발행 2024년 6월 26일

지은이 박경리
펴낸이 김선식

부사장 김은영
콘텐츠사업2본부장 박현미
디자인 정명희
콘텐츠사업6팀장 임경섭 **콘텐츠사업6팀** 정지혜, 곽수빈, 정명희
마케팅본부장 권장규 **마케팅1팀** 최혜령, 오서영, 문서희 **채널1팀** 박태준
미디어홍보본부장 정명찬 **브랜드관리팀** 안지혜, 오수미, 김은지, 이소영
뉴미디어팀 김민정, 이지은, 홍수경, 서가을, 문윤정, 이예주
크리에이티브팀 임유나, 변승주, 김화정, 장세진, 박장미, 박주현
지식교양팀 이수인, 염아라, 석찬미, 김혜원, 백지은
편집관리팀 조세현, 김호주, 백설희 **저작권팀** 한승빈, 이슬, 윤제희
재무관리팀 하미선, 윤이경, 김재경, 임혜정, 이슬기
인사총무팀 강미숙, 지석배, 김혜진, 황종원
제작관리팀 이소현, 김소영, 김진경, 최완규, 이지우, 박예찬
물류관리팀 김형기, 김선민, 주정훈, 김선진, 한유현, 전태연, 양문현, 이민운

펴낸곳 다산북스 **출판등록** 2005년 12월 23일 제313-2005-00277호
주소 경기도 파주시 회동길 490
전화 02-704-1724 **팩스** 02-703-2219
이메일 dasanbooks@dasanbooks.com
홈페이지 www.dasan.group **블로그** blog.naver.com/dasan_books
용지 스마일몬스터피앤엠 **인쇄** 상지사피앤비 **코팅 및 후가공** 제이오엘앤피 **제본** 국일문화사

ISBN 979-11-306-9945-5 (세트)